EL SECRETO DEL REY

PEDRO URVI

EL SECRETO DEL REY

EL SENDERO DEL GUARDABOSQUES

HarperCollins

Editado por HarperCollins Ibérica, S. A., 2022
Avenida de Burgos, 8B – Planta 18
28036 Madrid
harpercollinsiberica.com

Adaptación de cubierta: equipo HarperCollins Ibérica
Maquetación: MT Color & Diseño, S. L.

ISBN: 9788491399711
Depósito legal: M-12340-2022

Esta serie está dedicada a mi gran amigo Guiller.
Gracias por toda la ayuda y el apoyo incondicional
desde el principio cuando solo era un sueño.

Capítulo 1

Lasgol respiró el frío aire invernal. «Huele a guerra, a problemas serios —pensó mientras acariciaba el lomo del bueno de Trotador, sobre el que descansaba—. Quizá solo sea mi imaginación... —Sacudió la cabeza—. No, conociendo mi suerte, me esperan problemas serios, seguro. Pero los afrontaré venga lo que venga». Suspiró hondo dejando salir una bocanada de vaho.

Observó el puente y la aldea al fondo del valle. No eran un puente o una aldea cualesquiera; era su aldea, Skad. Sobre aquel puente había recibido una paliza de muerte a mano de tres abusones hacía un año, cuando partió para unirse a los Guardabosques. Se estremeció al recordar el dolor. De repente, Camu se hizo visible y saltó de su hombro hasta el lomo de Trotador, y subió por la crin del poni norghano para colocarse sobre su cabeza.

—Camu, ¿qué haces?

La criatura miró el río, emitió un chillidito agudo y comenzó a flexionar las cuatro patas, como si bailara. Trotador rebufó inquieto.

—Oh, no... —Es todo cuanto Lasgol pudo decir.

Camu se deslizó hasta el suelo con las manos adheridas al cuello del animal. Asustado, el pobre poni relinchó y se encabritó.

Lasgol se vio obligado a tirar de las riendas y sujetarse con fuerza para controlarlo. A punto estuvo de irse al suelo.

—Calma, chico, calma —le repetía—. Buen chico, tranquilo, no pasa nada —le susurraba mientras le acariciaba el lomo.

Buscó a Camu con la mirada. La traviesa criatura estaba en medio del río persiguiendo una trucha arcoíris como si fuera un depredador nato.

—¡Camu! ¡Vuelve aquí! —Pero la criatura saltaba de un lado a otro detrás de las truchas—. ¿Se puede saber qué haces? ¡Si tú no cazas! ¡Que eres herbívoro!

La criatura lo ignoró y continuó brincando y chapoteando. Lasgol resopló. «Está jugando, todo esto es un mundo nuevo para él». Así era, y parecía disfrutar a lo grande. Desde que habían abandonado el campamento, la criatura no había cesado de experimentar con todo lo que descubría a su alrededor. Esto había puesto a Lasgol en más de un aprieto, así que debía tener mucho cuidado o alguien lo descubriría.

—Ya vale, deja de jugar y vuelve aquí antes de que te vean.

La criatura alzó la cabeza y le dedicó una mirada de protesta. La eterna sonrisa que le adornaba la cara ya no engañaba a Lasgol; sabía cuándo estaba molesto o se quejaba.

—Ven aquí, pillo, que eres un pillo.

Como temía, Camu desoyó su llamada y siguió jugando a atrapar peces saltando por el río, emitiendo agudos gritos de alegría. Al ver que no lo obedecía, Lasgol masculló una protesta entre dientes a los Dioses del Hielo. «Tendré que usar mi talento, es la única forma de obligarlo». Se concentró y envió un mensaje mental a Camu. «Ven. Ahora».

La criatura se detuvo en medio del agua y miró a Lasgol. Inclinó la cabeza, cerró y abrió sus grandes ojos un par de veces, y entonces se decidió. Corrió hacia él. De un salto se pegó al lomo de

Trotador con las cuatro extremidades y comenzó a trepar. El poni volvió a asustarse y empezó a relinchar. Lasgol se las vio y se las deseó para tranquilizarlo. Cuando por fin lo logró, lanzó una mirada de enfado a Camu. La criatura se había acomodado sobre el hombro de Lasgol y le había enrollado la cola en el cuello. Abrió los ojos e inclinó la cabeza haciéndose el inocente. Luego abrió la boca todo lo que pudo en una sonrisa enorme.

—¡No me pongas esa cara de «yo no he hecho nada», sabes perfectamente que sí! Y deja de asustar a Trotador, al pobre lo pones muy nervioso y sé que lo sabes.

Camu emitió un suave chillido y cerró los ojos.

—Sí, eso, duerme. Y escóndete, vamos a entrar en la aldea y no puede verte nadie.

La criatura asintió, se encaramó a su hombro y se hizo invisible.

—Eso lo has entendido, claro. Dormir sí; jugar no —se lamentó Lasgol.

Camu volvió a aparecer y le lamió la mejilla. Antes de que Lasgol girara la cabeza, ya había desaparecido de nuevo.

—Eres imposible.

Trotador volvió la cabeza.

—Tú no, amigo, tú eres un buen poni. Venga, vamos a la aldea.

Se pusieron en marcha. Al entrar en las calles en las que tantos malos momentos había vivido, Lasgol hubo de hacer un esfuerzo para recordar alguno bueno y lograr calmar los nervios que le revolvían el estómago. Intentó buscar un buen recuerdo en compañía de su padre, un momento anterior al incidente, antes de que se viera convertido de forma injusta en un traidor al reino. Le costó. Sintió un escalofrío. Entonces recordó cómo paseaba cogido de la mano con su padre cuando era un mocoso por aquella misma calle y se calmó.

La gente lo observaba con desconfianza, pues parecía un forastero de paso. Vestía la capa con capucha de color rojo de los guardabosques iniciados, los de primer año. Pero la llevaba del revés. Era reversible. El interior era de un color marrón verduzco, no muy bonito pero funcional; no llamaba la atención. Fuera del campamento tenían que vestirla así, nadie debía saber que estaba siendo instruido por los guardabosques; cuanto menos supieran los extraños acerca de ellos, mejor. Pensó en la capa de segundo año, la que el instructor mayor Oden les daría al regresar, la de aprendiz, de un amarillo chillón. Se estremeció; casi era más horrible que la roja de primer año.

Las expresiones de los lugareños cambiaban en cuanto lo reconocían. Pasaban de la desconfianza al horror; luego, a la vergüenza, todo en un instante. Lasgol no se escondía bajo la capucha, si bien podría haberlo hecho. Llevaba el rostro al descubierto para que todos supieran quién era. Miraba a los aldeanos y los saludaba como si los conociera de toda la vida, cosa cierta, pero era algo que un año antes habría sido impensable. «Se acabó bajar la cabeza, se terminó desviar la mirada al cruzarme con alguien. Soy Lasgol Eklund, hijo de Dakon, y me respetaréis por ello os guste o no. A mí y a mi difunto padre».

Llegó hasta la primera de las tres paradas que había decidido hacer nada más pisar la aldea. Desmontó y ató a Trotador a un árbol junto a la pequeña casa. La estudió con detenimiento. El tejado estaba en muy malas condiciones. Necesitaba trabajo, mucho. El resto de la estructura estaba tan mal como hacía un año. Llamó a la puerta con golpes fuertes. Era demasiado temprano para que su inquilino estuviera despierto, sobre todo si había estado degustando vino noceano la noche anterior, cosa que le encantaba hacer.

Lasgol giró la cabeza hacia su hombro derecho, donde descansaba Camu.

—No te muestres si no estamos solos; sería un grave problema —le dijo sin demasiada esperanza.

La criatura estaba disfrutando tanto del viaje que era casi imposible controlarla. Todo era nuevo y excitante para ella.

Se oyó un alboroto en el interior. Alguien tropezaba con cacerolas y banquetas. Se percibió un grito ronco:

—¡Ya va! ¡Deja de aporrear mi puerta!

Lasgol esperó; sabía que la puerta tardaría un poco en abrirse.

—¿Quién llama tan temprano? ¡Es que ya no se puede descansar en esta maldita aldea!

Lasgol no contestó. Se limitó a golpear la puerta una vez más.

—¡Por las montañas nevadas de nuestra patria que te cortaré las orejas como no sea asunto de vida o muerte!

La puerta se abrió y un hombre enorme con aspecto de oso recién despertado de una larga hibernación apareció tras ella.

—Buenos días le deseo, señor. —Fue el saludo de Lasgol.

La expresión del soldado retirado fue un poema.

—¡Las-gol! —exclamó, y de la impresión se inclinó hacia atrás. Por poco no perdió la muleta y se fue al suelo.

—Hola, Ulf —sonrió Lasgol.

—Pero… Lasgol…, el campamento…, guardabosques. —De tan confundido que estaba parpadeaba sin parar con el ojo bueno y no terminaba de hilar las frases.

—¿Mucho «calmante» ayer?

—Pero…, cómo… ¿Qué haces aquí?

—¿Puedo pasar?

—Sí, claro. Entra —dijo el enorme norghano haciéndose a un lado.

La casa estaba como la recordaba, excepto que ahora reinaban el desorden y el caos por doquier. La cocina era el área más afectada. Las botellas de vino vacías y los platos de madera con restos de comida se amontonaban en una montaña inestable. Por su parte, Ulf tampoco había cambiado. Seguía tan grande y feo como una bestia de las montañas. Tenía el mismo cabello y la misma barba rojizos, solo que ahora más desaliñados de lo habitual. El ojo tuerto que llevaba al aire para que todos lo vieran continuaba dando a su rostro un aspecto feroz y cruel. Recordó que le había provocado más de una pesadilla. Lasgol sonrió; Ulf aún se parecía a un oso salvaje de los bosques del sur.

—No esperaba compañía... —se disculpó el hombre mientras recogía ropa del área común y la lanzaba a su habitación.

—Quizá debería haber anunciado mi llegada...

—¡Tonterías! Tú eres siempre bienvenido en mi casa. Ya limpiaré todo esto otro día. El invierno ha sido duro, y ya me conoces...; la limpieza y las tareas del hogar no son lo mío.

—¿No has cogido otro mozo para sustituirme? —preguntó Lasgol al ver que su camastro no parecía estar siendo utilizado.

—Bueno... Sí, he cogido ya tres... Pero los muy mentecatos se marchan corriendo al cabo de poco. El último no duró ni una semana. Dicen que no aguantan mi mal carácter. ¡Mal carácter, yo! ¿Puedes creerlo?

El muchacho tuvo que ahogar una carcajada.

—Estos jóvenes norghanos de ahora... —se burló Lasgol a sabiendas de que aquel comentario gustaría al grandullón.

—¡Exacto! Ya no hacen norghanos como los de antes. A estos rapaces los separan de las faldas de su madre y son incapaces de hacer nada más que lloriquear.

Lasgol sonrió y dejó escapar una risita. Ulf lo miró de pies a cabeza y asintió:

—Tienes buen aspecto, chico. Yo diría que hasta has crecido un poco.

Lasgol se encogió de hombros.

—Será la instrucción física.

—Y dime, ¿qué se siente al ser un héroe?

—¿Ya se sabe?

—Las noticias vuelan en nuestro reino helado como si las trajeran en trineos tirados por lobos hambrientos.

—Yo me siento igual que siempre —sonrió quitándole importancia.

—¿Es verdad que saltaste sobre el rey e impediste que lo alcanzara una flecha asesina?

—Sí… Bueno… Ya sabes cómo se exageran estas cosas…, no fue para tanto…

—A mí me ha llegado que fue digno de ver.

—Ocurrió muy rápido. Actué por instinto.

—¡Muy bien hecho! ¡Como un verdadero norghano! ¡Ya sabía yo que tenías madera de algo!

—¿Por eso me acogiste como mozo?

—¡Por eso y porque necesitaba un mozo!

Lasgol rio.

—Prepárate algo caliente mientras termino de vestirme, ya sabes dónde debería estar todo —le dijo Ulf, y cojeó hasta su habitación.

—Una infusión reanimadora nos vendrá bien —propuso Lasgol sabedor de que era lo que mejor le sentaba a Ulf en las mañanas de resaca.

Se puso manos a la obra y aprovechó para ordenar un poco el desastre de la cocina.

—¿Por qué el regreso? Te hacía con los guardabosques —preguntó el norghano a la vez que buscaba una túnica medio presentable que no tenía.

—Tenemos tres semanas de permiso tras concluir el año. Es una especie de recompensa por haberlo acabado.

—O sea, que has superado el primer año de instrucción.

—Sí, señor.

—Y has salvado la vida del rey al recibir una flecha dirigida a él.

—Sí, señor.

Ulf murmuró:

—Igual tienes más madera de la que yo pensaba.

Lasgol sonrió de oreja a oreja.

—No creo.

—Pues yo creo que sí. ¡Sí, señor! —Ulf siguió buscando algo que ponerse—. ¿Y has vuelto hasta esta cochambrosa aldea? ¿Por qué? Pensaba que la odiabas...

Lasgol suspiró.

—No es que la odie..., es mi hogar, después de todo...

—¡Vaya hogar! Como todos aquí te han tratado tan bien... —dijo Ulf con tono de profundo sarcasmo—. Seguro que has vuelto para darles abrazos y palmaditas en la espalda uno por uno.

—No, no he vuelto para recriminarle nada a nadie.

—¿No?

Lasgol negó con la cabeza.

—¿Ni siquiera a mí?

—A ti al que menos.

Ulf se quedó parado. Algo muy raro en él, que era una fuerza de la naturaleza y no se estaba quieto ni un suspiro. Observó a Lasgol con el ojo bueno y no supo qué contestar. Carraspeó con fuerza.

—Lo siento si fui demasiado duro...

Lasgol lo interrumpió.

—¿Has sido menos duro con tus otros mozos?

—¡Por mis barbas heladas! ¡Claro que no!

El chico sonrió.

—Me trataste como tratas a todos, no como a un apestado. No habría podido pedir nada mejor ni más justo.

Ulf casi perdió el equilibrio.

—Pero hubo momentos… Quizá fui demasiado duro…, mi carácter…, ya sabes…

—Quizá. Pero estoy aquí de una pieza. ¿No es así?

—Eres demasiado bueno. Te lo dice este viejo soldado retirado. Eres demasiado blando de corazón. Eso te traerá problemas.

Lasgol se encogió de hombros.

—Puede ser, pero prefiero ser así que lo contrario.

El hombre resopló:

—¿Es que no has aprendido nada conmigo? Creía que te había inculcado un poco de sentido común y dureza norghanos.

—De soldado norghano, querrás decir.

—¡Por supuesto! Mil veces mejor que estos aldeanos plantalechugas que hablan con las gallinas y los cerdos. Y no me digas que los Guardabosques son mejores, no me convencerás.

—Los Guardabosques me han enseñado alguna que otra cosa bastante útil.

—¡Bah! Mil veces más provechosa habría sido la formación que hubieras recibido en la infantería.

—He visto a los Invencibles del Hielo y a la Guardia Real. Son aún más impresionantes de lo que me contaste.

—¿Ves? El viejo Ulf sabe de lo que habla. —Se acercó al armero y acarició sus armas con la mirada ausente, recordando tiempos mejores—. Los Guardabosques no te enseñaron a usar estas, ¿verdad? —dijo señalando la espada, el hacha larga y el hacha de dos cabezas.

—No. Esas no son armas de Guardabosques.

—¡Son las armas de un verdadero norghano!

Lasgol sacudió la cabeza; sabía que no había forma de cambiar lo que Ulf pensaba. El veterano se acercó a Lasgol ya con mejor presencia. Lasgol le pasó la infusión y los dos bebieron en silencio.

—Ahora todos saben lo que pasó —dijo de pronto Ulf.

Lasgol lo miró. Asintió.

—¿Todos, todos?

—Que el hijo del Traidor salve la vida del rey no es algo que se pueda guardar en secreto. Las nuevas se han extendido por todo el reino. No creo que exista una sola persona que no haya oído una u otra versión de lo que pasó.

—Entiendo —respondió Lasgol y bebió un sorbo.

—También se sabe que el rey ha declarado inocente a tu padre. Su honor ha sido restaurado. —Lasgol asintió, y Ulf añadió—: Deberías restregárselo a todos, uno por uno; hacerles pagar sus desprecios. ¡Yo te ayudaré gustoso! ¡Por todas las montañas heladas que lo haré!

El muchacho negó con la cabeza.

—¿Qué conseguiría con eso?

—¡Satisfacción! ¡Se merecen pagar por lo que te hicieron pasar!

—El odio solo engendra odio...

—¿Qué estupidez es esa? ¿Es eso lo que te enseñan los malditos Guardabosques?

—No, Ulf; eso me lo enseñó mi padre.

El grandullón echó la cabeza hacia atrás. Se pasó el antebrazo por el ojo malo; estaba incómodo.

—No estoy aquí por venganza... Y no creas que no me gustaría hacer lo que dices, porque parte de mí lo desea. Pero hay otra parte que sabe que eso no conseguiría nada más que crearme más problemas. No; contendré las ganas de gritarles a todos en la cara lo injustos y despreciables que fueron conmigo —contestó, Lasgol.

Ulf soltó una sarta de improperios.

—Pero te agradezco el ofrecimiento.

—Si cambias de idea, no tienes más que decírmelo —contestó, y levantó el puño como si fuera a sacudir a alguien.

—Lo haré.

—Y dime, ¿qué vas a hacer ahora que has limpiado el nombre de tu padre? Esa es la razón por la que te uniste a los Guardabosques, no lo niegues; a mí no me engañas. ¿Regresas para quedarte? ¿O estás de visita y volverás con ellos?

Lasgol suspiró hondo:

—Es algo en lo que he pensado mucho. Tienes razón, me uní a los Guardabosques con la única intención de limpiar el nombre de mi padre y, ahora que lo he conseguido, no tengo ningún motivo para quedarme. Pero…

—¿Pero? Sabes que odio los peros.

Lasgol sonrió:

—He encontrado un hogar entre los guardabosques; más que eso, he encontrado una familia. La que perdí y ya no tengo…

—¿Familia?

—Sí, mis compañeros se han convertido en mi familia. Y los propios guardabosques, que tan difícil me lo pusieron cuando me uní a ellos, son mi hogar ahora. Así lo siento.

Ulf negó con la cabeza.

—Sigo pensando que harías mejor carrera en el Ejército, más ahora que eres un héroe del reino.

—Gracias, pero quiero seguir en los Guardabosques, aún tengo mucho que demostrar, tanto a ellos como a mis compañeros…

—Entiendo que has tenido dificultades…

—Sí, no ha sido nada fácil. Quiero demostrar a mis compañeros que soy digno de su amistad, y a los guardabosques, que merezco convertirme en uno. Sé que será difícil. Tengo tres años más muy complicados por delante, pero algo en mi interior me anima a continuar. Quiero convertirme en guardabosques como lo hizo mi padre.

El huraño soldado asintió varias veces.

—No hay nada malo en ello, más sabiendo que sigues los pasos de tu padre. No insistiré más con lo del Ejército.

—Gracias, Ulf; sé que lo haces pensando en mi bienestar.

El norghano suspiró:

—Quiero que sepas que siempre me pareció extraño lo de tu padre. Yo lo conocía y creo que soy bueno juzgando el carácter de las personas. No era propio de Dakon lo que decían que había hecho.

—Gracias, Ulf. No era él, estaba dominado por Darthor.

—¿Dominado?

—Controlado. Darthor puede dominar a las personas para que hagan su voluntad.

—¡Por todos los icebergs del norte! ¡Eso es sucia magia negra!

—Sí. Marca a las personas con unas runas de poder y mediante ellas las controla para que obedezcan sus deseos.

—Pocas cosas odio más que la magia traicionera.

—Tú y prácticamente todo el mundo —aseguró el muchacho.

—No me dirás que no es con razón, mira lo que le hicieron a tu padre.

—Sí, no te falta razón…, pero…

—¿Pero? ¡No hay peros que valgan!

Al oír la expresión favorita de Ulf, Lasgol tuvo que reprimir una sonrisa.

—Creo que la magia no es mala en sí misma, es quien la usa el que lo hace para el bien o para el mal.

—¡Otra maldita tontería de guardabosques! ¡Toda la magia es mala! Pero ¿qué demontres os enseñan allí?

—¿Y los Magos del Hielo del rey Uthar?

Ulf se quedó sin saber qué decir.

—Bueno…, son magos del rey… Eso es diferente.

—No, en realidad no es muy diferente. Es la persona que usa la magia lo que cuenta, no la magia en sí. Eso me enseñó mi padre…

—Puede ser… Yo solo sé que donde esté el acero, que se aparte la magia.

Lasgol rio.

—Como diría cualquier buen soldado norghano.

—¡Así es! —exclamó Ulf, y se bebió el resto de la infusión de un trago, como si fuera cerveza.

Lasgol se sentía cómodo en compañía de su antiguo señor. Había sido duro con él, injusto muchas veces, pero había sido honrado. No había maldad en Ulf, solo un temperamento como una tormenta de invierno. Se dio cuenta de que lo había echado de menos; de que, en el fondo, lo apreciaba mucho.

—Y dime, ¿por qué has venido entonces? A visitar a este viejo soldado retirado con malas cualidades y peor carácter no puede ser…

—He venido a reclamar las posesiones de mi padre. El rey le ha devuelto todos sus bienes y tierras, y a mí en agradecimiento me ha regalado una suma importante de moneda.

—¡Vaya con el muchachito! ¡Vas a ser el más famoso de la aldea y el más rico! ¡Esto hay que celebrarlo con una ronda en la posada!

—Quizá luego, Ulf. Primero quiero recuperar la casa de mi padre.

—¡Esto va a ser divertido!

—¿Me acompañas?

—¿Que si te acompaño? ¡No me lo pierdo por nada del mundo!

—Bien, pues vamos.

—Coge mi espada.

Lasgol lo miró sin comprender.

—No vamos a necesitarla, ¿verdad? —dijo con cierta aprensión.

—¡Ja! Eso ya se verá. Tú cógela.

Lasgol obedeció y salieron de la casa.

Capítulo 2

L LEGARON A LA PLAZA MAYOR. ESTABA MUY CONCURRIDA, APENAS cabía un alma. Lasgol observó extrañado el gentío; no se lo esperaba, la plaza no solía tener aquel aspecto a media mañana. La mayoría de la gente solía estar a sus labores.

—Es día de mercado —le explicó Ulf con una sonrisa de satisfacción. Se irguió todo lo grande que era apoyándose en su muleta de forma que todos lo distinguieran.

Lasgol comprendió: los aldeanos y mineros de la zona aprovechaban el día de mercado para adquirir alimentos y herramientas para la semana. Él habría preferido que hubiera sido un día normal y que la plaza hubiera estado medio desierta, como solía ser el caso. No iba a tener esa suerte.

Ulf decidió cruzar por el centro, entre todos los puestos de mercancías. No solo no iba a dejar que la visita de Lasgol pasara inadvertida, sino que iba a encargarse de que todos en aquella aldea sufrieran la vergüenza y el mal trago que tan merecidos tenían. Según la cruzaban, en dirección a la casa del jefe, las conversaciones cesaban, los rostros se volvían y los ojos se clavaban en Lasgol. Aquellas caras mostraban una enorme sorpresa que, al cabo de un instante, se tornaba en culpa que intentaban disimular desviando la mirada. Los murmullos de asombro de los parroquianos iban en aumento. Ulf se detuvo en medio del mercado y comenzó a mirar a la gente desafiante. Lasgol suspiró a su lado.

—¿Qué pasa? ¿Es que acaso no habéis visto nunca a un héroe?

—Lasgol se sonrojó y se arrebujó en su capa. Quería pasar inadvertido...—. ¡Miradlo bien todos! ¡Este es Lasgol Eklund, el que fuera mi mozo, al que todos tratasteis como a un perro sarnoso! —gritó Ulf a pleno pulmón, tanto que se oyó en toda la plaza.

—Ulf..., no es necesario... —le susurró Lasgol en un intento por que la situación no se volviera todavía más incómoda para todos.

—¡Tonterías! ¡Se lo merecen por cretinos y desalmados!

Lasgol tragó saliva. La gente, avergonzada y molesta, intentaba continuar la compra mientras disimulaba haciendo como que no los veía.

—Un héroe norghano nos visita. Miradlo todos bien, pues lo tratasteis como un despojo durante años.

—Ulf...

—Hoy nos honra Lasgol Eklund, hijo de Dakon. ¡Héroe del reino! ¡Salvador del rey! Avergonzaos todos y pedid perdón como el montón de boñigos de vaca que sois.

—Por favor..., Ulf..., déjalo.

El soldado resopló.

—Está bien. Porque tú me lo pides, que si por mí fuera, los enterraba a todos en nieve hasta el cuello y los dejaba así todo un día.

—¿Ya te has desahogado? —Llegó la voz de Gondar Vollan, el jefe de la aldea.

Se giraron y lo vieron acercarse seguido de Limus Wolff, su ayudante.

—No he hecho más que empezar.

Gondar observó a Lasgol durante un rato largo. El jefe siempre lo impresionaba por su presencia; era tan grande como Ulf, pero bastante más joven. Un guerrero norghano nato.

—Menos mal que el muchacho tiene el sentido común que a ti te falta. Estamos en medio del mercado, abroncar a todo el pueblo no es lo más sensato que podías hacer hoy.

—¿Y cuándo he hecho yo lo más sensato? —respondió Ulf.

—Nunca…

—¡Pues por todos los gólems del hielo que no voy a empezar hoy!

—Como jefe tengo que mantener la paz en la aldea… Así que deja de vociferar a la gente —pidió Gondar.

—Voy a dejar de decirles cuatro verdades que tienen bien merecidas, pero no porque tú me lo digas, sino porque me lo ha pedido el muchacho.

—Bien, como quieras, pero deja de crear alboroto. Tengamos el día en paz.

—Por mí no lo tendríamos.

—Sí, eso lo sé muy bien.

—Los alborotos en día de mercado son muy malos para la economía del pueblo —dijo Limus con su voz aguda, casi femenina, moviendo el dedo índice ante Ulf como expresando desacuerdo.

Limus era un hombre menudo con cara de ratón y, según decían todos, muy inteligente. Se encargaba de todas las labores administrativas y logísticas de la aldea.

—Limus, a mí no me hagas gestos con el dedo, que te lo arranco de un mordisco.

El ayudante retiró la mano de inmediato y se parapetó tras el jefe.

Gondar resopló:

—Veo que estás de un humor excelente hoy —dijo con sarcasmo.

—¿No lo estarías tú si tu mozo regresara a verte convertido en héroe nacional?

—Pues sí, lo estaría.

—¿Y no repartirías unos cuantos buenos sentimientos entre tus vecinos, esos que tan bien se portaron con él?

—Entiendo tus motivos, pero tengamos el día en paz.

—Lo tendremos. Y te recuerdo que tú y ese que se esconde tras de ti también le debéis una disculpa al muchacho.

Lasgol se puso rígido. Ulf acababa de desafiar a Gondar. Nadie desafiaba a Gondar. La cara del jefe se volvió hosca; su mirada, oscura. La gente que los rodeaba y la de los puestos cercanos los miraba y cuchicheaba.

Gondar se percató de ello.

—Cuidado, Ulf. Soy el jefe y nadie me dice lo que tengo que hacer.

Los dos enormes norghanos intercambiaron una mirada intensa, como si de dos grandes osos salvajes se tratase, uno joven y otro ya viejo y marcado por las cicatrices, a punto de enzarzarse en una pelea.

—Tengamos calma... —medió Limus intentando apaciguar los ánimos.

—Las disculpas no son necesarias, de verdad —dijo Lasgol.

Gondar giró la cabeza hacia él. Lo miró con fijeza, como leyéndolo.

—Sí que lo son —respondió el jefe. Lasgol se quedó perplejo—. Eres un héroe, has salvado la vida al rey Uthar, y nosotros..., toda la aldea... —señaló alrededor— te hemos tratado muy mal. Por ello te pido disculpas, en mi nombre y en nombre de esta, tu aldea, de la que soy la máxima autoridad.

Ulf se relajó y una sutil sonrisa de satisfacción apareció en su cara de viejo soldado.

—Gracias... —aceptó Lasgol, que ni en mil años habría esperado el reconocimiento.

Todos en la plaza miraban y murmuraban.

—Hay que puntualizar que son dos momentos diferentes en el tiempo y muy contrapuestos. Recordemos que Dakon había sido condenado como traidor —dijo Limus intentando disculpar al jefe ante los aldeanos.

—Aun así —dijo Gondar—. El muchacho no tenía ninguna culpa y lo tratamos como a un descastado. No volverá a suceder algo así, no mientras yo sea jefe.

—¡Así se habla! —exclamó Ulf.

—Gracias, jefe Gondar —le dijo Lasgol conmovido.

—¡Vamos, continuad con lo que estabais haciendo! ¡Y honrad al héroe que nos visita! —se dirigió Gondar a todos los que miraban.

La multitud retomó las compras, las charlas y los tratos entre vecinos.

Gondar fue a marcharse.

—Jefe, hay un tema... —murmuró Lasgol.

—Dime, ¿qué puedo hacer por ti?

Lasgol se llevó la mano al morral de viaje que llevaba a la espalda. Lo abrió y sacó un pergamino con el sello real.

—Tengo que entregárselo.

El jefe vio el sello, lo reconoció y le pasó el pergamino a Limus. El ayudante lo abrió y leyó con atención.

Por Decreto Real, todos los honores, títulos, propiedades y enseres de Dakon Eklund, guardabosques primero del Reino de Norghana, le son restituidos de forma inmediata.

Firmado:
Su Majestad
Uthar Haugen
Rey de Norghana

—Interesante… —dijo Limus.

—¿Qué dice? —quiso saber Gondar.

—Todos los bienes, títulos y propiedades de Dakon han de ser devueltos. Siendo su hijo aquí presente su única familia, deberán serle devueltos a él.

—¡Boñigas heladas! —se lamentó Gondar con un pisotón sobre el suelo—. Eso va a ser un problema…

Ulf, que ya lo sabía, sonreía de oreja a oreja.

—Es un Decreto Real. Es incontestable e inapelable —atestó Limus.

Gondar resopló.

—Veo que al final vas a tener la bronca que buscabas —le dijo a Ulf.

El soldado retirado se encogió de hombros sin dejar de sonreír.

—Limus, busca a mis ayudantes. Que se presenten.

—Muy bien, señor.

Gondar se dirigió a Ulf y a Lasgol:

—Hablaré yo y solo yo. No quiero derramamiento de sangre hoy. ¿Entendido? —preguntó palpando la empuñadura de su espada.

—Por supuesto —dijo Ulf, que seguía sonriendo ahora con cara de no haber roto nunca un plato.

Gondar negó con la cabeza y resopló.

Los seis hombres del jefe no tardaron en presentarse. Eran corpulentos, elegidos por Gondar en persona para ayudarlo en el mantenimiento de la paz en la aldea y su protección frente a maleantes y gente de similar calaña. En una pequeña aldea como Skad no hacía falta más. Iban armados con lanza y escudo redondo de madera reforzada. Uno de ellos portaba la lanza y el escudo del jefe, y se los entregó.

Gondar hizo una seña a Lasgol:

—Tú junto a mí. Ulf, tú detrás. Y ni se te ocurra provocarlos o te las verás conmigo.

—Está bien… —gruñó el soldado retirado no muy conforme con la orden.

Con paso decidido mientras los parroquianos los observan con gran interés, se dirigieron a la hacienda Eklund, el hogar donde Lasgol se había criado y del que lo habían echado a la calle a patadas. Era la hacienda más grande del pueblo, con lo que no tenía pérdida. Se detuvieron al llegar frente a la puerta, en el muro de piedra que rodeaba la casa y gran parte de la propiedad. La entrada era una alta verja de acero rematada con puntas de lanza en la parte superior para evitar que la escalaran.

Al ver su antigua casa, una construcción en forma de nave alargada construida de piedra y madera al estilo norghano, Lasgol sintió que un escalofrío le bajaba por la columna. De pronto, los recuerdos comenzaron a agolpársele en la mente. Lo asaltaban sensaciones de felicidad, de nostalgia, de pérdida… Recordó a su padre, también a su madre, los buenos tiempos con ambos, los malos cuando ella desapareció de su vida…, la muerte de su padre…, la traición…, el odio de la gente…, todo al mismo tiempo. Los ojos se le humedecieron. Para distraerse y no romper a llorar, se concentró en el examen del edificio. Era la casa más grande de la aldea y se encontraba en perfecto estado. Eso se debía a que ahora la ocupaba Osvald, a quien apodaban el Látigo, primo segundo del conde Malason, señor de aquel condado; a él le habían otorgado la casa y las tierras de Dakon.

—¿Qué sucede? —preguntó al verlos llegar uno de los dos guardias de Osvald tras la verja.

Lasgol se dio cuenta de que también iban armados con lanzas y escudos redondos. Llevaban petos con el emblema del conde Malason.

—Llama a tu señor —respondió Gondar sin más explicaciones.

Los dos guardias cruzaron una mirada, luego observaron a la media docena de hombres de Gondar y decidieron obedecer.

Uno de ellos entró a buscar a su señor mientras el otro observaba, muy tenso, la comitiva.

Osvald el Látigo no tardó en aparecer.

—Jefe Gondar, ¿qué significa esto? —quiso saber según avanzaba hacia la verja de entrada.

Al ver a Lasgol se detuvo. El rostro se le ensombreció. Le comentó algo en voz baja al guardia que lo acompañaba. Este se dio la vuelta y regresó a la casa a la carrera.

—Tenemos que hablar, asunto oficial —dijo Gondar solemne.

—¿Sobre qué? —preguntó Osvald con tono de sospecha. Llegó hasta la puerta, aunque no la abrió.

—¿No vas a dejarnos entrar? —Gondar arqueó una ceja.

—No. No con él aquí —contestó señalando a Lasgol.

—Eso es una descortesía —afirmó Limus.

Osvald se encogió de hombros y puso cara de que le daba igual.

—Abre la puerta. Soy el jefe de la aldea.

—Yo solo respondo ante el conde Malason, quien sea jefe de esta aldea me importa poco.

—Cuidado con lo que dices; en esta aldea yo soy la ley y nadie está por encima de ella, sirva a quien sirva —le advirtió Gondar.

—Quizá, pero en este condado el conde Malason es la ley y tú le debes obediencia. —Osvald sonrió con autosuficiencia.

—Traemos un Decreto Real —dijo Limus mostrando el pergamino—. Debes abrir la puerta, recibirlo y acatarlo.

—Lo único que voy a hacer es esperar al conde. He enviado una paloma. No tardará en acudir —dijo al ver que el guardia que había enviado a la casa se situaba junto a él y asentía. Iba acompañado por otros cuatro guardias.

Gondar miró a Ulf. Este se llevó la mano a la espada y le hizo una seña para mostrarle que estaba listo para luchar.

—Sabes que si te niegas me obligas a actuar. Nadie puede

cuestionar mi autoridad —advirtió el jefe Gondar mirando de soslayo a un numeroso grupo de aldeanos que se había acercado a ver qué sucedía.

—Será a la fuerza y tendrás que justificarlo ante el conde —amenazó Osvald.

Más aldeanos se aproximaban desde el mercado. Se había corrido la voz de que algo feo sucedía.

—Por decreto real debes entregar la hacienda y todas las posesiones a Lasgol Eklund, hijo de Dakon, aquí presente —anunció Gondar a plena voz para que todos pudieran oírlo.

Cada vez llegaba más gente. Al oír las palabras del jefe, los murmullos estallaron a sus espaldas.

—¡Ni lo sueñes! —contestó Osvald y amartilló el cerrojo.

Los murmullos se convirtieron en exclamaciones ahogadas. Presagiaban el enfrentamiento.

Gondar suspiró:

—Te he advertido.

—Y ya tienes mi respuesta.

El jefe se dio la vuelta y le susurró algo a Limus.

—Al momento —dijo este y marchó con rapidez.

Lasgol retrocedió hasta situarse junto a Ulf.

—No habrá derramamiento de sangre, ¿verdad? —susurró Lasgol más como un ruego que como una pregunta.

—Gondar no puede dejar que esto quede así. Él es el jefe y lo han desobedecido en su aldea. Ahora es una cuestión de honor. Y un verdadero norghano no deja nunca pasar una falta a su honor.

—Pero no es necesario…

—Gondar y yo no siempre estamos de acuerdo, pero es un verdadero norghano, eso puedo asegurártelo. No dejará esto así. Por eso lo respeto.

Lasgol suspiró. No deseaba causar problemas. Solo quería que le entregaran lo que por derecho le pertenecía, pero sin enfrentamientos.

—Jefe, señor…, no es necesario… Volvamos otro día… —le rogó a Gondar.

El enorme norghano lo miró con cara hosca y se cruzó los fuertes brazos sobre el amplio torso.

—Nadie me cierra la puerta en mi aldea. Los sacaré de ahí ahora. Hechos pedazos si se resisten —sentenció.

Esperaron un rato. Más y más gente se acercaba. Toda la aldea estaba ya presente y los incesantes cuchicheos parecían los susurros del frío viento de la región. Limus llegó acompañado de Ulmas, el criador de bueyes, al que seguían dos de sus mejores ejemplares.

—Jefe —saludó Ulmas con la cabeza. Gondar le devolvió el saludo. Luego preguntó—: Aquí están, como has pedido. ¿Qué hay que hacer?

El jefe le susurró algo a Ulmas y este asintió.

Antes de que Osvald pudiera comprender qué sucedía, Gondar dio una orden y avanzó con sus hombres hacia la verja formando una línea, escudo con escudo y lanza al frente. Sobresaltados por el ataque, los guardias dieron un paso atrás de un brinco y se pusieron en posición de defensa. Gondar aprovechó el desconcierto. Ulmas le pasó una larga cadena de eslabones y el jefe la enganchó a la verja.

Osvald se dio cuenta de lo que Gondar iba a hacer.

—¡Defended la puerta! —ordenó a sus hombres.

Demasiado tarde. Gondar levantó el brazo y Ulmas azuzó a sus dos enormes bestias. Al tercer intento la verja cedió, se desgajó del muro y fue arrastrada calle abajo por los dos bueyes.

—¡Que no entren! —gritó Osvald.

Gondar dejó la lanza y desenvainó la espada. Con el escudo al frente entró como un vendaval. Sus hombres lo siguieron.

Ulf desenvainó también y avanzó cojeando para unirse a Gondar. Los guardias de Osvald les hicieron frente. Lasgol observaba el combate sin saber qué hacer. Quería ir a ayudar a Ulf y Gondar; sin embargo, sabía que no debía inmiscuirse. Los hombres de Gondar luchaban con más ímpetu que habilidad, pero no era ese el caso de Gondar y Ulf. El jefe desarmó a un guardia y le estampó el escudo en la cara. El hombre cayó al suelo sin sentido y con la nariz partida. Ulf luchaba con Osvald.

—¡Maldito tullido! ¡Te voy a abrir en canal! —le gritó Osvald.

—¡Este viejo soldado va a enseñarte una lección! —le dijo Ulf, y lo señaló con la espada.

Osvald atacó rápido, girando alrededor de Ulf para aprovechar la ventaja que su movilidad le proporcionaba, aunque Ulf se manejaba fantásticamente bien con la espada en una mano y la muleta en la otra. Bloqueaba todos los ataques de la espada de Osvald con relativa facilidad, como el gato que juega con el ratón.

—¡Maldito viejo! —dijo Osvald lleno de furia, y le lanzó una estocada furiosa al estómago.

La espada de Ulf desvió el golpe con maestría.

Lasgol percibió un destello metálico a la espalda de Osvald.

—¡Cuidado, Ulf, tiene una daga! —chilló Lasgol, que había visto que se llevaba la mano a la espalda y sacaba el arma.

—¡Calla, niñato! —gruñó Osvald.

—Gracias. Lo ha hecho del lado de mi ojo malo, no lo había visto.

Osvald lanzó un pinchazo al cuello seguido de un tajo al estómago; Ulf desvió la espada y, con un giro de muñeca, la hizo salir volando. En cambio, la daga fue a clavársele en el estómago. Con un movimiento seco, la bloqueó usando la muleta como segunda arma. Osvald maldijo y fue a golpear con la daga. Ulf, por sorpresa, apoyó el peso del cuerpo sobre la pierna buena y soltó un tremendo muletazo en la cara de Osvald. Este, con la nariz rota, cayó al suelo conmocionado y sangrando por la boca y la nariz. Gondar y sus hombres redujeron al último guardia y el combate terminó. La gente aplaudió y vitoreó la actuación del jefe y sus hombres.

—Tenías que habérmelo dejado a mí… —le dijo Gondar a Ulf.

—¿Y perderme toda la diversión? De eso nada.

—Es a mí a quien ha faltado.

—Lo sé, pero también sé que te preocupan más tus hombres —dijo señalándolos—. ¿No preferías luchar con ellos y asegurarte de que no les sucedía nada que lucirte ante este cretino? —preguntó y volvió a golpear a Osvald en la cabeza con el cayado para que no se levantara del suelo.

El jefe asintió:

—Tienes razón. Por suerte, no ha habido heridos graves. —Miró a sus hombres—. Unos cortes y un par de porrazos. Nada serio. Ellos han salido peor parados. Un muerto y un herido. Hay que llamar al sanador.

—Eso no será necesario —dijo una voz desde el exterior.

Gondar y Ulf salieron y se situaron junto a Lasgol.

El conde Malason había llegado con una treintena de sus hombres. Montaban regios caballos del norte, fuertes y de pelo largo.

—He traído a mi cirujano por si era necesario. Veo que sí. Él se encargará.

—Gracias, mi señor. —Gondar clavó una rodilla en el suelo.

Al instante todos los aldeanos lo imitaron. Ulf se apoyó en Lasgol y logró doblarse en una especie de reverencia.

—En pie todos. ¿Qué ha sucedido aquí? —preguntó el conde mientras el cirujano desmontaba para atender a los heridos.

—¡Quieren robarme mi hacienda! —dijo Osvald poniéndose en pie—. La hacienda que tú me cediste, primo.

—¿Es eso cierto, jefe…? Gondar era tu nombre, ¿verdad?

—Sí, Gondar, mi señor, y no, no es cierto.

—¡Han venido armados a echarme! ¡Han derramado sangre! ¡Tu sangre! —dijo mostrándole al conde el rostro con el labio y la nariz partidos.

El conde asintió.

—Es una acusación muy grave —aceptó irguiéndose sobre el caballo—. No puedo consentir que nadie derrame mi sangre… Osvald es mi primo carnal, después de todo…, y su lamentable aspecto es prueba de lo aquí sucedido.

Al escuchar a su señor una docena de hombres adelantaron las monturas y rodearon a Gondar, Ulf y Lasgol. Otra docena hizo lo propio con los hombres de Gondar. Lasgol notó que Gondar y Ulf se tensaban. Sintió que el estómago se le encogía.

—¡Ahora pagaréis por esto! —Osvald levantó el puño.

—Mi señor, si me permitís —llamó de pronto Limus.

El ayudante se acercó al conde y le enseñó el pergamino real.

—¿Qué es eso? —preguntó el conde con mirada de desconfianza desde su montura.

—No es nada —dijo Osvald intentando restarle importancia.

—Es un Real Decreto, mi señor, atañe a esta situación —contestó Limus, y con una reverencia se lo ofreció.

El conde dudó un instante; sin embargo, pareció reconocer el sello. Lo cogió, lo abrió y permaneció leyéndolo durante un rato largo.

—Dakon Eklund murió. ¿Está aquí su heredero? —preguntó el conde.

Limus se volvió y señaló a Lasgol.

—Lasgol es el hijo de Dakon, señor.

—Acércate, muchacho.

Lasgol hizo lo que se le ordenaba.

—¿Te acuerdas de mí?

—Sí, mi señor… —Lasgol tenía un vago recuerdo del conde, de haberlo visitado con su padre.

—Ha pasado mucho tiempo. Has crecido mucho. Tienes la complexión de tu padre, pero el rostro y los ojos de tu madre.

—Lasgol no supo qué decir. El conde continuó—: En un tiempo tu padre y yo fuimos amigos. Creo recordar que visitaste mi castillo con él.

—Sí, señor, me acuerdo muy bien.

—Me alegro de que la disfrutaras.

—Lo hice, y mucho. Mi padre también.

—Luego sucedió… lo que sucedió… Y nuestra amistad terminó. Cosas de la vida. He de decir que nunca acabó de convencerme lo que Uthar afirmó que había pasado con tu padre. Ahora tiene una explicación. Por lo que me han informado mis fuentes y lo que ha llegado desde la corte en Norghania, Darthor fue el responsable de lo ocurrido. ¿Es cierto que puede dominar a las personas? —le preguntó a Lasgol con súbito interés.

—Sí, mi señor.

—Eso es algo muy peligroso… para nosotros… ¿No serás tú el guardabosques iniciado que ha salvado la vida del rey Uthar?

Lasgol asintió.

—Y por ello este decreto… Ya veo… —Hubo un momento de silencio. Todos observaban al conde, quien parecía estar debatiendo la cuestión en su mente. Al fin se pronunció—: Uthar y yo tenemos nuestras diferencias, pero es nuestro rey, y mientras sea así, su palabra es ley. Un Real Decreto no puede ser contradicho. Tuya es la hacienda y todas las propiedades y títulos que pertenecieron a tu padre.

—Gracias, mi señor —dijo Lasgol extrañado por el comentario del conde.

Siempre había pensado que todos en el reino apoyaban al rey, pero, teniendo en cuenta lo que Egil le había contado sobre su padre y lo que acababa de decir el conde Malason, no parecía ser el caso.

—Pero, primo…, ¿y el agravio a mi persona? ¡No puede quedar así! —protestó Osvald.

—Te has negado a obedecer un Real Decreto. Tienes suerte de seguir con vida. Consideraré tu rostro castigo suficiente. En cuanto a ti, jefe Gondar, has hecho lo correcto. Los mandatos del rey deben cumplirse siempre.

—Gracias, mi señor —dijo Gondar, y lo saludó con respeto.

El conde Malason se dirigió a los allí congregados:

—Recordad todos que la ley se cumple siempre. Volveré en una semana con una orden de reclutamiento. El rey Uthar necesita a todos los hombres hábiles para luchar contra las fuerzas de Darthor. Si a alguno se le pasa por la cabeza negarse o huir, sabed que seréis colgados del árbol más cercano. Por decreto de Uthar y por mi mano ejecutora.

Dio la orden a sus hombres y marcharon. Osvald montó y marchó tras él.

Ulf susurró a Lasgol:

—Esto se pone cada vez más interesante.

Capítulo 3

ASGOL HABÍA RECUPERADO SU HOGAR. DURANTE TRES DÍAS NO hizo otra cosa que limpiar e intentar poner algo de orden en la gran casa. Al cuarto, embargado por la añoranza, volvió a reorganizarlo todo para intentar dejarlo lo más parecido a como él lo recordaba. Apenas podía creer que estuviese allí de vuelta. Miles de sentimientos profundos e intensos lo asaltaban. Cuántos buenos momentos había pasado en aquella casa. La cocina le traía tantos gratos recuerdos…, sobre todo de Olga, el ama de llaves de toda la vida de su padre, una gran mujer de avanzada edad que casi lo había criado en ausencia de sus padres. El salón con la chimenea de piedra y el despacho de su padre le recordaban tanto a él… La biblioteca, por otro lado, le hacía pensar en su madre, Mayra, y le transmitía una sensación de paz y serenidad. Apenas recordaba nada de ella, había muerto cuando él era un niño, pero sabía que aquella era su habitación favorita y que allí le había leído innumerables cuentos e historias. Con solo entrar en ella Lasgol ya se relajaba.

La casa era muy grande. Tenía tres plantas, además de un sótano. En la parte trasera había un cobertizo para la leña y los aperos; algo más alejado, un pequeño establo con cabida para cuatro caballos; allí descansaba Trotador. Camu disfrutaba correteando y saltando de un lado a otro. Estaba volviéndose más saltarín e inquieto. No paraba de explorar tanto la casa como los alrededores. Lasgol le había prohibido salir de los confines de la hacienda y, sobre todo, increpar a Trotador, algo que a Camu le encantaba hacer.

Alguien llamó a la puerta. Lasgol usó su don para ordenar a Camu que se escondiera. Por fortuna, la criatura siempre obedecía cuando él usaba el don; de palabra era otra historia muy diferente. La mitad de las veces lo ignoraba por completo y hacía lo que quería. A Lasgol le encantaba el espíritu inquieto y juguetón de Camu, aunque nunca se lo reconocería: no le daría más motivos para desobedecerle de los que ya de por sí tenía. Bajó las escaleras y abrió la puerta.

—Buenos días, señor Lasgol —lo saludó Limus, muy cortés y con una sonrisa.

«Cómo cambian las cosas», pensó Lasgol al recordar cómo lo trataba antes el ayudante del jefe.

—Buenos días, señor Limus —le devolvió el saludo.

—¡Oh! No hace falta tratamiento de señor —dijo Limus con una sonrisa—. Yo solo soy el asistente del jefe Gondar. Nadie de importancia.

—Eres quien lleva todos los asuntos de la aldea. A mí me pareces importante.

—Qué agradable sorpresa, alguien que aprecia mi trabajo, no como la mayoría de los aldeanos, que creen que todo se hace solo y luego, cuando hay problemas, vienen corriendo a quejarse. —Lasgol sonrió—. En fin… Traigo unos documentos para firmar y todo pasará a tu nombre. De esta forma, no tendrás ya más problemas.

—Pasa, por favor.

Limus entró y Lasgol le mostró la mesa grande en medio del área común, cerca de la chimenea de piedra. Se sentaron y Lasgol firmó los papeles. Lo inundó una sensación de respeto y gran alivio. Sentía que heredaba no solo las propiedades de su padre, sino que además recuperaba su buen nombre.

—Muy bien. Arreglado —dijo Limus guardando los documentos.

—¿Y el otro asunto del que hablamos?

—Ah, sí. Esta tarde vendrán tres mujeres de la aldea interesadas en el puesto.

—¿Les has explicado que es para ser mi ama de llaves y cuidar de este lugar en mi ausencia? Lo segundo es muy importante. Estaré fuera todo este año, varios años, de hecho, formándome como guardabosques; visitaré muy poco la hacienda.

—Sí, no te preocupes, lo saben. He elegido yo mismo a las más cualificadas. Se han presentado una docena de candidatas, pero había mala hierba entre ellas. He hecho una preselección.

—Oh, gracias...

—No se merecen. No me porté bien contigo en su día, debo corregir mi comportamiento pasado e intentar reparar la falta cometida.

—No es necesario...

—Aun así, permite que te haga algún que otro favor para subsanar el agravio. Además, ahora eres una persona muy relevante en nuestra pequeña pero querida Skad. Un héroe del reino, nada menos, y con la hacienda más grande del pueblo. Debo tratarte como mereces —le agasajó Limus con una sonrisa.

—De acuerdo —respondió el chico encogiéndose de hombros y devolviéndole una leve sonrisa.

Limus hizo una reverencia y se marchó.

Era primera hora de la tarde cuando las tres candidatas a ama de llaves se presentaron en la casa. Lasgol estaba algo nervioso. Nunca había hecho nada así, ¿cómo sabría cuál de las tres era la más adecuada? Tendría que guiarse por sus instintos. Se aseguró de que

Camu se ocultase y le pidió que no destrozara nada mientras ellas estuvieran allí. No estaba muy convencido de que la criatura fuera a hacerle demasiado caso.

Salió a recibirlas. Las hizo pasar y sentarse frente a la chimenea. No pudo ofrecerles ni una tisana, pues no tenía absolutamente nada en la casa. Todos los días bajaba a comer y cenar con Ulf a la posada y aún no había ido a comprar. Cayó en la cuenta de que justo para eso estaban ellas allí. Al observarlas más de cerca se percató de que a dos las conocía de vista del pueblo. A la tercera, la más joven, no recordaba haberla visto antes. Subió con la primera candidata al estudio de su padre en la tercera planta. Se sentó tras el escritorio de roble y le indicó que se sentara frente a él. La luz entraba por una doble ventana que daba a un mirador a la espalda de Lasgol. Los rayos del sol bañaban la mesa y el resto de la estancia. El muchacho podía apreciar a la señora Úrsula con claridad cristalina. Era una mujer oronda, de mejillas sonrosadas y de mediana edad. Tenía los ojos pardos y el rostro agradable. Llevaba el cabello recogido en un moño. Era la imagen perfecta de lo que uno se imaginaba al pensar en un ama de llaves. Lasgol pronto descubrió que hablaba mucho…, demasiado.

—… y mis credenciales son impecables, he trabajado para varias familias importantes del condado: los Laston, gran familia, muy numerosa. El señor es el capataz encargado de la mina de hierro, muy bien relacionado; su esposa, una mujer encantadora; los hijos, algo traviesos pero bien educados… —Lasgol la escuchaba y asentía. Solo la había saludado y la buena señora se había puesto a relatarle todas sus experiencias de los últimos veinte años—. Los Ostason, donde estuve sirviendo cinco años hasta que trasladaron al capitán a Norghania, la capital. Me ofrecieron que los acompañara, me tenían en mucha estima, pero, claro, Norghania está lejos y yo tengo familia y amistades aquí en el condado. Tuve que rechazar la oferta; además, no podría alejarme de la tumba de mi difunto Rufus, siempre voy a visitarlo y charlar con él...

Lasgol seguía asintiendo y se preguntó si Úrsula no habría matado accidentalmente a su pobre marido de un ataque prolongado de verborrea. El rostro de Viggo, con una sonrisa maliciosa, apareció en la mente de Lasgol y se sintió mal por la pobre mujer, viuda y sin empleo. Tuvo que sacudirse la idea pestañeando con fuerza.

—... y puedo asegurarle, joven señor, que no hallará un ama de llaves que conozca mejor sus labores y cómo llevar bien una hacienda. Recuerdo que los Jules dudaron al contratarme y al cabo de una estación no podían vivir sin mí. Conozco todo lo que debe hacerse y, lo más importante, la mejor forma de hacerlo. Después de tantos años, una se convierte en una experta en todo lo relacionado con limpiar la casa, hacer la colada, remendar la ropa, cocinar, comprar el mejor género, o el más económico pero sin perder calidad...

Un suspiro abandonó la boca de Lasgol sin que él lo quisiera. Pero Úrsula no pareció darse cuenta y continuó hablando durante un rato interminable. Al fin, Lasgol tuvo que armarse de valor y cortar la verborrea o se les haría de noche allí, y aún tenía que ver a las otras dos candidatas.

—Gracias, señora Úrsula. Creo que ya me hago una buena idea...

—Oh, pero no le he explicado todas mis virtudes y habilidades... Soy honrada, puede preguntar a quien quiera...

—Sí, sí, no tengo duda —incidió Lasgol.

—... y buena vecina, nadie hablará mal de mí...

—Sí, estoy convencido —dijo el muchacho, y se puso en pie para intentar que dejara de hablar; al no conseguirlo, le extendió la mano—. Muchas gracias, señora, tendré en cuenta todas sus indudables cualidades.

—Oh, bien, tenía más que contarle —se disculpó y, tras aceptar la mano de Lasgol, se levantó de la silla.

Lasgol la acompañó hasta donde esperaban las otras dos aspirantes. La despidió con un breve «adiós y gracias».

Se volvió y sonrió a las dos señoras que aguardaban.

—¿Quién será la siguiente?

—Yo misma, soy la señora Roberta —dijo la más enjuta de las dos, que se puso en pie como un resorte y saludó a Lasgol con una pequeña reverencia.

—Muy bien —dijo observándola mientras le devolvía el saludo. No era muy alta, pero sí delgadísima, prácticamente piel sobre huesos. Era también de mediana edad, de rostro serio y tenía unos intensos ojos grises bajo un entrecejo que parecía estar siempre fruncido. Dos trenzas simétricas le caían por los hombros, una a cada lado de su delgado cuello.

Subieron al despacho y se sentaron.

—Señora Roberta, cuénteme, por favor, su experiencia y el motivo por el que desea este puesto…

—Por supuesto. Seré breve. —Lasgol tuvo que contener una exclamación de alegría al oír aquello—. La eficiencia es mi mayor virtud, y mi odio por el despilfarro, la segunda. Soy de mano dura y puño cerrado. —Miró a Lasgol con aquellos ojos hoscos para comprobar que la había entendido.

—Puño cerrado…

—Manejo el dinero con mucho cuidado, como toda buena ama de llaves debería.

—Oh, muy bien —respondió Lasgol.

—Verá, joven señor: he sido ama de llaves de la familia Ostofson desde muy joven. Por desgracia, por motivos económicos la familia no puede contar con mis servicios ni con los de los otros sirvientes, así que no han tenido más remedio que dejarnos ir.

—Entiendo…

—Soy una persona que habla poco, trabaja mucho y no pierde el tiempo. Dicen que soy puro nervio; yo lo llamo espíritu. Me ayuda a ejecutar mis tareas en la mitad del tiempo que les llevaría a otras. No soy amiga de la cháchara ni de entretenerme. Nunca he estado casada ni tengo descendencia o familia alguna. Todo mi tiempo y esfuerzo estarán dedicados a esta hacienda. Tras tantos años trabajando para la familia Ostofson, creo que estoy bien capacitada para hacerme cargo de esta casa. Eso es todo.

—Entonces asintió con energía enfatizando que ya había terminado.

—Oh, muy bien —dijo Lasgol. En verdad no era amiga de perder el tiempo.

Lasgol la acompañó a la salida. Iba sopesando cuál de las dos señoras le convendría más tener al cuidado de la casa. Una hablaba demasiado, pero parecía buena persona, mientras que la otra era seca y eficiente.

Se volvió y observó a la tercera señora. Era bastante más joven, tendría la edad de su padre, Dakon, y por su aspecto no parecía un ama de llaves. Tenía el pelo castaño recogido en una gruesa y larga trenza que le llegaba hasta la cintura. Unos ojos azules y un rostro sereno lo miraban con atención. Brillaron con un destello de reconocimiento que desconcertó un poco a Lasgol. Por su atuendo parecía una campesina.

—Gracias por la oportunidad, señor; soy Martha —se presentó ella con una ligera reverencia.

—Hola, señora Martha, yo soy Lasgol.

—Sí, lo sé —contestó ella con una sonrisa.

—Oh, claro —dijo sintiéndose algo torpe—. ¿Pasamos?

Ella asintió y fueron hasta el despacho. Al sentarse a la mesa, Martha observó la estancia con detenimiento.

—Está todo algo descuidado… He intentado limpiar… No se me da del todo bien… —se disculpó.

—Para eso hemos venido —sonrió Martha.

—Sí, cierto.

—Creo que será mejor si comienzo explicando que yo no he sido ama de llaves nunca… —dijo la mujer con franqueza.

—Oh… —El chico torció la cabeza, el comentario y la sinceridad lo habían sorprendido.

—Estoy aquí porque necesito trabajo. Hace poco que he regresado a la aldea. He perdido mi granja, en el condado vecino, Beriksen. Mi marido desapareció hace tres años y no ha vuelto a saberse de él. Yo sola no he podido sacar la granja adelante, así que he tenido que volver a casa de mi tía, mi única pariente viva, que gracias a los Dioses me ha acogido. Ella habló con Limus y por eso estoy aquí…

—Lo siento…

—La vida es así, a veces injusta. Pero soy una luchadora. Encontraré trabajo y saldré adelante. —Los ojos le brillaron con determinación.

Lasgol asintió. Conocía bien aquella sensación y la tesitura en la que se encontraba Martha.

—Sé que Úrsula y Roberta están mucho más capacitadas; Skad es una aldea pequeña, todos nos conocemos. El condado en sí es pequeño, todo se sabe. Ambas mujeres tienen muy buenas credenciales. Siendo sincera, cualquiera de las dos haría un trabajo excelente en esta hacienda. Mi tía las conoce bien y así me lo ha asegurado.

—Agradezco la sinceridad —contestó el chico con empatía.

—Pero, si me da una oportunidad, señor, no se arrepentirá. Se lo prometo. —El tono de Martha se transformó en uno de ruego—. Trabajaré tan duro como en mi granja. Lo que no sepa lo aprenderé en un pestañeo. Seré la mejor ama de llaves del condado. Solo necesito una oportunidad. Por favor. —Sonó angustiada.

Lasgol la observaba con un nudo en el estómago. Estaba desesperada tal y como él lo había estado cuando lo echaron a la calle. Cuando Ulf lo recogió.

—Tranquila… —Le hizo un gesto para intentar que se calmara.

—Lo siento…, es mi carácter. Soy un poco impulsiva. Y la situación en la que me encuentro…

—Lo entiendo. Yo mismo he pasado muy malos tiempos.

—Cierto. Lo que les ocurrió fue horrible. Nunca creí en la culpabilidad de Dakon. Me alegro en el alma de que se haya aclarado todo.

Aquel comentario sorprendió a Lasgol.

—¿Cómo es eso? Todos pensaban que era culpable.

—No todos. Quienes lo conocíamos no lo pensábamos.

El muchacho se puso tenso.

—¿Conocía a mi padre?

—Sí, señor —afirmó ella.

—¿Cómo? ¿Cuándo?

—Hace años, cuando éramos más jóvenes.

—No lo sabía.

—De hecho, también lo conocía a usted, mi señor.

—¿A mí?

—Así es. No lo recordará porque era muy pequeño. Pero usted y yo hemos jugado mucho en esta casa hace muchos años.

Lasgol sacudió la cabeza. Él no la recordaba en absoluto.

—He pasado buenos momentos entre estas paredes —dijo mirando alrededor—. Es una de las razones por las que me encantaría trabajar aquí y no en otro lugar.

—Si conoce a mi padre y jugaba conmigo de pequeño, entonces conocería a mi madre, Mayra…

Martha asintió.

—No solo la conocía. Éramos muy amigas. Las mejores amigas. Por eso conozco a su padre y le conozco a usted, por su madre. Crecimos juntas en esta aldea. Nos conocíamos desde que aprendimos a andar. Éramos inseparables. Bueno, hasta que nos casamos —recordó con una sonrisa—. Luego me mudé al condado de Beriksen con mi marido; él era de allí. Aun así, no perdimos el contacto. Solíamos visitarnos cada dos estaciones para ver cómo nos iba.

Lasgol se quedó sin habla. Él casi no recordaba a su madre. Era una imagen borrosa en lo más profundo de su memoria que no conseguía definir por más que lo intentase. Un montón de preguntas comenzaron a asaltarlo. Él apenas sabía nada de Mayra, lo poco que su padre le había contado, y ahora se daba cuenta de que en realidad no era demasiado. Dakon solo le había dicho que era una gran mujer a la que él amaba con todo su corazón, que lo que más quería Mayra en la vida era a su hijo, a él, y que había muerto en un accidente con su caballo cuando él era pequeño.

—No era mi intención traer recuerdos dolorosos… —se disculpó Martha al ver que Lasgol estaba perdido en sus pensamientos y que su rostro mostraba contrariedad.

—No, no es eso… Lo siento.

Ella asintió y bajó la mirada.

—Espero que no lo considere un atrevimiento, pero puedo asegurar que Mayra les quería profundamente. Sus «chicos traviesos», como ella les llamaba.

Lasgol sintió una punzada en el pecho y le costó respirar.

—Gracias… —dijo con un largo suspiro.

—Es la verdad, sus ojos de jade brillaban con un destello especial cuando estaba con sus chicos.

—Creo que con lo que me ha contado es suficiente —dijo con una sonrisa—. Lo pensaré esta noche y tomaré una decisión. Mañana se lo comunicaré a Limus.

Martha asintió:

—Gracias por recibirme.

Lasgol la acompañó hasta la puerta. Se despidieron y se quedó perdido en sus pensamientos mientras la veía marcharse. «Qué poco sé sobre mi madre, sobre su vida, sobre nuestra vida. Mi padre no me contó casi nada. ¿Por qué? Si tanto nos quería, ¿por qué mi padre nunca hablaba de ella? Ahora que lo pienso, apenas lo hacía. No lo entiendo. Solo respondía a mis preguntas con frases cortas y sé que le incomodaba hacerlo. Quizá fuera por el dolor que sentía por su muerte. Le desagradaba tanto que dejé de preguntarle sobre ella». No había pensado en todo aquello en mucho tiempo. Había estado tan centrado en sobrevivir que no se había parado a analizar el pasado. Lo mismo ahora, en aquella casa que le traía tantos recuerdos, era un buen momento para reflexionar. Algo no le encajaba en la actitud de su padre.

De pronto, sintió que Camu le trepaba por la pierna. Estaba ganando peso y ahora notaba cuándo se movía sobre él. Ya no era el chiquitín imperceptible de antes; medía como su antebrazo y comenzaba a pesar. La criatura se puso sobre su hombro y le enroscó la larga cola en el cuello. Se camufló y le lamió el moflete.

—¡Camu! ¡Que alguien puede verte! —lo regañó y cerró la puerta rápido.

La criatura emitió un chillido y volvió a lamerlo.

—Eres imposible —resopló Lasgol—. Voy a tener que castigarte para que te portes bien. —Entrecerró los ojos y le mostró un dedo amenazador.

Camu abrió los ojos saltones y se quedó quieto.

—¿Me has entendido? —se extrañó Lasgol, que inclinó la cabeza.

La criatura volvió a lamerlo y comenzó a realizar su danza de cuando estaba contento, flexionando las piernas sin moverse del sitio.

—No, ya veo que no.

Suspiró. Debía aprender a dominar a la criatura o tarde o temprano se meterían en un buen lío. Si alguien la veía… Solo le hacía caso cuando usaba el don. Recordó las palabras de su padre: «Para desarrollar el don debes practicar cada día. Es algo vivo que está dentro de ti. Si no lo ejercitas, si no lo cuidas, morirá y lo perderás». Tras la muerte de su padre había decidido justo eso: dejarlo morir, pues solo quería ser normal, como todos. Ya tenía bastantes problemas sin añadir el odio y el rechazo que sufrían los que poseían el don. Sin embargo, el ataque del oso y todo lo que había sucedido en el campamento lo habían obligado a volver a usarlo. De no haberlo hecho, habría muerto. Él y alguno de sus compañeros de equipo.

Mientras iba repasando lo sucedido, de manera inconsciente se dirigió a la segunda planta, a la biblioteca. Observó la habitación tapizada de libros. Las cuatro paredes estaban cubiertas del suelo al techo de volúmenes de toda índole. Dos cómodos butacones frente a las ventanas le recordaron que ese era el lugar donde sus padres leían. La gruesa alfombra de lana era donde él había jugado de niño. Era curioso cómo recordaba aquellos detalles y, sin embargo, otros mucho más importantes, como el rostro de su madre, se habían borrado. Pasó el dedo por la hilera de libros junto al butacón en el que su padre leía y se detuvo en uno de tapas doradas. Lo sacó y leyó en voz alta el título:

—*Principios del don*, por Mirkos el Erudito.

Era el libro de referencia sobre el don que su padre había conseguido con mucho esfuerzo y en secreto. Según le había dicho, se lo había comprado en el Reino de Rogdon a un mago del rey Solin, que era de los pocos estudiosos que había plasmado sus conocimientos en libros y que los usaba para instruir a sus aprendices. Los Magos del Hielo del rey Uthar tenían también un códice, pero no permitían estudiarlo a nadie que no fuera de la Hermandad del Hielo.

Se sentó en el butacón y repasó algunos pasajes que tan bien conocía. Su padre y él habían pasado mucho tiempo estudiándolo, intentando comprender los arcanos principios. Al ser principios generales sobre el don, no describían cómo conseguir habilidades específicas ni cómo realizar tipos de magia concretos, sino más bien cómo tratar el don y comenzar a desarrollarlo hacia esos fines y no dejarlo morir en la persona. Tras ello, habían pasado todavía más tiempo desarrollando el don y creando habilidades que Lasgol pudiera usar. Aquello había sido un largo y arduo proceso. Solo se podía conseguir por prueba y error, más abundante el segundo que la primera.

Con esfuerzo y dedicación había conseguido desarrollar algunas habilidades extraordinarias, como Reflejos Felinos, Agilidad Mejorada, Ojo de Halcón y otras menores. Lasgol resopló. Nunca había entendido por qué él, de entre todos los norghanos, había sido bendecido con el don. Él no era nadie importante, el hijo de un guardabosques odiado por todos hasta hacía poco. Para Lasgol el don era algo tan increíble y valioso que consideraba un malgasto que los Dioses decidieran concedérselo a él. Bueno, no los Dioses, pues según los *Principios* de Mirkos, el don se heredaba, se transmitía por sangre de padres a hijos, aunque no siempre se manifestaba en todas las generaciones. Su padre y su madre no lo tenían; por ello Lasgol dedujo que algún antepasado suyo debía de haberlo poseído, no sabía quién. En cualquier caso, su don deberían habérselo concedido a una sanadora para que ayudara a los necesitados o a un mago del hielo para que defendiera el reino de enemigos como Darthor, no a él, que no tenía ningún valor.

Absorto como estaba en sus pensamientos, el chillido de Camu lo pilló tan de sorpresa que dio un brinco en el butacón. Se puso en pie con el corazón en la boca. Salió de la biblioteca. Camu volvió a chillar, un grito agudo de peligro. Procedía de arriba. Lasgol subió corriendo las escaleras hasta llegar al tercer piso. No sabía dónde se hallaba Camu, pero estaba seguro de que algo malo ocurría. Usó su don. Se concentró e intentó localizarlo. Un resplandor dorado le hizo mirar al final del pasillo. Camu estaba colgado bocabajo de la trampilla que daba al desván. Estaba rígido, con la cola apuntando hacia la trampilla. Camu destelló y volvió a chillar.

Aquello solo podía significar una cosa: ¡había detectado magia!

Capítulo 4

L ASGOL SE ACERCÓ HASTA CAMU EN ESTADO DE ALERTA.
—Quieto, no hagas ruido, voy a por mis armas —le susurró.
Se alejó corriendo como una gacela y fue hasta su habitación.
Sobre la cama estaba su morral de viaje. Rebuscó en el interior y
sacó el cuchillo y el hacha corta de guardabosques que les habían
concedido por haber superado el primer año de instrucción. Le
acudió a la mente la imagen de sus compañeros, los Panteras de las
Nieves, Ingrid, Nilsa, Gerd, Egil y Viggo, formando ante la cabaña,
y el instructor mayor Oden entregándoles las armas de forma oficial. Había experimentado una sensación única, mezcla de orgullo,
camaradería y sufrimiento. Un sentimiento que atesoraría siempre.

Sacudió la cabeza para despejar los recuerdos y concentrarse en
el problema que tenía frente a él. Con las armas, regresó junto a
Camu. Continuaba hierático, colgando de la trampilla bocabajo.
Lasgol estiró la mano, pero no llegaba a alcanzar el cerrojo, que se
encontraba a dos varas de altura. ¿Cómo harían para abrirla y subir?
Él nunca había estado allí, o al menos no lo recordaba. Su padre
se lo había prohibido cuando era pequeño. Desconocía la razón.
Se giró y, junto al aparador alto del final del pasillo, vislumbró algo
largo y negro, metálico. Guardó las armas en el cinturón de cuero

que llevaba y lo cogió. Era una varilla con la punta en forma de gancho. Observó la trampilla y descubrió un aro metálico.

—Camu, muévete, voy a abrirla.

Pero el animal no se inmutó.

Lasgol suspiró. Se concentró cerrando los ojos y buscó su energía interior. La encontró reposando bajo su pecho, formando lo que a él siempre le parecía un pequeño y apacible lago azul. Llamó a su don y, mediante el uso de su energía, invocó la habilidad que le permitía comunicarse con algunos animales. «Muévete, Camu», le ordenó. Un destello verde surgió de su cabeza; la habilidad había sido conjurada. La criatura miró a Lasgol y obedeció. Retrasó su posición sobre el techo librando la trampilla. «Gracias, amigo». Otro destello verde le indicó el envío del mensaje mental a Camu. Este flexionó las patas mientras colgaba del techo patas arriba.

Lasgol usó la varilla; encajó el gancho en la anilla y tiró de ella. Al hacerlo se oyó un clic metálico y la trampilla se abrió hacia la pared por su propio peso. Luego, una escalera de cuerda cayó y quedó colgando frente a él.

—Qué curioso… —susurró entre dientes.

Comenzó a subir por la escalera intentando que esta no se balanceara mucho. Nada más asomar la cabeza, observó el desván. Era descomunal, con el techo bajo, y ocupaba toda la planta superior de la casa. Lasgol había aparecido en un extremo y no conseguía ver dónde terminaba. Reinaba el desorden y todo estaba cubierto de polvo y telarañas. Estaba lleno de sacos, muebles antiguos, baúles, ropa, libros amontonados, estanterías repletas de frascos, objetos extraños y todo tipo de cosas dispares que se habían almacenado allí durante años y habían quedado olvidadas. Había incluso un armero con espadas, hachas y arcos. Hasta una armadura pesada norghana sobre un muñeco de madera.

Lasgol se incorporó despacio y estudió con cautela aquel mundo abandonado, cubierto de la suciedad que el paso de los años amontona en las cosas. Olía a moho, a ambiente cargado. Estuvo a punto de estornudar, pero se llevó la mano a la nariz para evitarlo. Camu se situó a su lado; movía la cabeza y la cola a la vez. Estaba intranquilo y eso ponía nervioso al muchacho. Algo extraño pasaba allí arriba. La viga maestra vibraba mucho. Las casas norghanas tenían tejados altos y muy inclinados para evitar que la nieve, presente gran parte del año, se acumulara y los hundiera con el peso. Sacó el cuchillo y el hacha. Avanzó despacio, mirando a todos lados, muy alerta.

Había poca visibilidad. Descubrió dos claraboyas por donde se colaba la escasa luz que iluminaba el enorme espacio. El polvo le entró en la nariz y esa vez no consiguió refrenar un estornudo. «¡Vaya! Ahora, sea lo que sea, sabe que estoy aquí». No quiso correr riesgos. Usó el don e invocó su habilidad para detectar la presencia de hombres o animales. Su cuerpo emitió un destello verde. Permaneció concentrado con los ojos cerrados mientras percibía lo que había a su alrededor. Nada, ninguna presencia de ser vivo alguno. Se quedó algo más tranquilo, pero no del todo: que no lo captara no quería decir que no estuviera allí. Sus habilidades eran todavía muy básicas, le quedaba mucho por aprender para que fueran de verdad potentes y eficaces. «Con tiempo y mucho entrenamiento conseguiré mejorarlas». Su padre siempre lo animaba así.

Avanzó en sigilo y con cuidado. Había demasiados objetos por el suelo y no pisarlos era complicado. Camu dio un salto y le trepó por la espalda hasta situarse sobre el hombro derecho, su lugar favorito. El chico se agachó en mitad del enorme desván y se concentró. «Es hora de experimentar un poco. Quizá tenga suerte». No conseguía ver lo que fuera que Camu había detectado. Un mago no era, eso seguro, pero podría tratarse de otro ser más pequeño al que no alcanzara a ver en medio de aquel desorden.

Se concentró e invocó una nueva habilidad en la que había estado trabajando. En el primer año en el campamento había tenido la oportunidad de estudiar las lechuzas: aves extraordinarias con un sentido del oído privilegiado. Esben, guardabosques mayor de la maestría de Fauna, decía que no había ave con mejor oído. Su conocimiento sobre las lechuzas y los búhos le había dado la idea de crear una habilidad que le permitiera mejorar su recepción auditiva hasta los niveles de estas bellas aves. Lasgol había estado practicando mucho, aunque sin éxito. No había conseguido desarrollar la habilidad, pero sabía que estaba cerca. De todas formas, lo intentó. Y en esa ocasión, por desgracia, tampoco resultó.

Resopló. Cuando una habilidad le fallaba, sentía que la energía en su interior se consumía, pero sin efecto alguno. Si hubiera poseído energía ilimitada habría seguido intentándolo hasta lograrlo, pero ese no era el caso. Su «lago de energía», como él lo llamaba, era muy limitado y cuando se agotaba quedaba exhausto, tanto que caía rendido donde estuviera sin poder evitarlo. Necesitaba dormir y recuperar algo de energía para seguir en pie. Pensó en lo ridículo y mortalmente peligroso que sería utilizar sus habilidades hasta agotar su energía y caer rendido a los pies del enemigo... Un final dramático y muy triste.

Hizo un nuevo intento. Nada. Se relajó por completo y cerró los ojos para concentrarse mejor dejando que fuera su oído el único sentido en el que centrarse. Un leve sonido comenzó a llegarle, primero como un lejano susurro, casi imperceptible; poco a poco fue aumentando hasta convertirse en uno más definido. Era un tic-toc que se repetía siguiendo una cadencia. Se concentró en ese sonido en particular aislando el resto como si no existiera nada alrededor. Solo estaban la oscuridad y aquel extraño ruido. Y, en ese momento, sucedió. Un destello verde le recorrió la cabeza y sus oídos captaron el sonido con total claridad y potencia. En su mente apareció el punto donde se hallaba el objeto: a su derecha, a tres pasos, detrás de un baúl. ¡Lo había conseguido! ¡Había creado una nueva habilidad! La llamaría Oído de Lechuza.

Abrió bien los ojos y miró hacia el lugar, pero solo vio un viejo baúl cubierto de suciedad. Se acercó. Para su sorpresa, detrás de este no había nada. «¿Me he equivocado? Juraría que el sonido procedía de aquí. Qué raro». Camu saltó de su hombro al suelo y señaló con la cola el lugar que Lasgol observaba.

—¿Tú también lo sientes?

Camu emitió un chillido corto que Lasgol interpretó como un sí.

Se agachó y palpó el suelo. No había nada. Se concentró y el tictoc regresó; sin embargo, allí seguía sin haber nada. Nada sobre el suelo. Pero ¿y debajo? Con el cuchillo intentó levantar la madera. Un trozo de un palmo de longitud saltó como si estuviera suelto. Lasgol introdujo la mano y hurgó hasta dar con algo. Lo sacó y resultó ser una cajita. La reconoció, era idéntica a la que le había llegado con el huevo del que había salido Camu. Pero esta era mucho más pequeña. Con cierta aprensión por lo que pudiera contener, la abrió. En su interior descansaba un anillo. Lasgol lo observó a la luz de la claraboya. Era azulado, metálico y tenía una extraña inscripción en un idioma que desconocía. Camu dio un salto y lo atrapó con la boca.

—Camu, ¿qué haces?

La criatura se fue corriendo con el anillo.

El chico puso los ojos en blanco.

—Pero ¿para qué lo quieres? —protestó.

Camu emitió un chillido desde el otro extremo de la estancia.

—Ven aquí, puede ser peligroso…

De súbito, se produjo un destello dorado sobre Camu.

—¡Camu! ¿Estás bien?

La criatura corrió hacia Lasgol dando saltos. Llevaba el anillo en la cola. Parecía encontrarse bien.

—Déjame ver.

Le mostró el anillo. Lasgol lo cogió y lo examinó en la palma de su mano. Era mágico, no había duda.

—Qué anillo más extraño. ¿Seguro que estás bien?

Camu movió la cabeza y la cola, y comenzó a flexionar las patas como hacía cuando estaba contento.

—Esto es muy extraño...

Camu se volvió invisible. Lasgol resopló. «No sé por qué, pero tengo la sensación de que este anillo va a traerme problemas. Muchos problemas».

A la mañana siguiente, el chico se ocupaba de Trotador en el pequeño establo de la hacienda.

—Te gusta tu establo, ¿verdad? —le dijo mientras le daba algo de alfalfa seca.

Trotador movió la cabeza y le mordisqueó juguetón la capucha de la capa. De repente, Camu se hizo visible frente a Trotador y emitió un chillido agudo. El poni relinchó asustado, se echó atrás y golpeó a Lasgol, que se fue al suelo.

—¡Camu! —exclamó el muchacho enfadado.

La criatura comenzó a flexionar las patas y mover la cabeza y la cola.

—¡Esto no es divertido!

Trotador rebufaba muy inquieto. Lasgol se puso en pie e intentó calmarlo; el pobre animal se había llevado un susto de muerte. Lo acarició y le habló con tono suave y tranquilizador, pero no conseguía calmarlo. Cayó en la cuenta de que nunca había tratado de usar el don con Trotador; quizá funcionara. Cerró los ojos y se concentró. Invocó su habilidad para comunicarse con los animales y probó a captar la mente de Trotador. Como no lo conseguía, le puso la mano sobre el cuello y lo intentó con más fuerza. De pronto la percibió, una pequeña aura difusa de color verde. La fijó y le envió un mensaje: «Tranquilo, amigo, tranquilo».

Trotador volvió la cabeza y lo miró. Al momento, se calmó y soltó un resoplido, ya más calmado.

«Tranquilo, todo está bien», le repitió. El poni asintió con la cabeza y empezó a comer.

Lasgol ahogó una exclamación de triunfo y alegría. ¡Lo había conseguido! La habilidad para comunicarse con los animales lo dejaba cada vez más pasmado. Era algo espectacular. Decidió ponerle un nombre. Se había dado cuenta de que nombrar las habilidades lo ayudaba a invocarlas con mayor rapidez y facilidad. No entendía por qué, ni aquello ni muchas otras cosas relacionadas con su don, pero era así. Pensó cuál sería un buen nombre rápido de recordar. Barajó media docena y, al final, se decidió: Comunicación Animal.

Se volvió hacia Camu. «Comunicación Animal», invocó. Localizó el aura de la mente de la criatura. Brillaba con un fulgor verduzco rodeándole la cabeza. Era intensa. «¡Camu, malo!», lo regañó.

Camu se quedó rígido. Emitió un chillido que sonó a llanto y se escapó corriendo.

«Mal. Muy mal», le reprochó Lasgol.

Tenía cosas que hacer, así que dejó a sus dos compañeros y se dirigió a la aldea. Encontró a Limus en la casa del jefe. El enjuto ayudante estaba repasando unas cuentas sentado tras su mesa de trabajo. Gondar hablaba con uno de los capataces de la mina, que se quejaba de que los suministros no llegaban a tiempo desde la aldea.

—Eso se debe a que hay que inventariar los suministros —dijo Limus sin levantar la cabeza de las cuentas.

—Pues que se cuenten más rápido. Necesito los suministros en la mina de inmediato, no con cuatro días de retraso —se quejó el capataz.

Lasgol los observaba desde la puerta sin saber si entrar o no. La puerta de la casa del jefe siempre estaba abierta, día y noche. El lema de Gondar era que su puerta debía permanecer siempre abierta para ayudar al pueblo.

—Tardaremos en contar lo que se necesite —dijo Gondar.

El capataz resopló, soltó un improperio y se marchó. Pasó junto a Lasgol hecho una furia. Entonces el jefe se percató de su presencia.

—Pasa, ya he terminado con el capataz —dijo con una sonrisa.

—Los negocios impacientan a la gente —observó Limus.

—Los negocios y el conde —añadió Gondar—. Las minas son su fuente principal de riqueza.

—Y de sustento de esta aldea —puntualizó Limus.

—Sí, eso también. Intenta contabilizar los suministros de la mina lo antes que puedas. Que piense que sus protestas han surtido efecto. Ya hemos tenido bastantes problemas con el conde por esta estación…

Lasgol se sintió culpable por haber creado la situación a la que se refería el jefe.

—¿Has venido a verme? —le preguntó Gondar.

—A Limus…, por lo del puesto de ama de llaves.

—Ah, muy bien —respondió el jefe, y se sentó frente a la chimenea.

—Y dime, joven señor Lasgol, ¿te han parecido bien las tres candidatas que seleccioné? —le preguntó Limus.

—Oh, sí, muy bien.

—¿Necesitas más información, alguna recomendación o ya has elegido?

—Ya he elegido… Me quedo con Martha.

Limus sonrió y le brillaron los ojos.

—Curiosa elección, es la menos preparada.

—Pero, aun así, la seleccionaste para que la viera.

—A veces, los lazos afectivos son más importantes. Además, es una buena mujer y se encuentra en una situación difícil. Pensé que podría ser una buena opción. Veo que acerté.

—Tú aciertas mucho, por eso eres mi ayudante —le dijo Gondar con una sonrisa.

Limus soltó una risita agradecida.

—Gracias, Limus —dijo Lasgol.

—No hace falta que me lo agradezcas. Es bueno para la aldea y, por lo tanto, es parte de mi trabajo.

—Quería preguntar algo más…

—¿Referente a Martha?

—No…, referente a mi madre…, a Mayra…

De pronto se hizo un silencio. Limus y Gondar intercambiaron una mirada tensa.

—Me gustaría saber cómo murió, dónde descansa…

—Tu padre, Dakon, ¿no te lo dijo? —preguntó el jefe.

—No… Solo me contó que había muerto en un accidente… al caer del caballo. He pensado que, al ser una muerte en la aldea, Limus lo tendría recogido en los libros…

El silencio volvió a la estancia.

—Díselo, Limus —pidió Gondar rompiendo aquella incómoda situación tras un rato largo.

Limus carraspeó:

—La muerte de tu madre no está recogida en mis libros.

—No entiendo…

—Verás… —explicó Gondar—, tu madre no consta en los libros porque no murió aquí.

—¿No? Mi padre…

—Tu padre se personó un día aquí, en mi casa. Estaba muy afectado. Le pregunté qué le ocurría y me contó que Mayra había muerto en un desgraciado accidente mientras montaban en tierras del duque Olafstone. Al ser tu padre quien era, el guardabosques primero, por supuesto lo dimos por bueno. Además, traía consigo un certificado de defunción con el sello del duque.

—Y por eso no existe registro de su defunción; no aquí —terminó Limus.

El muchacho estaba muy confuso. Siempre había creído que el accidente se había producido en Skad.

—¿Podría ver el certificado?

Limus negó con la cabeza.

—Tu padre nos lo mostró, pero no lo entregó.

—Déjame darte un consejo, joven guardabosques —le dijo Gondar con tono amistoso—: el pasado es mejor dejarlo estar y no removerlo. Mira al futuro y lábrate tu propio camino; cada día avanzarás más hacia un futuro brillante, llevas buen comienzo.

Lasgol arrugó la nariz. Algo no le encajaba en todo aquello. Pero quizá estaba leyendo más de lo que en realidad había. Que su padre no le mencionara dónde había ocurrido el accidente no era suficiente razón para desconfiar, sobre todo si, como bien decían Limus y Gondar, ellos no tenían nada que sospechar.

—Tiene razón, jefe. Siento las preguntas.

—No te preocupes, muchacho, no es nada —contestó este.

—Limus, ¿podrías decirle a Martha que empiece en cuanto pueda, por favor?

—Por supuesto.

Y con un saludo abandonó la casa del jefe.

Según abandonaba la plaza en dirección a su casa, perdido en sus pensamientos, se cruzó con Dana y Alvin, los hijos del molinero

Oltar. Se conocían desde niños, eran de la misma edad, habían sido sus mejores amigos hasta el día en que nombraron traidor a su padre. Desde entonces no solo no le dirigían la palabra, sino que lo miraban con desprecio, cosa que a Lasgol le había dolido como si lo hubieran marcado con una barra al rojo vivo. No era solo por perder a dos amigos de la infancia, sino porque siempre le había gustado Dana. Al verlos, recordó la última vez que se habían cruzado, el año anterior, y con qué desprecio lo habían mirado.

Lasgol desvió la mirada y continuó andando.

—Lo siento —dijo de pronto Dana.

El muchacho se detuvo y se giró.

—Lo siento, de verdad —repitió la chica.

—Yo también —añadió su hermano.

Lasgol los observó y vio en sus ojos que no mentían. En realidad lo sentían.

—No pasa nada —aceptó él.

—Sí que pasa —dijo Dana—, te debemos una disculpa enorme.

—Nuestro padre nos obligó —explicó Alvin—, ya sabes cómo se pone... Nos prohibió verte y saludarte bajo amenaza de una paliza.

—Al principio no le hicimos caso, queríamos seguir siendo amigos tuyos —continuó Dana—, pero luego... todo el mundo..., y no actuamos bien...

—Y nos llevamos un par de tundas... —concluyó Alvin.

—No importa ya... Es el pasado... —Lasgol intentaba disimular el malestar que sentía. Le dolía el pecho como si estuvieran atravesándolo con una lanza.

—Te pido perdón —dijo Dana—, lo sentimos muchísimo. —Miró a su hermano, que asintió avergonzado.

Lasgol inspiró hondo.

—Está todo olvidado. Empecemos de nuevo —propuso, y les sonrió a ambos, aunque el dolor no había abandonado su alma.

—Eres una buena persona. —Dana se acercó y le besó la mejilla. Lasgol se ruborizó. Hubo un tiempo en que aquel beso le habría hecho ver las estrellas. Se dio cuenta de que ya no era así. Se despidió de los dos hermanos con un saludo amistoso y se separaron. Aunque la experiencia había sido dolorosa, había tenido una cosa buena: Lasgol había entendido que Dana podía ser la chica más guapa de la aldea, pero no podía compararse a Astrid. Con aquel encuentro y el recuerdo de Astrid, el hechizo que Dana mantenía sobre Lasgol se había roto para siempre. «Qué curiosa es la vida», pensó, y siguió hacia la casa; los ojos esmeralda, el bello rostro salvaje y la melena azabache de Astrid acaparaban su mente.

Al día siguiente, Martha se presentó en la puerta de la casa a primera hora con una enorme sonrisa en el rostro.

—No sé cómo darle las gracias, señor… Esto significa tanto…

—No es necesario. Quiero a alguien que se ocupe de la hacienda y más en mi ausencia, que será muy larga.

—Sé que era la menos preparada…, la confianza que deposita en mí… Espero estar a la altura.

—No te preocupes, estoy seguro de que lo harás muy bien. Y, por favor, nada de «señor» y nada de trato formal. Llámame Lasgol y yo te llamaré Martha.

—Como quiera el señor.

—Lasgol…

—Como quieras, Lasgol —repitió ella.

—Después de todo, solo tengo dieciséis años.

—Sí, pero eres el señor de la hacienda.

Lasgol sonrió.

—Se me hace raro, siempre pienso en mi padre como el señor de este lugar.

—Es natural. Con el tiempo seguro que lo sentirás tuyo.

El chico asintió.

—Me instalaré en el aledaño de los sirvientes —dijo Martha.

—No es necesario, la casa tiene muchas habitaciones libres.

—No sería digno. Hay que respetar las costumbres y las formas, o hablarán mal en el pueblo.

—Tienes razón. Lo último que quiero es darles motivos para meterse conmigo de nuevo.

—Muy bien. Me instalaré y comenzaré con las labores. De nuevo, mil gracias, señor… Lasgol.

El muchacho le sonrió. Martha entró en la casa y él se sintió de inmediato un poco menos solo.

Capítulo 5

U NA SEMANA MÁS TARDE, EL CONDE MALASON REGRESÓ A SKAD como había prometido. Lo acompañaban medio centenar de soldados montados sobre robustos y peludos caballos del norte. Ordenó a Gondar que reuniera a toda la aldea en la plaza. Con voz severa leyó en alto la orden real de reclutamiento.

Por orden real, todos los hombres hábiles mayores de dieciséis años deberán presentarse para ser reclutados y servir a su patria en la lucha contra las fuerzas de Darthor. Las mujeres que deseen unirse a la defensa de sus tierras también podrán hacerlo.

Firmado:
Su Majestad
Uthar Haugen
Rey de Norghana

Lasgol esperaba que la noticia de la guerra, ya una realidad, causase temor y protestas entre los aldeanos; se equivocó. Eran norghanos, duros y fuertes como las frías montañas que habitaban. Si había guerra, cogerían las hachas y los escudos y acabarían con el enemigo entre gritos y golpes, o morirían intentándolo.

El conde situó el puesto de alistamiento en la plaza junto a la fuente; ahí tendrían que presentarse todos los hombres. Quedaría en manos del alistador quiénes eran hábiles conforme a su constitución, estado y profesión. Malason había establecido unas cuotas para cada profesión y familia. No podían enviar a todos los campesinos al frente o no habría cosechas, y sin ellas no habría alimento. Lo mismo sucedía con los mineros, pues necesitaban el acero y el oro para sustentar la guerra. Otras profesiones, como comerciantes y artesanos, también tenían cuotas fijadas. Tampoco podían alistar a todos los miembros de la misma familia. Como ese proceso llevaría días, el conde pidió a Limus que ayudara al alistador. Les recordó a todos que si alguien se negaba o huía una vez seleccionado, sería ahorcado sin excepción ni piedad. El reclutamiento forzoso era un precepto del rey Uthar y el conde no aceptaría excusa alguna. Dicho esto, dejó la mitad de sus soldados y regresó a su castillo a continuar con los preparativos para la contienda.

Al día siguiente, Lasgol volvía de comer con Ulf, que se había quedado en la posada ahogando su rabia en vino y de un humor de perros después de que le hubieran negado el alistamiento. Lasgol, al pertenecer a los Guardabosques, estaba exento. Alguien se giró en el puesto de alistamiento; frente a frente se encontraba una de sus mayores pesadillas: Volgar. El matón estaba más corpulento y más feo que nunca, parecía un trol. Detrás de él se encontraban sus dos compinches: Igor, el larguirucho, y Sven, el estoico, como siempre. Lasgol sintió que un escalofrío le bajaba por la espalda. Recordó la terrible paliza que le habían dado el día en que abandonó la aldea. Por un momento las rodillas le temblaron, pero se rehízo. Se irguió y miró a Volgar a los ojos. No le mostraría miedo.

—Mira quién está de vuelta —exclamó el grandullón con marcado tono de desdén.

—Volgar —saludó Lasgol calmado.

—El gran héroe vuelve a Skad a pavonearse —dijo Igor.

—No estoy pavoneándome.

—Puede que hayas recuperado tu hacienda y tus tierras, pero para nosotros siempre serás un gusano —respondió Igor.

—No lo dudaba —contestó.

—Es una pena que no te haya quedado ninguna marca en esa cara de tonto que tienes después de la paliza que te dimos —dijo Igor.

—Y mira que lo hicimos para arreglársela, con toda nuestra buena intención —añadió Volgar a sus dos compinches.

Los tres soltaron una carcajada como si el comentario hubiera sido lo más gracioso que hubieran oído nunca.

—Veo que algunas cosas no cambian en Skad.

—Mucho cuidado, no te hagas el listillo con nosotros. Aunque hayas estado con los guardabosques y hayas regresado como un héroe, te daremos la paliza de tu vida. Así que mucho cuidadito —amenazó Volgar, y le clavó su enorme dedo índice.

El chico no se movió del sitio; sin embargo, el contacto hizo que la rabia le naciera en el estómago. Se le exteriorizó en el rostro.

—Uy, qué miedo, se ha enfadado —se burló Volgar.

Lasgol se enfureció todavía más.

—Igual hasta se atreve a hacer algo —se rio Sven.

—Nunca ha tenido las tripas para hacerlo —añadió Igor.

Un resoplido abandonó la boca de Lasgol:

—No voy a dejar que me amarguéis el día, aunque con ganas os daba una lección.

—Oh, ¿sí? —dijo Volgar con cara de burla—. ¿El señorito guardabosques se cree que puede darnos una lección a los tontos aldeanos?

—Podría. —La rabia hablaba por Lasgol.

—Eso tiene fácil arreglo. El puente, mañana a mediodía.

—¿Me retas? —preguntó Lasgol.

—Te reto.

El muchacho quería aceptar con todo su ser, pero algo en su interior le decía que era una mala idea, que no lo hiciera. Desoyó la advertencia.

—Allí estaré.

—¡Muy bien! Nos marcharemos a la guerra después de darte una buena paliza. Gran despedida.

—¿Os habéis alistado?

—Los tres —dijo Igor.

—Pero no tenéis los dieciséis todavía.

—Los tendremos en primavera —respondió Sven.

—Nos han aceptado. El alistador ha dicho que necesita jóvenes valientes como nosotros. —Volgar se hinchó como un pavo real.

«Tarugos como vosotros es lo que quería decir, en realidad», pensó Lasgol, aunque se calló.

—Espero que sobreviváis —dijo con tono frío.

La cara de Volgar se ensombreció y en sus ojos apareció el miedo.

—Tú asegúrate de estar en el puente a mediodía. De la guerra ya nos encargamos nosotros. —Dando un empujón a Lasgol, se abrió camino seguido de sus dos secuaces.

El chico los vio alejarse y sacudió la cabeza enfadado consigo mismo. No tenía que haber aceptado. Era un error. Pero él era un norghano y un auténtico norghano no se echaba nunca atrás.

A la mañana siguiente jugaba al escondite, de la forma tradicional, con Camu visible. Habían subido al desván para asegurarse de que Martha no los viera y traveseaban entre la multitud de objetos extraños. Se almacenaban tantas cosas allí arriba y todo estaba tan desordenado que a Lasgol le resultaba muy complicado encontrar a su amigo.

—Ya te tengo —exclamó, y corrió a tocar a la criatura, que se escondía bajo un viejo casco de hierro.

Camu emitió un chillidito de emoción y comenzó a correr. Lasgol lo persiguió entre risas. Todo lo que veía era un casco huyendo de él como si tuviera vida propia. De pronto, el casco chocó con un baúl con un sonoro «clonc» y Camu chilló de nuevo, esa vez enfadado. Lasgol se echó a reír a carcajadas. El animal salió de debajo del casco y lo miró con cara de pocos amigos. Su sonrisa perpetua había desaparecido. El chico no podía parar de reír mientras Camu agitaba la cola de disconformidad y comenzaba a camuflarse con el entorno.

—No, no, eso no vale, ¡eso es trampa! —le recriminó.

La criatura movió la cabeza de lado a lado y su sonrisa retornó. Un momento después desaparecía.

—Así seguro que ganas —se quejó. Un chillido que sonó a risa se oyó más al fondo—. Estás haciendo trampas, no te muevas.

Pero Lasgol sabía que Camu no iba a hacerle caso. Era demasiado vivaracho y se lo estaba pasando en grande, aunque protestara. Le encantaba jugar y, sobre todo, no estarse quieto un instante.

—Pues si tú haces trampa, entonces yo también —amenazó Lasgol y cerró los ojos.

Se concentró y buscó la energía en su interior. Intentó captar la presencia de la criatura. Un destello verde abandonó su cabeza. Permaneció quieto, en silencio, concentrado. Pero no pudo. Cuando Camu se camuflaba, lo hacía tan bien que no podía verlo ni oírlo, ni siquiera con magia. Probó un par de veces más, aunque con resultado negativo.

Lasgol había desarrollado la habilidad de detectar la presencia de animales y personas con la ayuda de su padre. Como la mayoría de sus habilidades, la había descubierto de forma fortuita, experimentando. Recordaba a la perfección aquel día. Trabajaba para mejorar su concentración, que se rompía con demasiada facilidad.

Estaba con los ojos cerrados y las manos en las orejas detrás de la casa del herrero, que martilleaba una espada sobre el yunque. Con el fuerte repiqueteo le resultaba imposible concentrarse; por eso practicaba allí. Pensó que, una vez más, fracasaría, como llevaba haciendo todo el mes, pero de pronto sucedió. Lo consiguió y, con los ojos y los oídos tapados, le llegó la presencia de una persona a la espalda. Alguien que no había visto ni oído. Lo sintió como si de su cuerpo hubiera partido una onda y hubiera chocado con algo. Se giró abriendo los ojos y bajando las manos para descubrir que Atos, el hijo del herrero, regresaba cargando un saco de leña. Más tarde, con ayuda de su padre, descubrió que era capaz de percibir a personas y animales, no así objetos.

Era una habilidad que dominaba bien y en distancias cortas no le fallaba nunca. Así que el problema no era su don, sino que, por alguna razón, no podía detectar a su amigo, que estaba a pocos pasos de él en algún lugar.

«Curioso, Camu no solo es capaz de detectar magia, sino que es capaz de ocultarse de ella. Ummm…, tiene cierto sentido. Es invisible a los sentidos y a la magia. Estoy seguro de que a Egil va a entusiasmarle este descubrimiento».

La conclusión a la que había llegado lo desconcertó un poco, pero se animó. Tenía que descubrir mucho más sobre Camu y sobre sí mismo. Todavía había infinidad de cosas que no sabía sobre su don y lo que podía llegar a hacer con él. «Tengo que seguir experimentando y aprendiendo».

De pronto, Camu apareció y dio un salto sobre unos bultos, cogió más impulso y volvió a saltar para quedar sobre unos objetos envueltos en paño y atados con cuerdas.

—Ven aquí, fierecilla —le ordenó Lasgol.

Por supuesto, la criatura no obedeció y comenzó a bailar flexionando las patas y meneando la cola.

—Eres imposible. —Lasgol se acercó hasta la criatura.

Camu saltó de nuevo para que el chico no lo atrapara. Al hacerlo, uno de los bultos cayó y con él dos más que estaban apoyados contra la pared. El estruendo asustó al bichillo, que desapareció de nuevo al ver lo que había provocado. Lasgol resopló e intentó recoger los bultos. Comenzó a ponerlos como estaban. Entonces se percató de que dos podían ser cuadros o espejos. Decidió abrir uno con cuidado y descubrir qué era. Había acertado; eran cuadros envueltos para protegerlos del paso del tiempo. El primero le sorprendió; era un retrato de su padre, que posaba con ropa de gala. El segundo lo dejó sin habla. Era un retrato a juego con el anterior, solo que era de una mujer, una mujer muy bella de cabello rubio y vivos ojos verdes que lo miraban intensamente. «¿Será…, será mi madre?». Debía de serlo. Pero él no recordaba cómo era más allá de una vaguísima y lejana sensación. Se quedó mirando la pintura con la boca abierta.

Un chillidito de Camu lo hizo volver a la realidad.

—Quédate aquí, ahora vuelvo —le dijo.

Cogió el retrato con cuidado y bajó al piso inferior.

—¡Martha! —llamó.

—Estoy en la cocina, señor.

Lasgol la halló cocinando.

—He encontrado esto en el desván —le dijo enseñándole el cuadro.

Los ojos del ama de llaves se abrieron como platos.

—Qué retrato tan realista… Capta toda su belleza y esencia.

—¿Es ella?

Martha asintió:

—Sí; es Mayra, tu madre.

El muchacho observó el cuadro de nuevo.

—Era muy guapa…

—Sí que lo era. Y mira esos ojos, el carácter que desprenden.

—Sí, son intensos.

—Así era ella.

—¿Sabes quién lo hizo? Hay otro de mi padre a juego.

—No, lo siento, no lo sé. Pero puedo asegurarte que le hace justicia.

—Gracias, Martha. Ahora ya tengo un rostro que recordar…

—Te hará bien. —Sonrió ella con dulzura.

Lasgol asintió y se marchó con el cuadro. Subió de nuevo al desván, lo colocó junto a una claraboya, se sentó en el suelo y lo observó a la luz durante un largo rato, memorizando aquel rostro, los rasgos, su esencia. Camu se sentó a su lado y lo imitó. El chico sintió una paz interior que pocas veces había experimentado. Lo disfrutó.

—¡Señor! —le llegó la voz de Martha desde el piso inferior.

—Voy —exclamó él, y sacó la cabeza por la trampilla.

—Siento molestar, ha llegado un mensajero. Espera respuesta en la puerta —explicó ella mirando hacia arriba con expresión de preguntarse qué hacía Lasgol allí y solo.

—¿Un mensajero?

—Sí, dice que debe entregar el mensaje en mano al señor de la casa. No ha querido dármelo.

—¡Oh! —Se descolgó por la cuerda con gran agilidad para quedar frente a Martha, que dio un paso atrás sorprendida por el rápido movimiento.

—Si es necesario ordenar el desván, yo podría…

—¡No! Quiero decir… No es necesario, no te preocupes, Martha. Me gusta que esté así.

Ella lo miró extrañada.

—Es el desván…, el desorden…

—Sí, pero hay muchas cosas que me traen recuerdos… Me gusta andar entre ellas…

—Oh, ya entiendo. No se hable más, ni me acercaré.

Sonrió.

—Gracias, Martha.

—El mensajero aguarda en la puerta.

—Veamos qué quiere.

El muchacho salió primero y el ama de llaves se quedó a su espalda. El mensajero saludó con la cabeza.

—¿El guardabosques iniciado Lasgol Eklund, señor de esta casa?

—Ese soy yo —contestó asintiendo.

—Traigo un mensaje —dijo el extraño, y se lo entregó.

Lasgol observó al mensajero, su atuendo, su caballo en la entrada. Parecía un hombre de confianza de un conde o duque. Llevaba un escudo de armas que no reconoció bordado en la capa color vino. No era el del conde Malason, ¿qué otro miembro de la nobleza estaría interesado en él? Lleno de curiosidad, abrió la nota que le había entregado.

Saludos desde el insigne ducado de Vigons-Olafstone.

Espero que hayas recuperado las posesiones de tu padre sin demasiados problemas. Aunque, de tenerlos, estoy seguro de que habrás sido capaz de arreglártelas. Para eso eres un héroe del reino y un guardabosques iniciado excepcional.

He pensado que, de no tener demasiadas obligaciones, podrías venir a pasar unos días conmigo al castillo de mi padre. Así experimentarías de primera mano lo bien que vivimos los nobles. Conocerás a mi familia y entenderás mejor mi situación personal.

Me gustaría mucho verte. De aquí partiríamos hacia el campamento en fecha para iniciar el segundo año, por eso no te preocupes.

Si la respuesta es afirmativa, Marcus, el mensajero, te acompañará hasta aquí.

Espero que puedas venir.

Un abrazo,

Egil

Lasgol sonrió de oreja a oreja. Había pensado que eran malas noticias. Por lo general lo eran. No se esperaba recibir una carta de Egil invitándolo al castillo de su familia. El tono irónico de la carta le hizo volver a sonreír. Lo meditó un momento.

—Esperas mi respuesta...

—Sí, señor —dijo el mensajero con una pequeña reverencia.

Lasgol lo pensó un instante más. Se giró en redondo.

—Martha, ¿crees que podrías arreglártelas si me marcho mañana?

El ama de llaves abrió los ojos sorprendida.

—Yo..., tan rápido... Bueno, imagino que sí, señor.

El chico sonrió y volvió a girarse para encarar al mensajero.

—Te llamas Marcus, ¿verdad?

—Sí, señor.

—Muy bien, Marcus. Acepto la invitación. Partiremos mañana al amanecer.

—Muy bien, señor.

—Martha, acomoda por favor a Marcus en la casa y cuida de que tenga cuanto necesite.

—Por supuesto, señor —respondió ella.

—No es necesario... —dijo Marcus sorprendido—. Soy un mensajero. Puedo dormir en la posada, en la aldea.

—Aquí te cuidaremos mejor, que no se diga de la famosa hospitalidad del norte —dijo Lasgol mirando a Martha, que le sonrió.

—Gracias, señor, me honráis.

—Pasa y comamos algo. Tengo una cita a mediodía y quiero estar repleto de energía.

Llegó al puente con el sol en lo más alto oculto por unos nubarrones que amenazaban tormenta. Como la que se le avecinaba. Vestía su capa con capucha roja de guardabosques iniciado. En medio del puente lo esperaban los tres matones. Volgar delante, con Sven e Igor detrás.

—¡Has venido! ¡Y vestido de rojo! ¡Así se verá menos tu sangre! —dijo Volgar y rio.

—Dije que vendría y yo soy un norghano de palabra —espetó, y se acercó hasta quedar a un paso de Volgar.

Al verse frente a los tres matones supo que había cometido un error grave. Se había equivocado al aceptar. Había tomado una mala decisión y ahora se hallaba en una situación complicada. Sacudió la cabeza mientras lamentaba no habérselo pensado mejor. «Me he dejado llevar por la rabia y el orgullo. No debería haberlo hecho. Ahora alguien saldrá herido y sin ninguna necesidad —suspiró—. Quizá pueda evitar más daños. Voy a intentarlo, aunque le duela a mi orgullo».

—No tenemos por qué pelear. Esta enemistad no tiene sentido. Ya no soy el hijo del Traidor. No tenéis motivo para odiarme. No hay razón para pelear.

Volgar lo miró sorprendido. Arrugó el entrecejo en su enorme frente y pareció meditar las palabras de Lasgol. Echó la cabeza atrás. Una sonrisa comenzó a aparecer, una que le cubrió todo el rostro. Lasgol tuvo esperanza. Los ojos de Volgar lo miraron con desprecio y la sonrisa se tornó burlona.

—¿Te creías que ibas a librarte con palabrería? ¡De eso nada!

Y la esperanza del chico se desvaneció.

—Se cree más listo que nosotros —dijo Igor.

—Siempre se ha creído mejor que nosotros —añadió Sven.

—Y hoy vamos a darle una lección para rebajarle los humos, ya que la última parece que no le hizo efecto.

—Estoy dispuesto a hacer las paces. Olvidemos el pasado y empecemos de nuevo. Mañana vosotros seguiréis vuestro camino y yo el mío.

—Voy a empezar de nuevo sobre tu cabeza machacada —amenazó Volgar con su enorme puño.

Igor y Sven comenzaron a reír ante la ocurrencia de su cabecilla.

—Eso, como en los viejos tiempos —se rio Igor.

—¡Machaquémoslo! —gritó Sven.

Antes de que Volgar moviera su enorme corpachón para atacar, Lasgol usó el don. Invocó la habilidad Reflejos Felinos. Un destello verde que solo aquellos con el don podían ver le recorrió el cuerpo. La última vez lo sorprendieron y no tuvo ocasión de usarlo; no cometería el mismo error dos veces.

El puño de Volgar se encaminó directo a su cara. Lasgol ladeó la cabeza y el puño pasó rozándole la mejilla, pero sin alcanzarlo. El grandullón dio un paso al frente y lanzó un golpe circular con la izquierda. El muchacho echó el cuerpo atrás y el puño pasó por delante de su nariz sin llegar a darle. Igor y Sven avanzaban a izquierda y derecha de Volgar, se le echarían encima en un momento.

Lasgol volvió a usar su don, esa vez la Agilidad Mejorada, y un nuevo destello verde le recorrió el cuerpo. Sven se le echó a los pies e intentó derribarlo, pero él sintió el contacto y de un brinco instantáneo retrocedió antes de que lo bloqueara. Provocó que Sven se estrellara de morros contra el suelo. Con un grito, Igor le saltó encima. Lasgol se giró de medio lado con la velocidad de un rayo e Igor se estampó contra la baranda del puente.

—¡Te voy a machacar! —gritó Volgar fuera de sí.

Lasgol notó que el entrenamiento en el campamento hacía que las habilidades que le confería su don fueran todavía más asombrosas. Sus reflejos y su agilidad habían aumentado a unos niveles que nunca había poseído, sin duda, debido a todo el entrenamiento físico. Esquivó un derechazo de Volgar, luego un intento de patada al estómago. Volgar quedó desequilibrado. Lasgol aprovechó y lo empujó con fuerza. El matón salió despedido y cayó de espaldas. Se golpeó la cabeza contra el suelo. Gruñó de dolor.

—¡Rajadlo! —les gritó a sus compinches desde el suelo mientras se sujetaba la cabeza con una mueca de dolor.

Igor y Sven sacaron unos cuchillos largos como los que usaban los carniceros. Lasgol se tensó. La cosa se ponía muy fea.

—Esto es un error, parad —les dijo, y se desabrochó la capa para que cayera al suelo y vieran que él también iba armado.

Sin embargo, los dos matones no tenían intención alguna de parar. Lasgol sacudió la cabeza. Sacó su cuchillo y su hacha corta de guardabosques. Igor lo atacó por un costado lanzando cuchilladas mientras Sven lo intentaba por el otro. Lasgol se concentró e hizo uso de lo aprendido en el campamento. Se defendió bloqueando y desviando los cuchillos con el suyo y con el hacha. Sven lo engañó con una finta y, al rectificar, Igor le cortó en el antebrazo. Lasgol sintió el dolor y apretó los dientes.

—¡Eso es! ¡Voy a por mi arma! —dijo Volgar, y retrocedió hasta donde la tenía escondida.

Lasgol aprovechó que Igor miraba a su cabecilla. Dio un potente salto hacia él y le propinó una patada en el pecho. Salió despedido hacia atrás, se golpeó contra la baranda y se precipitó al río.

—¡Cerdo! —gritó Sven, y, atacando por la espalda, le hizo un corte a Lasgol en la pierna cuando este se giraba para encararlo.

El chico aulló de dolor. El cuchillo buscó su rostro. Lasgol apartó la cabeza y golpeó a Sven en el estómago con la rodilla.

Este se dobló soltando todo el aire de los pulmones. El guardabosques aprovechó para asestarle un fuerte golpe en la cabeza con el mango del cuchillo, y Sven cayó al suelo sin sentido.

—¡Te voy a partir en dos! —Volgar avanzaba armado con un machete enorme.

Lasgol abrió los ojos como platos. «¡Oh, no!». Un tajo con esa arma con la fuerza de aquel bruto podría abrirlo en canal. «No voy a correr riesgos». Se concentró.

Volgar dio un paso al frente con el machete alzado. Lasgol lanzó el hacha con un seco latigazo del brazo derecho. El hacha giró en el aire hasta golpear a Volgar con el recazo en medio de la frente. Se escuchó un hueco «plum». Volgar dio un paso atrás, perdió el equilibrio y cayó hacia un lado como un árbol talado. No se levantó.

Lasgol resopló. Recuperó el arma y la capa. Echó una última mirada y sacudió la cabeza.

—Espero que sobreviváis a la guerra. —Y se marchó.

Llegó a casa y subió a su habitación con el máximo sigilo; quería evitar tener que contarle a Martha lo que había sucedido. Pero Camu, al ver la sangre y darse cuenta de que Lasgol estaba herido, comenzó a chillar fuera de sí.

—¡Calla, Camu, te van a oír!

Martha estaba abajo, en la cocina, con Marcus. Al principio no oyeron nada, ya que charlaban animados, pero los chillidos desconsolados de la criatura se transformaron en una especie de llanto. Camu saltaba de un lado a otro y por mucho que Lasgol intentaba calmarlo, no lo conseguía.

—¿Ocurre algo, Lasgol? —preguntó la mujer desde abajo.

—¡Nada! ¡Todo está bien! —respondió intentando ocultar lo que sucedía.

Camu volvió a lloriquear.

—Shhh, calla. Calla, por favor.

—¿Seguro que todo está bien, señor?

—Calla, Camu, nos van a descubrir.

Pero la criatura, desconsolada al ver a Lasgol herido, no se contuvo y volvió a chillar.

«Tengo que hacer algo. No se calma». Se concentró y con su don le dio la orden: «¡Silencio! ¡Escóndete!». Camu lo miró con sus grandes ojos saltones y Lasgol vio miedo en ellos. Por un momento pareció que iba a volver a chillar, pero justo cuando la puerta de la habitación se abría, la criatura desapareció en silencio.

—Lasgol, ¿qué ocurre? —dijo Martha introduciendo la cabeza por la abertura de la puerta.

—No es nada —contestó, e intentó cubrirse.

—¡Por las sanadoras! ¡Estás herido! —exclamó Martha.

—No es nada —intentó calmarla Lasgol.

Martha estaba sobre él en un pestañeo. Le miró las heridas.

—Siéntate en la cama y no te muevas. Vuelvo enseguida.

Lasgol la oyó correr escaleras abajo. Él sujetaba la túnica ensangrentada contra el corte de la pierna, que era profundo y no dejaba de sangrar.

Martha apareció con una palangana con agua, jabón, trapos y algunos ungüentos.

—Deja que te limpie esas heridas antes de que se infecten.

—Solo son un par de cortes superficiales...

—¿Cortes superficiales? Los dos son profundos y precisan sutura. Los limpiaré e iré a buscar al curador del pueblo.

—¿Al viejo Turic?

—Sí, él se encargará.

—Prefiero que esto quede entre nosotros... Turic se lo contará al jefe Gondar...

—Como debe ser. Te han herido y eres el señor de esta hacienda. El jefe ha de saberlo y tomar acción.

—No, no quiero eso.

Martha lo miró durante un rato largo. Luego asintió:

—Si no quieres que se sepa, no sé sabrá. No por mí.

—Gracias, Martha. No quiero que haya más derramamiento de sangre.

—Yo suturaré las heridas. Sé cómo hacerlo.

—Ya sabía yo que serías el ama de llaves perfecta —sonrió el muchacho.

Martha puso los ojos en blanco y sacudió la cabeza mientras él reía.

Llevó un buen rato limpiar y suturar las heridas. Cuando acabaron, Lasgol se tendió sobre la cama. Estaba cansado y dolorido. Martha lo observó y se quedó con la mirada perdida.

—¿Todo bien, Martha?

—Oh, sí —respondió ella volviendo a la realidad—. Perdona, es que me recuerdas tanto a tu padre…

—Él decía que yo me parecía más a mi madre, aunque, visto el retrato…, yo diría que no…

—Eso es porque la adoraba. Besaba el suelo por el que ella caminaba.

—Cuéntame sobre ellos. No sé gran cosa.

—Tus padres se querían muchísimo. Dakon se quedó prendado de Mayra en cuanto la vio. Me lo confesó una noche que habíamos tomado demasiado vino. Tu madre, con ese carácter tan suyo, no se lo puso fácil durante el cortejo. Dakon tuvo que esforzarse mucho. Ella me reconoció que se había dado cuenta de las intenciones de tu padre de inmediato, pero que no quería un guardabosques como pareja.

—¿Por la mala fama que tenemos?

—Por eso y por las largas ausencias.

—Oh, entiendo.

—Pero, aunque se resistió, el amor la venció. Y déjame decirte que se resistió mucho y bien. Menuda era tu madre. Pero así es la vida, cuando el amor llega no hay forma de detenerlo.

—¿Se amaban?

—Muchísimo. Las ausencias solo hicieron que ella lo amara aún más. Y él habría dado la vida por ella sin pestañear, al instante. Tanto la amaba.

Lasgol suspiró. Notó una sensación de bienestar que le llenó el alma de paz y alegría.

—Pero no fue todo bonito. En la vida lo bonito rara vez perdura. Tuvieron problemas. Bastante... complicados.

—¿Entre ellos? ¿O con otros? —preguntó Lasgol interesado.

—Ambas cosas... No sé si debería contarte esto, me siento como una vieja alcahueta revolviendo en el pasado de otras personas...

—Por favor —rogó el muchacho—. Me gustaría conocer lo que sucedió, saber más de ellos, de su vida. Sé tan poco...

Martha suspiró hondo:

—Creo que a ella no le importaría que te lo contara. Sí, creo que le gustaría que su «bebé precioso y especial», como te llamaba, supiera más de ella y de lo que sucedió.

—Gracias, Martha, de verdad.

Ella asintió.

—No compartían la misma visión acerca del reino y el deber hacia la Corona. Tu padre era todo deber y honor. No había nada más importante que servir al rey Uthar. Lo idolatraba. No así tu madre; a ella no le gustaba Uthar y no compartía el ciego sentimiento de lealtad de su esposo.

—Es el deber de un guardabosques. —Lasgol intentó defender a su padre.

—Tu madre decía que el deber de todo hombre o mujer es razonar primero, usar la cabeza. No aprobaba que tu padre y el resto siguieran ciegamente al rey como si fuera un dios que siempre hacía lo correcto. Para Mayra el rey no era más que un hombre y no el mejor entre ellos.

—¿No aprobaba al rey? —preguntó sorprendido y contrariado. Él respetaba muchísimo a Uthar, era un gran rey. A sus ojos, era la personificación de la figura de un buen monarca.

Al ver la expresión del muchacho, Martha trató de explicarse:

—Tu madre era una persona muy especial…, tenía mucho carácter e ideas propias. Era todo lo contrario a la dulce damisela que se esperaba que fuera. Y disfrutaba mucho poniendo a todos en su lugar siempre que se le presentaba la ocasión. Desconcertaba mucho a esos brutos norghanos tan enormes y tan tontos, pues era bella, de aspecto delicado, pero en su interior escondía un volcán. No sé por qué razón estaba en contra de Uthar, no me lo confió, pero una de las últimas veces que la vi estaba furiosa y la causa era el rey.

—¿Puede que fuera por mi padre? ¿Por el tiempo que pasaba fuera al servicio del rey?

—¿Celos? No, no era eso. Había algo más. Mayra no me lo dijo, pero había miedo en sus ojos. Y si tu madre estaba asustada, entonces era algo realmente malo, pues no he conocido mujer más decidida y valiente.

Lasgol se quedó pensativo. ¿Qué podría ser? ¿Qué temía su madre? ¿Y qué tenía en contra del rey?

—Además, hubo problemas por la condición de tu madre…

Lasgol la miró extrañado.

—¿Condición? ¿Qué condición?

Martha miró a los lados. Luego se acercó a la puerta y escudriñó fuera para asegurarse de que no había nadie en el pasillo escuchando.

—Tu madre… Verás… No sé si contártelo…

—Por favor…, necesito saber…, entender…

—Puede cambiar lo que piensas de ella. Es algo que la mayoría preferiría no conocer. ¿Seguro que quieres saberlo?

Lasgol asintió con fuerza. Sea lo que fuere, prefería saberlo y afrontarlo. No se conseguía nada huyendo de los miedos, eso se lo había enseñado su padre.

—Tu madre… tenía… el talento.

Lasgol echó la cabeza atrás de la sorpresa. ¡Ahora lo entendía, ahora sabía por fin por qué él tenía el don! Sonrió de oreja a oreja.

—¿Sonríes? La mayoría se espantarían. En verdad eres hijo de tu madre.

—No me asusta. ¿Te contó qué tipo de habilidades tenía?

—No, no se hablaba nunca de ello. Lo guardaban en secreto. Ya sabes cómo es la gente. El pueblo odia lo que no entiende. Yo lo sé porque estaba con ella cuando de pequeña se le manifestó. Hicimos el juramento de no contárselo a nadie; no lo he roto hasta ahora.

—No lo has roto, Martha. Yo soy su hijo.

Ella asintió.

—¿Qué problemas tuvieron a causa del don?

—Sé que fueron graves, pero no me los contaron… Su carácter, combinado con su condición…, una mezcla demasiado potente.

—Entiendo…

—Si quieres mi opinión, es solo intuición de mujer, de amiga, pero creo que en su muerte influyó su condición…

—¿Qué te hace pensar eso?

—Dakon. La forma en que se comportó. No fue natural…

—Sí, lo poco que estoy conociendo también me da esa impresión. El incidente de su muerte y la reacción de mi padre son muy extraños. Y que no me contara nada, todavía más.

—Creo que ya te he confiado suficiente. Será mejor que descanses y te recuperes. Le diré a Marcus que el viaje se pospondrá un par de días.

—Sí, creo que será lo mejor —aceptó palpándose la herida de la pierna.

El ama de llaves sonrió con dulzura y se dirigió a la puerta.

—Martha —llamó.

—Dime.

—Gracias.

—De nada.

Dos días más tarde, recuperado y listo para el viaje, Lasgol se despedía. Martha le dio un abrazo fuerte.

—Quiero darte las gracias por concederme esta oportunidad, por haberme rescatado de la pobreza... Significa mucho para mí...

—No tiene importancia, Martha. Quien sale ganando soy yo —le dijo con una sonrisa.

Ella lo abrazó de nuevo con cariño.

—Ten cuidado, tienes demasiado buen corazón y hay gente perversa en el mundo cruel de ahí fuera.

—Lo tendré.

—Me ocuparé de todo. No te preocupes por nada.

Lasgol asintió. Le dedicó un saludo con la cabeza y se echó el morral al hombro.

—Hasta dentro de un año.

—Suerte —se despidió Martha.

Ulf lo esperaba junto a la verja con Trotador.

—Este poni norghano tuyo será pequeño, pero caga como un auténtico purasangre rogdano —dijo señalando las boñigas junto a su pie—. Y apesta todavía más.

Lasgol soltó una carcajada.

—No me digas que tampoco te gustan los caballos.

—¡Cómo me van a gustar si todo lo que hacen en el día es comer y cagar! ¡Y ese olor terrible! ¡Yo soy un soldado de infantería!

¡Los caballos son para los debiluchos que no pueden andar el camino! ¡Por todas las montañas nevadas!

Trotador rebufó como si comprendiera que Ulf estaba refiriéndose a él.

Lasgol volvió a reír.

—Voy a echarte de menos, Ulf.

—Y yo a ti, muchacho. Cuídate y vigila tu espalda. Este perro viejo tiene una mala corazonada.

—¿Sobre mí?

—Sí, desde que llegaste no consigo dormir tranquilo. Tengo pesadillas y me duele el muñón de la pierna. —Miró hacia el cielo con el ojo bueno—. Y no viene tormenta. Algo más anda mal...

—Será por la guerra con Darthor. No creo que tenga que ver conmigo.

—De todas formas, escucha a este soldado retirado que tiene muchas más cicatrices que tú años.

—Está bien. Tendré cuidado.

—Así me gusta, que escuches al viejo Ulf como cuando eras mi mozo.

—Entonces no te escuchaba, solo te obedecía —dijo el chico con una mueca divertida.

—¡Por todos los gólems del hielo! ¡Si fueras aún mi mozo te ibas a enterar! —exclamó gesticulando sobre su muleta con la cara roja por los gritos.

Trotador se asustó y relinchó.

—Tranquilo, amigo, no pasa nada —le dijo Lasgol y, con las riendas en la mano, le acarició el hocico y el cuello para tranquilizarlo.

—No te preocupes por la hacienda —lo tranquilizó Ulf, e hizo un gesto hacia Martha, que los observaba desde la puerta de la casa—. Me pasaré a asegurarme de que todo está en orden y nadie la molesta.

—Gracias, Ulf. Podría pagarte por cuidar…

—¡De eso nada! ¡No necesito caridad!

—No es caridad, al contrario; es agradecimiento. Tú fuiste el único que se portó bien conmigo, que se mostró como un ser humano decente… Nunca podré compensarte el haberme acogido en tu casa y haberme hecho tu mozo. Nunca…

Ulf se quedó callado. Su ojo bueno se humedeció.

—Tonterías…, no fue nada… Necesitaba un mozo…

—Gracias, Ulf. —Lasgol lo abrazó.

El norghano se sintió tan incomodó que no supo qué hacer. Estaba emocionado, pero la situación era tan extraña para él que comenzó a carraspear:

—Bueno… Sí…, es agua pasada —dijo, y se puso tan erguido como pudo.

Lasgol lo dejó tranquilo y montó sobre Trotador.

—Hasta la vuelta. —Se despidió e hizo una seña a Marcus, que lo esperaba sobre su montura.

—¡Y recuerda: golpea primero y pregunta después! ¡Consejo de Ulf!

Lasgol soltó una carcajada; sin embargo, en su interior sabía que no era mal consejo para lo que le esperaba.

Capítulo 6

LASGOL DISFRUTÓ DEL VIAJE HASTA EL DUCADO DE VIGONS-Olafstone. Cabalgar a lo largo del territorio del reino de las nieves era una experiencia que no había podido vivir antes y le estaba resultando fascinante. La indescriptible belleza de los paisajes nevados y la sensación de libertad que transmitían le llenaban el alma de paz y de dicha. La primavera se acercaba, lo apreciaba con todos los sentidos. La nieve se derretía en los valles y los ríos bajaban con aguas nuevas y cristalinas. El aire era aún gélido, pero ya no dolía al inspirar hondo. Transmitía olores frescos, a pino y abedul, a tierra húmeda, a naturaleza, a vida.

Camu se había portado muy bien, se había mantenido oculto durante el día y había salido a explorar durante la noche cuando Lasgol y Marcus dormían. Además, no había asustado a Trotador, algo que él temía. Poco a poco, Camu y Trotador iban acostumbrándose el uno al otro. Lasgol usaba su don para comunicarse con ambos y asegurarse de que ninguno de los dos lo pusiera en un aprieto delante de Marcus. Cuanto más usaba el don con ellos, más fácil le resultaba y mejor lo comprendían sus dos amigos. Era como si su habilidad fuera creciendo y se volviera más potente cada vez.

Marcus dio el alto al llegar a la cima de una pequeña colina nevada y señaló el valle. Abajo, en la distancia, se apreciaba una gran ciudad amurallada con un castillo en su centro.

—Estocos, capital del ducado de Vigons-Olafstone —anunció.

Lasgol la observó boquiabierto. Era una ciudad fortaleza espectacular. La rodeaba una regia muralla de roca negra de más de veinte varas de altura. El enorme castillo de formas cuadradas con sus tres torres rectangulares parecía tallado directamente en la roca de una montaña de granito. Miles de diminutos tejados rojos apiñados por doquier se extendían desde el castillo hasta las murallas.

—Impresiona, ¿eh? —le dijo Marcus.

El chico dejó escapar un silbido.

—Ya lo creo. Parece una fortaleza indestructible.

—Yo no diría que indestructible, pero es una de las más grandes y mejor construidas del reino. Esas murallas tienen dos varas de profundidad. No hay forma de derribarlas, no sin potentes armas de asedio; incluso así aguantarían meses de castigo si no años de asedio.

—¿Tan robustas?

—Sí. Esta ciudad la construyó el abuelo del duque cuando el reino estaba dividido en dos y se convirtió en la capital del Reino del Oeste.

—¿Quién lideraba la otra mitad del reino?

—El abuelo del rey actual, de Uthar. Se quedaron con la parte este del reino y nombraron Norghania como capital.

—Y ahora todo el reino pertenece a Uthar y la capital es Norghania.

—Sí, pero por estos lares se considera al duque Olafstone el rey legítimo, y Estocos la capital del reino. Aquí se aferran al pasado y es peligroso discutirlo abiertamente...

Lasgol lo miró con preocupación. Aquello podía considerarse alta traición; sin embargo, Marcus se lo había contado como una advertencia, para que tuviera cuidado con lo que decía allí. El chico asintió y calló.

—Parece que va a llover, apresurémonos —dijo Marcus, y azuzó su montura.

Entraron en la ciudad fortaleza con la tormenta comenzando a descargar una lluvia fría. Las enormes puertas de la ciudad estaban abiertas y los guardias no les impidieron la entrada. A Lasgol no se le había pasado por la cabeza que Egil pudiera vivir en una ciudad tan grande. Miles de personas se apresuraban por las calles y plazas en busca de cobijo del frío y la lluvia mientras terminaban con sus quehaceres. El cielo se volvía cada vez más oscuro. Según ascendían hacia el castillo por la empedrada avenida principal, observó soldados apostados con la insignia del duque: un hacha de guerra y una espada cruzados sobre una montaña nevada al fondo.

Al alcanzar el castillo del duque Olafstone, la guardia le dio el alto en la puerta y Marcus se identificó. Llamaron al capitán de la guardia. Olvan se presentó raudo. Era tan grande y feo como Ulf, con una cicatriz que le bajaba desde la frente por toda la mejilla derecha. De milagro había salvado el ojo. Tras verificar la identidad de Marcus los dejó pasar, aunque estudió a Lasgol de pies a cabeza, cosa que lo puso bastante nervioso. Desmontaron y unos mozos se llevaron los caballos a los establos de la fortaleza. Lasgol sintió el peso de Camu sobre el hombro derecho. Se había quedado con él al ver marchar a Trotador. Usó su habilidad Comunicación Animal: «Mantente oculto y quieto».

—¡Lasgol! —llamó una voz.

El chico se giró y vio a Egil acercarse con una enorme sonrisa. Seguía tan delgado y bajito como siempre, aunque Lasgol sabía que ahora había algo de músculo en él tras un año de entrenamiento con los guardabosques. Lo que no había variado era su altura; seguía siendo el más bajito de los iniciados y, aunque parecía bastante escuálido, en su rostro había una confianza renovada.

—¡Hola, Egil! —contestó él alegre por ver a su amigo.

Ambos se abrazaron.

—¡Has venido! —Egil estaba eufórico.

—Cómo iba a perderme esto —dijo Lasgol mirando pasmado hacia el castillo y las altísimas torres.

—Esto es una minucia; espera a conocer el interior y las vistas desde ahí arriba, te dejarán estupefacto.

—No lo dudo.

Egil se giró hacia Marcus:

—Muchas gracias por haberlo acompañado.

—Siempre a las órdenes de mi señor —dijo él con una reverencia. Saludó con la cabeza a Lasgol, que le devolvió el saludo, y se retiró.

—Vayamos dentro, el viaje te habrá dejado exhausto.

—Los guardabosques no nos cansamos del viaje.

Egil soltó una carcajada:

—Ciertamente las enseñanzas recibidas en el campamento han calado en ti.

—Ya lo creo, con sangre.

Los dos rieron. Egil lo condujo adentro del edificio. El lugar era inmenso, un laberinto de roca, granito y soldados. Por alguna razón, el interior del castillo era un enjambre de soldados con los colores del duque. Había mucha actividad, transportaban víveres y armas de un lado a otro con urgencia, se preparaban para algo. Lasgol se paró a observarlos.

—Se preparan, órdenes de mi padre.

—¿Para hacer frente a Darthor?

—Puede que sí, o quizá no —contestó Egil y la seriedad con la que lo dijo dejó a Lasgol preocupado.

Subieron a la primera planta por una escalera de caracol de granito y recorrieron un largo pasillo hasta una gigantesca estancia con mesas alargadas y bancos corridos. Parecía ser un enorme comedor.

—Señor... —dijo un sirviente bastante anciano que se les acercó con andar encorvado.

—Albertsen, mi amigo Lasgol está hambriento. ¿Podría traernos algo de comida y bebida?

—Desde luego, mi señor, ahora mismo —dijo, y comenzó a retirarse con movimientos pesados y andar muy lento.

—Cuando Albertsen dice «ahora mismo», en realidad quiere decir en una hora —explicó Egil con una sonrisa—; el buen hombre es demasiado anciano, pero no quiere retirarse y por alguna razón mi padre le deja seguir sirviendo. Nos dará tiempo a ponernos al día mientras llega la comida.

—Gracias por invitarme, no sabía si todo estaba bien entre nosotros...

—Todo está bien —aseguró Egil—. Pero no más secretos —le advirtió su amigo con el dedo índice.

El chico asintió:

—No más secretos.

—Entonces, amigos —dijo Egil, y le ofreció la mano.

Se la estrechó.

—Amigos.

—¿Tienes a Camu contigo?

—Sí, está sobre mi hombro.

Egil miró a los lados para asegurarse de que estaban solos y palpó hasta encontrar la cabeza de Camu. La acarició. El animal le dio un lametazo y Egil rio.

—Comienza a hacerse visible —advirtió Egil.

Lasgol invocó su habilidad Comunicación Animal. «No. Escóndete». Camu obedeció.

—Quiere jugar. Cada vez es más inquieto y travieso. Debemos tener mucho cuidado con él.

—O ella.

—¿Ella?

—Podría ser. No sabemos su sexo.

—Cierto. Nunca lo había pensado. De hecho, para mí es neutro.

Egil rio.

—Pudiera ser, pero creo más probable que sea o bien hembra o bien macho.

Lasgol se encogió de hombros.

—Supongo que ya lo descubriremos.

—¡Tenemos tanto de qué hablar! —exclamó Egil excitado.

El muchacho asintió:

—Mucho, sí.

—¿Quién es ese? —interrumpió una voz inquisitiva.

Lasgol y Egil se volvieron y vieron que dos jóvenes se les acercaban. Lasgol les dirigió una rápida ojeada con disimulo. Eran altos y fuertes, pero atléticos, vestían armaduras de guerra. La calidad de sus atuendos y protecciones, así como su presencia y forma de comportarse, mostraban que eran señores del lugar. Los rostros reflejaban el peso de tal responsabilidad.

—Es Lasgol, compañero en los Guardabosques —respondió Egil, y en su voz Lasgol notó cierta inquietud.

—¿Sabe padre que está aquí? —preguntó el que parecía mayor de los dos cruzando los brazos sobre el torso.

Era rubio y llevaba el pelo corto, algo nada común en Norghana. Debía de tener cinco o seis años más que Egil y sus ojos azules estaban cargados de responsabilidad y preocupación.

—Sí, Austin, padre lo sabe. Le pedí permiso.

—¿Y te lo ha concedido? —preguntó el otro joven.

Un par de años más joven que Austin y un par mayor que Egil, también llevaba el pelo corto, castaño. Sus ojos pardos mostraban enemistad, cosa que intranquilizó a Lasgol.

—Me extraña que haya accedido… Si ya siempre es contrario a visitas, en estos momentos… complicados…, me resulta muy raro.

—Te aseguro, Arnold, que tengo su permiso. A mí también me ha sorprendido. Pero no solo le ha parecido bien, sino que me ha insistido para que lo invitara al castillo en dos ocasiones desde que estoy aquí.

Los dos jóvenes intercambiaron una mirada de sorpresa y confusión.

—Realmente extraño… No soporta las visitas, bueno, la gente en general… —comentó Austin.

—Algo querrá con él, no se me ocurre otra explicación —añadió Arnold estudiando a Lasgol.

—Por contentarme a mí no ha sido, eso seguro —reconoció Egil.

—Eso seguro que no —coincidió Austin.

Egil hizo una mueca de resignación.

—Oh, perdona, Lasgol. Estos son mis hermanos, Austin y Arnold. —Señaló a cada uno.

—Un placer —les dijo el muchacho.

Los dos hermanos le dedicaron un saludo con la cabeza.

—Tenemos mil cosas que atender, será mejor que sigamos —dijo Austin.

—Lasgol, lo que ocurre aquí se queda aquí —añadió Arnold apuntándole con el dedo índice sin ocultar que era una amenaza.

—Arnold, no hace falta… —le dijo Egil.

—Sí que hace falta. Estamos a punto de entrar en guerra. Un desliz cuesta vidas, puede incluso costar una guerra.

—No os preocupéis —interrumpió Lasgol, que no quería causar problemas a Egil—. No revelaré nunca a nadie lo que vea aquí. Tenéis mi palabra.

—Será mejor que la cumplas —advirtió Arnold, y los dos hermanos se marcharon con paso decidido.

—Están un poco tensos tus hermanos, ¿no?

—Mi padre los crio para esto, para la guerra. Por eso se comportan así. No son malas personas, son duros pero justos, aunque, en lo referente al ducado y al reino, pueden volverse algo rudos…, incluso agresivos.

—Ya veo. Pero ¿por qué tanta tensión? Tu padre sin duda apoyará a Uthar contra Darthor.

Egil guardó silencio.

—¡No será capaz! —exclamó Lasgol sorprendido de lo que aquello implicaba.

—Shhh…, mis hermanos…

Lasgol se llevó la mano a la boca.

—Mi padre y el rey son rivales por la Corona. No apoyará a Uthar sin un motivo importante e inapelable, o a menos que la presión política sea insostenible. Es un hombre duro pero muy inteligente.

—¿Rivales por la Corona?

—Cuando el reino se dividió en dos hace un par de centurias, se debió a que esta, mi casa, era heredera a la Corona. La Casa de Vigons por parte de mi bisabuelo, para ser más exactos. La Casa de Vigons y sus aliados se unieron para reclamar el trono que había quedado vacío tras la muerte sin descendencia del rey Misgof Ragnarssen por las fiebres blancas.

—¿Qué sucedió? Por lo que sé de la historia norghana hubo una batalla por el trono y ganó la casa que tenía el derecho real.

Egil sonrió con una mueca:

—Recuerda siempre, amigo, que la historia la escriben los vencedores, no los perdedores.

—No te entiendo.

—Que lo que se dice no es cierto, es lo que el vencedor quiere que se crea. El abuelo de mi padre, Ivar Vigons, perdió la batalla frente al abuelo de Uthar, Olav, de la Casa Haugen, que se hizo con el trono y el reino. Se coronó rey de Norghana. Pero el derecho por descendencia directa era de mi abuelo, no del de Uthar, que era de descendencia secundaria.

—¿Descendencia directa?

—El abuelo de mi padre, Ivar, y el rey Misgof eran primos. Pero Olav, el abuelo de Uthar, y el rey Misgof eran primos segundos.

—Ah, ya entiendo.

—Por eso él y mi padre no pueden verse. Uthar obligó a mi padre a renunciar a su derecho a la Corona y a adoptar como nombre de la familia el de Olafstone en lugar de Vigons, pues este último da derecho a la Corona. Mi padre ha tenido que jurar lealtad a Uthar al igual que el resto de los duques y condes del reino. Pero si Uthar muriera sin descendencia, que no la tiene, la Corona podría pasar a mi casa, a mi padre.

En ese momento llegó Albertsen con la comida acompañado por dos sirvientes más. Pidieron más verdura. Albertsen los miró extrañado, aunque fue a por ella. Era para Camu. De pronto un grupo de soldados y oficiales del castillo entraron en la estancia y se sentaron cerca de ellos.

—Mejor si te cuento lo que he descubierto…, más tarde…

—Sí, mejor —dijo Lasgol mirando alrededor.

Comenzaron a comer.

—¿Puedes creer todo lo que vivimos el año pasado en el campamento? —le dijo Egil poniendo cara de espanto para seguir con una sonrisa.

—¡¿Puedes creer que no termináramos expulsados?!

—He de reconocer que los primeros días estuve muy cerca de renunciar. No creía que pudiera lograrlo, que pudiéramos lograrlo.

—¿Y por qué no lo hiciste?

—No le daré esa satisfacción a mi padre. Si me expulsan, lo aceptaré, pero nunca claudicaré.

—¿Claudi...?

—No me rendiré.

—Ah, yo tampoco.

—He oído que el segundo año es más duro todavía que el primero.

—¿En serio? Imposible.

—Mucho me temo que sí. Por lo que he podido averiguar, cada uno de los cuatro años para convertirse en guardabosques es más duro que el anterior.

Lasgol sacudió la cabeza apesadumbrado.

—¿Y quiénes son los locos que se presentan al quinto, al de especialización?

—Tu padre lo hizo...

Lasgol soltó un suspiró profundo.

—Yo no creo que llegue, no tengo su fuerza física ni su voluntad.

—No pensemos en eso ahora. Debemos afrontar cada reto con aplomo y energía. Los superaremos todos, uno por uno, hasta alcanzar nuestra meta. Seremos guardabosques y demostraremos a nuestros detractores que se equivocaban con nosotros.

Lasgol sonrió a su amigo:

—Ese es el espíritu.

De pronto, Olvan, el capitán de la guardia, se acercó hasta ellos seguido de dos soldados.

—El duque requiere su presencia —anunció.

—¿Mi padre desea vernos ahora?

—Los espera en su estudio. Tengo orden de acompañarlos.

Egil y Lasgol se miraron. Aquella no era una invitación amistosa. ¿Qué quería el duque?

Capítulo 7

D OS ENORMES SOLDADOS NORGHANOS HACÍAN GUARDIA FRENTE
a las dependencias del duque en la segunda planta del ala
oeste. El capitán llamó a la puerta ante la atenta mirada de los guardias.

—¡Adelante! —llegó la voz del duque.

Entraron. Olvan primero, seguido de Egil y después Lasgol.

—Mi señor, el invitado… —anunció el capitán con una reverencia.

—Gracias, Olvan, puedes retirarte.

Lasgol observó al duque Olafstone, que impresionaba. Debía
de tener unos cincuenta años y era un verdadero norghano, grande
y fuerte como una montaña nevada. Los cabellos cobrizos comenzaban a tornarse plateados y le llegaban hasta los hombros. Lucía
una barba con perilla. A diferencia de la mayoría de los norghanos, la llevaba muy cuidada, al igual que sus vestimentas, que, si
bien sobrias, eran de una calidad exquisita. Cuidaba su aspecto
como alguien de la nobleza debía hacer, si bien los norghanos
eran famosos en toda Tremia por ser algo dejados en este sentido.
La fama de brutos, hoscos y poco cuidados se la habían ganado a
pulso.

—Pasad y tomad asiento —ofreció el duque de pie señalando dos sillones frente a su elaborado escritorio de roble.

Se sentaron y a continuación lo hizo el duque. Incluso sentado irradiaba fuerza. Su rostro no era agradable; al contrario, era duro y tenía unos ojos grises que perforaban. Los clavó en Lasgol y este se encogió en el sillón.

—¿Querías vernos, padre? —dijo Egil al percatarse del escrutinio que su amigo estaba sufriendo.

Olafstone desvió la mirada hacia su hijo. Frunció el entrecejo, como si la pregunta lo hubiese molestado.

—Sí. Soy el duque Olafstone, tú eres Lasgol Eklund, ¿no es así? —preguntó sin andarse con rodeos.

—Sí, señor...

—¿Eres quien salvó a Uthar de ser asesinado en el campamento de los guardabosques?

—Sí, señor...

—Relátame lo que sucedió. Con todo detalle. No omitas nada.

—Padre..., ya te lo he contado yo... Estaba allí, lo viví.

—Calla. Quiero oírlo de su boca.

Lasgol miró a Egil de reojo; estaba nervioso, sentía como si lo estuvieran interrogando. Egil bajó la mirada.

—Muy bien, os lo contaré todo... —dijo Lasgol, y con un fuerte suspiro comenzó el relato.

Explicó lo sucedido intentando no olvidarse ningún detalle. Olafstone lo observaba con una mirada arisca; sin embargo, no lo interrumpió ni una sola vez. Al finalizar, Lasgol se quedó callado, a la espera de la reacción del duque.

Olafstone cerró los ojos y pareció cavilar largo y tendido. Luego, los abrió y volvió a clavarlos en el muchacho. Él se sentía incómodo ante aquella mirada inquisitiva, como si hubiera hecho algo malo. Desde luego, no se sentía como un héroe por haber salvado la vida del rey, no allí.

—Cuéntame los intentos de acabar con tu vida —pidió el duque. Antes de que Egil pudiera protestar, levantó un dedo en su dirección a modo de advertencia. Egil bajó la cabeza y no dijo nada.

Lasgol supo que lo que quería el duque era interrogarlo. Le narró lo sucedido en las dos ocasiones en que habían intentado matarlo. Lo hizo despacio, intentando no dejar ningún detalle importante sin mencionar.

—¿Tú estabas con él?

—Sí, padre. En ambos ataques.

—Egil mató al mercenario —se apresuró a puntualizar Lasgol.

—Con la ayuda de una chica —precisó el duque con una mueca de desagrado.

—Fue entre todos, en realidad —dijo Egil.

—Ya me extrañaba que tú pudieras matar a alguien aunque tu vida dependiera de ello.

—Podría, padre...

—¿Podrías? Tengo serias dudas. Te encogerías y temblarías como un pelele, y morirías.

—Puedo asegurarle, señor, que de no haber sido por Egil el mercenario me habría matado.

—No lo defiendas. Conozco bien a mi propio hijo. Es un pusilánime y siempre lo ha sido. Una vergüenza para la Casa de Vigons-Olafstone.

Egil se hundió más todavía en el sillón con la cabeza contra el pecho. Lasgol se sintió fatal por su amigo. Palabras tan injustas y duras de su propio padre debían de ser demoledoras para el pobre Egil.

—Una cosa sí me sorprende... —continuó el duque y los dos lo miraron—, no entiendo cómo ha conseguido terminar el primer año. Pensé que se rendiría en la primera semana.

—No conseguirán que me rinda —respondió Egil.

Lasgol notó la rabia que subyacía al comentario. El dolor que la impulsaba.

El duque se enderezó en su sillón.

—Me has ahorrado la vergüenza que eso supondría. Uthar me lo habría hecho pagar. Cuánto disfrutaría restregándome tal humillación en la cara. Y lo que es más importante, no he tenido que enviar a Austin en tu lugar. Uthar estará furioso. Contaba con que fracasaras. Quiere controlarme a toda costa y con Austin a su servicio, como rehén, podría. Sin embargo, no le ha salido bien la jugada.

—Sí, eso es lo más importante… —dijo Egil con tono sarcástico.

—Lo es. De todas formas, aunque no te hayas rendido, no entiendo cómo es posible que hayas acabado el año sin ser expulsado. Jamás pensé que lo conseguirías. Tú no tienes madera de guardabosques ni de ninguna otra profesión militar o que requiera esfuerzo físico. Debe de ser por lo sucedido con Uthar. Te habrán perdonado la expulsión.

Lasgol salió en ayuda de su amigo:

—No, señor, le aseguro que no ha sido así. Egil ha conseguido pasar por méritos propios.

—Si tú lo dices… —dijo el duque poco convencido.

—Se lo aseguro, señor.

—Y dime, Lasgol, ¿cómo supiste que el tirador iba a acabar con la vida del rey? —preguntó Olafstone acercando el rostro al del chico y entrecerrando los ojos. Buscaba una respuesta verdadera.

Lasgol se dio cuenta de que aquella no era una pregunta fortuita.

—Una corazonada…, supongo. Vi al tirador apostado y reaccioné por instinto.

—Corazonada…, instinto… Ummm…, interesante. No son términos que escuche con frecuencia a mi alrededor.

—Lo importante es que el rey salió ileso —añadió Lasgol.

El duque Olafstone se recostó en el sillón.

—Sí, eso es lo importante para el reino…

Lasgol captó cierto sarcasmo en el tono del duque, que disimuló con una falsa sonrisa.

—¿Por casualidad no te contaría tu padre, Dakon, algo sobre los pormenores de los días anteriores a su muerte? —preguntó Olafstone de pronto.

Lasgol y Egil se miraron de reojo. Era una pregunta muy extraña.

—No…, mi padre no me contaba nada relacionado con los guardabosques o sus misiones.

—¿Y no notaste que estaba «poseído» por Darthor?

Lasgol sintió que la conversación iba volviéndose más y más incómoda.

—No…, la verdad es que no estuvimos juntos esos últimos días… Creo que solo lo vi una vez.

—¿Y no te comentó nada? ¿No viste nada raro en su comportamiento?

—Pues no, señor…, no recuerdo que pasara nada raro… Estaba más serio de lo habitual, más preocupado, pero pensé que se debería a su siguiente misión. Su forma de comportarse no me resultó extraña.

—Entiendo… ¿Y no te dijo nada singular?

—No, no que yo recuerde, señor.

—¿Por qué tanto interés por Dakon? ¿Acaso lo conocías, padre? —preguntó Egil.

—Nuestros caminos se habían cruzado en alguna ocasión, sí —contestó el duque Olafstone—. Pero mi interés por él no te concierne. No me interrumpas. —Egil volvió a bajar la cabeza—. Según dicen, se hallaba bajo el control de Darthor, lo cual me resulta extraño. Quería saber si su hijo no había notado nada raro —añadió para suavizar la tensión.

—Estaba dominado, se lo aseguro —dijo Lasgol—, pero no noté nada extraño. Debería haberme dado cuenta, pero no lo hice...

—Dicen que es muy difícil notarlo —afirmó Egil a Lasgol sin levantar la cabeza—. No te culpes.

—¿Y tu madre? —preguntó de pronto Olafstone.

—Mi madre había muerto hacía años...

—¿La recuerdas?

—Apenas... —respondió Lasgol incómodo por estar hablando de ello ante un extraño.

—¿Ha ocurrido algo recientemente que avive ese recuerdo?

Lasgol se quedó desconcertado. Pensó en Martha y en lo que le había contado sobre su madre; sin embargo, no quiso decírselo al duque.

—No..., nada mencionable...

—¿También la conocías a ella, padre? —intervino Egil pese a la advertencia.

—Sí, la conocía. Una gran mujer.

Lasgol no salía de su asombro. El duque Olafstone conocía a sus padres, a ambos, personalmente.

—Creo que ya os he entretenido bastante —dijo el duque, y se puso en pie. Los dos chicos lo imitaron—. Id, tengo mucho que hacer. Avisadme cuando partáis para el campamento.

—Muy bien, padre.

—Ah, una cosa más. Lo que veáis aquí a nadie concierne. —Señaló a ambos con el dedo índice—. Ni una palabra a nadie u os arrancaré la lengua a ambos.

Lasgol y Egil asintieron asustados y se marcharon.

—Un hombre difícil tu padre...

—Pues ha estado muy contento, casi diríase amable para lo que es él —le dijo Egil, y le hizo una mueca de espanto.

Lasgol sonrió. Se alejaron con paso rápido, como si temieran que el duque fuera a salir a perseguirlos.

Para olvidar el mal trago, Egil le enseñó el castillo a Lasgol. Lo que descubrió le fascinó. Era un lugar que solo había podido soñar. Una fortaleza de belleza regia, construida para la guerra, tan robusta y majestuosa que infundía respeto y admiración.

Subieron a la torre más alta y desde ella contemplaron la ciudad a sus pies y las tierras del duque, que se extendían a su alrededor.

—Es increíble, me siento como si fuera un pájaro aquí arriba —confesó Lasgol.

—Un pájaro que ha anidado sobre un fortín repleto de soldados.

Lasgol observó a los soldados del duque en un incesante trasiego por toda la fortaleza y las calles de la ciudad.

—Se preparan para la guerra… —dijo Lasgol preocupado.

—Todo Norghana lo hace.

—Tu padre apoyará a Uthar al final, ¿verdad?

Egil comprobó que estaban solos.

—Se halla en una disyuntiva… No desea hacerlo, pero lo contrario sería un suicidio. Mi padre busca una alianza con el resto de los duques y condes del oeste para derrocar a Uthar; sin embargo, este no es el mejor momento. Ahora el enemigo es Darthor, el enemigo de todos. Es un rival del exterior, uno poderoso. Para vencerlo tienen que unirse todos bajo la bandera de Uthar. Mi padre lo sabe, pese a que lo corroa por dentro como si hubiera tragado ácido.

—¿Cuántos duques y condes tiene tu padre de su lado?

—La situación en Norghana no ha variado demasiado desde hace doscientos años, cuando el reino se quebró en dos. Los nobles del oeste, mi padre y sus aliados, son una docena. Los aliados de Uthar, los nobles del este, otra decena, pero son más poderosos y poseen más tierras y más riqueza.

—¿Los nobles son duques poderosos como tu padre?

—No, la mayoría en ambos bandos son condes humildes con pocas tierras. Solo hay media docena de duques poderosos. Tres en cada lado, para ser exactos, aunque hay dos que nunca se sabe de qué lado están, algo de lo que se aprovechan para conseguir favores. Pero Uthar decanta la situación con su propio ejército y poder. Norghania, la capital donde el rey reside, es el ducado más poderoso de todos.

—Ya veo. Qué compleja es la política. No tenía ni idea. Yo solo conocía mi condado, el del conde Malason.

—Es de los nuestros —dijo Egil con una sonrisa.

—Mira por dónde, ¡soy tu aliado sin siquiera saberlo!

Los dos rieron.

—Mi padre y sus aliados conforman la Liga del Oeste y buscan recuperar el trono para el oeste. Muchos están relacionados por sangre, son primos o primos segundos; algo similar ocurre con los nobles del este, muchos son familia.

—Entiendo. Lucha de poder entre familias hasta en la Corona.

—Eso es. Pero ante la amenaza de Darthor se unirán todos contra él. Ocurrió la primera vez que lo intentó, cuando tu padre...

Lasgol asintió bajando la cabeza. «Dejarán que la partida continúe una vez que se liberen de este peligro inmediato».

—Esperemos que lo consigan.

—Esperemos...

Por la noche cenaron junto a los oficiales, algo de lo cual Lasgol disfrutó, pues pudo escuchar de su boca innumerables historias, a cada cual más dispar. Los rumores crecían cada día. El último hablaba de que Darthor contaba entre sus aliados con criaturas monstruosas. Hablaban de serpientes albinas gigantes de más de cien pasos de longitud, con la cabeza del tamaño de una casa y enormes fauces.

—Como si no fuese suficiente con un ejército de salvajes del hielo, apoyados por troles de las nieves, ogros corruptos y otros seres bestiales, reforzados con elementales y gigantes del hielo... —le dijo Egil, y puso los ojos en blanco.

—Cuéntame más sobre los salvajes del hielo, me interesan.

—Son fascinantes. He leído que son nuestros ancestros. Que la actual etnicidad de hombres del norte, de los norghanos, proviene de ellos; descendemos de ellos.

—¿Son... nuestros bisabuelos?

Egil sonrió y sacudió la cabeza:

—Son nuestros antecesores. Los remanentes. Según las leyendas, proceden de un continente al nordeste, un lugar gélido, casi sin vida. Solo se puede llegar hasta allí en barco. Estos hombres viven en el interior de enormes cuevas que recorren gran parte de esas tierras. El exterior es prácticamente inhabitable a causa de las bajas temperaturas y la brisa glacial. Salen durante la primavera o el estío, cuando la temperatura no los mata. Son muy primitivos y salvajes, y enormes, miden más de dos varas y media de altura, y anchos y fuertes como osos. Pero lo que más llama la atención en ellos es el color de su piel: es de un azul hielo intenso.

—Bromeas.

—En absoluto. Y tienen una fuerza descomunal. Van armados con hachas y son capaces de partir a un hombre en dos de un golpe.

—Pues qué bien...

—Quedan algunos grupos en la punta más al norte de nuestro reino, en la costa.

—Allí solo hay hielo...

—Fascinante, ¿verdad? Lo que daría por ver uno...

—Yo no lo encuentro nada fascinante y no tengo ningún deseo de encontrarme con uno de esos salvajes.

Egil rio y negó con la cabeza.

Tras la cena se retiraron a la habitación de Egil, o más bien a sus aposentos, pues era enorme. Constaba de dos grandes estancias: el vestidor-estudio y el dormitorio, este con una cama de dimensiones fuera de lo común. Lasgol nunca había visto una habitación tan suntuosa.

—Vaya lujo… —exclamó mientras caminaba por ella observando todo a su alrededor.

—Más que lujo es confort; me gusta estar cómodo.

—¿Y estas sábanas de seda? ¿Y los cojines tapizados? ¿Y las alfombras noceanas? Porque son noceanas, ¿no?

Egil asintió incómodo:

—Es para estar más a gusto —respondió intentando disimular, aunque se había sonrojado.

—Cuando se lo cuente al resto del equipo… En esa cama pueden dormir media docena…

—¡No! Que no llegue a oídos de Viggo. Me torturará sin descanso por ello, y ya lo hace suficiente.

Lasgol sonrió:

—Ni una palabra.

—Gracias. Además, no es culpa mía haber nacido en el seno de esta familia, para lo bueno y para lo malo.

—La verdad es que de momento no cambiaría lo bueno por lo malo.

—Ni yo. Sin embargo, nada puedo hacer al respecto. Soy hijo de quien soy.

—Al igual que yo.

—Muy cierto, amigo mío.

—Quizá un día las cosas mejoren…, quizá tu padre…

—No creo, no en ese respecto, pero gracias.

—No pierdas la esperanza.

Egil cerró la puerta con llave.

—Ponte cómodo.

—Puedes decirle a Camu que juegue, nadie nos molestará.

Lasgol usó su don y, tras comunicarse con la criatura, esta apareció sobre la enorme cama de Egil. Comenzó a dar botes, juguetón y sonriente.

—¡Camu! ¡Qué alegría verte! —dijo Egil, y se lanzó a la cama a jugar con la criatura.

Lasgol los observó con una enorme sonrisa en la cara.

—¡Te pillaré! —Reía Egil mientras Camu soltaba chillidos risita y escapaba con grandes saltos.

Lasgol se puso cómodo y se relajó mientras sus dos compañeros jugaban. Necesitaba un poco de tranquilidad para descansar. Al cabo de un rato, Egil se dejó caer a su lado.

—Camu… es inagotable… —dijo Egil sin aliento.

Lasgol sonrió:

—Y cada vez lo es más.

Camu dio un brinco y cayó entre los dos. Emitió un gritito y se puso a flexionar las patas y mover la cabeza y la cola. Egil le acarició la cabeza.

—Y ahora cuéntame todo sobre tu don y las habilidades que has sido capaz de desarrollar. Estoy intrigadísimo.

—¿Todo?

—Todo. No aceptaré menos. Traerte aquí ha sido una treta para encerrarte en mis aposentos y que me cuentes todo lo que ansío saber.

Lasgol rio:

—Nos llevará tiempo.

—No tengo ninguna prisa.

Lasgol le contó a Egil todo cuanto este quiso saber sobre su don y habilidades. Con cada explicación el muchacho estaba más impresionado. Como no podía ser de otra forma, le hizo infinidad de preguntas que Lasgol respondió gustoso. Era muy consciente de que casi había perdido la amistad de Egil y el resto del equipo por no haber sido sincero. Había aprendido la lección, una que llevaba grabada a fuego; no volvería a pasar. El rechazo de sus amigos le había dolido, mucho, muy hondo.

Ya amanecía cuando Lasgol regresaba a sus aposentos al otro extremo del pasillo. Tenía muchísimo sueño, pero estaba muy contento, pues ahora Egil conocía más de su secreto y, por lo tanto, ya no era tal ni le acarrearía más problemas con sus amigos. Camu iba en su hombro con su eterna sonrisa dibujada en la cara y sus ojos curiosos analizando todo a su alrededor. Llegaron a una bifurcación del pasillo. De súbito, Camu soltó un chillido de alarma y saltó de su hombro.

—¿Qué ocurre?

La criatura salió corriendo por el pasillo a la derecha. Las habitaciones de los invitados se encontraban a la izquierda.

—¡Camu! —llamó el chico.

Pero ya era demasiado tarde.

«¡Maldición, como lo descubran estaré en un lío tremendo!».

Capítulo 8

L ASGOL ASOMÓ LA CABEZA POR LA ESQUINA. EXAMINÓ EL PASILLO
con cuidado de no ser visto y vio la cola de Camu perderse escaleras abajo. «¡Oh, no!». En la planta inferior se hallaban la enorme biblioteca y las dependencias del duque. ¡Y estaban vigiladas
por soldados de guardia!

Lasgol se lanzó escaleras abajo tras Camu y se detuvo de golpe
al llegar a la planta inferior. Algo había hecho saltar todas sus alar-
mas. Cuatro soldados del duque que deberían estar de guardia yacían en el suelo. Parecían dormidos. Lasgol avanzó despacio hacia
ellos, intentando no hacer ningún ruido.

«Que un soldado de guardia se duerma es una posibilidad. Pero
cuatro y al mismo tiempo es algo muy improbable, algo que huele
a problemas».

De pronto sintió algo en la mente, una sensación que no le era
propia. Era Camu. Le estaba enviando una sensación.

¡Peligro!

Lo buscó con la mirada, pero no lo vio. Se concentró y usó su
don. Invocó la habilidad Presencia Animal y le llegó un destello dorado desde el final del pasillo. Se acercó con cuidado y encontró a
la criatura detrás de uno de los guardias que se encontraban en el

suelo. El cuerpo del soldado lo tapaba. Camu estaba rígido, con la cola señalando la puerta de las estancias del duque. Comenzó a emitir un chillido que parecía un lamento. El chico actuó. Usó su don y se comunicó con Camu. «¡Silencio! ¡Ni un sonido!», ordenó. La criatura calló, pero no cambió su postura hierática.

Lasgol ya sabía lo que aquello significaba: Camu había detectado magia. Observó a los soldados y lo comprendió. Un mago o hechicero los había dejado fuera de combate. Eso debía de ser lo que Camu había detectado. El pequeñín se lanzaba como una fiera cada vez que detectaba magia, como si fuese un perro de caza ante una perdiz.

Inspiró hondo y pensó qué hacer. Fuera lo que fuera lo que estuviese ocurriendo, no tenía que ver con él o con los guardabosques. No tenía por qué intervenir. Por otro lado, aquello tenía muy mala pinta. Si era un atentado contra la vida del duque, debía hacer algo, no podía dejar que lo mataran. Se decidió. Acercó el ojo derecho a la cerradura y miró al interior de la habitación. Estaba oscuro, pero, junto a la ventana, al fondo, distinguió dos figuras de pie. Una era el duque Olafstone, inconfundible. Frente a él estaba un hombre de color. Por un momento, Lasgol pensó que era Haakon; sin embargo, no. Aquel hombre era de mediana edad y tenía el pelo rizado de color blanco y unos intensos ojos verdes. Era chocante el contraste del blanco del pelo con el tono oscuro de la piel y los radiantes ojos verdes. Ciertamente exótico. Debía de proceder de las tierras del sur de Tremia, donde regía el Imperio noceano. Pero ¿qué hacía allí con el duque? El extranjero no iba armado y parecía que discutían por algo. No era un intento de asesinato.

Lasgol quiso escuchar la conversación, pero no le llegaba nada. Los rostros de ambos mostraban tensión, enemistad. La discusión no iba por buen camino. Lasgol decidió utilizar su habilidad Oído de Lechuza, a pesar de que aún no la dominaba. Se concentró y lo intentó, sin éxito. La invocación falló.

«¡Vamos, puedes hacerlo!», se animó a sí mismo. Volvió a probar. Puso toda su atención en captar la conversación que veía a través del ojo de la cerradura. Se concentró al máximo para captar el menor de los sonidos. De pronto, un destello verde le recorrió la cabeza. Unas palabras llegaron hasta sus oídos, lejanas, apenas perceptibles.

—... no me amenaces...

—No te estoy amenazando, duque Olafstone, te estoy recordando tu obligación —dijo el extranjero con fuerte acento del sur.

Las palabras comenzaron a llegarle más nítidas.

—Yo no tengo una deuda con nadie.

—Hiciste un trato. No puedes romperlo ahora.

La cara del duque reflejaba pura ira.

—Nadie me dice lo que puedo o no puedo hacer.

La conversación fue haciéndose cada vez más audible. Lasgol sentía ahora que estaba junto a ellos, escuchando.

—El orgullo es un veneno que corroe el corazón de los hombres —contestó el extranjero.

Hablaba bien la lengua unificada del norte, pero el acento era inconfundible: noceano.

—Escúchame bien, hechicero: no me sueltes proverbios estúpidos. Haré lo que tenga que hacer cuando llegue el momento, lo que sea más conveniente para mi causa.

—Me permito recordarte que mi señor no perdona las traiciones.

—Yo tampoco.

—En ese caso, esperemos que mi próxima visita sea como mensajero y no como ejecutor —dijo el extranjero con claro tono de amenaza.

—Si intentas matarme, será lo último que hagas.

El extranjero sonrió. Su rostro estaba lleno de confianza. No temía al duque. Sabía que podía matarlo.

—El acero nada puede contra la magia —recitó.

—Te he dicho que te guardes tus proverbios. Ya tienes tu respuesta. Esta conversación ha terminado.

—Como desees. Se lo comunicaré a mi señor.

El extranjero se giró hacia la puerta. Lasgol vio que llevaba una espada curva enjoyada a un lado de la cintura y algo esférico colgaba en un saco negro al otro lado. Tuvo un mal presentimiento.

—Una cosa más…

El extranjero se detuvo sin darse la vuelta.

—Dile a Darthor que, si vuelve a amenazarme, lo pagará.

El hechicero sonrió y continuó hacia la puerta.

Lasgol cogió a Camu en una mano y corrió como una exhalación.

El extranjero salió al pasillo justo en el momento en que el muchacho giraba la esquina. Se puso contra la pared y escuchó. El corazón le latía como un tambor y con el sentido del oído aguzado parecía que le iba a reventar. Consiguió aislar los latidos y se centró en los pasos del hechicero. Se alejaban en el sentido contrario. Soltó un largo resoplido. «¡Por qué poco!». Con el corazón inquieto, se dirigió a su habitación. Tendría que contarle todo a Egil al amanecer.

Su amigo estaba aporreando su puerta en lo que a Lasgol le pareció un suspiro.

—¡Despierta! ¡Es tarde y tenemos muchas cosas por hacer!

Se levantó de la cama. Cubrió a Camu, que aún dormía, con las sábanas y fue hasta la puerta. Nada más abrirla, se encontró a un Egil sonriente.

—Vamos, dormilón, prepárate —le dijo llevándolo a empujones hasta el baño para que se aseara.

Se quitó las legañas e intentó despejarse con el agua fresca de una jofaina de plata. Se vistió mientras Egil jugaba con Camu al escondite por toda la habitación. Lasgol los observó. Era hilarante. Camu se hacía invisible y emitía chilliditos para que Egil lo encontrara. Se lo estaban pasando en grande. Esperó un poco, no quería interrumpir la diversión. Le alegraba el alma verlos jugar y disfrutar. Terminó de prepararse y observó la ciudad a través de la ventana. Desde aquella altura en el ala este del castillo, junto a una de las torres, tenía una visión despejada del noreste de la ciudad amurallada. Era deslumbrante y bulliciosa, en contraposición con el paisaje tras las murallas. Al fondo, en la lontananza, los bosques y las montañas nevadas tan características del reino transmitían serenidad.

—Magníficas vistas, ¿verdad? —Egil estaba a su lado.

—Sí… —dijo Lasgol con la mirada perdida en el horizonte.

—¿Estás bien? Pareces melancólico.

—Tengo algo que contarte…

—La información lleva al conocimiento, así que adelante.

—No te va a gustar…

—Nada de secretos, recuerda.

—Vale.

Lasgol le narró todo lo sucedido la noche anterior con el duque y el hechicero. Egil escuchó muy atento, como siempre hacía, sin interrumpirlo. Al finalizar, Lasgol lo observó esperando su reacción, pero Egil continuó callado, meditando. Ni la presencia de Camu, que lo llamaba, le hizo regresar.

—Este descubrimiento es indicio inequívoco de una situación grave que ya sospechaba —dijo por fin.

—¿Qué crees que significa?

—Significa que mi padre está jugando con fuego. Ahora ya tenemos pruebas.

—No te entiendo…

—Mi padre está jugando a dos bandas. Ha hecho un trato con Darthor y ahora lo hará con Uthar.

—¿Tú crees?

—Sí, el primero es voluntario; el segundo, forzado. Uthar no le permitirá mantenerse al margen. Lo obligará a luchar junto a sus fuerzas.

—Oh...

—Debo hablar con mis hermanos.

—¿Estás seguro?

—Deben saberlo. Mi padre no se lo habrá confiado. Quiero que sepan a qué riesgos se enfrentan.

Lasgol asintió. Comprendía qué impulsaba a su amigo, aunque quizá sus buenas intenciones no se entenderían como tales. Los hermanos de Egil no le habían parecido especialmente amables y abiertos. Bajaron al patio de armas, donde había soldados por todas partes ocupados en labores de intendencia; se preparaban para marchar pronto. Encontraron a Austin y Arnold en la puerta de la armería dando órdenes a los soldados que trasportaban las armas hasta unos carromatos junto a los establos.

—Mis queridos hermanos —saludó Egil.

—Estamos algo ocupados... —le dijo Austin con intención de despacharlo.

—Es importante —les aseguró.

—Más te vale que lo sea —respondió Arnold con una mueca de disgusto.

—Entremos, he de contaros algo y no es apto para oídos extraños.

Pasaron a la sala de recepciones del castillo, que estaba vacía. Egil cerró la puerta y les narró lo que Lasgol había presenciado entre el duque y el hechicero de Darthor. Los rostros de Austin y Arnold fueron volviéndose más duros a medida que escuchaban. Cuando Egil terminó, Arnold estalló de inmediato:

—¡Has espiado a nuestro padre! ¡Cómo te atreves! —acusó a Lasgol y avanzó un paso hacia él.

—Espera, hermano. —Austin sujetó a su hermano del brazo.

—¡Es un espía! ¡Hay que colgarlo!

—Ni lo pienses —dijo Egil, y se interpuso entre su hermano y su amigo.

—Déjame pensar un momento —pidió Austin.

—No hay nada que pensar, ¡es traición!

—Puede que haya espiado a padre, pero no es un espía —dijo Austin.

—¿Cuál es la diferencia? ¡Hay que colgarlo! —Arnold se llevó la mano a la empuñadura de la espada.

Lasgol dio un paso atrás asustado. No le gustaba el cariz que la situación estaba tomando.

—¿Lo que ha dicho Egil es cierto? —preguntó Austin a Lasgol.

—Sí. Todo.

—¿Quieres salir con vida de este castillo? —Siguió con las preguntas Austin y esa vez clavó sus ojos en los de Lasgol.

—Austin…, no te atreverías a semejante atrocidad, mancharías tu honor para siempre —intervino Egil para defender a Lasgol.

—Si quieres salir de aquí con vida —continuó Austin—, jurarás sobre tu honor no repetir a nadie lo sucedido. A nadie. Jamás.

Lasgol aceptó:

—Lo juro por el nombre de mi padre.

—Es demasiado arriesgado, no podemos dejarlo ir. ¿Y si se lo cuenta a los guardabosques? Llegará a Uthar —le dijo Arnold a su hermano mayor.

—No oíste a nuestro padre acceder a ningún trato con Darthor, ¿cierto? —le dijo Austin.

—Cierto. No se comprometió. Rechazó las amenazas de Darthor.

—Por lo tanto, no hay traición. Si lo acusas de tal cosa, pediré un duelo de honor y te mataré —sentenció el hermano mayor de Egil.

—No será necesario. No hubo traición y no voy a revelar a nadie el encuentro —le aseguró el chico.

—Muy bien —dijo Austin—. Marcharéis ahora mismo al campamento. Si padre se entera, y se enterará —miró de soslayo a Arnold—, Lasgol no sobrevivirá. Padre no puede arriesgarse a que Uthar descubra sus movimientos encubiertos, no ahora que la guerra está a punto de estallar. Debéis marchar y refugiaros con los guardabosques. No te despidas de padre —le indicó a Egil—. Recoged vuestras cosas y partid.

—Gracias, Austin, así lo haremos —le aseguró Egil.

—Y recuerda, Lasgol —le advirtió Austin—; si Uthar lo descubre, es la vida de Egil, irá a por él.

El muchacho asintió:

—Nunca lo averiguará. No por mí.

—Más te vale —amenazó Arnold.

—Hermano —le dijo Austin a Egil poniéndole las manos sobre los hombros—, has hecho bien en contárnoslo. Padre no va a confiárnoslo y lo que está haciendo es muy peligroso. Puede costarle la vida. Puede costarnos la vida a todos. Debemos tener mucho cuidado con cada movimiento que hagamos de aquí en adelante. Te lo agradezco.

—Gracias —contestó Egil, quien no parecía muy convencido de haber hecho lo correcto.

—Partid. Suerte.

—Suerte, hermanos —respondió Egil.

Egil y Lasgol abandonaban el castillo en sus monturas un suspiro más tarde. El duque Olafstone los observaba alejarse desde su torre.

Tiempos oscuros se cernían sobre Norghania… a pasos agigantados.

Capítulo 9

L OS DOS MUCHACHOS CABALGARON DURANTE DOS DÍAS EN dirección este. Camu iba ahora en el hombro de Egil, algo que Lasgol agradecía, pues Trotador no terminaba de acostumbrarse a la inquieta criatura. Al caer la noche acamparon bajo un gran roble, junto al camino. Tenían agua y provisiones, así que no necesitaban adentrarse en los bosques para cazar o buscar un riachuelo.

Egil preparó un fuego con una facilidad que dejó a Lasgol boquiabierto.

—La sabiduría que uno adquiere de los guardabosques es asombrosa —comentó Egil, y le guiñó el ojo.

Lasgol sonrió y fue a buscar más leña. La criatura se quedó jugando con Egil, o más bien con un escarabajo pelotero que había descubierto junto a él.

—No te lo comas —le dijo Egil.

Camu le dio con la cola y el escarabajo se hizo una pelota. La criatura saltó del susto. Al ver que era inofensivo, comenzó a empujarlo con el hocico.

—En verdad puedo constatar que es un ser muy especial —le dijo Egil a Lasgol cuando regresó con la leña—. He de registrarlo.

Entonces, se fue hasta su caballo y de una de las alforjas sacó su diario de estudio. Se sentó junto al fuego y se puso a estudiarlo. Anotaba todos sus descubrimientos en aquel gastado cuaderno, luego los repasaba para concluir razonamientos.

Lasgol preparó las raciones para la cena. Camu se aburrió del escarabajo y, tras perseguir un murciélago dando brincos como un loco, se acercó al fuego y se quedó dormido a los pies de Egil.

—Si alguien puede descubrir qué criatura es Camu, ese eres tú —le dijo Lasgol a su amigo.

—Intentarlo lo intentaré, eso te lo prometo. Lo insólito es que a veces se comporta como un perro, otras como un gato, incluso como un ave. Sin embargo, lo más desconcertante de todo es que es un reptil...

—A mí me lo vas a decir...

—Cada vez estoy más convencido de que nuestro querido Camu puede estar relacionado con alguna raza de criaturas místicas.

—¿Tú crees? —preguntó Lasgol muy interesado.

—Sí..., unas características tan extravagantes encajan. Reptil no conocido, pequeño, con el poder de hacerse prácticamente invisible y captar la existencia de magia... Voy a dedicarme a estudiarlo en detalle y extraer conclusiones significativas.

—Eso se te da muy bien —sonrió Lasgol.

—Gracias. Será un estudio fascinante. Más que eso, es una oportunidad única. ¿Quién más en todo Norghana puede presumir de tener la oportunidad de estudiar un espécimen mágico vivo?

—¿Nadie?

—¡Exacto! Solo nosotros, unos privilegiados. Es una oportunidad extraordinaria, un honor. Tengo que seguir anotando todo cuanto observo de nuestro pequeño amigo.

—Pero si está durmiendo... Se pasa gran parte del día y de la noche durmiendo.

—Ese comportamiento, en sí mismo, es algo que debo anotar y estudiar.

—¿Que duerme mucho?

—Efectivamente, alguna razón hay tras ello.

—Terminará cansado de tanto moverse. Es que no para quieto un momento cuando está despierto.

—Pudiera ser la razón. No obstante, también podría deberse a un motivo fisiológico.

—¿Fisio… qué?

—Debido a su cuerpo, a su naturaleza.

—Oh… Bueno, estúdialo cuanto quieras. Nos vendrá bien. Cuanto más sepamos de él… o ella…, mejor. Quizá consigamos controlarlo un poco y que no se meta en líos.

—Lo haré. No tengas la más mínima duda —sonrió Egil.

Cenaron y charlaron un rato. El tema fue de nuevo el don de Lasgol, el favorito de Egil. Su amigo quería saberlo todo. Para él era la más fascinante de las materias. Donde todo el mundo se asustaba y no quería saber nada, Egil deseaba zambullirse de cabeza y conocerlo todo. Esta vez hablaron de las limitaciones del don en Lasgol.

—Cuando usas tus habilidades, como Reflejos Felinos, ¿cuánto tiempo duran? ¿Todo un día?

Lasgol soltó una carcajada:

—Ojalá. Solo duran un rato. Luego desaparecen.

—¿Y no puedes volver a invocarlas y continuar usándolas de forma indefinida?

—No… Cada vez que invoco una habilidad, esta consume energía de mi «pozo interno» y, una vez agotada, no puedo invocar más habilidades.

—Muy interesante… Había leído que toda magia tiene limitaciones. Los magos del hielo, por ejemplo, no pueden lanzar sus hechizos más allá de doscientos pasos. Por eso los arqueros de élite pueden matarlos. Pero hay muy poco documentado sobre limitaciones, probablemente porque no desean que se conozcan. Son una debilidad, después de todo.

—Yo puedo contarte todas las mías —respondió el chico entre risas.

—¡Eso sería fantástico!

—Muy bien. Todas las habilidades llevan un periodo largo de aprendizaje. Una vez que se dominan, su invocación consume energía interna. Cuanto más reciente es el aprendizaje, más energía se consume. Algunas habilidades, las más complejas o las más potentes, consumen mucha más energía que el resto. Cuando toda la energía se ha consumido, caigo sin sentido. Necesito dormir para recuperarla.

—¡Oh! ¿Afecta directamente a tu cuerpo? ¿De manera física?

—A mi cuerpo y mi mente. Si no tengo cuidado y la consumo toda, caigo seco, como un árbol talado.

—¡Fascinante!

—Hay más. Mis habilidades no solo están limitadas en tiempo, también en espacio. Por ejemplo, mi Oído de Lechuza no va más allá de una decena de pasos a mi alrededor. Con el tiempo lo iré mejorando, al principio solo alcanzaba cinco pasos de distancia, pero no sé si sobrepasará la veintena.

—Qué interesante. Mejoran, pero se desconoce su límite.

—Ahora que lo pienso, todas mis habilidades tienen límites, tanto en duración como, digamos, en extensión o área de efecto.

—Esta información es muy valiosa.

—No sé si esto les pasa a otros, pero a mí sí.

—Creo que las leyes mayores, los principios y limitaciones se aplicarán a todos por igual, sean magos, hechiceros, sanadoras, asesinos… El cómo y el cuánto será lo que varíe. Un mago del hielo tendrá un pozo de energía mayor que el tuyo, pero se agotará tarde o temprano con el uso de la magia. Y, al hacerlo, él también tendrá que descansar y reponerse. He leído que ha habido sanadoras que han fallecido por extenuar su cuerpo consumiendo hasta la última gota de energía en el proceso de sanación de un enfermo.

—Oh, vaya…

—Es un mundo extraordinario. Tienes que contármelo todo. Con detalle.

—Lo haré, pero… ¿te parece si lo dejamos por hoy y descansamos?

—Oh, por supuesto; es la emoción, me puede.

Lasgol sonrió a su amigo.

Se acostaron bajo la protección del roble y se arrebujaron en sus mantas al calor del fuego. Lasgol estaba a punto de quedarse dormido cuando Egil habló:

—Siento lo de mis hermanos…

—No te preocupes.

—No pensé que fueran a llegar tan lejos.

—Ha salido todo bien, eso es lo importante.

—Por un momento, temí que no fueran a hacer lo correcto. Pero sabía que Austin, una vez que recapacitara, lo haría. Es duro, pero su corazón es honorable.

—¿Y Arnold?

—En el fondo él también, aunque se esfuerza tanto en sobresalir ante los ojos de mi padre que, a veces, se le nubla la razón y va demasiado lejos.

—Entiendo.

—Tendré más cuidado con mi familia en adelante.

—Tranquilo. Descansa.

Los dos durmieron, pero sus sueños estuvieron llenos de peligros. Poco sabían que eso era precisamente lo que les esperaba, a ellos y a todo Norghana.

* * *

Con los primeros rayos del sol, se pusieron en pie y tuvieron que despertar a Camu, que dormía plácidamente entre ambos.

—¿Cuánto nos queda? —preguntó Lasgol mientras preparaba a Trotador.

—No mucho. Llegaremos al punto de encuentro al atardecer —respondió Egil, que cubría los restos del fuego con tierra.

—¿Deseando empezar el segundo año de instrucción?

Egil resopló:

—Qué remedio… Preferiría mil veces dedicarme a estudiar el don, analizar a Camu e investigar cientos de materias que devoran mi interés y alimentarían mi intelecto, pero no tengo opción…

Lasgol sonrió a su amigo. Comprendía qué sentía. Sin embargo, para su sorpresa, él sí estaba deseando llegar al campamento y comenzar el segundo año. ¡Quién lo habría pensado hacía solo un año! Qué extraña era la vida y las vueltas que daba.

—En marcha, entonces —dijo Lasgol, y partieron.

Era mediodía cuando llegaron a la encrucijada. El camino se dividía en tres: al este, al norte y al sur. El estómago de Egil rugió como un león. Camu lo miró desde el hombro derecho de Lasgol y sacó la lengua azulada.

—Parece que alguien tiene hambre.

—Uno, diría —dijo Egil con una sonrisa y las mejillas rojas.

—La buena vida de los nobles…

—Sí, uno se acostumbra rápido.

—¿Descansamos y comemos? —propuso Lasgol.

Egil observó el cruce y avanzó. Luego sacó el mapa que llevaba enrollado en la alforja y lo estudió.

—Dejamos el camino aquí. Tenemos que cruzar ese bosque —dijo señalándolo—. Mejor descansamos después de cruzarlo y llegar al río. Desde allí es seguir el cauce hasta el punto de encuentro. No tiene pérdida. ¿Estás de acuerdo?

—Sí, señor —se burló Lasgol.

Abandonaron el camino y se internaron en un pequeño hayal que cruzaron sin dificultad para salir a un valle de hierba alta. El río se divisaba al fondo. Podían oír su incesante murmullo húmedo. Se detuvieron y lo observaron.

—Bonito, ¿verdad? —dijo Egil.

—Mucho.

De súbito, un gruñido bestial y aterrador les llegó desde la linde del bosque, a sus espaldas. Los dos caballos se encabritaron. Egil no consiguió dominar su montura y se fue al suelo. Una silueta monstruosa surgió del bosque y corrió hacia ellos. Era enorme, una criatura de pelaje blanco de forma vagamente humanoide, pero que se asemejaba más a un simio descomunal por la longitud de sus musculados brazos, el portentoso torso y la forma de correr sobre los brazos y las patas. Soltó un rugido temible y Trotador volvió a encabritarse hasta que derribó a Lasgol, que no pudo sujetarse por más tiempo. Las dos monturas salieron corriendo espantadas de la bestia aterradora.

—¡Es un trol de las nieves! —dijo Egil desenvainando las armas.

Lasgol se puso en pie y empuñó el cuchillo y el hacha. No podía dar crédito a lo que los ojos le mostraban. ¡Un trol! ¡Y los estaba atacando! Su mente le decía que aquello no podía ser cierto. Bestias como aquella rara vez se veían en zonas civilizadas, pero el miedo le indicó que era real y que ya podía reaccionar si no quería morir.

La bestia avanzaba entre bramidos y mostrando unos portentosos colmillos en unas fauces asesinas. Al ver aquel descomunal torso, los gigantescos brazos y las garras del monstruo de cerca, el muchacho supo que era demasiado grande y fuerte para ellos dos. Enfrentarse a algo así era una muy mala idea.

—¡Egil, corramos!

Su amigo lo miró indeciso. Tenía a la bestia casi encima. Lasgol usó su don e invocó Reflejos Felinos. Egil se giró y comenzó a correr. La bestia se apoyó en sus fuertes patas traseras y dio un salto enorme. Al descender, golpeó a Egil con las patas.

—¡Egil! —gritó Lasgol.

El pequeño guardabosques iniciado salió despedido como si fuera un muñeco de trapo y cayó a diez pasos con un golpe seco sobre la hierba. Intentó levantarse, pero se derrumbó. Lasgol, al ver a Egil tumbado, cambió de plan; tenía que distraer a la bestia hasta que su amigo pudiera recuperarse. El trol lo miró con ojos inyectados en sangre y rugió a los cielos. Lasgol invocó la Agilidad Mejorada y se enfrentó a él. La bestia abrió ambos brazos y fue a apresar a Lasgol entre ellos; de lograrlo, lo aplastaría como a un monigote. Los dos enormes brazos peludos se cerraron sobre el chico. Con un salto digno de un tigre, se escabulló del abrazo antes de que se cerrara sobre su cuerpo.

El trol de las nieves lo miró con expresión de incredulidad. Rugió y se propulsó con las patas traseras hacia delante, directo al pecho de Lasgol. Se le echaba encima con una potencia tremenda. Él no dudó. Se desplazó hacia un lado con un movimiento rapidísimo y fluido. La bestia pasó de largo. Volvió a rugir y levantó los potentes brazos al aire, furioso por no poder atrapar su presa.

«Si me coge, me destrozará. Tengo que seguir esquivándolo hasta que Egil se recupere». Miró hacia su compañero y comprobó que permanecía tendido en el suelo; no se movía.

El trol se lanzó contra Lasgol a la carrera sobre las cuatro extremidades. Él esperó concentrado. Cuando lo tenía casi encima, rodó a un lado. La bestia falló. Bramó fuera de sí. Lasgol se preparó para la siguiente arremetida cuando algo extraño sucedió. El trol no atacaba. Se llevaba las manos a la espalda y rugía; intentaba atrapar algo, pero el muchacho no podía distinguir qué. El trol se giró enrabietado y de pronto lo vio.

¡Camu!

La criatura se había encaramado al lomo del trol. Lasgol no sabía qué estaba haciendo, pero el trol se hallaba fuera de sí por la rabia. Sus brazos eran demasiado gruesos, no podían alcanzar a la pequeña criatura.

«¡Muy bien, Camu!». Lasgol vio la oportunidad y la aprovechó. Se concentró y buscó a Trotador. Estaba junto al río, quizá lo bastante cerca como para que usara el don con él. Invocó la Comunicación Animal. No lo consiguió. Estaba demasiado lejos; entonces, echó a correr. A los diez pasos se detuvo. Volvió a intentarlo. «¡Vamos, tiene que funcionar!». Nada. Le silbó como los guardabosques le habían enseñado a hacer para llamar a las monturas. El poni reconoció el sonido y comenzó a acercarse. «¡Sí! ¡Viene!». Sin embargo, olió a la bestia y con un relincho se detuvo. No se acercaría más.

Lasgol intentó una última vez su don y esa vez funcionó. Estaba al límite de la distancia. Un destello verde le recorrió la cabeza y captó la mente de Trotador. «¡Ven a mí!», le ordenó con urgencia. El equino obedeció. La orden era más fuerte que el miedo que el pobre animal sentía. Llegó hasta Lasgol, que de un salto montó. «Sigue mis indicaciones», le pidió y, manejando las riendas, lo guio hasta Egil. La bestia daba vueltas en círculos intentando librarse de Camu sin conseguirlo y rugía enfurecida agitando los brazos.

Lasgol montó sobre Trotador a Egil, que estaba inconsciente aún. Se disponía a llamar a Camu cuando presintió algo raro. Aquella sensación que solía experimentar cuando lo vigilaban.

De pronto comenzó a tener mucho sueño. Invocó Detectar Presencia Animal. En la linde del bosque, a unos cien pasos, descubrió una presencia. Se concentró y la vio con claridad. ¡El hechicero noceano! Apuntaba con la espada curva enjoyada hacia Lasgol mientras conjuraba un hechizo. «¡Maldición, me va a dormir como a los guardias!». Intentó resistirse, pero la magia era demasiado poderosa. Se le cerraban los ojos. Con un último esfuerzo, llamó a Camu para huir. «¡Camu, a mí!». Y se quedó dormido sobre Trotador.

El hechicero sonrió. Ya eran suyos.

Camu saltó de la espalda del trol y corrió como una exhalación hasta Lasgol. Sin embargo, la bestia salió tras la criatura; estaba tan enfurecida que parecía poseída por un demonio, pero el hechicero la reclamó.

—¡Quieto! Ven aquí.

El trol se detuvo y lo miró. No quería obedecerlo.

—Si te acercas al caballo, huirá. Ven aquí. Yo me encargo. Lo haré dormir.

La bestia no parecía muy convencida, estaba rabiosa.

—¿O prefieres que te haga dormir a ti?

Eso convenció al trol, que, a regañadientes, se acercó al hechicero.

Camu trepó hasta el hombro de Lasgol y le lamió la mejilla, pero los dos muchachos estaban inconscientes sobre Trotador. El hechicero comenzó a conjurar sobre el poni. Camu lo captó, se puso rígido y apuntó con la cola al hechicero. Y algo singular ocurrió: Trotador no cayó dormido y Lasgol despertó.

—¿Qué...? ¿Qué ocurre?

Camu chillaba. Lasgol vio al mago conjurando y supo qué sucedía. Reaccionó: agarró con fuerza a Egil para que no cayera y espoleó a Trotador.

—¡Vámonos, Trotador!

El poni obedeció y salieron de allí a galope tendido. El hechicero los vio salir de su área de alcance y maldijo en noceano.

—Interesante criatura... —comentó al trol, que rugió en desacuerdo.

Vieron huir a sus presas un instante más y luego desaparecieron en el bosque.

Capítulo 10

CABALGARON SIGUIENDO EL RÍO Y ASÍ ESCAPARON DEL PELIGRO. El poni trotaba tan rápido como su robusto cuerpo le permitía. Llevaba sobre la grupa a Egil, Lasgol y Camu, lo cual le suponía un esfuerzo importante. Lasgol miraba hacia atrás por encima del hombro, temeroso de que los siguieran. Al fin, con el punto de encuentro a la vista y sin rastro del enemigo, se detuvo para que el animal descansara. Estaba a punto de reventar y lo último que quería era matarlo por un sobreesfuerzo.

Desmontaron y Lasgol acarició a su montura.

—Gracias, amigo. Lo has hecho muy bien. Descansa —le dijo.

De pronto, Egil despertó.

—¿Qué ha pasado? ¿Cómo nos hemos salvado? —preguntó con cara de susto y desconcierto.

—Ha sido Camu.

—¿Camu? ¿Cómo?

—Nuestro pequeño amigo tiene otra habilidad aparte de la de detectar magia en personas y objetos. —Egil lo miró sin comprender. Lasgol continuó—: Creo que puede impedirla. Ha evitado que Trotador cayera bajo el conjuro del hechicero.

—¡Fascinante! —exclamó Egil acariciando la cabeza de Camu, que le lamió la mano con la lengua azulada.

—Ya lo creo —coincidió Lasgol, quien también acarició a Camu a modo de felicitación. La criatura estaba encantada con todo el cariño que estaba recibiendo—. Lo más curioso es que el mago me había dormido a mí también.

Egil lo miró con ojos de estar analizando lo sucedido.

—Pero ¿cómo has conseguido despertar?

—Umm... No lo sé... No ha sido por nada que yo haya hecho... Ha debido de ser también cosa de Camu.

—¡Qué interesante! Debemos estudiar estas habilidades tan singulares que manifiesta.

—Creo que me ha despertado disolviendo de alguna forma el hechizo que me mantenía dormido.

—Detecta e inhabilita magia..., fascinante..., espectacular y fascinante —dijo Egil cavilando acerca de lo que sabían de la criatura—. Fascinante. Más que eso, estamos ante un ser único, incomparable. Precioso. Debemos protegerlo y estudiarlo.

Lasgol sonrió:

—Para mí es Camu, el Travieso.

Al oír su nombre, Camu soltó un chillido alegre y saltó a corretear por la hierba.

—¿Era ese el hechicero al que viste con mi padre?

—Sí, el mismo.

—Tenía un trol de las nieves con él, eso es altamente inusual.

—¿Un noceano del sur con una bestia del helado norte, quieres decir?

—Sí, pero no es solo la discordancia geográfica. Un hechicero capaz de controlar a una bestia salvaje no es nada común.

—No te sigo...

—El control mental sobre seres humanos y bestias es una habilidad propia de dominadores. Magos o hechiceros especializados en esa rama de la magia... son escasos, pues es una de las formas más difíciles. Y controlar un trol es algo remarcable. Son extremadamente agresivos y con escasa capacidad mental, con lo que dominarlos resulta harto complicado. No puedo creer que hayamos visto a uno en acción. Es algo muy singular.

—¿Quieres decir que ese hechicero es una rareza?

—Una rareza muy poderosa, que lo convierte en muy peligroso.

—Nos hemos salvado por los pelos. Eso lo sé. Pero ¿por qué nos ha atacado? ¿Coincidencia?

Egil miró al cielo, meditó un instante y sonrió:

—No, no puede ser una coincidencia, pues en realidad son dos.

—¿Dos?

—Te has topado con una persona singular en dos ocasiones distintas, eso implica que hay un motivo más allá de lo implícitamente observable. La primera podría considerarse una coincidencia, la segunda ya no, y menos aún en un periodo de tiempo tan corto.

—No sé si te entiendo…

—¿Te vio el hechicero? Quizá por eso ha intentado matarte, para salvaguardar el secreto de sus tratos con mi padre.

—Yo creo que no me vio…

Egil se llevó la mano a la barbilla. Eso no era buena señal, algo le preocupaba.

—Si no es por esa razón, queda la posibilidad de que actuara por otro motivo.

—¿Cuál?

—Órdenes de su señor.

—¿De Darthor?

Egil asintió con pesadumbre.

—Quieres decir que…, que…, ¿que Darthor quiere matarme?

—Puede ser, sí. Es una opción posible, viendo lo que ha sucedido.

—¿A mí? ¿Por qué a mí?

Egil se encogió de hombros.

—Eso tendremos que investigarlo —respondió y sus ojos se encendieron con emoción.

—No puede ser, ha sido una casualidad. Nos hemos cruzado en su camino, sin más.

Egil negó con la cabeza.

—Han salido del bosque a nuestras espaldas sin necesidad o causa alguna y han venido a por nosotros. No nos hemos cruzado. ¿Para qué lo han hecho? No los habíamos visto. ¿Por qué han salido al descubierto si no ha sido para atacarnos?

—No me gustan estas teorías tuyas…

—Porque sabes que tengo razón, nos guste o no lo que implican.

—Tú puedes pensar lo que quieras. Yo me quedo con que ha sido una casualidad desgraciada. Simple mala suerte de toda la vida. Te recuerdo que yo de eso tengo mucho.

—Muy bien, pero yo tampoco voy a cambiar mi opinión, es una deducción lógica y pensada.

—Lo sé.

—Además, este encuentro nos arroja otras incógnitas muy significativas.

—¿Más?

—Sí, por supuesto. ¿Qué hace un noceano colaborando como agente de Darthor? ¿Está el Imperio noceano, conquistador del sur de Tremia, confabulado con el Señor Oscuro del Hielo? ¿Están creando inestabilidad en el norte para luego invadirlo desde el sur?

—No creerás eso…

—¿Por qué no? Es una posibilidad. El Imperio noceano es codicioso; si ve la posibilidad de tomar el norte de Tremia, no va a dejarla pasar. El este y el oeste se le resisten, pero en el norte… solo estamos nosotros, los norghanos.

Lasgol resopló y su rostro mostró toda la inquietud que sentía.

—Tranquilo, es una posibilidad remota. No podemos asumir la implicación de un imperio por las acciones de un solo hombre. Pero da que pensar…

—A ti todo te da que pensar.

Egil rio:

—Muy cierto. Y ahora que lo pienso…

—¿Más? ¿Qué?

—Si están aquí ellos dos, habrá más agentes de Darthor que hayan cruzado las montañas.

—Eso sí me parece más probable.

—Por fin estamos de acuerdo en algo. Y si hay más agentes y uno quería matarte, probablemente los otros también.

—¡Por el don, nadie quiere matarme! ¡Ha sido casualidad!

Egil levantó las manos.

—Está bien. Lo dejaré estar…, pero deberías pensarlo.

Lasgol negó con la cabeza y se fue a buscar a Camu, que había descubierto un sapo y lo perseguía muy emocionado.

Llegaron al punto de encuentro junto al río y Lasgol se sintió más tranquilo. Una decena de guardabosques vigilaban los tres navíos que los llevarían remontando el río Sin Retorno hasta el valle Secreto, donde estaba situado el campamento de los guardabosques. Sentados frente a las embarcaciones, formando círculos por grupos, estaban los trece equipos que habían competido el primer año y se preparaban para ir a afrontar el segundo.

Saludaron a los guardabosques y entregaron a Trotador, al que llevaron a la segunda embarcación, la de carga. Egil explicó que había perdido su montura sin dar demasiadas explicaciones de cómo, por lo que se llevó una buena reprimenda de uno de los guardabosques.

—¿Has perdido tu montura? —intervino otro de ellos con cara de profunda decepción y negando con la cabeza—. Un guardabosques nunca pierde su montura. El instructor mayor Oden se encargará de ti.

—Ya lo creo, le va a encantar, y a Esben también —dijo el otro guardabosques—. Venga, situaos con el resto. Partiremos pronto, sois los últimos.

Egil suspiró con resignación. Contar lo que había pasado en realidad los metería en un lío más grande, así que se calló y se resignó a recibir el castigo que le impusieran al llegar.

—Gran forma de comenzar el segundo año… —le dijo a Lasgol en un susurro mientras se alejaban.

—Tranquilo, el año pasado empezamos bastante peor.

—Es cierto, casi me muero antes de llegar.

Lasgol le dio una palmada de ánimo en la espalda a su amigo y buscaron al resto del equipo. A medida que avanzaban todas las miradas se clavaban en Lasgol; sin embargo, a diferencia del año anterior, ahora no eran de odio. No sabía de qué eran, pero no parecían ser de odio. Todas excepto una. Una seguía siendo de puro odio: la de Isgord. Los Águilas estaban sentados en el centro. Lasgol los observó de reojo. Isgord le lanzó una mirada envenenada y sus ojos brillaron con un destello de malicia. No había cambiado mucho, aunque le daba la impresión de que había crecido algo: mismo cabello rubio corto y ojos azules en un rostro atractivo y decidido, pero atlético y alto. Lo rodeaban los gemelos Jared y Aston, dos típicos guerreros norghanos. Junto a ellos, dos chicos más bajos y robustos: Alaric y Bergen. Por último, Marta, una chica rubia de pelo largo y rizado, y cara de pocos amigos.

—¡Egil! ¡Lasgol! —los saludó Nilsa.

La pelirroja pecosa se puso en pie tan de súbito, llevada por la emoción, que se cayó sobre las posaderas. Egil y Lasgol sonrieron al ver a su inquieta compañera y la saludaron. Fueron a reunirse con ella y el resto de los Panteras de las Nieves.

—¡Egil, chiquitín! —le dijo el grandullón de Gerd, y lo levantó del suelo con uno de sus abrazos de oso.

—Lasgol, me alegro de verte —saludó Ingrid sujetándolo por los hombros con fuerza y observándolo con detenimiento—. Pareces algo más fuerte, ¿has estado entrenando?

—¿Yo? No. Al menos no de forma intencionada —sonrió Lasgol.

—¡Lasgol! —tronó la voz de Gerd, y antes de que pudiera evitarlo ya estaba en el aire atrapado en un abrazo de oso.

—Yo también me alegro de verte, gigantón —rio Lasgol sin que sus pies tocaran el suelo.

Nilsa le dio un beso a Egil en la mejilla, lo que hizo que se sonrojara. Luego la pelirroja dio un cariñoso abrazo a Lasgol.

—¿Ya habéis terminado con los abrazos, carantoñas y repelentes muestras de cariño? Estoy a punto de vomitar —terció Viggo con expresión de disgusto.

—Tranquilo, Viggo, no es nada contagioso. Estás a salvo —se burló Egil.

—Eso espero —respondió con un exagerado estremecimiento.

Lasgol le ofreció la mano con una sonrisa. Viggo la miró, hizo como que se lo pensaba y la estrechó—. Solo porque ya no eres un traidor, sino un héroe.

—¿Y yo? —Egil le tendió la mano.

Viggo retiró la suya mientras fruncía el ceño:

—Ni hablar, vuelve a ofrecérmela cuando seas algo más que un empollón.

—Tan agradable y simpático como siempre —dijo Ingrid.

—Y tú tan bien arreglada y guapa como siempre —protestó Viggo señalando el rostro y cabello de Ingrid poniendo cara de espanto.

La chica le mostró el puño. Gerd se interpuso.

—Demasiado pronto para peleas.

—Da gusto estar de vuelta en el equipo —dijo Egil observando a sus compañeros.

—¿Verdad que sí? —convino Nilsa, y se puso a brincar alrededor de todos con una gran sonrisa.

Mientras terminaban de saludarse, Lasgol buscó con la mirada al equipo de los Búhos. Los encontró junto al primer navío y repasó los rostros de sus componentes. Reconoció a Leana, rubia, algo exótica y delgada; junto a ella estaban Asgar, de pelo cobrizo y delgado, y Borj, fuerte y decidido; también Oscar, de melena rubia, profundos ojos grises y alto y grande, y Kotar, moreno y más callado. Charlaban entre ellos mientras gesticulaban. Entonces, por fin, vio a quien en realidad estaba buscando: Astrid. Su fiera belleza y su cabello negro y ondulado eran inconfundibles. Sus grandes ojos verdes lo observaban. Al darse cuenta, Lasgol no supo qué hacer y se sonrojó como un tomate maduro. Astrid le sonrió, lo que hizo que él se quedara prendado.

—Lasgol, ¿y Camu? —preguntó de pronto Ingrid.

El chico volvió a la realidad. Señaló el morral de viaje en el suelo.

—¡No habrás traído al bicho! —protestó Viggo.

—No puedo dejarlo en ningún lugar. Tiene que ir a donde yo vaya —dijo, y abrió el morral. Dentro, hecho un ovillo, dormía la criatura.

—¡Oh, no! —exclamó Viggo.

—Se ha vuelto muy juguetón y es más cariñoso. Sin duda, la exposición continuada a los humanos está haciendo que vaya acostumbrándose a ellos —dijo Egil.

Nilsa y Gerd miraron dentro del morral. Nilsa frunció el ceño. No estaba del todo convencida.

—¿Y su magia? —preguntó sombría.

—Hemos experimentado ciertos acontecimientos… —contestó Egil de forma vaga.

—¿Eso qué significa? —demandó la chica con los brazos sobre el pecho.

—Todavía es muy pronto para determinar su significado; no obstante, estamos ante nuevas habilidades o poderes innatos de la criatura. —Fue la respuesta de Egil.

—Es decir, magia sucia y traicionera.

—A mí tampoco me gusta nada que tenga más magia —coincidió Gerd; en sus ojos se apreciaba la sombra del miedo.

—Esa magia nos ha salvado la vida —dijo Egil.

—¿Cómo ha sido eso? —quiso saber Ingrid.

—Sentémonos y os lo contaré —dijo Egil, y narró lo sucedido a sus amigos entre susurros para que nadie los oyera.

Al terminar todos se quedaron en silencio; sopesaban lo que acababan de escuchar y sus implicaciones.

—Desde luego, sois unos campeones metiéndoos en líos. Ni queriendo… —comentó Viggo.

—Un hechicero noceano… —dijo Nilsa muy disgustada mientras sacudía la cabeza.

—Un trol de las nieves… —Gerd tenía la cara blanca por el susto.

—Tengo que llevar a Camu conmigo, lo siento —dijo Lasgol.

—La criatura no ha hecho ningún daño; al contrario, los ayudó en una situación de mucho peligro. Le permitiremos que siga con nosotros —sentenció Ingrid.

—De momento… —apuntó Viggo.

—Si algo sucede, ya decidiremos qué hacer —añadió la capitana.

—Gracias —dijo Lasgol.

—¡Embarcamos! ¡Coged vuestros morrales y subid a bordo! —Llegó la voz de un guardabosques.

—¡Por equipos! Águilas, Panteras, Búhos, Lobos, Osos y Jabalíes, al primer navío; el resto de los equipos, al segundo. Aseguraos de que vuestras monturas estén en el tercer navío o se quedarán aquí y seréis responsables de ello —ordenó otro de los guardabosques.

—Hora de regresar al campamento —dijo Ingrid con ánimo.

—Este año será genial. —Nilsa estaba ilusionada.

—Sí, tan genial como el año pasado, que fue maravilloso… —le respondió Viggo con tal ironía y acritud que todos lo miraron. Tuvieron que darle la razón entre risas.

—Al menos yo tengo menos miedo este año —dijo Gerd.

—Y yo estoy más fuerte, igual hasta llego sin matarme —sonrió Egil.

—¡Vamos, somos los Panteras de las Nieves, y este año va a ser excelente! —los animó Ingrid.

Embarcaron y se situaron en las bancadas de remo en el orden en que los habían llamado.

—Por parejas, veinte a cada lado —les dijo un guardabosques junto al mástil.

Ingrid se sentó la primera.

—Egil y Gerd, juntos; no quiero que se repita lo del año pasado…

—Pero he mejorado mucho —protestó Egil.

—Aun así, mejor prevenir. Gerd es el más fuerte de todos, lo mejor es que te emparejes con él.

—Yo me encargo, ni sentirás que tienes que remar —dijo el grandullón, y le dio una palmada en la espalda a Egil.

—Me pido borda. —Antes de terminar la frase, Nilsa ya se había lanzado hacia la bancada. Con tal precipitación, se tropezó y cayó de bruces sobre el banco de remo.

—Esta chica es un desastre absoluto. —Viggo sacudía la cabeza.

—Es que quiero ir junto al agua… —se disculpó mientras intentaba ponerse en pie luchando con el gran remo.

—Nadie te lo va a impedir…

—No hace falta que te tires de cabeza cada vez que quieres algo —le dijo Ingrid.

—Lo siento.

—Yo iré con Nilsa —pidió Ingrid ayudándola.

Las dos se sentaron detrás de Gerd y Egil.

Lasgol miró a Viggo, este le hizo un gesto cediéndole la barandilla. Lasgol pasó y se sentó. Viggo hizo lo mismo, luego le sopló en la nuca a Ingrid. La capitana se giró. Fue a decir un improperio cuando una voz conocida tronó en la popa:

—¡Todos preparados! —Era el capitán Astol, el mismo que los había llevado el año anterior—. Para aquellos de vosotros que no me conozcáis o lo hayáis olvidado, soy el capitán Astol —bramó con una voz potente y clara—. Estáis en mi navío de asalto, al que quiero más que a mis propios hijos, y os aseguro que no exagero. No hay embarcación más fiable y rápida en todo Norghana. La honraréis como si fuera vuestra querida madre, y a mí, como si fuera vuestro odiado padre. Cumpliréis todo lo que os ordene mientras estéis a bordo. Si os digo que saltéis al agua, saltaréis con toda vuestra alma. Aquel que no respete esta sencilla norma terminará desnudo en el gélido río. Es así de sencillo. ¿Lo habéis entendido?

Se oyó un estallido de síes casi a una voz. La mayoría ya sabían que al capitán no le gustaban las respuestas tímidas.

—Este da el mismo discurso todos los años —le susurró Viggo a Lasgol al oído.

Lasgol reprimió una carcajada y asintió.

—A ver si el año que viene lo mejora. Igual le dejo una nota con algunas sugerencias —siguió bromeando Viggo.

Lasgol soltó una carcajada y se tapó la boca con la mano.

Nilsa, que también había oído el comentario de Viggo, disimuló una risita.

—¡Bien, espero que hayáis aprendido algo desde el año pasado! —continuó el capitán Astol—. Es hora de partir. ¡A los remos!

Todos tomaron los remos. Sabían que tenían varios días de duro trayecto por delante, pero conocían lo que les esperaba y tenían la confianza de haberlo logrado el año anterior. La mayoría estaban tranquilos, confiados; su cuerpo era mucho más fuerte.

—¡Al que no pueda seguir el ritmo lo cuelgo de la vela mayor!

Egil miró a Gerd con cara de apuro. El gigantón le guiñó el ojo y le sonrió:

—No te preocupes. Yo remo por los dos.

—Gracias, amigo.

—¡Soltamos amarras! ¡A una todos! ¡Remad!

Los remos entraron en el agua.

—¡Seguid el ritmo!

Lasgol notó que no lo hacían tan mal. No iban todos a una, pero lo hacían mucho mejor de lo que él recordaba.

—¡Por todas las serpientes marinas! —gritó Astol—. ¡Todos a una! ¡A UNA!

Lasgol sonrió. El capitán terminaría afónico antes de llegar el anochecer. Las tres embarcaciones siguieron el cauce del río remontando la corriente. El campamento base estaba a diez días río arriba. Un año intenso y lleno de emociones los esperaba. Lasgol inspiró hondo. «Que este año sea mejor», deseó. Pero tuvo una sensación extraña que le provocó un escalofrío. No, muy probablemente no sería así. Guerra, peligros, pruebas y misterios los esperaban.

Capítulo 11

L A NAVE REMONTABA EL RÍO DE FORMA GRÁCIL Y VELOZ. LOS días eran arduos a los remos, los cuerpos sufrían. Sin embargo, el castigo era menor ahora que estaban mucho más en forma. La temperatura diurna ya no era gélida y podía sobrellevarse, aunque la nocturna los obligaba a abrigarse, algo natural en el reino de Norghana. Los gritos del capitán Astol les torturaban los oídos durante toda la jornada; las noches eran, en cambio, muy agradables: acampaban en tierra firme, junto a los navíos, y al calor de las hogueras compartían la cena, bromas y risas. La camaradería entre los equipos se reforzaba bajo la luz de la luna en aquel primaveral firmamento nocturno.

Llevaban ya ocho días de travesía. Lasgol se puso en pie y estiró los músculos; la calidez de la hoguera y de sus compañeros lo reconfortaba. Observó al resto de los equipos y dejó los ojos fijos en los Búhos. Deseaba ir a saludar a Astrid. Lo había intentado cada noche, aunque, por alguna razón, no hallaba el valor. Decidió que sería mejor esperar a la llegada al campamento, a un encuentro más fortuito, que evitara un saludo forzado.

—¿Qué tal por la granja? —preguntó Nilsa a Gerd mientras cenaban la ración diaria.

—Muy bien —respondió el gigantón mientras devoraba la comida como si llevara tres días de ayuno—. Mis padres están bien. Han pasado el invierno, y eso ya es mucho.

—Me alegro —sonrió Nilsa llena de empatía.

—Además, por primera vez he podido contribuir. Este será un buen año para ellos. La paga que nos dio Dolbarar al finalizar el primer año, tras graduarnos, se la he regalado a mis padres.

—¡Eres estupendo! —exclamó Nilsa; después se le echó encima para darle un fuerte abrazo y besarlo en la mejilla.

—¿Y tú, Lasgol? ¿Qué tal el regreso a tu aldea? Me imagino que interesante —le preguntó Ingrid mientras clavaba el cuchillo en un trozo de carne seca y se lo llevaba a la boca.

Lasgol resopló:

—Sí, fue de lo más interesante. —Luego les narró todo lo sucedido.

—Yo les habría restregado a todos en la cara lo que te hicieron —confesó Viggo escupiendo a un lado.

—Sí, así eres tú, todo perdón y amabilidad —dijo Ingrid.

—¿Perdón? ¿Amabilidad? Eso es de débiles y yo no soy un blandengue.

—No me hagas describir lo que tú eres…

Egil interrumpió la discusión:

—Yo disfruté inmensamente jugando con mis hermanos y gozando de las inconmensurables atenciones de mi padre, el duque.

Todos callaron y lo miraron con ojos bien abiertos por la sorpresa. Egil aguantó cuanto pudo y estalló a reír a carcajadas:

—Qué inocentes sois, de verdad. Mira que tragaros eso… —Y continuó riendo.

Los demás se unieron a las risas. Ni siquiera Viggo consiguió evitar una sonrisa.

—Tienes un sentido del humor muy peculiar —le dijo Ingrid.

—Mejor eso que decir que he pasado todo el tiempo recluido en la biblioteca porque mis hermanos están demasiado ocupados para hacerme caso y a mi padre no le importo lo más mínimo.

—Visto así… —respondió la chica.

—Siento que sea así —le dijo Gerd.

—Seguro que tus padres son muy cariñosos —conjeturó Egil.

—Lo son —asintió el grandullón.

—Pues podríais adoptarme…

Gerd se quedó mirándolo con la boca abierta sin saber qué decir.

—Pero si tú eres… de la nobleza…

Egil se echó a reír otra vez:

—Estoy de broma, grandullón. Tranquilo.

Lasgol negó con la cabeza. Nilsa le dio una palmada en el hombro a Gerd entre risas.

—¿Qué has hecho tú, Nilsa? —preguntó Lasgol.

—He estado con mi madre… y mis hermanas.

Todos la miraron.

—¿Hermanas? No recuerdo que las mencionaras —dijo Egil.

—Hay cosas que es mejor no contar a los chicos —contestó ella con gesto divertido—. Tengo dos hermanas.

—¿Son guapas? —preguntó Viggo muy interesado.

—Pues sí, y mucho. Pero ninguna de las dos se dignaría siquiera a mirarte, así que olvídalo.

—Eso habría que verlo…

—Está visto —dijo Nilsa e ignoró a Viggo—. He disfrutado mucho del tiempo que he pasado con ellas. Cuidan mucho de madre. Está preocupada por mí.

—¿Tu madre se preocupa? —Lasgol estaba interesado.

—Sí. No quiere que esté aquí. No después de lo que le pasó a mi padre.

—Es normal que se preocupe…

—A ti no te pasará nada —le aseguró Ingrid.

—Nada de nada —recalcó Gerd flexionando los brazos y sacando músculo.

—Lo sé, no con mi equipo —dijo ella con sonrisa y mirada agradecidas.

—¿Qué tal tú, Ingrid? —preguntó Lasgol a la capitana.

La rubia de ojos de hielo se puso seria.

—Bien…, he estado practicando la espada. La práctica hace la perfección, eso decía mi tía.

—Tu tía la que no estuvo en los Invencibles del Hielo —apostilló Viggo con tono combativo.

—¡Te he dicho cien veces que sí estuvo!

—¡Y yo a ti cien veces más una que eso es imposible porque los Invencibles del Hielo no aceptan mujeres!

Gerd se llevó la palma de la mano a la frente y sacudió la cabeza:

—No empecéis con lo mismo otra vez…

—Ha empezado él.

—Porque mientes.

Ingrid cerró el puño y armó el brazo.

—¡Quietos! —gritó Nilsa en un intento por parar a Ingrid. Se desequilibró, con tal mala fortuna que cayó sentada sobre la hoguera.

Chispas y centellas salieron despedidas en todas direcciones. Nilsa trataba de ponerse en pie en medio de gritos de sorpresa y de dolor. Gerd e Ingrid tiraron de ella hasta que la sacaron del fuego. Nilsa se sacudía las posaderas en llamas mientras corría como una loca. La mitad los equipos se moría de risa. Al fin, decidió meterse en el río y se quedó sentada en el agua. Los demás se apresuraron a ayudarla.

—¡A eso llamo yo un guardabosques con cabeza! —dijo el capitán Astol desde el navío, que no abandonaba ni para dormir.

Volvieron junto al fuego y Nilsa se secó. No parecía haberse quemado mucho. Uno de los guardabosques veteranos se acercó y le ofreció un ungüento contra las quemaduras que olía a rayos. La chica lo aceptó agradecida.

Viggo la miró y sonrió.

—Y tú, ¿por qué sonríes? Como te estés riendo de mí te la ganas —le dijo enfadada.

Viggo negó con la cabeza:

—Porque gracias al tumulto que has montado no he tenido que contar qué he hecho estos días de descanso.

Lasgol y Egil intercambiaron una mirada. ¿Qué habría estado haciendo Viggo? Lasgol sospechaba que nada bueno…, o quizá era solo la imagen que el muchacho buscaba proyectar, y, en realidad, había estado haciendo el bien, ayudando incluso… Lasgol sacudió la cabeza. No, no Viggo. Él había estado haciendo algo oscuro, seguro.

—A nadie le importa —le dijo Ingrid.

Viggo se encogió de hombros y la escrutó con aquella mirada peligrosa, con un punto de maldad, que a veces tenía. Lasgol se temió que fuera lo que fuera lo que había estado haciendo fuese inconfesable.

La mañana siguiente las embarcaciones entraban en el estrecho desfiladero con altísimas paredes de pura roca vertical.

—¡La Garganta Sin Retorno! —anunció Astol.

Lasgol se extrañó. Habían hecho el trayecto en dos días menos que el año anterior. Eso solo podía significar una cosa: eran mucho más fuertes y resistentes, ya que el capitán no había usado la vela en ningún momento. Desde las dos torres vigías, los guardabosques los saludaron nada más cruzar el desfiladero. Ya estaban dentro de sus dominios. Lasgol los vio, atentos, de guardia, los arcos preparados. Continuaron remando; todos sabían que apenas quedaba nada. La cara de Egil, decorada con una gran sonrisa por haberlo conseguido, lo decía todo. En efecto, un pequeño puerto de madera apareció a su derecha.

—¡Fin del viaje! ¡El pie del campamento!

Mientras atracaban, Lasgol se puso en pie y observó aquel insólito paraje: el interior de un valle gigantesco rodeado por una enorme cordillera montañosa. Cruzar el desfiladero siguiendo el río como habían hecho ellos parecía ser la única forma de entrar. El valle era insondable, con grandes bosques y lagos a ambas márgenes del río, que continuaba su curso para morir en la cordillera montañosa. ¿O era más apropiado decir nacer? Egil seguro lo sabría. Y, cubriéndolo todo, la extraña neblina que nunca abandonaba el lugar. Comenzaba a cien pasos del río para extenderse hasta las montañas, al fondo. Lasgol no estaba del todo seguro de que fuese un fenómeno natural. Sin embargo, no habían podido investigarlo. Quizá ese año tuvieran la oportunidad, o tal vez no resultara una buena idea y fuera mejor no ahondar en ello.

Una vez que desembarcaron y a una orden de Astol, comenzaron a descargar los víveres y suministros que transportaban, principalmente en el tercer navío. Los guardaron en los grandes almacenes que formaban el campamento base. Lasgol agradeció poder estirar los músculos, sobre todo las piernas, que sufrían mucho en el banco de remo. No fue el único; Gerd transportaba suministros mientras silbaba alegre. Los tres capitanes pasaron sus informes en el puesto de mando del campamento base y entregaron las sacas con los mensajes. Lasgol se preguntó qué noticias tendrían, muy probablemente relacionadas con la guerra que se avecinaba.

Terminaron de descargar y les ordenaron que se hicieran cargo de sus monturas.

Astol se despidió de ellos con una de sus frases lapidarias:

—Espero que no seáis expulsados este año y reméis el doble de bien el año que viene. ¡Sois una vergüenza de aprendices!

—Todo un motivador —comentó Viggo.

Gerd soltó una carcajada. Lasgol pensó que a Viggo no le faltaba algo de razón.

Trotador recibió a Lasgol con un alegre rebufo y sacudidas de la cabeza, como le gustaba hacer. El chico le sonrió y lo acarició con cariño.

—Buen poni —le dijo, y le dio un beso en el hocico.

Durante tres días remontaron el río siguiendo su vera adentrándose en el inmenso valle. Lasgol recordó que había sido Daven quien los había guiado el año anterior. Se preguntó qué habría sido de él. Había atentado contra el rey, aunque poseído por Darthor. ¿Cuál habría sido su castigo? ¿Estaría preso? ¿Lo habrían ahorcado? Era una cuestión complicada, pues si bien Daven había intentado matar al monarca, él no tenía ninguna constancia de ello. No recordaba nada, había actuado bajo el influjo y control de Darthor. Lasgol decidió que lo mejor sería preguntarle a Dolbarar al llegar al campamento. Quizá habrían descubierto algo nuevo sobre los planes de Darthor o sus poderes…

Llegó el momento de seguir a pie a través de los bosques, bajo la niebla. Con cuidado de no tropezar con raíces y maleza, continuaron hasta bien entrado el atardecer. El trayecto fue arduo por la niebla, cada vez más cerrada; apenas podían ver nada.

Y, por fin, llegaron al campamento.

Lasgol miró al frente y todo lo que vio fue la linde de un gran bosque muy cerrado y espeso que formaba un muro infranqueable, como una barrera que rodeaba el campamento y lo mantenía oculto y a salvo. Se oyeron tres silbidos largos. Por un momento nada sucedió; luego, tres de los árboles se apartaron dejando un paso abierto. Se adentraron en él. Lasgol sintió una mezcla de nerviosismo y serenidad por regresar a aquel lugar en el que había vivido tantas cosas en tan solo un año.

El campamento estaba tal y como él lo recordaba: una inmensa área abierta con grandes bosques, ríos y lagos interconectados por llanuras hasta donde el ojo alcanzaba a ver. Al este, los bosques de robles se alzaban rodeando varios lagos de aguas tranquilas. Al oeste, eran abetos los que poblaban las tierras y la espesura de los bosques era mayor. Al norte, grandes prados verdes decorados con algunas arboledas entre lagos y ríos. Lasgol se quedó prendado del lugar, igual que la primera vez que lo había visto.

Continuaron avanzando y aparecieron las primeras edificaciones. Lasgol reconoció los diferentes talleres y artesanos: el forjador, el peletero, el carpintero y el carnicero. También reconoció los almacenes y los establos. Dejaron las monturas y los condujeron hasta las cabañas, la de los aprendices, la de los de segundo año. Eran similares a las que habían ocupado el año anterior, aunque algo más grandes.

Los recibió el instructor mayor Oden. No había cambiado un ápice, aunque a Lasgol le pareció algo más pequeño de lo que recordaba; no obstante, era un hombre fuerte. Con el mismo rostro de pocos amigos marcado por los cuarenta años que tendría, seguía llevando el pelo cobrizo y largo atado en una coleta que dejaba al descubierto la mirada hosca de unos intensos ojos ámbar. Lasgol la conocía bien: dura, sin alma. Oden no se anduvo con rodeos y los hizo formar frente a las cabañas.

—El año pasado, cuando comenzasteis el primer año de instrucción, erais trece equipos. Este año comenzaréis el segundo año de instrucción, pero debido a los abandonos y las expulsiones finales el número de equipos se ha reducido a nueve. Los equipos que habéis perdido personas id a comprobar las listas. Hemos redistribuido los componentes y combinado varios equipos.

Lasgol vio que media docena de equipos se arremolinaban a las puertas de las cabañas que tenían las listas con las nuevas composiciones de los equipos. Los Águilas, los Panteras, los Búhos, los Osos y los Lobos seguían intactos. Las protestas y quejas por los nuevos equipos no se hicieron esperar. Pero Oden no las permitió:

—¡A callar todos! ¡Estos son los nuevos equipos y no hay nada más que hablar al respecto! ¿Está claro? —Las protestas fueron muriendo, aunque varios estaban muy en desacuerdo—. Y daos por avisados: este año será más duro que el pasado. El primer año somos más permisivos, no así el segundo. La instrucción será más exigente en todos los sentidos, no solo el físico, también en lo que tendréis que aprender. Si en verdad deseáis ser guardabosques, este es el año en el que hay que demostrarlo. Los que tengan dudas, los que hayan pasado de milagro el primer año, los que no crean que puedan con más esfuerzo y formación mucho más intensa, es momento de que se lo piensen, y muy bien. Si queréis renunciar ahora mismo, por mí no hay ningún inconveniente.

Gerd se giró hacia Egil y le susurró con ojos llenos de pavor:

—¿Más duro? ¿Formación mucho más intensa?

—Eso me temo —respondió Egil con gesto de grave resignación.

—Esto va a ser de lo más divertido —dijo Viggo con marcado tono irónico.

—Yo estoy que me muero de nervios. —Nilsa se mordía las uñas.

Lasgol no añadió nada, pero sintió un escalofrío.

—No dejéis que os intimide —pidió Ingrid—. Da igual lo que diga Oden; saldremos adelante.

Sin embargo, esa vez el mensaje de ánimo de Ingrid no caló. Todos sabían que instructor mayor no exageraba y que iban a pasarlo muy mal.

—Nosotros somos los guardabosques del reino —continuó Oden con su arenga—. Aquí no hay sitio para los débiles, ni de cuerpo ni de espíritu. Solo los mejores recorren el sendero del guardabosques y sirven al rey. Y ahora dejad los morrales en las cabañas, id al comedor a cenar y después a descansar. A primera hora pasaré para comenzar la instrucción. ¡Bienvenidos al segundo año del sendero del guardabosques!

Capítulo 12

LASGOL APENAS DURMIÓ AQUELLA PRIMERA NOCHE; DEMASIADO nervioso para conciliar el sueño, se dedicó a jugar con Camu. La criatura estaba encantada con la nueva cabaña. Era más grande y, por tanto, disponía de más rincones que explorar y más espacio que recorrer con sus brincos alocados, lo que ahora le gustaba hacer. Lasgol ocupaba la litera de arriba; Egil, la de abajo. En el otro lado de la cabaña, Gerd ocupaba la de abajo, y Viggo, la superior.

Con el alba llegó la insufrible flauta de Oden. Se despertaron y comenzaron a prepararse para salir a formar. Camu se despertó también y saltó de la cama de Lasgol a jugar. Viggo lo vio acercarse hacia él dando saltitos.

—¡Fuera, bicho! —le dijo sacudiendo su camisa de lana para espantar a Camu. Pero la criatura interpretó que Viggo quería jugar y le mordió la camisa con un chillidito alegre—. ¡Déjame, musaraña horrible!

—¡Camu! Deja a Viggo tranquilo —lo llamó Lasgol. Camu lo miró con sus grandes ojos y sonrisa eterna. Soltó un chillidito de pregunta—. No, Viggo no —le dijo Lasgol, que intentaba que le entendiera sin tener que usar el don.

Tenía la sensación de que Camu interpretaba sus comunicaciones mentales como órdenes y no se sentía cómodo dándole órdenes de forma constante. La criatura miró entonces a Gerd. El gigantón acababa de ponerse los pantalones. Antes de que Lasgol pudiera prohibírselo, Camu fue tras él con un chillidito de alegría. A este le cambió la cara. Un miedo incontrolable apareció en ella.

—¡No, no! —fue todo lo que dijo, y se puso a correr por la cabaña.

Camu, emocionado, comenzó a perseguirlo botando y soltando alegres chillidos.

—No va a hacerte nada —le dijo Egil, que aguantaba la risa.

Era algo cómico ver a alguien del enorme tamaño y fuerza de Gerd correr despavorido porque la pequeña criatura quería jugar con él.

—¡Cómo que nada! ¿Y lo que le hizo al trol? —dijo Gerd, que corría en círculos alrededor de Egil, Lasgol y Viggo con la criatura pisándole los talones.

—Eso fue diferente por completo, tú no eres hostil —le respondió Egil con una sonrisa de oreja a oreja.

—¿Cómo sé que él sabe que soy amigo? —preguntó Gerd, que ya jadeaba por el esfuerzo.

—Si sigues corriendo en círculos te vas a marear… —le advirtió Viggo.

—¡Lasgol, dile que no me persiga!

—¡Camu, quieto, ven aquí! —le pidió Lasgol. La criatura se detuvo, miró a Gerd, luego a Lasgol, y fue hasta él—. Muy bien, quieto aquí, conmigo —dijo el chico, que se lo puso al hombro.

Gerd paró de correr y, al hacerlo, le entró un mareo terrible.

—La cabaña… da vueltas… Yo… —No pudo decir más, se inclinó hacia un lado, perdió el equilibrio y se fue al suelo como si se hubiera bebido un barril de cerveza.

Viggo estalló en carcajadas. Egil no pudo aguantar una risotada. Por su parte, Lasgol se sintió fatal por el grandullón.

Volvió a sonar la flauta de Oden.

—Hay que darse prisa —dijo Lasgol.

En el fondo de los baúles, bajo el resto de la ropa, encontraron las capas perfectamente dobladas. Al ir a ponérselas, descubrieron que eran de color amarillo.

—Bueno, vamos mejorando —comentó Viggo.

—A mí me gustaba más la capa roja —se quejó Gerd—. Se te ve desde lejos. Perfecto para evitar que alguien te alcance con una flecha pensando que eres un animal.

—Tú sí que eres un animal —exclamó Viggo negando con la cabeza.

—Los colores de las capas de los guardabosques son distintivos de su grado de instrucción. Así lo establece *El sendero del guardabosques* —dijo Egil mientras se ponía la suya—. El primer año, rojo; el segundo, amarillo; el tercero, verde, y el cuarto, marrón.

La puerta se abrió y entraron Ingrid y Nilsa ya preparadas.

—Vamos, salid rápido, parecéis osos perezosos —les dijo la capitana.

Los Panteras salieron a formar delante de su cabaña. Clavaron rodilla y miraron al frente.

—Veo que las cosas no cambian de un año a otro. Los Panteras, como siempre, los últimos —dijo Oden, y les dirigió una de sus miradas de «os la estáis jugando»—. ¡Seguidme todos!

Oden los condujo ante Dolbarar, que los esperaba en la Casa de Mando, en medio del lago. Al verlos llegar, Dolbarar se quitó la capucha y se bajó el pañuelo de guardabosques que le cubría parte del rostro.

—¡Bienvenidos un año más! —saludó con una sonrisa amable.

Todos clavaron una rodilla y formaron ante el guardabosques

maestro mayor. Lasgol seguía sorprendiéndose de la agilidad y fuerza que proyectaba para su avanzada edad. Según se rumoreaba, había sobrepasado las setenta primaveras y se hallaba más cerca de las setenta y cinco. La larga cabellera blanca le llegaba hasta los hombros. Tenía la piel clara y en su rostro apenas se apreciaban unas pocas arrugas. Lasgol conocía bien aquellos ojos color esmeralda después de todo lo sucedido el año anterior. La cuidada barba recortada parecía una cascada de nieve dibujada sobre la barbilla.

Como era costumbre en él, en una mano llevaba su larga vara de madera con adornos de plata y en la otra un libro de tapas verdes y grabados en oro: *El sendero del guardabosques*. Egil creía que aquel ejemplar tenía cualidades arcanas; de esto Lasgol no estaba tan convencido. Dolbarar era un guardabosques, no un mago o un hechicero; no podía manejar un libro arcano. Para ello uno debía haber sido bendecido con el don y Dolbarar no lo había sido, o al menos que Lasgol supiera. Aunque, por otro lado, los guardabosques tenían tantos secretos que no sabía qué pensar.

—Me alegra el alma ver que estáis aquí para avanzar por el sendero del guardabosques. Os prometo que, con gran esfuerzo y tenacidad, conseguiréis llegar hasta el final. Lograréis convertiros en guardabosques y cuanto está escrito en este libro que nos guía lo llevaréis grabado en el corazón —dijo levantando el brazo y mostrando el dogma de los guardabosques.

—Yo creo que van a grabarnos ese libro en las carnes —murmuró Viggo.

—Hay un dicho: la letra con sangre entra… —dijo Egil.

—No habléis de sufrimiento y sangre, que me entran los sudores fríos —protestó Gerd.

—La mieditis, quieres decir —lo provocó Viggo.

—Deja a Gerd tranquilo —lo regañó Nilsa.

Dolbarar abrió los brazos:

—Estáis todos aquí porque os guía un mismo deseo: el de convertiros en guardabosques. Nosotros somos los protectores de las tierras del reino, de sus bosques, montañas, valles y ríos. Las protegemos de enemigos internos y externos. Somos los ojos del rey, los protectores del reino, el corazón de Norghana. Somos los guardabosques.

Lasgol recordó el lema que su padre tantas veces le había repetido de niño. Suspiró hondo y se le humedecieron los ojos.

—¿Todo bien? —le susurró Egil.

—Sí, tranquilo, me recuerda a mi padre…

Egil entendió e hizo un gesto afirmativo.

—Somos los cinco sentidos del reino: los ojos que ven el peligro acercarse, los oídos que detectan el rumor del enemigo en su avance, el olfato que localiza el hedor de la traición y la muerte, el tacto que siente la sangre sobre nuestro suelo níveo, el gusto que descubre el sabor a guerra y ruina. Nada escapa a nuestros entrenados sentidos.

Lasgol le hizo un gesto a Egil mostrando la dificultad que aquello conllevaba.

—Mis sentidos carecen de tan encomiables atributos —confesó Egil.

—La vista sobre todo. Te vas a quedar cegato perdido de tanto leer —le dijo Viggo.

—Tú vas a perder el del gusto —advirtió Ingrid a Viggo.

—¿Ah, sí?

—Sí, te voy a cortar esa lengua venenosa tuya.

El chico se quedó sin saber qué decir y arrugó la frente.

—Sí, justo así te vas a quedar —le aseguró la capitana.

Viggo reaccionó y le sacó la lengua. Ingrid fue a responder algo, pero Dolbarar continuó con su mensaje de bienvenida y ella se calló para escucharlo.

—Los guardabosques somos el cuerpo especial al que el rey confía la custodia del reino. Por eso entrenamos sin descanso, pues el enemigo no descansa nunca. Debemos proteger a aquellos que no pueden protegerse por sí mismos: a los aldeanos, a los pescadores, a los leñadores y ganaderos, a los mineros, a los artesanos y comerciantes. A las buenas gentes de Norghana. ¿Y cómo lo hacemos?

Un largo silencio siguió a la pregunta del líder del campamento. Nadie se atrevía a aventurar una respuesta.

—Nos adelantamos al enemigo. Lo localizamos, lo seguimos, lo espiamos, lo interceptamos y lo hacemos caer en una trampa. Evitamos que la muerte y el sufrimiento alcancen a los nuestros. Ese es nuestro gran cometido: proteger a los inocentes del reino. No esperéis gloria y honores, ese no es nuestro camino. Nosotros detenemos las guerras antes de que se produzcan, en secreto, y nadie, excepto aquellos a los que servimos, sabrán de nuestros éxitos y gloria. Y ese es el mayor orgullo de todos, pues lo hacemos sin esperar recompensa ni reconocimiento alguno.

Gerd se estremeció.

—¿Qué te preocupa, amigo? —le susurró Lasgol, que podía leer el miedo en el rostro del grandullón.

—Que también moriremos en secreto…, nadie sabrá de nuestra suerte. Moriremos solos, sin que nadie sepa por qué razón ni si conseguimos nuestro objetivo o no… Seremos héroes anónimos enterrados en una triste tumba sin nombre.

—No te preocupes, no vamos a morir.

El grandullón miró a Lasgol a los ojos. Tenía miedo.

—Sabes que eso no es verdad. Muchos no viviremos para contar nuestras andanzas a nuestros nietos.

—Te aseguro que tú sí. No te preocupes tanto de lo que no puedes controlar, solo te crea más inseguridad y miedo. Céntrate en lo que puedes controlar aquí y ahora.

Gerd bajó la cabeza. No parecía muy convencido. Tampoco lo estaba Lasgol, aunque intentaba aparentar que sí.

—Vivimos tiempos difíciles —continuó Dolbarar—, la guerra se aproxima. La mayoría de los guardabosques han partido a servir al rey. Intentaremos evitar el avance de Darthor, el Señor Oscuro del Hielo, y derrotarlo antes de que traiga muerte y destrucción a los nuestros. Sin embargo, esto no debe afectar vuestra formación. Tenemos en el campamento una mínima parte de nuestros instructores, los suficientes para sacar adelante este año, y así lo haremos, tanto a vosotros como a los de primer, tercer y cuarto año. El sendero del guardabosques siempre ha de estar transitado. Es la única forma de asegurar nuestra continuidad. Y para garantizar que no os desviáis del sendero, los cuatro guardabosques mayores seguirán en sus puestos. —Dolbarar se volvió hacia la Casa de Mando—. Y ahora daré paso a los guardabosques mayores, la máxima representación de las cuatro maestrías. También ellos desean dedicaros unas palabras.

La puerta se abrió y de ella salieron Ivana, Esben, Eyra y Haakon. Todos vestían como guardabosques y se acercaron hasta su líder. La primera en dirigirse a ellos fue Ivana, la guardabosques mayor de la maestría de Tiradores. A sus treinta años, era apodada la Infalible. A Lasgol siempre le producía una sensación extraña. Era muy hermosa, de una belleza fría, nórdica. Sus ojos eran grises y destellaban peligro. Acostumbraba a llevar la melena rubia, casi blanca, atada en una coleta. «Sí, bella pero fría como el hielo».

Hizo un pequeño saludo y se dirigió al grupo:

—Mi misión es convertiros en arqueros expertos, luchadores letales con cuchillo y hacha corta, agentes preparados para la guerrilla y las escaramuzas. Así lo establece *El sendero* y así ha de ser. Este año, el segundo de vuestra formación, comenzaréis a convertiros en todas esas cosas. No os será fácil. Requiere entrenamiento duro, esfuerzo al límite y dolor. Seguid mis instrucciones en todo momento, llevad a cabo el trabajo que exijo y os prometo que lo conseguiréis. Pero aquellos que no quieran poner el esfuerzo necesario, los débiles de espíritu, pueden abandonar ahora mismo, pues no conseguirán más que ser expulsados al final.

—Nos convertiremos en luchadores expertos. Es magnífico —susurró Ingrid, y el rostro se le iluminó.

—Por una vez no voy a discutir contigo, la verdad es que suena bastante bien —dijo Viggo.

—Yo me convertiré en una arquera experta —afirmó Nilsa entrecerrando los ojos.

—Eso no te servirá de mucho en las distancias cortas —le dijo Viggo.

—No pienso dejar que se acerquen a menos de doscientos pasos.

—Ah, ya veo… Solo quieres matar magos y hechiceros a larga distancia.

Ella asintió.

—Pues como se te escape uno…

—Calla, bobo.

Esben dio un paso al frente e Ivana se retiró. Seguía tal como Lasgol lo recordaba, grande como un oso, con mucho pelo castaño y una espesa barba del mismo color hasta la cintura. Unos grandes ojos pardos y una nariz achatada lo hacían parecer un animal salvaje, un cruce entre oso y león. A Lasgol le gustaba Esben, aunque a veces le daba miedo por su carácter y aspecto, ambos algo bestiales. Saludó y los observó un instante, luego se dirigió a ellos:

—Como bien sabéis, o deberíais saber ya, la maestría de Fauna es mi disciplina. Conmigo os convertiréis en exploradores, expertos en reconocimiento, vigilancia, rastreo y fauna. No habrá presa que pueda evadirnos, animal o humana. No habrá rincón del reino que no conozcáis como la palma de vuestra mano. Así lo establece

El sendero y así ha de ser. Este año comenzaréis a desarrollar estas habilidades. Al acabar el segundo curso espero que todos hayáis logrado la competencia necesaria. No me falléis. No quiero expulsaros, pero lo haré sin vacilar si no estáis al nivel que exijo. —Rugió como un oso y todos echaron la cabeza atrás, alguno incluso dio un brinco del susto. Nilsa pisó a Gerd, quien tuvo que sujetarla para que no se fuera al suelo—. Estad preparados —advirtió, y se retiró.

—Yo prefiero ser un explorador —dijo Gerd convencido dejando que Nilsa se recompusiera.

—Pues con lo descomunal que eres veo complicado que el enemigo no te descubra a leguas de distancia —comentó Vigo con una mueca cómica.

Gerd arrugó la nariz.

La anciana Eyra, la Erudita, fue la siguiente en dirigirse a ellos. A sus sesenta primaveras tenía el pelo canoso y rizado, con una nariz larga y torcida. Su rostro era amable, pero su mirada tenía cierto matiz de aspereza. A Lasgol siempre le había parecido una bruja buena.

—Para sobrevivir en este duro mundo y llegar a mi edad hace falta conocer muy bien la naturaleza y sus enseñanzas. Por eso mi maestría es la de Naturaleza, disciplina que forma a los guardabosques hasta convertirlos en expertos en conseguir información y solucionar problemas por medio del conocimiento y la inteligencia. Así lo establece *El sendero* y así ha de ser. Nosotros utilizamos la cabeza. Siempre. Aquellos que no utilicen la mente no tienen cabida entre los guardabosques. Los brutos sin cerebro están en los ejércitos del rey y sus nobles. Los guardabosques aprendemos y usamos ese conocimiento para informarnos y solucionar problemas. Yo os enseñaré a hacerlo usando la cabeza. No me defraudéis.

—Muy interesante… —murmuró Viggo.

—¿Por qué? —preguntó Ingrid—. A mí esta maestría no termina de convencerme.

—Hay que leer entre líneas —le respondió Viggo—. Conseguir información y solucionar problemas… Piensa en sus venenos y preparados…

—Oh, ya veo…

Egil sonrió:

—La forma óptima de solucionar una situación dada es utilizando la cabeza.

—En tu caso, siempre, empollón. —Viggo sonrió.

—Sabes que tengo razón.

—Sí, pero no te lo voy a reconocer —le contestó con una mueca divertida.

—No me gustan los venenos —reconoció Gerd—, pero sí el resto de las materias que aprendemos sobre la naturaleza en esta maestría.

—A mí me gustan mucho las trampas que hacemos —dijo Lasgol.

—Pues yo estoy con Ingrid, esta maestría no me gusta demasiado —opinó Nilsa.

Eyra se retiró y Haakon ocupó su lugar. La presencia misteriosa y siniestra que irradiaba hizo que todos los comentarios cesaran.

—Algunos de vosotros deseáis conocer las artes más oscuras y letales de los guardabosques. Estas se enseñan en la maestría de Pericia, mi maestría. —Lo dijo como si en verdad le perteneciese solo a él—. No es solo una disciplina, es un arte, os lo aseguro. Forma a los guardabosques para convertirlos en sombras que se mueven sin que las vean, sin que las detecten. Engañamos a los sentidos, nadie puede detectarnos para llegar allí donde se nos necesita. Así lo establece *El sendero* y así ha de ser. Para lograrlo habréis de entrenar mucho cuerpo y mente, pues un dominio sobre ambos es imprescindible. Es un arte complejo que pocos consiguen dominar, pero se espera de vosotros una competencia mínima.

—Esto me interesa mucho —susurró Viggo mirando con fijeza a Haakon.

—Sí, te va como anillo al dedo… —le dijo Ingrid.

—A mí también me gustaría dominar esta materia… —añadió Nilsa, aunque lo dijo como si fuera un imposible para ella.

—No te desanimes, conseguirás hacerlo bien —le dijo Egil.

—Lo dudo, soy la más torpe del campamento con diferencia.

—Y de gran parte de Norghana —puntualizó Viggo con cara de inocente.

Ingrid le dio un codazo en las costillas.

Haakon hizo una pequeña reverencia y se retiró. Dolbarar se adelantó y con una sonrisa continuó:

—Los cuatro guardabosques mayores han hablado. Sus palabras han sido precisas, sabias, siguiendo *El sendero*. Espero que os ayuden a entender la finalidad de cada maestría y, lo que es más importante, lo que llegaréis a ser cuando las dominéis. Muchos vinisteis el primer año sin entender o tener una idea clara de qué significa ser un guardabosques y el porqué de las maestrías; espero que ahora comprendáis mejor cuál es el fin que perseguimos. Mi puerta está siempre abierta para los que tengan preguntas —dijo señalando hacia la Casa de Mando—. Y ahora un anuncio importante. —Todos guardaron silencio atentos—. El segundo año el número de pruebas serán dos: la Prueba de Verano y la Prueba de Invierno.

—¡Bien! —exclamó Viggo algo más alto de lo que le habría gustado.

Dolbarar lo miró.

—El hecho de que sean dos también significa que serán el doble de difíciles.

—Oh, no… —Viggo bajó la cabeza.

—El sistema de puntuación y recompensas se mantiene igual. Pero este año, para no ser expulsados, deberéis obtener cuatro Hojas de Roble en cada maestría.

Los componentes de los Panteras se miraron unos a otros haciendo cálculos.

—Cuatro en lugar de ocho del año pasado, parece más fácil, ¿verdad? —dijo Gerd.

Egil negó con la cabeza:

—Va a ser más difícil para nosotros.

—¿Para nosotros? —preguntó Ingrid contrariada.

—Sí, el sistema favorece a los que son buenos; para ellos será más sencillo pasar. Pero para los que no andamos tan bien será más difícil. Pensad que si en la primera prueba obtenemos una Hoja de Roble en una de las maestrías, para poder pasar tendremos que conseguir tres en la segunda.

—Oh…

—Además, como ha dicho Dolbarar, si las pruebas son el doble de duras, conseguir dos Hojas de Roble va a ser muy complicado, extremadamente difícil… —explicó Egil.

—No pensemos en eso ahora —dijo Lasgol, que veía que la moral del equipo se hundía.

Dolbarar se aclaró la garganta para detener el mar de murmullos que había producido su comentario:

—En la ceremonia de Aceptación se decidirá quién continúa y a quién se expulsa. ¡Buena suerte a todos!

Y con aquel deseo se retiraron. Lasgol supo en aquel instante que iban a necesitar mucha de aquella suerte. Temió por él y por sus compañeros. ¿Conseguirían pasar? ¿Todos? ¿Quién resultaría expulsado? Que lo expulsaran… sería terrible, al igual que ver partir a un compañero… Se le hizo un nudo en el estómago.

Capítulo 13

Y COMENZÓ EL SEGUNDO AÑO CON EL ENTRENAMIENTO MATINAL, como era costumbre. El instructor mayor Oden los condujo hasta el lago y los dejó con un instructor al que no conocían: Markoon. Se veía a una legua que era un atleta nato: de complexión delgada y fibrosa, tenía el cabello rubio como el sol y lo llevaba muy corto. Su mirada parda mostraba decisión.

—Este año seré yo quien esté a cargo de vuestra instrucción física —dijo, y observó el lago de tranquilas aguas azuladas un instante—. Este curso no daremos vueltas al lago del que tanto disfrutasteis el año pasado y que tan bien conocéis.

Por un momento todos se miraron incrédulos, ¿no tendrían que dar más vueltas al odiado lago que tanto sufrimiento les había traído? Gerd miró a Egil con emoción. Egil le sonrió abriendo mucho los ojos, también esperanzado.

—No me lo creo… —murmuró Viggo con el ceño fruncido.

—Este año —continuó Markoon—, partiremos cada amanecer desde aquí, desde el lago, para subir corriendo hasta la cima del Ahorcado.

Las caras de Gerd y Egil mostraron espanto.

—Ya me olía yo algo así —dijo Viggo.

—La cima del Ahorcado…, pero… la pendiente es terrible —dijo Gerd, que no se lo creía.

Egil resopló:

—Está a media mañana de distancia desde aquí y con un desnivel descomunal.

—Va a ser duro… —Nilsa arrugó la nariz.

—Este año —continuó Markoon— entrenaremos la fuerza física en cuestas. Forzaremos el cuerpo a subir pendientes de forma que se fortalezca todavía más. Para cuando terminemos el año seréis capaces de subir casi a cualquiera de las cimas que rodean el campamento de una sola tirada, sin deteneros, sin que vuestro cuerpo exhausto os falle. Esa es mi labor y mi responsabilidad. Os aseguro que lo conseguiremos, pues todo guardabosques debe ser capaz de recorrer los bosques y montañas del reino como si hubiera nacido y se hubiera criado en ellos. Seréis como lobos salvajes y libres.

—No hay nada que temer, somos más que lobos, somos los Panteras de las Nieves. —Ingrid intentó animar al grupo.

—Entrenaremos y lo conseguiremos —dijo Lasgol reforzando los ánimos de Ingrid, aunque sabía que el sufrimiento que los cuerpos tendrían que aguantar sería monumental.

Markoon los situó a lo largo de la orilla este del lago.

—Calentaremos piernas, brazos y cuello; después, partiremos.

No se equivocaron. El recorrido era mucho más duro. Hasta llegar a las primeras rampas avanzaron a buen ritmo. Cada equipo formaba una piña con Markoon marcando el paso a la cabeza. No iba demasiado rápido, pero sí llevaba un trote ligero. Continuó con este mismo trote al inicio de la subida y pronto los equipos comenzaron a romperse. No todos podían con aquel ritmo. Los más fuertes consiguieron seguir al instructor, entre ellos Isgord y los gemelos Jared y Aston; Astrid, Leana y Asgard, de los Búhos; Luca, capitán de los Lobos, y Jobas, capitán de los Jabalíes. Los Osos comenzaron a quedarse atrás. Los Panteras fueron cayendo al último lugar. Las pendientes dieron paso a un bosque de abetos. Markoon subía sin disminuir la marcha, a través de un pequeño sendero entre los árboles. Los grupos fueron partiéndose y sus componentes quedando atrás. Subieron cruzando el bosque en dirección a la montaña. Cuanto más avanzaban, mayor era la pendiente. Lasgol empezó a sentir que las piernas le fallarían antes de alcanzar la cima, bastante antes. Pero vio a Ingrid delante de ellos, mirando atrás y animando con los puños, intentando que la siguieran todos los Panteras. Les daba ánimos. Nilsa le pisaba los talones a Ingrid, era tan ligera y liviana que, a menos que tropezara, no tendría problemas. Por su parte, Viggo, que corría junto a Lasgol, comenzaba a desfallecer. Mostraba aquella expresión siniestra que tan poco le gustaba a Lasgol, señal clara de que algo iba mal. En este caso, su cuerpo, que no aguantaba la subida. Viggo sacudió la cabeza, como intentado deshacerse de malos pensamientos, y siguió avanzando. Lasgol empezó a respirar por la nariz; los pulmones le quemaban y cada paso le costaba más esfuerzo que el anterior. Con las piernas doloridas, calambres y los pulmones ardiendo, la energía se le consumía, la fuerza se le agotaba. Miró hacia atrás sin detenerse y observó que Gerd y Egil estaban descolgándose definitivamente. No podían con el ritmo.

Con una crueldad inmerecida, el bosque terminó de separar a los fuertes de los débiles. Lasgol le hizo señas a Ingrid para que ella y Nilsa siguieran adelante. Él se descolgaría para ayudar a Gerd y a Egil; tampoco podía más. Ingrid miró a Viggo, que negó con la cabeza. Tampoco él. Ingrid asintió y, llevándose a Nilsa, salieron del bosque. Lasgol y Viggo esperaron a Egil y Gerd a la salida del bosque.

—No… puedo… más… —balbuceó Gerd doblado, con los brazos en la cintura, respirando como si fuera un fuelle gigante.

—Yo tampoco… —dijo Egil intentando respirar, rojo como un tomate maduro.

Lasgol contempló lo que venía a continuación. Varias rampas de terreno liso y, algo más adelante, un bosque de hayas. Pudo ver a Markoon, que ya se adentraba en el bosque seguido del grupo que iba en cabeza.

—Vamos, no podemos rendirnos —dijo Lasgol.

—No puedo… —respondió Egil.

—Subamos andando. Venga.

Egil asintió. Los cuatro comenzaron a subir el descampado hasta alcanzar el bosque.

—Somos los últimos. —Gerd miró atrás con cara desconsolada.

—No es la primera vez —le dijo Viggo.

—Ni será la última —añadió Egil con una sonrisa.

—Pero somos los Panteras y no nos rendimos —dijo Lasgol.

—Pareces Ingrid —le reprochó Viggo.

—¿Quieres oír lo que te va a decir luego, en la cabaña?

—No. Oh, no. Por nada en este mundo.

—Pues mejor seguimos.

—¡Vamos, hasta la cima! —exclamó Viggo, y se adentró en el bosque.

Con esfuerzo y agallas, llegaron hasta la mitad del bosque y comenzaron a pasar a otros descolgados. Siguieron subiendo adelantando cada vez a más compañeros desfondados. Se habían esforzado al máximo en la primera parte del recorrido y ahora no podían con su alma. No podían ni andar. Ellos cuatro subían a buen ritmo. No corrían, pero casi. Avanzaban rápido, al límite de sus posibilidades. De pronto vieron a Markoon descender corriendo bosque abajo. Saltaba como una cabra sobre raíces, rocas y algún árbol caído. Su rostro, algo sonrojado, no mostraba la palidez o el morado del cansancio. Llegó hasta ellos.

—Que nadie se detenga. Seguid, todos. Al ritmo que podáis, pero seguid subiendo. Los primeros ya han alcanzado la cima.

—Seguiremos —le aseguró Egil pálido como un fantasma, apoyado en un árbol y respirando por la nariz todo el aire que podía.

—No se preocupe, instructor —le dijo Gerd, que, al contrario de Egil, estaba rojo como una guindilla. Pero ambos estaban igual de extenuados.

Markoon asintió y continuó descendiendo por el bosque para recuperar a los que se habían quedado atrás. Lasgol se puso en cabeza y, manteniendo un paso firme, los condujo hasta la linde del bosque. Allí encontraron a una docena de compañeros que también intentaban recomponerse. Miraban hacia arriba desfallecidos.

—¿Qué pasa? —preguntó Viggo.

—Eso pasa —contestó uno de ellos señalando la cima.

La cima…

—¡Por todos los hielos! ¡La pendiente final es asesina! —exclamó Viggo enfurecido.

—No… voy… a poder llegar —dijo Gerd, y se dejó caer al suelo.

—Yo tampoco, no me quedan fuerzas… —Egil lo imitó.

Lasgol estudió la pendiente y la cima. Arriba podía distinguir las siluetas de quienes ya lo habían conseguido.

—¡No os detengáis, avanzad! —les llegó la orden de Markoon a sus espaldas.

Lasgol le ofreció la mano a Egil:

—Vamos, yo te ayudaré. Lo conseguiremos.

Egil inhaló hondo.

—Está bien. Vamos.

Lasgol, con un tirón, levantó a su amigo. Luego miró a Viggo y le hizo un gesto con la cabeza para que imitara lo que él había hecho.

Viggo sacudió la cabeza:

—¿Tú sabes lo que pesa ese mastodonte? —dijo apuntando a Gerd.

Lasgol le lanzó una mirada de «no seas así». Viggo resopló, soltó un improperio y le dio la mano a Gerd. Lo ayudó a levantarse con un fuerte tirón. Los cuatro iniciaron la última parte del ascenso. Rotos, con el cuerpo dolorido, que los torturaba a cada paso, sin fuerzas pero con la determinación de los que nunca se dan por vencidos.

A cincuenta pasos de la cima, donde la pendiente casi los obligaba a subir a gatas, Gerd se desplomó. Lasgol fue a detenerse para ayudarlo, pero si lo hacía Egil no lo conseguiría.

—¡Vamos, Panteras! —rugió Ingrid desde la cima—. ¡Venga!

—Yo me encargo de él, sigue —le dijo Viggo a Lasgol.

Lasgol cogió el brazo de Egil, se lo puso al cuello y marchó hasta la cumbre, medio arrastrando a su amigo. Nilsa los agarró y los empujó hacia la cima para que no cayeran colina abajo.

—¡Vamos, Gerd! ¡Tú puedes! —gritaba Ingrid.

Viendo los gritos de Ingrid, el resto de los capitanes comenzaron a animar a los suyos, que luchaban contra la pendiente final.

Gerd, casi colgado de la espalda de Viggo, se dejaba arrastrar por su compañero; con una mano y una rodilla contra el suelo, consiguió impulsar la otra pierna y avanzar dos pasos. Entonces alzó la vista hasta la cumbre.

—¡Aquí, Gerd! —le dijo Ingrid, y le extendió la mano.

—Vamos, grandullón —le pidió Viggo, que ya no podía dar un paso más.

Levantó una rodilla y se impulsó con lo que le quedaba. Arrastró a Viggo con él los últimos pasos, como si fuera un buey. Ingrid los recibió con un tremendo empujón que acabó con los tres en el suelo de la cima.

Lo habían conseguido.

Gerd, Egil, Viggo y Lasgol yacían en suelo, incapaces de mover un músculo; destrozados, exhaustos, felices.

¡Lo habían conseguido!

Les llevó una eternidad bajar y regresar al campamento para la comida. Todos los equipos mostraban el castigo de la subida. Eso había propiciado que llegaran tarde y Oden estaba furioso.

—¡Los de segundo año tenéis que servir a los de primer año! —les gritó.

Los capitanes de los nueve equipos se disculparon e intentaron aplacar la furia del instructor mayor.

—¡Dos de cada equipo, a servir! —les ordenó Oden.

Lasgol se presentó voluntario. Ingrid no lo aceptó:

—Las que estamos más enteras somos Nilsa y yo. Lo haremos nosotras. Vosotros descansad.

—Como debe ser. Servir es trabajo de… —comenzó a decir Viggo.

El puño de Ingrid se cerró y armó el brazo para golpearlo como un ciclón.

—Termina la frase y te quedas sin dientes —amenazó.

—… de todos por igual… —acabó Viggo con una sonrisa enorme.

—Tú juégatela y verás cómo terminas.

Viggo sonrió de oreja a oreja. No añadió nada más. Ayudó a sentarse a Gerd, que no podía ni tenerse en pie. La comida parecía un entierro. Estaban todos tan exánimes que ni hablaban. Cuando Ingrid y Nilsa regresaron, Gerd roncaba sobre la mesa y Egil se había quedado dormido sobre la bancada. No eran los únicos. El aspecto de los otros equipos no era mucho mejor.

—¿Qué pinta tienen los de primer año? —preguntó Lasgol a las chicas.

—Parecen unos corderos de camino al matadero —dijo Ingrid mientras devoraba un muslo de pavo estofado con verdura y especias.

—Tienen cara de estar aterrados, los pobres —explicó Nilsa.

—Supongo que las mismas que teníamos nosotros cuando llegamos.

—Es su primer día. Están muertos de miedo —comentó Ingrid.

Terminaron de comer en silencio. Lasgol se preguntaba si en aquella nueva remesa de iniciados habría alguien como él. Probablemente no, aunque seguro que había algunos interesantes, con historias que merecía la pena conocer. Por desgracia, la actividad del campamento los engulliría y no habría ocasión para conocerlos. Tendrían un año muy intenso. Mucho. Les deseó suerte; la necesitarían. Luego pensó en su equipo y reconoció que ellos también necesitarían toda la suerte del mundo.

—No todos —dijo Nilsa a la vez que señalaba una de las mesas con la cabeza.

Una chica rubia de melena larga y ondulada se había puesto en pie y barría el comedor con la mirada. Daba la impresión de estar buscando algo o a alguien y no parecía importarle que su conducta resultara extraña. Era de una belleza irrefutable, de piel blanca como la nieve y nariz pequeña y puntiaguda; los labios carnosos y rojos. Su rostro mostraba determinación y no parecía para nada asustada, más bien todo lo contrario. Tenía unos ojos azules enormes que, de repente, se clavaron en Lasgol.

—Esa iniciada no parece precisamente tímida… —dijo Viggo al notar que atravesaba a Lasgol con la mirada.

De pronto, la muchacha cruzó el comedor en dirección a Lasgol, ignorando a todos, como si los allí presentes no fueran más que muebles.

—Creo que viene a por ti… —le advirtió Ingrid a Lasgol.

—¿A por mí? No creo…

La muchacha llegó a la mesa de los Panteras, la rodeó y, con los ojos clavados en Lasgol, se situó junto a él.

—¿Eres Lasgol Eklund? —preguntó con una voz suave, casi melódica.

El chico se tensó. La observó inquieto. Estaba acostumbrado a tener sorpresas desagradables con las personas que se le acercaban.

—No molestes, novata —intervino Ingrid antes de que él pudiera responder.

La muchacha lanzó una rápida mirada a Ingrid y sonrió. No estaba intimidada. Eso era muy raro. Ingrid impresionaba al guerrero más condecorado.

—Solo quiero conocer al héroe que ha salvado al rey y del que todos hablan —dijo volviendo a mirar a Lasgol y le dedicó una sonrisa encantadora.

—¡Lo que nos faltaba, ahora tiene admiradores! —protestó Viggo con gesto de desesperación.

—Eh… Yo… Bueno, tampoco fue para tanto… —balbuceó Lasgol descolocado.

—Fue un acto de valor y valentía increíbles —aseguró ella sin dejar de sonreírle.

El muchacho se puso rojísimo.

—Mira cómo se sonroja —exclamó Nilsa aplaudiendo; disfrutaba de la incómoda situación para su amigo.

—Yo…, no…

—Solo quería acercarme y presentarme. Me llamo Val Blohm —dijo, y le hizo una reverencia formal.

—Encantado —respondió Lasgol recuperando un poco la compostura.

—Es todo un honor saludarte —añadió ella—. Vuelvo con mi equipo, no quiero molestar, pero, si tienes tiempo algún día…, me encantaría conocerte…

—Lasgol tiene muchos quehaceres, no tiene tiempo para tonterías —dijo Ingrid arrugando la frente, intentando disuadir a la joven.

—Si no es problema, preferiría que Lasgol me contestara —respondió le chica con voz neutra, calmada, sin mirar a Ingrid.

—Yo… Eh… Sí, por supuesto —farfulló Lasgol.

—Genial —dijo ella, y se despidió con otra sonrisa que habría dejado sin respiración al conquistador más galante del reino.

Todos la observaron marchar.

—«Me encantaría conocerte» —repitió Viggo con sorna, imitando la dulce voz de Val.

—No parece tímida —observó Nilsa.

—Ni fácil de intimidar —dijo Ingrid contrariada por no haber podido disuadirla.

—Es… guapa… —Lasgol no se dio cuenta de que hablaba en alto.

Sus compañeros lo miraron y se echaron a reír.

—Termina la comida, galán —le dijo Ingrid negando con la cabeza sin poder evitar sonreír.

—Nuestro Lasgol es toda una celebridad entre las chicas —comentó Nilsa con una risita.

El chico continuó comiendo mientras le daba vueltas a lo sucedido. Desde una mesa cercana, otra persona había observado la escena y miraba a Lasgol con semblante disgustado. Era la capitana de los Búhos: Astrid.

La tarde les deparó instrucción en la maestría de Tiradores. Por fortuna, o quizá porque los instructores los habían visto tan agotados, en lugar de instrucción práctica optaron por instrucción teórica.

Los condujeron a todos a los campos de tiro y los separaron en tres grupos de tres equipos.

—Panteras, Osos y Jabalíes, conmigo. Sentaos a mi alrededor formando un gran círculo; así será más sencillo explicaros esto —les indicó la instructora—. Mi nombre es Marga y soy instructora de segundo año de la maestría de Tiradores.

Lasgol la estudió un momento, no la conocían. Llevaba el cabello castaño en una cola de caballo y sus ojos pardos los miraban como analizándolos. Le llamó la atención que tenía infinidad de pecas por todo el rostro. Parecía que el sol hubiera estornudado sobre ella. Del hombro le colgaban dos arcos. Cogió el primero y lo mostró para que todos pudieran verlo.

—Lo reconocéis, ¿verdad? —Todos asintieron; era el arco con el que habían aprendido a tirar el año anterior—. Este arco que conocéis es lo que llamamos un arco simple. Si estáis hoy aquí, quiere decir que sabéis fabricar sus partes, montarlo y tirar con él.

Volvieron a asentir, orgullosos de haberlo logrado y de estar en el segundo año habiendo superado la instrucción de la maestría de Tiradores del año anterior.

—Este no es el arco de un guardabosques —dijo Marga; lo cogió y lo partió en dos sobre su pierna. Luego lo tiró al suelo con desprecio.

De la sorpresa, Lasgol abrió los ojos como platos y se quedó con la boca abierta.

—Esc es el arco de un cazador furtivo, de un malhechor, de un ladrón. Un arco sencillo y funcional. Práctico y resistente. Pero no es el arco de un guardabosques. *El sendero* enseña que los guardabosques vivimos y morimos por nuestro arco. No lo olvidéis nunca. El cuchillo y el hacha corta son armas de apoyo, herramientas, pero el guardabosques siempre se guía por su arco. ¿Entendido?

Se oyeron síes, aunque la cara de algunos, incluidas las de Gerd y Nilsa, mostraban que aún no se habían recuperado de la ruptura del arco. Ingrid, contrariada, negaba con la cabeza.

—Este —continuó Marga mostrando el otro arco que llevaba—, este sí es el arco de un guardabosques. Tomad. Examinadlo.

El arco fue pasando de mano en mano. Cuando le llegó a Lasgol, lo inspeccionó con detenimiento; era muy diferente al que habían estado manejando.

—Este es un arco compuesto. Se llama así porque no está construido de una única pieza principal, como es el caso del simple. Eso hace que su fabricación, montaje y uso resulten más complejos. Pero gracias a sus diferentes componentes se consigue un alcance muy mejorado y mayor estabilidad. Es decir, llega más lejos y se desvía menos; lo aclaro para los que me miráis con cara de no comprender. —Después preguntó—: ¿Cuál es el alcance del arco simple?

—Entre ciento cincuenta y ciento setenta y cinco pasos —respondió Ahart, el capitán de los Osos.

—Correcto. Sin embargo, el alcance del arco compuesto es de unos doscientos a trescientos pasos.

Ingrid asintió varias veces. Aquello le gustaba.

—¿Cuál es el alcance de un mago o un hechicero con sus conjuros?

—Sobre doscientos a doscientos setenta y cinco pasos —dijo Jobas, el capitán de los Jabalíes.

—Decidme entonces, ¿cuál de los dos arcos preferís usar?

—¡El compuesto! —Nilsa lo dijo con tanto ímpetu que sonó como un grito.

La instructora se acercó a Nilsa:

—Contra la magia, el mejor amigo de un guardabosques es su arco compuesto. —Nilsa asentía emocionada—. Además, es mucho más potente: a misma distancia puede atravesar madera e, incluso, metal, y es más ligero. El amigo perfecto del guardabosques —concluyó Marga con una sonrisa.

—¿Puede atravesar una armadura de malla? —preguntó un chico moreno del equipo de los Osos.

—Desde luego. A menos de doscientos pasos, sin problema. Entre doscientos y trescientos, en función de la calidad de la armadura.

—¿Incluso una armadura pesada, como la de los rogdanos? —Egil estaba muy interesado.

—Buena pregunta. La armadura pesada, de placas o láminas de acero, es más complicada de perforar. Se requiere algo de práctica para ello, pero se puede hacer. A menos de cincuenta pasos es factible. Os enseñaré a hacerlo a lo largo de este año.

—Fascinante —dijo Egil.

—Pero el arco compuesto tiene una desventaja importante que nunca debéis olvidar. ¿Alguien se anima a aventurar cuál es?

—¿El cordaje? —propuso Mark, un chico rubio del equipo de los Jabalíes.

La instructora Marga negó con la cabeza.

—¿Requiere flechas especiales? ¿Más pesadas? —dijo Niko, otro chico de los Jabalíes.

—No. —Marga negaba también con la cabeza.

—Es más potente y ligero… —dijo Egil, pensando en voz alta—; por lo tanto, uno puede deducir que, a mayor potencia y menor peso…, ¿mayor fragilidad?

La instructora lo miró sorprendida.

—Exacto… Veo que tienes cabeza.

Egil sonrió. Gerd le dio una palmada de reconocimiento en la espalda.

—En efecto, el problema con estos arcos es que son frágiles y se debe extremar su cuidado, sobre todo con la humedad. No deben mojarse bajo ninguna circunstancia. ¿Entendido? —Todos asintieron—. Ahora os explicaré sus diferentes partes, los materiales que se utilizan para su elaboración, su composición y su cuidado. Prestad atención, toda vuestra atención.

Marga les habló del cuerpo de madera revestido con asta de cabra montesa. El exterior revestido con tendón. Las tres partes se encolaban con cola animal. Una vez unido, se reforzaba con tiras de cuero. Continuó con sus explicaciones hasta que llegó el anochecer.

Cuando se retiraron a descansar, una cosa estaba en la cabeza de todos: tenían que probar aquella nueva arma que sería su inseparable compañero tras convertirse en guardabosques. Ingrid soñó que atravesaba escudos y armaduras con el arco; Nilsa, que alcanzaba en el corazón a magos y hechiceros a trescientos pasos sin que nada pudieran hacer para impedirlo. Lasgol soñó que tiraba seis veces con gran rapidez y todas acertaba en el centro de la diana.

Por desgracia, en aquel momento, eran sueños inalcanzables.

Capítulo 14

LOS DÍAS PASABAN EN UN ABRIR Y CERRAR DE OJOS. ENTRENABAN muy duro todas las mañanas; sin embargo, el rendimiento no parecía mejorar; al contrario, empeoraba. Las primeras jornadas los equipos se habían esforzado al máximo para conseguir llegar hasta la cima del Ahorcado y quedar bien ante el instructor Markoon. Por desgracia, no habían previsto que ese sobreesfuerzo acarrearía un precio muy alto que tendrían que pagar.

Lasgol ya no llegaba hasta la cumbre, el cuerpo no le respondía. La ayuda que había estado prestando a sus compañeros había terminado por dejarlo agotado, sin un ápice de fuerza de la que tirar. Lo mismo le sucedía a Viggo, que ya no conseguía coronar. Incluso Ingrid comenzaba a flaquear, pues tenía que ayudar a Nilsa, que empezaba a mostrar signos de debilidad. El resto de los equipos también estaban sufriendo una experiencia muy parecida. Solo unos pocos, entre ellos Isgord, los gemelos de su equipo y los capitanes de los Osos, Lobos y Jabalíes, habían logrado mejorar. El resto sufría horrores para concluir la prueba cada mañana.

Todos los mediodías los Panteras regresaban al comedor exhaustos. Sentarse a la mesa se había convertido en una bendición y no por la comida que iban a disfrutar, que también ayudaba, sino por poder descansar. El mero hecho de poder sentarse y descansar era la mayor de las bendiciones.

—Está siendo duro, pero nos acostumbraremos con el tiempo —los animaba Ingrid.

—¿Tú crees? —dudaba Nilsa.

Gerd y Egil ni hablaban. Comían para reponer energías; sin embargo, los cuerpos y las mentes estaban tan agotados que no eran capaces de articular palabra.

—Cuanto más nos esforcemos, más fuerte se volverá nuestro cuerpo —les aseguró Ingrid.

—Eso o reventamos definitivamente —añadió Viggo.

—No creo que nos empujen hasta ese extremo —dijo Lasgol.

—¿Seguro? Míranos. Otra semana de esto y no lo contamos —le aseguró el otro.

—Markoon sabe lo que se hace —dijo Ingrid.

—Esperemos… —Fue el comentario de Viggo.

Al menos la instrucción de la maestría de Fauna, la favorita de Gerd, estaba resultando muy entretenida. Habían estado yendo a los bosques del sur para refrescar los conocimientos adquiridos el año anterior. El nuevo instructor al mando era algo brusco. Se llamaba Guntar y su aspecto era similar al de Sven, con la diferencia de que Guntar tenía tanto el cabello como su espesa barba de color rubio platino. Parecía el hermano albino del guardabosques mayor. Si el cielo estaba despejado, se le veía venir a una legua de distancia, su pelo y barba refulgían al contacto con los rayos del sol. Era realmente pintoresco. Además de tener aspecto singular, Guntar tenía costumbres algo insólitas, como la de soltar una patada en el trasero a quien se equivocara. Y eran dolorosas. Gerd había estado disfrutando de los errores ajenos hasta que le tocó su turno.

—A ver, grandullón, este rastro ¿de qué animal es?

Gerd se había puesto a cuatro patas y examinaba con cuidado las huellas. Tenía dudas. Miró de reojo a Lasgol.

—Ni una palabra —amenazó Guntar a Lasgol señalándole con el dedo índice.

Gerd suspiró y se concentró. Un momento después dio su respuesta:

—Son de zorro —dijo, y miró a Lasgol con cara de duda.

Antes de que su compañero pudiera decir algo, Gerd recibió un tremendo puntapié en las posaderas.

—¡Son de loba joven! —lo corrigió Guntar.

—Pero son demasiado pequeñas —se quejó Gerd.

Recibió otra patada.

—Porque son de un animal joven, de una cría —le dijo Guntar.

—Oh…

—Ya veo que muchos de vosotros sois incapaces de distinguir la boñiga de vaca de la de una cabra montesa. No os preocupéis, mi bota y yo os enseñaremos. Será un placer y un honor.

Gerd se puso en pie y se llevó las manos a su dolorido trasero. Ya no estaba divirtiéndose tanto.

—Hoy vamos a hacer un ejercicio nuevo —les dijo Guntar—. Vamos a hacer una prueba de fuerza y equilibrio. Hoy os enseñaré la lucha del oso. Coged esos arneses y ponéoslos.

Se acercaron hasta una cesta donde había unos extraños cinturones de cuerda trenzada. Lasgol se hizo con uno y vio que de él colgaban dos medias lunas, también de cuerda trenzada, sujetas a él por los extremos.

—Poned el cinturón en el suelo. Meted primero las piernas por las dos partes colgantes y luego atadlo bien a la cintura. —El instructor demostró cómo hacerlo.

Gerd tuvo alguna dificultad por el tamaño de su cintura, pero consiguió meter las dos piernas y atarlo.

—Muy bien, ahora poneos de dos en dos, que sea con alguien de un equipo diferente, no del vuestro.

La búsqueda de compañero fue un poco caótica, nadie estaba muy seguro de con quién quería emparejarse.

—¡Vamos! ¡No tenemos todo el día! —rugió Guntar.

Fueron emparejándose empujados por los gritos de los instructores ayudantes de Guntar, que los azuzaban para que se dieran prisa.

De pronto, Lasgol vio que Isgord apartaba a un compañero y se le acercaba. Avanzaba con paso decidido y una mirada de intenso odio. Iba a emparejarse con él.

«Oh, no…, viene a buscar pelea», pensó Lasgol, y el estómago se le encogió. No deseaba una confrontación. Alguien se adelantó a Isgord y se situó frente a Lasgol con un raudo paso lateral.

—Yo seré tu pareja —le dijo una voz femenina.

Lasgol apartó la mirada de Isgord y descubrió el rostro de Astrid frente a él. Se quedó de piedra.

—No te importa, ¿verdad?

—Yo… No… Claro que no —consiguió reaccionar.

—Estupendo. Tengo ganas de descubrir de qué están hechos los héroes.

—Bueno…, héroe…, tampoco…

—Tonterías. Eres un héroe. Todos lo saben. Salvaste al rey.

—Por puro reflejo…

Astrid sonrió y se le iluminó el rostro. El joven no supo qué decir o hacer. Se quedó mirándola encandilado.

—Ya te cogeré, no podrás escabullirte siempre —lo amenazó Isgord, y le hizo un gesto de odio con el puño.

Lasgol fue a contestarle, pero Astrid le susurró:

—Ignóralo. La envidia lo corroe.

—No entiendo por qué, él es el mejor en todo…

—Pero no es un héroe —apuntó la muchacha con una sonrisa.

Lasgol sonrió ante el comentario y, de inmediato, se sintió mejor. Guntar levantó la mano.

—Observad cómo lo hacemos nosotros.

Uno de los instructores con el arnés al cinto se situó frente a Guntar. Se inclinaron el uno hacia el otro con las piernas flexionadas y separadas, se agarraron por los cinturones, una mano a cada lado de la cadera, y Guntar comenzó a contar:

—Tres, dos, uno… ¡Ya!

En ese momento los dos luchadores intentaron derribarse mutuamente sin soltar las manos de los cinturones, a base de fuerza bruta.

—¡El primero que derribe a su rival gana! ¡Las manos no pueden soltarse nunca de los cinturones, hay que usar las piernas!

Los dos luchadores usaban los brazos para levantar al oponente del suelo e intentaban desestabilizarlo con las piernas. Lasgol entendió por qué lo llamaban pelea de osos. Parecían dos osos abrazados peleando por derribarse. Al fin, Guntar consiguió con un tirón enorme levantar del suelo a su contrario lo suficiente para meterle la cadera y hacerlo caer al suelo.

—Ahora es vuestro turno —ordenó Guntar—. Sujetaos bien por los cinturones.

Los combates comenzaron. Lasgol miró a Astrid y sintió una mezcla de vergüenza y nerviosismo por la situación que lo dejó paralizado.

—¿Qué, me tienes miedo? —le dijo ella, y le guiñó el ojo.

Lasgol se sonrojó. Resopló e inclinándose agarró del cinturón a Astrid. Ella hizo lo mismo. La cabeza de cada uno estaba sobre el hombro del otro. Podía oírla respirar, sentir su aliento cálido en el cuello. El cabello le olía a flores y algo dulce que no conseguía identificar. Durante un instante, se olvidó de dónde estaba y qué estaba haciendo. Una sensación agradable le subía por el pecho, tan excitante que no podía ni pensar. Astrid lo devolvió a la realidad de un fuerte tirón que lo levantó del suelo tres dedos y casi lo derriba.

Los más fuertes parecían tener una ventaja manifiesta, pero pronto descubrieron que no era necesariamente así.

—Utilizad la fuerza desmedida del contrario para hacerle perder el equilibrio —apuntó Guntar.

Gerd fue de los primeros que lo experimentó. Estaba dominando con facilidad a su contrario, Axel, un chico del equipo de los Lobos mucho menos fuerte. Pero en un momento de la pelea, cuando Gerd tiró con fuerza del chico, este, en lugar de hacer fuerza en dirección opuesta, se dejó llevar sin oponer resistencia alguna, lo que provocó que Gerd cayera de espaldas.

Rompió a reír:

—¡Muy bueno! —felicitó a su rival, que lo ayudó a levantarse.

—Esta prueba hará que fortalezcáis todo el cuerpo, además de ayudaros a mejorar el equilibrio, fundamental para un guardabosques.

Lasgol luchó con Astrid, disfrutando de cada instante, y deseó que aquella clase no terminara nunca. La chica le dio una paliza que Lasgol aceptó encantado. Cada vez que lo derribaba, los dos reían y Lasgol se sentía tan contento de estar con ella, junto a ella, que las derrotas le parecían insignificantes. Por desgracia llegó el momento de regresar para la cena y Guntar dio por finalizada la sesión.

—No ha estado mal, héroe —le dijo Astrid.

—Siete a dos. —Lasgol recontó el resultado de su confrontación.

—He vencido. Estoy contenta, pero un poco defraudada; esperaba más de un héroe —le dijo ella con una mirada llena de burla.

—Los héroes ya no son como en las leyendas.

Astrid se puso seria de súbito.

—¿No me habrás dejado ganar? Dime que no…

—¡No! Por supuesto que no. Me has vencido, te aseguro que no me he dejado ganar. Tengo mi orgullo…, el amor propio y eso…

—Más te vale —dijo, y sonrió—. Nos vemos, héroe. —Entonces se marchó con los suyos.

Lasgol la vio alejarse y su estómago revoloteó.

—¡Ha estado genial! —exclamó Gerd, y le dio una palmada en la espalda que casi lo derriba.

—Sí, ha estado genial —convino Lasgol siguiendo a Astrid con los ojos.

—Vamos a cenar.

—En marcha, grandullón, me muero de hambre.

Tras la cena, ya en la cabaña, Viggo se puso a practicar con su daga. Tiraba contra una pequeña diana que había dibujado sobre la contraventana de su lado. Lanzaba desde su litera, bajaba, recogía la daga y volvía a subir para volver a empezar. No fallaba nunca; se clavaba siempre en el centro.

—¿Tienes que hacer eso todo el rato? Me estás poniendo nervioso —protestó Gerd.

—Lo que te da es miedo.

—¡Estoy debajo de ti, si me pongo en pie me la vas a clavar en el cogote!

Viggo soltó una carcajada:

—Eso sería muy divertido.

—Yo no le veo la gracia.

—Tengo que practicar —dijo Viggo, e, ignorando las protestas de Gerd, volvió a lanzar. Diana una vez más.

—No es cierto, estás lanzando con tu propia daga, no con el cuchillo reglamentario de guardabosques. Lo tienes en el baúl.

—Esta es una daga de lanzar noceana, un arma exquisita —dijo mostrándosela.

Un haz de luz de la lámpara de aceite bañó el filo y el arma despidió un peligroso brillo plateado.

—Si ya tienes el cuchillo de guardabosques y nos van a evaluar con él, no sé para qué quieres aprender a usar esa arma.

—Esta arma —dijo mostrándole ambos filos— es mucho más precisa que el cuchillo de guardabosques. Está equilibrada, ha sido creada para ser lanzada. La forma y el peso siguen el diseño de un armero experto.

—¿Cómo la has conseguido? —se interesó Lasgol, que alimentaba a Camu con lechuga y fruta.

—Os gustaría saberlo, ¿verdad? Pues no voy a decíroslo, es suficiente con que sepáis que yo tengo mis formas de conseguir cosas.

—No te hagas el misterioso —se quejó Gerd—. Me da que lo que consigues son dagas, ganzúas y otros «utensilios» que no se utilizan para nada bueno.

Viggo sonrió y sus ojos resplandecieron con un destello siniestro.

—No te lo voy a negar. También puedo conseguirte venenos, trampas, alcohol…

—No, gracias. No quiero nada de eso. Y tampoco entiendo para qué quieres esa daga.

—Para ajustar cuentas. —Lo dijo con un tono tan serio y frío que Lasgol sintió un escalofrío.

—Ten cuidado…, no vayas por el camino que no es… —le aconsejó Gerd.

—No te preocupes, gigantón; iré por el camino que tenga que ir. Tengo cuentas pendientes y un día las saldaré.

Lasgol se quedó intrigado, aunque ya conocía a Viggo lo suficiente para saber que no contaría nada. Camu dio un chillidito para pedir más comida y Lasgol le dio más verdura. Tanto en el almuerzo como en la cena, todos se guardaban algo de verdura y fruta para Camu de forma que no resultase sospechoso que Lasgol anduviera pidiendo comida en las cocinas. Incluso Nilsa, que si bien se negaba a saber cualquier cosa de la criatura por tener magia, tampoco quería dejarla morir de hambre. En el fondo tenía un gran corazón, pero la magia, por lo sucedido a su padre, la volvía otra persona. «El odio ciega a los hombres» le había dicho su padre a Lasgol. Y tenía razón.

—¿Qué haces con ese libro, empollón? —le preguntó Viggo a Egil, que leía absorto un libro de tapas marrones.

Egil levantó la cabeza y dijo:

—Estoy repasando mis notas.

—¿Notas? ¿Qué notas?

—Voy apuntando lo que encuentro interesante, descubrimientos y hallazgos que considero de valía.

—Espero que no estés escribiendo nada sobre mí…

—Todavía no he encontrado nada de valor que escribir sobre tu persona. Lo siento. Seguiré buscando.

Se produjo un momento de silencio mientras Viggo, Gerd y Lasgol digerían las palabras de Egil.

—Serás… —murmuró Viggo entre dientes al darse cuenta de que Egil lo había insultado con toda finura.

Gerd explotó en grandes carcajadas y cayó de la cama al suelo, donde continuó riendo. Lasgol no pudo aguantarse y comenzó también a reír. Al ver a todos riendo, Camu comenzó a flexionar las patas y mover la cola muy animado.

—Mis estudios se centran primordialmente en Camu y Lasgol —dijo Egil para que Viggo no se enfadara más.

—¿En esos dos bichos raros? ¿Por qué? —Viggo no pudo contenerse.

—El hecho de que Lasgol sea poseedor del don es algo fascinante que debemos estudiar y comprender. Hallar sus secretos, sus limitaciones, la forma en que se desarrollan las habilidades… Hay tantas incógnitas por entender y descifrar… Es tan complejo, desconocido y, al mismo tiempo, increíble…

—¿No lo han estudiado ya? El don, quiero decir —preguntó Gerd.

—Sí y no. Hay vademécums escritos sobre todo por magos y hechiceros que han estudiado la materia, pero son sesgados, parciales, condicionados por sus propios dones y observaciones que han realizado sobre ellos mismos, sobre su persona. Aún queda mucho por investigar, descubrir y entender. No hay ningún libro que yo conozca que hable, por ejemplo, del tipo de don que posee Lasgol, que no es un mago y cuyas habilidades parecen estar ligadas a su entorno, a la naturaleza. Es en verdad intrigante. Y, por supuesto, no existe nada escrito sobre una criatura tan excepcional como Camu. He preguntado a los bibliotecarios y me aseguran que no. Ni tan siquiera en la Biblioteca Real. Si bien los norghanos no somos precisamente los más inclinados al estudio y las artes, quizá haya algo en la ilustre biblioteca de Bintantium, ubicada en Erenalia, la capital del Reino de Erenal. ¡Lo que daría por poder viajar al Reino del Medio-Este y visitar su biblioteca! Dicen que es la mayor de todo Tremia.

—Cómo te gustan los libros y las bibliotecas. No tienes remedio, empollón —le dijo Viggo.

—¿No será peligroso que estudies a Lasgol y a Camu? ¿Y si ocurre un accidente? —preguntó Gerd, su cara reflejaba el miedo ante aquella posibilidad—. Lasgol ya tuvo varios percances con el huevo de Camu…

—Tranquilo. Tendré mucho cuidado. Piensa que el hecho de que Lasgol sea poseedor del don es algo que debe ser analizado y anotado para futuras generaciones de estudiosos. O para ayudar a personas que, como Lasgol, tienen el don, pero no saben apenas nada sobre él. Evitará accidentes y protegerá a otros elegidos.

—No estoy muy convencido… —confesó Gerd.

—Yo nada convencido —apuntó Viggo—. ¿Y tú vas a dejarte estudiar así como así? —le dijo a Lasgol.

Este se encogió de hombros:

—Me ha convencido. No me hace mucha ilusión, pero creo que puede ser bueno para mí, para entender qué me pasa y cómo controlar mi don…, y, desde luego, para otros como yo.

—¿No sabes controlar tu don? —dijo Gerd cada vez más asustado.

—Bueno, puedo controlar las cosas que conozco, las pocas habilidades que he sido capaz de desarrollar. Pero hay muchas cosas que desconozco, por no decir casi todas.

Gerd sacudió la cabeza:

—Esto no me gusta nada.

—Hagas lo que hagas, hazlo en ese lado de la cabaña, no en el nuestro. —Viggo trazó con su daga una línea invisible que dividía la cabaña en dos.

—Sin problema. Los estudios los realizaremos en esta sección.

—Como nos pase algo, lo vais a pagar —los amenazó Viggo con su daga.

—Tranquilo; el estudio será inofensivo por completo. La mayor parte será teórica.

—Más te vale…

Viggo volvió a sus lanzamientos y Gerd se tumbó en la litera a descansar.

Lasgol le susurró a Egil al oído:

—¿Teóricos? ¿Inofensivos? ¿Seguro?

Egil sonrió y los ojos le brillaron de emoción:

—Para nada. Serán prácticos. ¡Va a ser sumamente excitante!

Lasgol suspiró hondo y negó con la cabeza. Aquella idea iba a terminar mal…, muy mal…

Capítulo 15

D E PRONTO NO ERAN SOLO LOS DÍAS LOS QUE PASABAN VOLANDO, también las semanas. Los aprendices estaban tan absorbidos por la instrucción, tratando de asimilar cuanto conocimiento les impartían y no sucumbir al entrenamiento físico, que cada pestañeo parecía consumir un día.

Aquella tarde Lasgol y Egil llegaron a la instrucción de la maestría de Naturaleza con algo de retraso. Camu había decidido salir a explorar mientras todos estaban comiendo tras el ejercicio matinal, y a Lasgol le había costado una eternidad encontrarlo y hacerlo regresar a la cabaña. Cada vez estaba más inquieto, pronto no podría controlarlo. Egil lo había ayudado y ahora se enfrentaban al enfado de Eyra.

—La puntualidad es una virtud para trabajar —les regañó la anciana guardabosques mayor.

—Lo siento, señora —se disculpó Lasgol, y se sentaron con rapidez a la mesa corrida junto al resto de sus compañeros.

—Que no se repita, jóvenes Panteras, o haré que Iria experimente sus nuevas pociones en vosotros dos.

La instructora Iria sonrió y en sus ojos brilló una advertencia.

—No os gustará el efecto —les aseguró.

Estaban en una de las cabañas reservadas para la maestría de Naturaleza en la zona del gran bosque. En el interior había una quincena de mesas largas y estrechas con seis sillas en cada una. Cada equipo ocupaba una de aquellas mesas de trabajo y experimentación. Contra las cuatro paredes se apoyaban enormes estanterías que las recorrían de un extremo a otro con cientos de instrumentos, plantas y materias primas de todo tipo almacenadas y guardadas en diferentes contenedores adecuados para cada tipo de sustancia. Al frente, en la única pared que era de piedra, se encontraban tres hornos de adobe reforzado y, junto a ellos, otras tres grandes chimeneas en las que ardía un fuego bajo. Había menaje para cocciones, brebajes y pócimas que requerían ser calentados o llevados a ebullición. Al lado de cada chimenea había una mesa con utensilios, vasijas, cazuelas y un sinfín de herramientas.

—Quiero recordaros —continuó Eyra— que en la maestría de Naturaleza lo primero y fundamental es conocer el mundo que nos rodea: los bosques, las montañas, cada planta, cada árbol, cada elemento de la naturaleza. *El sendero del guardabosques* nos dice que un buen guardabosques ha de conocer a la perfección el entorno que debe proteger, y no solo conocerlo; tiene que ser capaz de integrarse en él. Yo me encargaré de que no lo olvidéis y de que día a día os fundáis más con la naturaleza de nuestro alrededor.

—Hoy, con la ayuda de Iria y Megan —dijo Eyra saludando a las dos instructoras—, aprenderemos una pócima muy útil que todo guardabosques debe saber preparar. Hoy os enseñaremos a elaborar el Sueño de Verano.

Lasgol y Egil intercambiaron una mirada. ¿Qué sería? Y, más importante, ¿para qué serviría?

—Y no, no es un veneno —continuó Eyra—. Ya sé que a todos os fascinan los venenos, pero esos los vamos a dejar para más adelante. Todavía no os veo capacitados para empezar a prepararlos y no quiero que ocurran «accidentes irreparables». El Sueño de Verano es una pócima muy especial, difícil de preparar, no os voy a engañar; sin embargo, cuando la dominéis os será de gran utilidad. Todos estaban interesadísimos. Nilsa daba saltos sobre la silla, pero Gerd no parecía muy contento; tenía recelo de los venenos y las pócimas con efectos perniciosos o extraños.

—Esta poción —dijo Eyra a la vez que les mostraba una vasija de cristal tapada con un tapón de corcho— permite poner a alguien a dormir como un bebé. Disfrutará de un cálido sueño de verano del que no podrá despertar en al menos un día.

—¡Fascinante! —exclamó Egil.

—Sí…, muy interesante… —añadió Viggo con mirada siniestra.

—¡Bah! Yo para eso ya tengo mi puño —dijo Ingrid, que parecía defraudada.

—Algunas situaciones requieren mayor sutileza —le contestó Egil.

—Y sigilosidad —apuntilló Viggo.

—A mí no me gusta… —se quejó Gerd.

—Será divertido. —Nilsa aplaudía sin dejar que las palmas chocaran, para no hacer ruido.

—Mejor tenemos cuidado —dijo Lasgol.

Eyra carraspeó para acabar con los murmullos de todas las mesas.

—Iria y Megan os ayudarán con los ingredientes, que están repartidos en las estanterías. Os expondrán las propiedades de cada uno de ellos y luego os detallarán los tiempos de cocción y el modo de preparación. Os recomiendo que prestéis mucha atención. Y cuando digo mucha quiero decir toda.

Iria se acercó hasta la mesa de los Panteras y se los llevó a las estanterías. Fue explicándoles cada componente que necesitaban, su nombre, dónde podía encontrarse y cuál era su función en la pócima. Los Panteras atendían sin perder detalle alguno. Volvieron a la mesa y prepararon los ingredientes como Iria les había explicado. Luego esperaron su turno para ocupar uno de los fuegos. Cuando los Jabalíes dejaron libre uno, Iria les indicó que lo usaran. Egil ejercería de preparador. Se enfundó unos guantes de cuero reforzado y Gerd le tapó la nariz y la boca con un pañuelo especial muy grueso, y puso el preparado en una cazuela.

—Después de la ebullición, esperad a que cambie de color y mezcladlo con el resto de los componentes —les indicó Iria.

Egil se desenvolvía como si fuera un alquimista experto, lo cual no les sorprendió. Hizo la mezcla con mucho cuidado; empezó a salir un humo amarronado tras la reacción. Todos menos él dieron un paso atrás asustados.

—Tranquilos, es una reacción normal —les dijo Iria—. Ahora hay que dejar que llegue a la ebullición una segunda vez y lo retiráis.

Egil siguió todas las instrucciones. Cuando finalizó, se alejaron de la mesa con el preparado: un líquido verde. Manejaba el recipiente con unas tenazas para no quemarse. Lo situó en medio de la mesa.

—Tapadlo y esperad a que el color cambie —les dijo Iria.

Aguardaron llenos de intriga. Todos miraban el contendor de vidrio aguardando el cambio.

Iria fue a atender las preguntas de los Lobos.

—¿Creéis que lo hemos hecho bien? —preguntó Gerd con cara de que aquello no le gustaba lo más mínimo.

—Seguro que sí —respondió Ingrid—. Hemos seguido las instrucciones al detalle.

—Ya, pero eso no significa que vaya a salir bien —dijo Viggo.

—¿Qué opinas, Egil? —le preguntó Lasgol.

—Solo queda esperar y descubrir el resultado de nuestra brillante interacción.

—No te entiendo…

—Que pronto lo sabremos.

Pasaron unos minutos y el líquido se volvió azulado ante los ojos de los Panteras.

—¡Qué emocionante! —dijo Nilsa aplaudiendo, esta vez con sonido.

—Umm… El nuestro es azul, pero el de los Lobos es verde —comentó Viggo señalando la mesa de al lado con una ceja arqueada.

—Y el de los Búhos es rojizo… —Lasgol observaba a Astrid y los suyos.

—Curioso y fascinante… Diferentes resultados a mismos parámetros e instrucciones —dijo Egil—. Habremos de esperar a la evaluación de Eyra.

La guardabosques mayor se dirigió a ellos:

—Como podemos apreciar, hay disparidad de colores en el preparado final. Solo un color es el correcto. Que cada equipo me acerque su pócima y daré mi veredicto.

Ingrid fue a coger el recipiente, pero Nilsa se le adelantó.

—Ya lo llevo yo, seguro que hemos ganado nosotros —dijo esta emocionada.

Ingrid le sonrió:

—Adelante.

—Y no cometas ninguna torpeza —le dijo Viggo.

—Claro que no —le respondió Nilsa, y le sacó la lengua.

Llevó el recipiente ante Eyra. La guardabosques mayor mandó a formar a los nueve representantes en una fila y los hizo presentar el recipiente. Se acercó al primer representante: poción rojiza. Negó con la cabeza. El segundo: verde. Volvió a negar con la cabeza. El tercero: marrón.

—Ni ha reaccionado… —se quejó Eyra.

Continuó hasta llegar a Nilsa. Estudió el color y asintió:

—Azulado, correcto.

Los Panteras gritaron llenos de júbilo; lo habían hecho bien. La emoción se apoderó de ellos. La inquieta pelirroja levantó los brazos en señal de triunfo mostrando a todos el recipiente con el líquido azul. De la excitación se le resbaló de entre las manos. Nilsa intentó atraparlo al vuelo, pero no consiguió aferrarlo. Cayó contra el suelo y se rompió en mil pedazos. El líquido se esparció frente a Nilsa y un olor dulzón comenzó a expandirse por la estancia.

—¡No lo respiréis! ¡Fuera todos! ¡Rápido! —gritó la guardabosques mayor, y se llevó las manos a la boca y la nariz.

Salieron en estampida de la cabaña. Todos menos los nueve representantes que ya habían inspirado el preparado y habían caído al suelo sin sentido por el Sueño de Verano. Tardaron un buen rato en rescatarlos. Eyra no permitía que nadie entrara. Rompieron las ventanas para dejar escapar los gases y airear la estancia. Al fin llegaron hasta ellos. Estaban bien, pero no despertarían hasta el amanecer; aun así, los trasladaron a la enfermería con la sanadora. Edwina se encargó de velar por ellos, aunque nada pudo hacer para despertarlos.

Viggo se pasó riendo toda la cena. No podía parar de hacer comentarios sobre Nilsa y su insuperable torpeza innata. Hasta Ingrid tuvo que reconocer que, en aquella ocasión, su amiga había creado un caos terrible. Los otros equipos también les lanzaban comentarios que tuvieron que soportar.

—Nuestra Nilsa es así. —Fue la frase con la que Gerd la disculpó encogiéndose de hombros.

Uno por uno, todos tuvieron que darle la razón y sonreír.

Una semana más tarde, Oden condujo a todos los de segundo año hasta la Casa de Mando, donde Dolbarar los esperaba. No dijo por qué razón, solo su habitual «haced lo que os digo y callad».

—Bienvenidos, aprendices —los saludó el líder del campamento con una sonrisa, abriendo los brazos para recibirlos.

En una mano llevaba su vara de mando y en la otra el libro con el dogma de los Guardabosques. Lasgol sonrió. Siempre era reconfortante recibir el saludo del líder del campamento. Era cálido, cargado de una mezcla de cariño y cordialidad.

—He pensado que un pequeño descanso os vendría bien esta preciosa mañana. Hemos dejado atrás la primavera y el verano anuncia su llegada. —Inspiró con fuerza—. Su aroma es inconfundible aquí en el campamento. Hoy no tendréis entrenamiento físico. Creo que necesitáis un respiro después de una intensa primavera.

—Ya lo creo —susurró Viggo.

—A mí me duele todo —comentó Gerd mientras estiraba los músculos con cara de dolor.

—Dejad de protestar. Así no se forjan los líderes —les gruñó Ingrid.

—Es que estamos muy cansados… —dijo Nilsa inclinando la cabeza en señal de agotamiento.

—No te unas a ellos. Tú siempre conmigo o te llevarán por el camino de los mediocres —respondió Ingrid lanzando una mirada acusadora a Viggo.

La mayoría de los aprendices recibieron la noticia de buen grado, excepto Isgord y los suyos. También el equipo de los Osos y algunos de los componentes del equipo de los Lobos ponían mala cara. Querían seguir entrenando y mejorando.

—Esta mañana me acompañaréis a un lugar muy especial —continuó Dolbarar—. Seguidme.

El líder del campamento los guio a través de una zona adyacente al campamento que nadie solía frecuentar, pues el acceso era complicado. Ascendieron por una pequeña colina, cruzaron un río y subieron por una pared de rocas. Lasgol observaba a Dolbarar escalar apoyándose en su gran vara de madera y plata. Se sorprendió y maravilló de la agilidad y destreza que demostraba para su edad.

Al pasar las rocas se encontraron con un bosque enorme y entraron en él. Era un robledal inmenso, de una belleza sobrecogedora. Dolbarar los condujo hasta el corazón del lugar. Según avanzaban entre los árboles centenarios, Lasgol sintió un cosquilleo en la nuca; allí ocurría algo, no era un robledal corriente.

—Este lugar es especial... —le susurró a Egil, que caminaba a su lado.

—La luz que penetra entre los árboles y la calidez del aire son algo más fuertes de lo que pudiera esperarse de un robledal del norte de Norghana —analizó Egil.

—Creo que hay algo que lo causa...

—¿Magia? —preguntó Egil excitado.

—Shhh... Que no te oigan Nilsa o Gerd, o tendremos problemas.

—Perdóname, es la emoción; a veces me dejo llevar —dijo Egil con una sonrisa de disculpa.

—Voy a usar mi don.

—Fantástico. Dime qué captas.

Lasgol se concentró e invocó su habilidad Detectar Presencia Animal. Intentó sentir la presencia de animales o seres extraños en el lugar. Se produjo un destello solo visible para aquellos con el don y Lasgol buscó a su alrededor. No consiguió detectar nada extraño, pero, claro, con tantos aprendices era muy difícil que pudiera captar nada. Le hizo un gesto negativo a Egil.

—Oh..., qué lástima.

Llegaron al centro del robledal y Dolbarar se detuvo frente a un majestuoso roble. Era inmenso, regio y la luz que lo bañaba parecía salir reflectada, intensificada.

—Este es un lugar muy especial —anunció Dolbarar.

Los aprendices formaron una media luna ante el líder, que acariciaba con cariño el tronco rugoso del árbol, como si se tratara de un viejo y querido amigo.

—Nos encontramos en medio del Robledal Sagrado. Este lugar tiene un significado e importancia absolutos para nosotros. Aquí nacieron los Guardabosques, en este mismo punto, hace trescientos años, frente a este grandioso árbol: el Guardián Sagrado del Bosque. Así está narrado en *El sendero del guardabosques* —dijo mostrando el libro—. Es un lugar sagrado para nosotros: aquí nacimos y aquí moriremos un día. Pero mientras el robledal perviva, también perviviremos nosotros. Debéis amar, respetar y proteger este lugar con todo vuestro ser. —Los aprendices escuchaban absortos las palabras de Dolbarar—. Está escrito que Magnus Lindberg, rey de Norghana, se refugió en este robledal con sus últimos fieles. Huía de los zangrianos que habían invadido el reino y lo habían derrotado en la gran batalla final al sur, donde ahora se alza nuestra amada capital, Norghania. Era el tiempo de las sangrientas guerras del Medio-Este. En este mismo lugar, a los pies de este roble —señaló Dolbarar—, luchó y se defendió con sus hombres hasta el final. En una defensa desesperada, consiguieron rechazar a los zangrianos, que buscaban dar muerte al rey y apoderarse de Norghana. Pero Magnus resultó malherido. El comandante de su ejército yacía muerto unos pasos más adelante. Su último mago del hielo moría atravesado por una lanza a su lado. No quedaba esperanza. Les dijo a los suyos que huyeran antes de que el enemigo regresara con refuerzos y pidió que lo dejaran morir luchando por su patria. Los últimos soldados del rey lo dieron todo por perdido y huyeron dejando que cumpliera su deseo final. Sin embargo, un grupo de montaraces de la zona, cazadores en su mayoría, permanecieron a su lado. Lo defenderían hasta la muerte. El rey le preguntó a su líder, Harald Dahl, un aguerrido hombre de mirada determinada, por qué se quedaban cuando ya no había esperanza. Harald le respondió que habían jurado con sangre proteger sus tierras del enemigo hasta el final y que aquel robledal formaba parte de sus dominios. No se rendirían ante el invasor, sus familias dependían de ello. Magnus interrogó al resto de los montaraces. Le respondieron que defenderían el reino hasta la muerte. Entonces cogió su espada, se puso en pie y, agradeciendo a todos su lealtad, coraje y valor, los nombró protectores de las tierras del reino, de este bosque. Los nombró sus guardabosques. Y así es como nacimos. —Dolbarar inspiró hondo e hizo una pausa, como perdido en recuerdos.

—¿Qué fue de ellos, señor? —preguntó Egil cautivado por la historia.

Dolbarar volvió a la realidad.

—Tal y como el rey Magnus temía, los zangrianos regresaron con refuerzos. Una bruma espesa cubría el robledal cuando acudieron a darles muerte. Los montaraces defendieron al rey. Lucharon, con honor, con valentía. —Suspiró. Hubo un silencio. Todos observaban a Dolbarar hipnotizados—. Y murieron. Todos.

Un murmullo de sorpresa y disgusto corrió entre los aprendices.

—La tierra que pisamos es sagrada, está bañada con la sangre de valientes norghanos que dieron su vida por el rey, por el reino nevado, con la sangre de los primeros guardabosques.

—¿Cómo se supo lo ocurrido? —quiso saber Astrid intrigada.

Dolbarar asintió:

—Al día siguiente, Visgard, el hijo del rey Magnus, acompañado de uno de los generales, los encontró. Venían en ayuda del rey, pero no llegaron a tiempo. El montaraz Harald, dado por muerto, aún respiraba y relató al príncipe lo sucedido. El valiente no llegó a ver el siguiente amanecer. El príncipe Visgard, impresionado por lo sucedido y siguiendo el ejemplo de su padre, creó el cuerpo de Guardabosques. Lo formó con montaraces del norte. Junto a ellos comenzó a reconquistar el reino a los zangrianos, y al cabo de cinco años de escaramuzas, emboscadas y lucha de guerrillas con un ejército compuesto en su mayoría de montaraces, soldados supervivientes y desbandados que habían vuelto al ejército del nuevo rey, consiguió expulsar a los zangrianos.

—Así está escrito en los libros de historia —dijo Egil—, exceptuando la parte de los Guardabosques.

—Los libros de historia recuerdan a los vencedores, a los grandes líderes, como lo fue el rey Visgard, que reconquistó el reino. El nacimiento de los Guardabosques aquel día en este lugar ha quedado olvidado con el paso del tiempo. Pero nosotros lo recordamos, lo honramos y lo celebramos. Es por eso por lo que os he traído hasta este lugar.

—Lo honraremos y respetaremos —dijo Ingrid.

—Fascinante —concluyó Egil sin poder contener el entusiasmo.

—Será aquí, frente el Guardián Sagrado del Bosque, nuestro roble sagrado, donde seréis nombrados guardabosques al finalizar el cuarto año de adiestramiento. Si lo superáis, eso sí.

Un murmullo mitad nerviosismo, mitad confianza corrió entre los aprendices; unos no muy seguros de conseguirlo, otros convencidos de que lo lograrían.

—Es en este lugar donde reciben su medallón los guardabosques —dijo Dolbarar mostrando el suyo, que le colgaba del cuello—. Estos medallones representan quiénes somos y a qué maestría pertenecemos. —Lo mostró durante un rato largo y lo volvió a guardar bajo su túnica—. El medallón con la representación de un arco, de la maestría de Tiradores. El medallón con la representación de un oso, de la maestría de Fauna. El medallón con la representación de una hoja de roble, de la maestría de Naturaleza. El medallón con la representación de una serpiente, de la maestría de Pericia. Todos están tallados con la madera de estos robles que nos rodean —dijo señalándolos con su gran vara—. El mío y el de los guardabosques mayores están tallados del propio Guardián Sagrado del Bosque. Todos llevamos con nosotros el espíritu de este lugar al cuello, cerca del corazón. Nunca olvidéis este lugar y su significado, pues de aquí procedemos y aquí seremos enterrados.

—¿Enterrados? —preguntó Isgord.

Dolbarar movió la cabeza de arriba abajo.

—Aquellos que caen con honor serán enterrados en el Robledal Sagrado. Así está escrito en *El sendero del guardabosques* y así lo honramos —dijo mostrando el libro.

Se hizo un silencio. Las implicaciones de todo aquello eran muchas y profundas.

—Y ahora es momento de honrar a los nuestros.

Dolbarar clavó la rodilla ante el roble sagrado. Los aprendices lo imitaron. Entonó una balada melódica, una oda a los caídos, con una voz profunda, pero con un matiz de dulzura. La oda, como era tradición en el norte, ensalzaba a los caídos y les deseaba una vida próspera en el helado reino eterno junto a sus antepasados y seres queridos. Al finalizar se puso en pie y saludó al roble con respeto; luego se volvió:

—Regresemos.

Los aprendices abandonaron el lugar en silencio, respetuosos. Lasgol se preguntó si conseguiría graduarse en aquel lugar y si obtendría su medallón. ¿De qué maestría sería? Sacudió la cabeza. Faltaba mucho para ese día. Mejor afrontar los retos uno a uno cada día, pues sabía que le esperaban muchos y muy duros.

Capítulo 16

LA INSTRUCCIÓN EN LA MAESTRÍA DE PERICIA SE VOLVIÓ extremadamente intensa desde el primer día y no hacía más que empeorar. Haakon el Intocable se encargaba de que así fuera. Si el primer año como iniciados habían sufrido el duro entrenamiento en aquella maestría, el segundo, como aprendices, estaba resultando todavía más arduo.

Lasgol no se sentía cómodo en presencia de Haakon. Después de lo sucedido con Isgord y Nilsa, y de la oportuna intervención del guardabosques mayor, Lasgol debería estar tranquilo; sin embargo, no era así. No sabía por qué, pero Haakon seguía poniéndolo nervioso. No era por su aspecto, eso lo sabía; lo achacaba más al aire sombrío y de amenaza que siempre desprendía. Delgado y fibroso, tenía una expresión realmente siniestra. Su cabeza rapada tampoco ayudaba, pero sobre todo eran sus pequeños ojos negros sobre una nariz aguileña lo que a Lasgol le generaba aprensión.

—Esta maestría trata de explotar al máximo lo que podemos hacer con nuestro cuerpo y los cinco sentidos que poseemos —dijo acariciando el medallón de madera con una serpiente tallada que llevaba sobre el pecho—. Veo por vuestras expresiones que no lo comprendéis. Os enseñaremos a caminar con el sigilo de un depredador, a desaparecer entre las sombras como un cazador nocturno, a camuflaros como un camaleón, a caminar sin ser vistos ni oídos. Aprenderéis a caer sobre vuestras víctimas sin que estas sepan qué ha ocurrido. Y si el enfrentamiento es inevitable, os enseñaremos a llevar vuestro cuerpo al límite de sus posibilidades para salir victoriosos. Pero todo ello requiere estar en plena forma física…, y no veo que lo estéis. Así que tendremos que remediarlo.

Y comenzó la tortura. Haakon los obligó a entrenar duro, sin tregua. Utilizaba a tres de sus instructores, cada cual más sombrío que el anterior, para asegurarse de que todos los aprendices se esforzaban al máximo. Los tuvieron realizando ejercicios para trabajar el equilibrio, la coordinación y la agilidad.

—El descanso os ha debilitado en cuerpo y en mente —les había dicho.

Los instructores los obligaban a superar la prueba del poste resbaladizo sobre la cañada, a trepar a los árboles y bajar de ellos en un suspiro, y a permanecer durante horas ocultos sin moverse para evitar que los detectaran. Repetían las pruebas una y otra vez. Llegaban a la cabaña completamente exhaustos. Si la instrucción física matinal era demoledora, las tardes en que tocaba instrucción de Pericia eran igual de duras. Los instructores no tenían piedad con ellos.

Tras ocho semanas de duro acondicionamiento, Haakon se dio por satisfecho al fin:

—Aprecio una ligerísima mejora en vuestro estado físico y mental; eso me complace. Podemos dar el periodo de acondicionamiento por finalizado.

Lasgol resopló aliviado, y no fue el único. Egil estaba pasándolo fatal y Gerd no mucho mejor. Hasta Ingrid soltó un «por fin» aliviada.

—Es hora de comenzar a entrenar la capacidad de caminar entre las sombras sin ser detectado —anunció Haakon.

Aquella frase dejó desconcertados a Lasgol y sus compañeros. Todos miraron a Egil, pero este se encogió de hombros.

—Esto me huele mal —dijo Viggo al cabo de un momento.

Y Viggo tenía un instinto innato para esas cosas. Rara vez se equivocaba.

Dos días más tarde, Haakon los convocó a instrucción tras la cena, en plena noche, en medio del bosque del noreste, junto a la roca de la Luna. Los equipos acudieron inquietos por aquel llamamiento tan inusual. Aquello era nuevo, y lo nuevo, todos lo sabían, solía ser malo.

—¿Por qué nos habrá convocado de noche? ¿Y aquí, en medio de la nada? —preguntó Ingrid contrariada.

—Será para algo excitante, seguro —dijo Nilsa muy animada.

—Sí, de lo más excitante… —respondió Viggo con su habitual sarcasmo negativo.

—A mí no me gusta nada esto, está todo muy oscuro… —protestó Gerd, que miraba alrededor como esperando que alguien surgiera de la penumbra para echársele encima.

—Debe haber una razón lógica y estudiada para traernos aquí de noche. Haakon planea algo. Es la explicación más plausible —razonó Egil.

—Sí, pero ¿qué? —quiso saber Lasgol, que observaba a los otros equipos.

Los Jabalíes, Osos y Águilas intentaban hacer ver que no les impresionaba estar allí de noche. Fanfarroneaban y hacían bromas. Isgord andaba como un pavo real, exhibiéndose, dejando claro a todos que él no estaba intimidado. Lasgol lo observaba consciente de que no era fanfarronería. Isgord, en realidad, no estaba intimidado. Hacía falta mucho para meterle el miedo en el cuerpo.

Haakon apareció seguido por tres de sus instructores. En la muñeca llevaba una lechuza blanca de gran tamaño. Su cara nívea era redonda y tenía unos enormes ojos oscuros.

—Esta noche vamos a comprobar lo que habéis aprendido —anunció Haakon—. Esta vez no seremos ni yo ni los instructores quienes juzguemos vuestro desempeño. Será mi amiga Alma. —Mostró la lechuza a los equipos.

—¿Qué pretende hacer con esa lechuza? —susurró Ingrid.

—Ni idea, pero bueno seguro que no es —dijo Viggo.

—Esto es muy raro... —añadió Gerd.

—Pues es preciosa —observó Nilsa, que no le quitaba ojo al ave.

—Es el cazador nocturno con la mejor visión de noche que existe en la naturaleza —dijo Egil.

Haakon miró la luna entre las nubes.

—Capitanes. A mí —llamó.

Ingrid hizo un gesto con la cabeza a los suyos y fue. Se unió a Astrid, Isgord y los otros capitanes.

—Es hora de practicar y será mejor que lo hagáis bien o pasaréis aquí toda la noche.

—¿Qué debemos hacer, guardabosques mayor? —preguntó Ingrid.

—¿Veis el bosque de hayas? —respondió Haakon señalando al este—. Debéis cruzarlo en completo sigilo de un extremo al otro sin que se os detecte. Uno de los instructores se situará en este lado y os dará la salida; el otro estará esperando en el extremo contrario. Debéis llegar hasta él.

—¿Cómo se nos detectará? —pregunto Astrid.

—Ella lo hará —dijo Haakon acariciando a Alma, que observaba con sus enormes ojos lo que ocurría a su alrededor, girando la cabeza de lado a lado—. Se la ha adiestrado para cazar aprendices como vosotros. Os vigilará desde las alturas. Si os detecta, descenderá sobre vosotros y os marcará con las garras; si lo hace, habréis fracasado. Con que detecte a un miembro del equipo, todo el grupo habrá fracasado.

—Oh... —exclamó Astrid al darse cuenta de la dificultad de la prueba.

El rostro de Haakon, habitualmente sombrío, esgrimió una sonrisa.

—Los Águilas lo conseguiremos —le aseguró Isgord.

—No estés tan seguro. Cada equipo dispondrá de tres intentos. Si no lo lográis, practicaréis hasta el amanecer.

Ingrid y Astrid intercambiaron una mirada de consternación.

Volvieron con sus equipos y explicaron la prueba.

—Nada escapa a la agudeza visual de una lechuza... —sentenció Egil.

—Ese hombre no está bien de la cabeza —protestó Viggo.

—Hay que intentarlo —dijo Ingrid—. Por muy difícil que parezca.

Lasgol no dijo nada, pero tuvo la clara impresión de que iba a ser una prueba que recordarían. Les tocó en tercera posición. Los dos primeros equipos habían fracasado casi al mismo inicio de la prueba. No habían avanzado más de veinte pasos cuando Alma los detectó, descendiendo entre los árboles como si fuera a cazar una camada de ratones.

—Recordad: nos movemos a la vez y en silencio —dijo Ingrid.

Todos asintieron.

El instructor les dio la salida. Se internaron en el bosque y se agacharon para quedar ocultos por la maleza. Haakon hizo volar a Alma, que, de inmediato, ganó altura y planeó sobre el bosque. Los Panteras esperaron con calma, sin ponerse nerviosos. Ingrid dio la señal y los seis avanzaron a una, sin apenas un sonido, como habían estado entrenando durante semanas. La oscuridad era su aliada, pero, al mismo tiempo, su enemiga, pues, si pisaban donde no debían, el ave rapaz los detectaría. Siguiendo su entrenamiento, esperaron camuflados entre la maleza, bajando la respiración, mimetizándose con la vegetación…, imperceptibles al ojo. Al ojo humano, que no así al de una lechuza.

De súbito, Alma los sobrevoló. Lasgol dejó de respirar. Planeó entre los árboles. Sin dar con ellos. Esperaron con paciencia. Ingrid hizo el gesto y todos se movieron a una, como una enorme sombra, y avanzaron cuatro pasos para volver a desaparecer entre la maleza. Alma no los había visto. Repitieron la acción tres veces más. Lasgol se animó, la cosa iba bien. Ingrid dio la orden y avanzaron cuatro pasos más, y, al ir a agacharse, Alma descendió como un rayo sobre la espalda de Gerd. Cogido por sorpresa, el muchacho dio un grito enorme, mitad alarido, mitad llanto. Y allí acabó la prueba para ellos.

—No puedo creer que nos haya cazado una lechuza… —dijo Ingrid cuando salían del bosque para regresar al claro.

—Yo lo que no puedo creer es que Haakon use malditas aves rapaces para cazarnos de noche en medio de un bosque —protestó Viggo.

—Nos lo pone realmente difícil —dijo Nilsa.

—Lo siguiente será cazarnos con lobos —refunfuñó Viggo.

—Esperemos que no… —deseó Lasgol, que no estaba nada convencido de que no fuera a ser así.

—Ahora somos aprendices; este año será más difícil que el de iniciados, eso debemos tenerlo siempre presente —dijo Egil.

—Ya, como el año pasado resultó de lo más fácil… —respondió Viggo.

Se sumieron en un desaliento que aumentaba a medida que todos los equipos iban fracasando en la prueba. Alma no tenía piedad. Cazaba a los grupos antes de que consiguieran atravesar medio bosque. Incluidos los Águilas. Por tres veces lo intentaron todos y por tres veces fracasaron. La única alegría de aquella noche fue ver la cara de rabia y frustración de Isgord y los suyos por no haber conseguido superar la prueba.

—Qué decepción tan grande... —dijo Haakon cuando terminaron—. Esperaba que algún equipo lo consiguiera, pero ya veo que todavía estáis muy lejos de cumplir mis expectativas. Adentraos en el bosque y entrenad hasta el amanecer. Cuando los primeros rayos despunten, podréis regresar a las cabañas.

Se oyeron unas quejas ahogadas que una mirada siniestra de Haakon apagó de inmediato. Los equipos entrenaron toda la noche mientras Alma los observaba desde las alturas sin intervenir. Al llegar el amanecer se retiraron muertos de sueño y cansancio. Pero antes de que pudieran acostarse, el instructor mayor Oden se presentó con su flauta infernal y los llamó para el entrenamiento matinal.

Aquella fue una experiencia que ninguno olvidaría. Estaban exhaustos. Llevaban todo el día y toda la noche de ejercicios y debían continuar con otra jornada de instrucción sin haber dormido.

Al anochecer cayeron desfallecidos sobre sus catres. Camu salió a jugar y se encontró con que sus cuatro compañeros dormían y era imposible despertarlos. La criatura brincó y chilló por toda la cabaña buscando atención, pero aquella noche no conseguiría ninguna. Se acercó a Lasgol y le lamió las mejillas. Como no despertaba, se acurrucó a su lado y se durmió con él.

Unos días más tarde, después de cenar, Lasgol esperaba junto a la biblioteca a que Egil terminara de examinar unos libros «muy interesantes», como él los había descrito. De repente, alguien se le acercó.

—Hola, Lasgol —dijo una suave voz femenina.

Lasgol se giró y descubrió a Val, que salía de la biblioteca con un libro en la mano.

—Hola, Val —saludó él.

—Oh, veo que te acuerdas de mi nombre.

—¿Por qué no habría de acordarme?

—Los héroes estaréis muy ocupados para cosas tan poco importantes como una iniciada nueva...

—Eh... No, bueno yo no..., que no soy un héroe..., quiero decir que recuerdo tu nombre.

—Eso me hace muy feliz —sonrió ella.

—Bueno..., recuerdo la mayoría de los nombres, tengo bastante buena memoria.

—Oh... Qué desilusión, yo que por un momento me había sentido especial —dijo ella con una sonrisa encandiladora.

El muchacho se sonrojó y no supo qué decir.

—Por ser tú —continuó ella—, te contaré un secreto.

—¿Secreto?

—Mi nombre es, en realidad, Valeria. Pero prefiero que me llamen Val. Creo que es más cercano. Valeria suena muy frío. ¿No crees?

—Sí, Val es más bonito.

—Así que mi nombre no te gusta.

—No, no es eso, Valeria es un nombre muy bonito.

—Es broma, tranquilo —dijo ella con una mueca cómica.

—Ah —sonrió el chico tragando saliva. Se sentía torpe y con el cerebro algo lento cuando ella le hablaba.

—¿Siempre estás tan tenso? ¿Acaso es algo de los héroes? ¿Siempre listos para actuar?

—No, para nada. Yo suelo estar muy relajado..., casi siempre.

—Oh, ¿entonces soy yo que te pongo nervioso?

—No, claro que no —se apresuró a responder.

—No pasa nada. A alguna gente no le caigo bien, es algo que ocurre. Dicen que soy muy directa. «Delicada pero incisiva» es como me describen.

—A mí no me caes mal, de verdad. Bueno, apenas te conozco...

—Menos mal —dijo ella con un resoplido pasándose la mano por la frente—. A mí me gustaría mucho que fuéramos amigos.

—Enfatizó la palabra «mucho» con su dulce voz.

—Claro, a mí también.

—¡Estupendo! —exclamó ella, y esbozó tal sonrisa que derretiría un iceberg.

Sonrió desconcertado. Aquella conversación lo estaba confundiendo.

—¿Vienes a la biblioteca? —le preguntó Val de pronto.

—No, espero a Egil.

—Ah, sí, lo he visto en el piso superior. Pasa mucho tiempo ahí dentro.

—Cierto. Le gusta aprender.

—Gran cualidad. ¿Y a ti?

—Bueno, a mí, no tanto…

—Claro, tú eres más un hombre de acción.

—¿Yo? No, tampoco.

—No disimules, se te nota.

Una figura que salía de la biblioteca se les acercó.

—Hola, ya he terminado la consulta —saludó Egil situándose junto a los dos.

—Oh, en ese caso os dejo, no deseo molestar —dijo Val, y se despidió de ambos con un par de ligeras reverencias.

Cuando se iba, le lanzó a Lasgol una mirada llena de intención.

—¿Qué quería la iniciada Val?

Lasgol encogió los hombros.

—No tengo ni la menor idea —contestó confuso.

—Chicas…, son difíciles de descifrar, un verdadero misterio —dijo Egil.

—Ya lo creo…

Capítulo 17

La Prueba de Verano se acercaba de forma inexorable con el paso de los días. Días calurosos, al menos para los norghanos. En realidad, hacía algo de frío comparado con las temperaturas habituales de los reinos más al sur, sobre todo considerando las altas temperaturas de los desiertos del Imperio noceano.

Cada jornada bajo aquel sol se hacía más intensa que la anterior. Estaban todos tan centrados en la instrucción que parecía que les fuera la vida en ello. Nadie quería fracasar y sabían que la prueba iba a ser muy dura. Pesaba en la cabeza y en el ánimo de todos. Ese y otro tema del que poco se sabía, si bien algunos rumores habían conseguido llegar río arriba, hasta el campamento.

—¿Habéis oído lo último? —preguntó Nilsa a sus compañeros mientras le servían una especiada sopa caliente.

El comedor estaba a rebosar y el ambiente andaba intranquilo.

—¿Sobre la Prueba de Verano? —probó Lasgol.

—Dicen que va a ser difícil, mucho más que las pruebas de primer año —dijo Gerd con ánimo decaído.

—No te preocupes, hemos entrenado mucho y somos buenos, las superaremos —le aseguró Ingrid.

—Yo no estaría tan seguro —discutió Viggo, y mordió una pata de pollo asado.

—No, no sobre la prueba —dijo Nilsa negando con la cabeza—. ¡Sobre la guerra!

—¿Qué has oído? —quiso saber la capitana.

Todos dejaron de comer y prestaron atención.

—Dicen que el ejército del rey Uthar ha cruzado las Montañas Eternas y se ha precipitado sobre las fuerzas de Darthor.

—¡Bien! —exclamó Ingrid.

—Bueno, no tan bien…

—¿No?

—Han sido rechazados y han tenido que retirarse.

—¿Las fuerzas del rey? —dijo Ingrid sobresaltada. La incredulidad era patente en su rostro.

—Dicen… que después de tres grandes batallas se han visto obligados a replegarse. Debe de haber muchas bajas.

—¡Qué malas noticias! —se horrorizó Gerd.

—¿Dónde has oído eso? —preguntó Ingrid.

—Me lo ha dicho Etor, de tercer año, que se lo ha dicho Olaf; su mujer es la prima del molinero de Atos y su hijo está en el Ejército de Uthar.

—Suena muy fiable —se quejó Viggo, y se desentendió con un gesto de la mano.

—Puede ser verdad. Las fuerzas de Darthor son temibles y el poder del Señor Oscuro del Hielo es enorme —dijo Gerd con tono de pesar.

Las palabras del grandullón dejaron a todos muy preocupados.

—Yo tengo alguna noticia más… —añadió Egil con voz muy baja para que nadie aparte de sus compañeros lo oyera.

Todos estiraron el cuello y acercaron la cabeza para escucharlo.

—¿Qué ocurre? —preguntó Lasgol.

—He recibido una carta de mi padre.

—¿Tu padre, el duque? —dijo Viggo extrañado—. Si nunca te ha escrito…

Egil asintió pesadamente:

—Por eso son malas noticias…

—Explícate, no entiendo nada —pidió Ingrid.

—Que mi padre me haya escrito… es algo fuera de lo común. Y el contenido, todavía más… —Todos callaron esperando que Egil siguiera. En un murmullo apenas audible añadió—: Me ordena que me quede con los guardabosques y que afronte mi lugar en los días que vienen.

—No entiendo —dijo Nilsa arrugando la nariz.

—Yo tampoco —coincidió Gerd.

—Son malas nuevas —explicó Viggo.

Ingrid miró a Viggo sorprendida de su perspicacia. Egil asintió:

—Sí, son malas noticias… para mí…, y mucho me temo que para todos.

—¿Nos lo explicas? —Ingrid estaba cada vez más intrigada.

Lasgol ya se imaginaba lo que iba a decir y tenía un nudo en el estómago.

—Mi padre me ordena que no huya y actúe como lo que soy: un rehén del rey Uthar para obligar a mi padre a obedecerle. Y si me lo ordena es porque algo va a suceder. Algo que me pondrá en esa situación. Algo que mi padre hará.

—¿Va tu padre a traicionar al rey? —preguntó Ingrid con ojos como platos.

Egil se encogió de hombros.

—No tiene por qué ser una traición explícita en todo el sentido, puede ser que simplemente no apoye al rey en esta campaña contra Darthor.

—Eso es más o menos lo mismo que traición —dijo Gerd.

—No exactamente —dijo Viggo—, no es lo mismo no apoyar una causa que aliarte con el enemigo.

—Exacto —dijo Egil—. Tengo la sospecha de que algunos duques y condes no han apoyado al rey y de ahí sus dificultades para derrotar a Darthor.

—Y eso refuerza su posición si el rey sale debilitado del encuentro —explicó Viggo con una sonrisa maliciosa.

—¡No se atreverán a ir contra el rey! —exclamó Ingrid indignada. Lo dijo algo más alto de lo debido y varios chicos de la mesa de al lado se giraron.

Gerd les sonrió y disimuló:

—Le apasiona el rey Uthar —dijo señalando a Ingrid con el dedo pulgar, y les hizo un gesto cómico.

—No abiertamente o mientras el rey sea más poderoso, pero si Darthor lo debilita…

—Y no a tu padre y los suyos… —apuntó Viggo.

Egil movió la cabeza en gesto afirmativo.

—¿Quieres decir que tu padre y sus aliados traicioneros no están ayudando al rey y por eso está perdiendo?

—Eso me temo. Es solo una deducción, pero podría muy bien ser el caso.

—¡No me lo puedo creer! —exclamó Ingrid ultrajada.

—Está muy bien jugado —dijo Viggo reflexionando.

—Debes tener cuidado, Egil —le dijo Lasgol preocupado—. El rey y los suyos pueden tomar represalias contigo.

—No solo conmigo… —respondió Egil haciendo un gesto hacia las otras mesas—. Hay más de media docena como yo o, más bien, en situación idéntica a la mía en este comedor…

Todos miraron alrededor.

—Quizá estemos precipitándonos —propuso Nilsa nerviosa—, quizá no sea para tanto.

—Yo tengo un rumor más que refuerza la teoría de Egil —dijo Viggo.

—¿Cuál? —quiso saber Ingrid.

—Los guardabosques envían sus últimas reservas. Partirán del campamento mañana. Me he enterado en los establos.

—¿Nos quedamos sin instructores? —preguntó Gerd.

—No. Creo que se marchan todos menos los instructores mínimos necesarios para continuar con la instrucción.

—Si es así, mi deducción parece correcta. El rey llama a todos sus hombres. Le falta apoyo —concluyó Egil.

Aquella noche, tras la cena, para preparar lo que tendrían que afrontar en la Prueba de Verano, Lasgol entrenaba el tiro con arco con la ayuda de Ingrid, algo que de paso los ayudaba a pensar en la guerra y sus consecuencias para Egil. Estaban en los campos de tiro y habían colocado una lámpara de aceite junto a la diana y otra donde se encontraban para poder tirar en la oscuridad.

—Recuerda, suelta suave, muy suave —le dijo Ingrid.

Lasgol tensó el arco y apuntó. La distancia era de doscientos pasos y al ser de noche, pese a las lámparas, el tiro resultaba difícil. Se concentró, entrecerró el ojo derecho, como solía hacer para apuntar mejor, y soltó. La flecha trazó una parábola y se encaminó directa al centro de la diana; en el último tramo se desvió hacia la derecha. Aunque alcanzó la diana, el tiro resultó mediocre.

—No has tenido en cuenta el viento —le dijo Ingrid.

—Sí que lo he considerado, te lo juro.

—¿Sí? Qué extraño. El agarre es bueno, la postura correcta, la forma en la que sueltas también es correcta… No sé qué puede ser…

—Será que fui maldecido con poca puntería al nacer por una bruja caprichosa. —Lasgol resopló.

La capitana soltó una carcajada.

—No creo que sea eso, tiene que haber otra explicación. Has entrenado día y noche, ya deberías ser un buen arquero. Algo ocurre contigo que no consigo descifrar.

—Quizá yo pueda ayudar —dijo una voz.

Ingrid y Lasgol se volvieron. Ante ellos estaba uno de los capitanes de tercer año. Era casi tan alto como Gerd y bastante fuerte, aunque no tanto como él. Tenía el pelo rubio largo recogido en trenzas y unos ojos azules muy intensos en un apuesto rostro de mentón afilado. Se veía que era un guerrero nato. Lasgol lo reconoció. Por lo que habían oído, era uno de los mejores capitanes de su año. Inteligente, impetuoso, decidido. Hablaban muy bien de él, incluso se decía que era uno de los principales candidatos a una especialización de élite. Solo tenía un año más que ellos, pero parecía mayor, más maduro.

—¿Quién eres? —preguntó Ingrid, aunque tanto ella como Lasgol sabían perfectamente quién era.

—Me llamo Molak Frisk, capitán de tercer año —se presentó y saludó con un breve gesto.

—Yo soy Ingrid y este es mi compañero de equipo Lasgol. Somos de segundo año, del equipo de los Panteras de las Nieves.

Molak asintió:

—Veo que tenéis problemas con el arco. Es una de las maestrías en las que mejor me defiendo. Quizá pueda ayudaros; si queréis, claro —dijo con tono amable.

—Sí, por supuesto —respondió Lasgol, que estaba desesperado.

Ingrid torció el gesto.

—Ya lo he intentado todo con él... No creo que tú puedas aportar mucho más.

—Déjame intentarlo. No podemos permitirnos tener un héroe entre los nuestros y que sea un tirador mediocre —dijo con una sonrisa amistosa.

Lasgol hizo un gesto de desesperación y luego sonrió.

—Adelante —le dijo Ingrid a Molak sin quitarle ojo.

—Tira tres veces y te observaré para ver dónde está el problema —sugirió Molak a Lasgol.

Lasgol realizó el ejercicio poniendo mucha atención, intentando no cometer ningún error. A pesar de que puso toda su concentración en cada tiro, los lanzamientos no fueron muy buenos. Acertaba la diana, pero nunca el centro.

—Esto no es lo mío. Qué mal... —resopló desesperado y avergonzado por hacer el ridículo ante un capitán de tercero.

Molak sonrió y le dio una palmada en la espalda.

—Tranquilo, no está todo perdido.

—¿No?

—No. Lo curioso es que lo haces bien todo, pero creo que el problema está en que no lo haces lo suficientemente bien.

—¿Cómo? —dijo Ingrid sin entender.

—No hay un área específica en la que lo hagas mal, que suele ser lo más habitual. Cada persona falla en una fase o generalmente en dos o tres, que se distinguen rápido, y el error se puede corregir. En tu caso ocurre algo diferente: no hay un área de error clara, sino que todos los aspectos requieren un pequeño ajuste. Muy curioso. Difícil de ver y de solucionar.

—Oh... —Lasgol hundió los hombros.

—Ya decía yo que no veía nada que estuviera mal —dijo Ingrid algo más calmada ahora que sabía que el fracaso de Lasgol no era culpa suya.

Molak la miró un instante y le brillaron los ojos.

—Es difícil de ver. El arco es lo que mejor se me da, llevo muchos años entrenando y tengo buen ojo para este arte. Es probable que el año que viene vosotros también seáis capaces de identificar estos detalles —les explicó para no hacerlos sentir mal, en especial a Ingrid.

—Lo dudo mucho —dijo el muchacho, que tenía el ánimo bastante decaído.

—El año que viene seré capaz de identificar cualquier error, aunque me cueste día y noche lograrlo —aseguró Ingrid.

—¿Eres siempre tan decidida?

—Sí. ¿Te parece mal?

—No. En absoluto. Gran cualidad.

—Ah, vale.

Molak hizo un gesto a Lasgol con los ojos, uno que decía «vaya temperamento que tiene la chica». Lasgol lo entendió y sonrió.

—¿Por qué sonreís así?

—Por nada, Ingrid —contestó Lasgol rápido para evitar un arrebato de su capitana.

—Déjame el arco y te explicaré los cinco puntos en los que tienes que mejorar.

—Bueno, si solo son cinco... —dijo Lasgol con tono sarcástico.

El capitán de tercer año soltó una pequeña carcajada.

—No lo haces mal, necesitas pulir un poco el estilo. Primer punto: el agarre. El arquero agarra, pero no ahoga su arma. Un error común en los arqueros es sujetar la empuñadura con demasiada fuerza cuando se tensa la cuerda para el tiro. Esto resulta en una ligera desviación hacia uno de los cuatro puntos cardinales —le dijo Molak asiendo el arma por la empuñadura.

—Entiendo; no pondré tanta fuerza.

—Tienes que medir la fuerza, apretar lo suficiente para mantenerlo firme, pero no demasiado, porque desviará el tiro.

—¿Y cómo sabré cuál es la medida exacta?

—Para eso está el entrenamiento. Con el tiempo serás capaz de notarlo.

—Lo que yo digo siempre: entrenar y entrenar para triunfar —dijo Ingrid.

Molak la miró sorprendido. Por su expresión parecía que le había agradado el comentario.

—Segundo punto: el tirador nunca baja el brazo al soltar. No debe hacerse, ni lo más mínimo. Debes entrenarte para mantener el brazo firme hasta que la flecha alcance el blanco; solo entonces puedes bajarlo.

—Ya lo intento, pero el peso...

—Correcto, debes entrenar el brazo para que no te venza el peso.

—Tercer punto: si quieres asegurar un mal tiro en arquería, míralo —dijo, e hizo el gesto de apartar el arco para seguir la trayectoria de la flecha con la vista. Lasgol e Ingrid observaron a Molak sin comprender—. Nada debe distraer el tiro. No mires si la flecha se dirige al blanco ni anticipes el lanzamiento. Termina el movimiento y entonces mira si ha dado en el blanco, no antes, porque desestabilizas el tiro.

Ingrid y Lasgol asintieron.

—Recordaré el dicho, me ha gustado —dijo Ingrid.

—Cuarto punto: el arquero tira siempre relajado y con el brazo firme. —Imitó un tiro y puso cara muy relajada mientras su brazo derecho estaba rígido como un poste—. Debes relajarte al tirar, sobre todo en el momento de soltar. Tu cuerpo no puede estar rígido ni tus músculos contraídos.

—Muy bien, sí que es verdad que a veces me pongo un poco tenso, sobre todo cuando es una situación complicada, como las pruebas...

—Es comprensible. Aprende a tirar relajado, la mente en blanco, concentrado en el tiro y solo en el tiro.

—Eso me cuesta a mí también —reconoció Ingrid.

—Y por último: el buen arquero suelta limpio y retira suave. —Molak hizo un gesto abriendo la mano, con los dedos extendidos, y luego retiró el brazo con suavidad—. Al soltar y abrir la mano se busca que se deslice hacia atrás limpiamente.

—Muchas gracias por tu ayuda —le dijo Lasgol muy agradecido—. Estoy seguro de que esos consejos me van a venir muy bien.

—Recordaré las cinco lecciones y se las enseñaré al resto del equipo —añadió Ingrid muy contenta—. Nos ayudarán muchísimo en las pruebas.

Molak sonrió.

—Sigue practicando hasta que los cinco puntos que te he comentado queden corregidos. No puedo decirte cuánto tiempo te llevará; puede ser este año o el que viene, pero al final lo conseguirás —le dijo a Lasgol.

—Mil gracias, lo haré.

—Yo me encargo de que entrene día y noche —aseguró Ingrid con el entrecejo fruncido.

—No tengo la menor duda —dijo Molak, y clavó los ojos en Ingrid dedicándole una sonrisa—. Un placer conocerte, Ingrid…, y a ti, Lasgol.

La chica enrojeció como un tomate maduro. Lasgol la miró sorprendido. Ella nunca se sonrojaba.

El capitán se marchó y los dos se quedaron en silencio durante un instante.

—¡Vamos, a practicar! —exclamó de pronto Ingrid.

Lasgol sonrió y tiró.

Capítulo 18

LLEGÓ LA NOCHE PREVIA A LA TAN IMPORTANTE Y TEMIDA PRUEBA de Verano. A sugerencia de Ingrid, todos se acostaron temprano. Debían descansar cuanto pudieran, pues necesitarían de todas sus fuerzas al día siguiente. Lasgol estaba nervioso y, por la forma en la que se movían sus compañeros en las literas, ellos también. Le costó un buen rato quedarse dormido. Al fin lo logró con Camu recostado sobre el pecho. La criatura dormitaba con su eterna sonrisa.

Las pesadillas se apoderaron de los sueños del muchacho. Se revolvió incómodo en el catre y casi tiró a Camu de la litera. La criatura se pegó al cabezal con las cuatro extremidades y, de inmediato, se quedó dormido donde estaba. Lasgol corría por un bosque nevado perseguido por un monstruo con cuerpo de oso polar y cabeza de águila blanca de un tamaño descomunal. Avanzaba tan rápido como podía, pero la criatura iba ganándole terreno. Lo tenía casi encima. ¡Iba a darle caza!

La puerta de la cabaña se abrió un palmo con un ligero chirrido. Apareció una mano e hizo rodar una bola de tela por el suelo. El monstruo de los sueños de Lasgol lo alcanzó y comenzó a devorarle la espalda con su enorme pico amarillo. La esfera comenzó a soltar un humo azulado, como si hubiera prendido y estuviera quemándose el interior. Luchaba con la criatura, que estaba a punto de arrancarle la cabeza. Dos nuevas bolas rodaron por la cabaña hasta terminar bajo las literas y comenzaron a despedir el mismo extraño humo.

Lasgol despertó de su pesadilla espantado, con la frente bañada en sudor. Se medio incorporó en la litera intentando respirar y calmarse. Un olor dulzón le llegó y le subió por la nariz. Extrañado, miró hacia el área común y descubrió el singular humo azulado. Entonces los vio. Dos figuras envueltas en capas con capucha avanzaban hacia las literas en completo sigilo, con movimientos aletargados.

—¿Qué...?

Fue cuanto pudo articular. Una enorme somnolencia le apresó la mente. Lasgol intentó resistirla sin éxito. Sentía un cansancio terrible, se le cerraban los ojos. Trató de moverse, pero los brazos le pesaban como troncos. «¿Qué... me sucede...?». Ni siquiera podía pensar...

—Narcótico... —Oyó balbucear a Egil.

Vio a Viggo por el rabillo del ojo. Se había puesto en pie y se había llevado la mano a la daga oculta en el cinturón, y se giró hacia los intrusos. Fue a lanzar, pero su movimiento fue lentísimo. Uno de los intrusos lo golpeó en la cabeza. Cayó al suelo inconsciente.

—Nos... atacan... —balbuceó Lasgol.

En medio del humo azul, vio que Camu se despegaba y caía entre el cabezal de la cama y el colchón. La criatura quedó inconsciente. Lasgol intentó bajar, pero cayó al suelo. Una bota le pisó la cabeza con fuerza y lo forzó contra el suelo. Un momento después perdía el sentido.

La flauta y los gritos de Oden los despertaron.

—¡A formar! ¡Es la Prueba de Verano!

Lasgol despertó sobre el suelo de madera con un terrible dolor de cabeza.

—¿Qué ha pasado? —preguntó incorporándose.

—Que alguien nos ha atacado —respondió Viggo con la mano en donde lo habían golpeado.

—¿Todos bien? —Lasgol estaba preocupado, intentaba razonar qué les había sucedido.

—Yo estoy bien —dijo Gerd.

Egil no contestó. Los tres se volvieron hacia su litera. ¡No estaba!

—¡Egil! —exclamó Lasgol con el corazón en la boca.

—Se lo han llevado —dijo Viggo.

—¿Llevar? Pero ¿quién? ¿Por qué? —interrogó Gerd con cara de no entender lo que sucedía.

—¡A formar! —Llegó la potente voz del instructor mayor.

—No sé qué ha pasado, pero hay que avisar a Oden —dijo Lasgol, y se precipitó hacia la puerta.

Salió de la cabaña como un rayo y de la urgencia casi se llevó por delante a Ingrid y Nilsa, que ya formaban.

—¡Instructor mayor! —llamó Lasgol.

Viggo y Gerd corrían tras él.

—¡Silencio y formad!

—Pero… ¡instructor!

—¡Nada de peros! ¡A formar y en silencio!

—¡Ha ocurrido algo! —Le oyó decir a Astrid unas cabañas más abajo.

—Lo sé, ahora callad ¡y FORMAD!

Lasgol se quedó con la boca abierta. ¿Qué estaba sucediendo?

—¡Protesto! ¡Nos falta uno! —se quejó Isgord.

—¡Callad todos y formad! ¡Clavad la rodilla y vista al frente!

Lasgol no entendía qué ocurría, pero empezaba a darse cuenta de que no eran los únicos que habían sufrido el ataque. Viggo narró entre susurros lo sucedido a Ingrid y Nilsa, cuyos rostros expresaron el asombro y preocupación que todos sentían. Otros capitanes intentaron hablar con Oden; este, sin embargo, se negó en redondo. Al final, resignados y turbados, todos formaron.

—Muy bien. Ahora seguidme hasta la Casa de Mando para la Prueba de Verano. Y ni una palabra.

Dolbarar los esperaba como era costumbre en los actos oficiales; los cuatro guardabosques mayores lo acompañaban. Todos vestían para la ocasión, con las capas y los medallones que los identificaban. Los aprendices estaban nerviosos, mucho. A Lasgol le sudaban las manos y las restregaba contra los pantalones. No entendía qué pasaba y la inquietud por lo sucedido a Egil lo martirizaba.

Dolbarar dio un paso al frente para dirigirse a los aprendices. Como era habitual en él, en una mano llevaba su gran vara y en la otra el preciado libro *El sendero del guardabosques*. Sonrió, apacible, intentando calmarlos.

—Hoy es un día especial. Hoy es la Prueba de Verano. Veo rostros ansiosos, cuerpos en tensión, nervios e intranquilidad. Es natural. Lo primero que quiero comunicaros es que lo sucedido esta pasada noche es parte de la prueba. Podéis estar tranquilos, vuestros compañeros se encuentran bien. No les ha ocurrido nada. Si bien he de deciros que estoy algo decepcionado por la poca resistencia ofrecida. Un guardabosques debe permanecer siempre alerta, incluso en el lugar más sagrado, como es su propio hogar. Así lo indica *El sendero* —dijo mostrando el libro—, y así debemos prepararnos y actuar. Cada equipo ha perdido un componente. Uno elegido al azar por mi mano.

Lasgol intercambió miradas de asombro con sus compañeros. ¿Qué tramaba Dolbarar para la prueba? En cualquier caso, Egil estaba bien, que era lo importante. Lasgol se había llevado un susto de muerte.

—Estamos ante una prueba muy importante —continuó Dolbarar—. Sin embargo, debéis respirar profundo y relajaros. Confiad en todo lo que habéis aprendido; no solo este medio año, también el año pasado. Os servirá bien. Los nervios, los miedos son malos compañeros. Confiad en vuestras posibilidades y en vuestro equipo.

Ingrid les hizo un gesto de determinación con la cabeza y con las manos sujetó a Nilsa, que estaba tan nerviosa que no paraba quieta.

—Esto va a ser estupendo —murmuró Viggo con sarcasmo.

Gerd asintió cariacontecido

—Esta es una de mis pruebas favoritas. —Dolbarar continuó en un tono cordial—. La disfruto inmensamente cada año; estoy seguro de que este no será una excepción. La denominamos «Captura y rescate», un clásico entre los guardabosques. Competiréis contra los otros equipos en una única prueba, a modo de gran eliminatoria. Solo puede haber un vencedor. El equipo que logre la victoria será recompensado con una Hoja de Prestigio. Este año solo se darán dos, en las Pruebas de Verano e Invierno, así que son más valiosas que nunca.

—¡Seguro que las conseguimos! —los animó Ingrid.

—Esta chica no está bien de la cabeza —comentó Viggo poniendo los ojos en blanco.

—La prueba consistirá en rescatar al miembro del equipo que ha sido capturado. El resto de los equipos serán vuestros enemigos —añadió Dolbarar con una sonrisa un tanto maliciosa—. Vestiréis capas grises. Llevaréis arco y un carcaj con doce flechas con punta de marca; cuchillo y hacha también con filos romos de marca. No necesito explicaros cómo usarlos, los conocéis bien. Cuando os alcancen, un instructor pronunciará vuestro nombre. En ese momento, quedaréis eliminados. Bajaréis las armas y os sentaréis en el suelo en el lugar donde habéis quedado eliminados. No haréis nada más.

—Dejan una preciosa mancha roja cuando te alcanzan. No me gusta nada —comentó Nilsa.

—Y de lo más descorazonadora: significa que te eliminan. —Gerd no olvidaba la final del año anterior.

—Ya, lo que no menciona nuestro querido líder es que duele un montón cuando te alcanzan —protestó Viggo—. Todavía tengo moratones.

—No exageres y sé fuerte —le dijo Ingrid.

—¡Yo soy fuerte desde que nací!

—Un dolor de muelas es lo que eres —le respondió ella.

Viggo le dedicó una sonrisa encantadora. Ingrid soltó varios improperios entre dientes. Lasgol no pudo más que sonreír ante la queja de Viggo. La verdad era que no le faltaba razón. Las armas, si bien no podían herir, sí que dolían al contacto y el sentimiento de ver que a uno lo alcanzaban y aparecía la mancha roja era devastador.

—Cada equipo deberá encontrar al compañero capturado, liberarlo y regresar con él. Pero, y aquí viene lo mejor de la prueba, deberéis hacerlo mientras lucháis contra los otros equipos —explicó Dolbarar—. Las normas son sencillas. Todos entraréis en el Bosque Insondable. Lo haréis por diferentes direcciones predeterminadas. Allí deberéis encontrar al capturado y regresar con él hasta mí, que estaré esperando a la salida de la cañada sur. El interior del bosque se considerará zona de combate. Si encontráis a otro equipo, tendréis que tratarlo como un enemigo y eliminarlo. Si un integrante del equipo es alcanzado y marcado, quedará eliminado. El combate cuerpo a cuerpo está permitido. Recordad siempre: marcar, no herir. Un guardabosques instructor acompañará a cada equipo desde cierta distancia para asegurar que se actúa con limpieza; al mismo tiempo, irá evaluando vuestras habilidades y destrezas. Solo el primero en salir con su rehén ganará. Competid con toda vuestra alma, pero hacedlo con honor u os descalificaremos. —Se levantó un murmullo entre los equipos, que los capitanes acallaron rápido—. Un último punto para hacer la prueba más interesante: si os roban al capturado y lo sacan del bosque, el equipo de ese rehén será eliminado y el grupo contrario conseguirá una Hoja de Roble extra para todos sus componentes. Tenéis un momento para preparar la prueba. Luego, empezaremos.

Los equipos comenzaron a planear. Era una prueba complicada y muy importante. Debían analizar cómo les afectaba la falta de la persona capturada, las posibilidades del equipo y la estrategia a seguir.

—No han capturado a ningún capitán —dijo Ingrid observando al resto de los grupos.

—Tiene sentido. Los capitanes son la pieza más importante de los equipos —reflexionó Nilsa—. Sería demasiada desventaja para el grupo que perdiera uno.

—No sé yo…, por mí que se hubieran llevado a todos los capitanes —dijo Viggo—. Pero bueno, nos favorece que se hayan llevado a Egil.

—¿Estás seguro? —comentó Lasgol—. Yo no…

—Es el peor luchador del equipo y, como no va a poder luchar en toda la contienda, eso nos beneficia —razonó Viggo—. No es nada personal, pero es la verdad.

—Ya, pero por otro lado es el más inteligente y quien tiene más conocimientos para aportar ideas.

Ingrid hizo un gesto afirmativo:

—Los dos estáis en lo cierto.

—Creo que si nos hubieran dado a elegir quién debía ser el capturado, Egil se habría presentado voluntario —comentó Gerd.

—Sí, es probable —razonó Nilsa.

—Sigo pensando que nos favorece que hayan capturado al sabiondo. Nosotros también podemos pensar —dijo Viggo.

—Calla. Sabes perfectamente que Egil te da mil vueltas, cabeza de serrín —le dijo Ingrid.

—Mi mente es brillante, solo que funciona de otra forma —adujo Viggo con fingida altivez.

—Funciona al revés, así es como funciona —respondió la capitana.

—En cualquier caso, es lo que nos ha tocado. No hay nada que podamos hacer; para bien o para mal, nos hemos quedado sin Egil —concluyó Nilsa con un resoplido para calmar su inquietud.

—Pues tendremos que pensar muy bien cómo actuamos en cada situación —dijo Lasgol.

—No me precipitaré con las decisiones —prometió Ingrid.

—Esta prueba me está poniendo muy nerviosa. ¿Dónde tendrán a Egil? ¿Qué nos espera ahí dentro? —dijo Nilsa, que se mordía las uñas.

—Yo tengo algo de miedo… por la prueba y por lo espeso de ese bosque… —reconoció Gerd.

—Tranquilos todos. Encontraremos a Egil. Lo rescataremos y volveremos triunfales —les aseguró Ingrid.

—Todos juntos, a una —exclamó Lasgol.

Dolbarar pidió a los capitanes que se acercaran.

—Es hora de comenzar la prueba. Buena suerte a todos y que gane el mejor. Recordad que se evaluará el comportamiento de cada componente del equipo durante la prueba. Actuad con cabeza y honor. Recordad todo lo que habéis aprendido.

Los capitanes volvieron con los suyos y se dirigieron hacia el Bosque Insondable. A los Panteras de las Nieves les tocó Marga, la instructora de Tiradores. Los acompañaría durante toda la prueba.

Los condujo hasta la posición por la que debían entrar. Se oyó un cuerno de caza que daba la señal para que empezara la prueba. Todos los equipos entraron en el bosque.

Los Panteras comenzaron la incursión. Marga se quedó algo rezagada para seguirlos y observar.

—Todos alerta y en silencio —ordenó Ingrid.

Los demás asintieron y siguieron la orden. Avanzaron con los arcos preparados en dirección al centro del Bosque Insondable; lo denominaban así porque era tan grande y espeso que parecía no tener fin. Más de uno se había perdido sin remedio, por eso era mejor no adentrarse en él. Era la primera vez que lo pisaban.

Iban con cuidado, no sabían con qué se encontrarían allí y debían estar muy atentos para no verse sorprendidos por otros equipos, sus enemigos. Llegaron a un riachuelo y se detuvieron a beber. Las dos chicas se situaron en guardia, luego cambiaron los papeles y todos pudieron refrescarse.

—No veo ni rastro de Egil —dijo Ingrid contrariada.

—Voy a inspeccionar. Han tenido que cruzar el río en algún punto —propuso Lasgol.

—Muy bien. Voy contigo. Los demás asegurad esta posición. Volveremos pronto —aceptó la capitana.

Lasgol fue rastreando la vera del río hacia el este, pero no halló rastro alguno. Volvieron al punto inicial e hicieron lo mismo, pero en dirección oeste. A cien pasos vio el rastro.

—¡Aquí! —dijo señalando el río—. Han cruzado por aquí. Las huellas son de hace unas horas. Tres hombres y Egil.

Ingrid se agachó y las estudió.

—Veo que son cuatro, por las huellas. Pero ¿cómo sabes que uno de ellos es Egil?

—Sus huellas son más pequeñas y menos profundas.

—Podría ser un capturado de otro equipo.

Lasgol negó con la cabeza. Señaló la otra margen del río. Lo cruzaron y le mostró a Ingrid lo que había visto.

—Aquí se tropezó y cayó al suelo.

—¿Y?

—Mira sus rodillas y manos al parar el golpe.

—Parecen… algo forzadas…

—Correcto. Es una señal para nosotros. Si te fijas bien, forman una letra.

—La… La ¡*E!*

Lasgol sonrió y asintió:

—La *e* de Egil. Nos está indicando por dónde han cruzado.

—¡Pero qué listo! ¡Y qué ojo el tuyo!

Se giraron y una sombra apareció a sus espaldas. Levantaron los arcos con el corazón latiendo desbocado.

¡Era Marga!

Bajaron los arcos y resoplaron.

—Deberías anunciarte —se quejó Ingrid.

La guardabosques se encogió de hombros y les hizo una seña para que continuaran.

Reunieron al equipo y siguieron adentrándose en el corazón del bosque siguiendo el rastro de Egil y sus captores. Se turnaron para rastrear de forma que todos pudieran descansar un poco. Iban tan rápido como podían, conscientes de que necesitaban finalizar la prueba en el menor tiempo posible. Según pasaban las horas, el follaje se volvía más abrupto y agreste, como si hubiera identificado que eran intrusos y los rechazara. Llegó el anochecer; se vieron obligados a abrirse paso con cuchillo y hacha en mano. La vegetación era demasiado espesa y salvaje. Estaban llenos de arañazos y cansados, pero no le quedaba más remedio que seguir adelante. Ingrid estaba marcando un ritmo infernal. Quería llegar a Egil y rescatarlo antes de que lo hicieran los otros equipos, para contar con ventaja al salir.

El bosque impedía que avanzaran tan rápido como la capitana quería; la noche dificultó todavía más la labor. Saltaron por encima de troncos caídos y descendieron por una cañada. Al salir por el otro extremo, Ingrid se detuvo de golpe. Nilsa intentó parar, pero no le dio tiempo y se tropezó contra la espalda de su amiga.

—¿Qué...? —protestó.

La cara de Ingrid le indicó que guardara silencio. Lasgol llegó hasta ellas y también se detuvo de inmediato. A veinte pasos, observándolos con ojos feroces, había una manada de lobos grises.

—Lobos..., mal asunto... —susurró Viggo con precaución.

El macho alfa dio un paso al frente y gruñó.

—Quietos... —murmuró Lasgol.

—Retrocedamos despacio —dijo Ingrid.

Con extremo cuidado se retiraron mientras los lobos los observaban amenazantes.

—Tendremos que dar un rodeo —reconoció Ingrid disgustada.

—Ya, pero enfrentarnos a una manada de lobos no es una buena idea —dijo Gerd.

—Nos retrasará mucho.

—No tienen pinta de ir a apartarse. Este es su territorio, y nosotros, intrusos —apuntó Viggo.

—Tenemos que hacer frente a los otros equipos y los elementos. Esa manada de lobos son parte de este hábitat. Lo mejor será rodearlos y seguir adelante; de otra forma podríamos tener un serio disgusto —dijo Lasgol.

Ingrid aceptó a regañadientes.

Siguieron avanzando y, tras rodear a los lobos, encontraron el rastro. Los retrasó algo, pero no tanto como parecía. Para recuperar el tiempo perdido, Ingrid había imprimido un ritmo más intenso aún. Parecía poseída por el espíritu de una amazona incansable. El rastro era más fácil de seguir en aquella cerrazón. No había duda de por dónde habían pasado Egil y sus captores, se habían abierto camino como lo hacían ellos. La luna estaba alta sobre sus cabezas, pero apenas podían distinguirla a través de las ramas de los árboles. Al llegar la medianoche se detuvieron. Estaban exhaustos y necesitaban descansar con urgencia.

—Está bien, descansemos —les dijo Ingrid cediendo.

—Este bosque es infinito —dijo Nilsa con los hombros caídos.

—Me da muy malas sensaciones. —Gerd miraba alrededor, aunque no podían ver nada entre la espesa vegetación y la oscuridad de la noche.

—Un paseo campestre —bromeó Viggo.

—Ya no puede estar muy lejos —dijo Lasgol.

—¿Cómo lo sabes? Este bosque es inmenso y no creo que estemos ni remotamente cerca del centro —le dijo Ingrid.

—Es un presentimiento… y una suposición…

—Yo también creo que nos falta poco para encontrarlo —dijo Nilsa.

—Ilústranos con tu sabiduría —le pidió Viggo.

—La prueba consiste en rescatar al capturado y salir del bosque para llegar hasta Dolbarar en el menor tiempo posible. Si tenemos en cuenta que las pruebas por equipos suelen durar un día y una noche completos, y ya hemos consumido el día, o lo encontramos ya o no podremos completar la prueba antes del amanecer, que es lo que Dolbarar habrá previsto que hará el equipo ganador.

Todos se quedaron mirando a la pelirroja con rostro de sorpresa.

—Me has dejado sin habla —dijo Viggo.

—Creo que tienes toda la razón —contestó Gerd.

Ingrid miró a Lasgol esperando que se pronunciara.

—Esa era mi suposición. No podría haberlo expresado mejor —comentó el chico.

—En ese caso, extrememos precauciones —dijo Ingrid.

Descansaron. El cansancio y el hambre los castigaban. La tensión que sentían les pesaba como una losa. Nadie dijo nada más. Se mantuvieron en silencio y alerta. Ingrid no tardó demasiado en dar la orden de reanudar la marcha; a todos les pareció que habían descansado muy poco, pero no protestaron.

El rastro los llevó hasta otro río, este más caudaloso y con bastante corriente. Se detuvieron a examinar el rastro y a ver por dónde lo cruzaban. Lasgol estaba estudiando las huellas cuando percibió que algo no iba bien. En el punto en el que habían cruzado confluían varias huellas más. Huellas diferentes. Allí había cruzado alguien más que Egil y sus captores. Fue a comunicárselo al equipo cuando Nilsa dio la alarma:

—Movimiento al este —susurró con urgencia.

—¡Cubríos! —ordenó Ingrid.

Se ocultaron tras árboles y vegetación, y se quedaron quietos como estatuas. Controlaron la respiración y relajaron el cuerpo. No debían descubrirlos.

—Movimiento al oeste —susurró Gerd.

Lasgol se acercó a Ingrid y le susurró al oído:

—Siguen sus rastros, como nosotros. Confluyen en ese punto. —Y señaló frente a ellos el lugar que había estado examinando.

—Maldición. Vamos a encontrarnos todos. Repleguémonos, rápido, sin hacer ruido.

Los Panteras se alejaron diez pasos con total sigilo.

—Colocaos. Mantened los ojos en el río. Aparecerán ahí.

Ingrid no se equivocó. Momentos más tarde unas siluetas llegaron por el este siguiendo el río. Había muy poca visibilidad; sin embargo, las capas grises parecían atraer los rayos de la luna y reflejarlos como si fueran un espejo. Lasgol los reconoció, eran los Jabalíes, un equipo muy duro, aunque no se habían dado cuenta de su posición encubierta.

Ingrid se dispuso a dar la orden de atacar. Lasgol le sujetó el brazo, le indicó que no y le hizo una seña hacia el oeste. Sus compañeros esperaban la orden con los arcos listos y los nervios a flor de piel. Ingrid entendió lo que Lasgol le pedía. Cerró el puño y lo mostró a los suyos. Todos aguardaron.

Por el oeste llegaban los Zorros siguiendo el río. Los dos equipos se descubrieron a pocos pasos del punto de cruce. El combate estalló en un abrir y cerrar de ojos. Las flechas y los gritos se intercalaban mientras los cuerpos saltaban y rodaban por los suelos. Ambos equipos buscaron cubrirse, pero para cuando lo lograron habían perdido algunos componentes. Los instructores pronunciaron los nombres de los que habían sido alcanzados y habían quedado eliminados.

Los Panteras esperaron la señal de Ingrid en silencio, ocultos, como animales de presa. Los Zorros se retiraron hacia la posición de los Panteras; no se habían percatado de que ellos estaban allí.

Ingrid dio la orden.

—¡Ahora!

Los Panteras se irguieron y saltaron sobre los Zorros. Cogidos por sorpresa, no pudieron escapar. Los dos más cercanos fueron alcanzados de lleno en el pecho. El tercero, Azer, el capitán, logró esquivar el primer ataque, pero lo alcanzó Nilsa en la espalda con un excelente segundo tiro. Los tres miembros del equipo habían sido eliminados. El ataque fue un éxito, los Zorros habían quedado eliminados. Pero los Panteras habían quedado al descubierto y ahora eran los Jabalíes quienes los asaltaban.

—¡Cubríos! —gritó Ingrid.

Jobas, el capitán de los Jabalíes, dio a Nilsa en el costado con un gran tiro. Marga cantó su nombre. La pelirroja dejó caer el arco y se sentó en el suelo con cara de enorme decepción.

—¡Maldición! —se quejó Ingrid.

—Hay que atacarlos por los costados —le susurró Lasgol a Ingrid.

Dos flechas le pasaron cerca de la cabeza.

—Muy bien. Gerd, ve con Lasgol; Viggo, tú conmigo. Los flanquearemos.

Se lanzaron al suelo y, como serpientes, se arrastraron en un movimiento envolvente, buscando atrapar al enemigo.

Los Jabalíes se reagruparon. Quedaban Jobas y dos de sus mejores tiradores: Mark y Niko. Lasgol y Gerd se acercaron por el este dando un rodeo importante para despistarlos. Oteaban resguardados tras dos enormes abetos. Ingrid y Viggo aparecieron al oeste de la posición de los Jabalíes y tiraron. Alcanzaron a Mark, pero fueron repelidos por la defensa furiosa de Jobas y Niko. Lasgol aprovechó que estaban distraídos y tiró contra Niko y lo alcanzó en la espalda. Los guardabosques dijeron en alto los nombres de los dos marcados. Gerd lanzó contra Jobas, pero su flecha se estrelló contra las ramas y no lo alcanzó de pleno. Cogido en un ataque cruzado, el capitán salió corriendo y se perdió en el bosque.

—¡Huye! —gritó Ingrid victoriosa.

—Casi me da en la cara —se quejó Viggo.

—Ha estado cerca de ser un desastre —dijo Gerd.

—Y hemos perdido a Nilsa —dijo Lasgol apenado.

Regresaron junto a ella, que esperaba con expresión de resignación.

—Continuad. Encontrad a Egil y ganad.

—Lo haremos —le aseguró Ingrid, y le dio un abrazo.

Se despidieron y continuaron. Cruzaron el río siguiendo los rastros, que ahora eran tres. En medio de una explanada los tres rastros se separaron en distintas direcciones.

—¿Cuál seguimos?

—Este —respondió Lasgol, y marcó una huella de mano en el suelo—. Es la mano de Egil. Lleva el sello de su casa en el dedo índice.

—Y es una mano muy pequeña, casi como la de un niño —apuntó Viggo.

Lasgol asintió.

Llegaron hasta unas grandes rocas cubiertas de musgo. El rastro acababa en ellas. Ingrid hizo la señal para que se dispersaran. Buscaron alrededor; sin embargo, no encontraron nada raro. Lasgol se tumbó sobre el suelo y analizó el lugar en el que moría el rastro. Los demás tomaron posiciones para cubrirlo. Observó las grandes rocas y un tronco que había caído entre ambas. Lasgol hizo una seña a Gerd para que lo ayudara. El gigantón lo siguió.

—Hay que mover este tronco.

—Yo me encargo.

Haciendo uso de su descomunal fuerza, Gerd movió el tronco de lugar y una gruta apareció entre las dos rocas. Lasgol entró con cuidado; lo último que deseaba era encontrarse con un oso en su madriguera.

—Gerd, ayúdame —pidió a su amigo.

Al cabo de un momento el grandullón salía de la gruta con Egil en los brazos.

—¡Lo encontramos! —exclamó Ingrid.

—Sí, pero está inconsciente —dijo Lasgol.

Ingrid y Viggo se acercaron a comprobar qué le sucedía.

—Está incapacitado. —Lasgol lo examinaba sobre el suelo.

—¿Incapacitado? —preguntó Ingrid contrariada.

—Lo han envenenado —sentenció Viggo.

Capítulo 19

—¿CÓMO QUE LO HAN ENVENENADO? —dijo INGRID, y echó una ojeada sobre su espalda.

A unos pasos estaba Marga observando en silencio. Ingrid le lanzó una mirada inquisitiva. La instructora guardó silencio.

—Viggo tiene razón. Le han dado algo que lo ha dejado incapacitado —dijo Lasgol convencido.

—Yo casi siempre tengo razón.

—Más bien casi nunca —le dijo la capitana.

—Examinemos el cuerpo y descubramos qué tiene —dijo Lasgol—. Esto debe de ser parte de la prueba.

—¿Tú crees? —preguntó Gerd poco convencido.

—Sí. O se lo habrían llevado a la sanadora.

—Tiene sentido —dijo Ingrid.

Los cuatro lo examinaron con cuidado. Encontraron una marca como una picadura en el antebrazo. Alrededor de esta, un hematoma de un intenso azul violáceo. Eso les dio la pista. Continuaron con el examen del cuerpo y los síntomas.

—Es el Sueño Violeta —concluyó Lasgol.

—Pues es un veneno de los fuertes —dijo Gerd.

—Uno de mis favoritos —confesó Viggo—. Deja a la víctima inconsciente durante al menos un día y una noche, no hay forma de que despierte una vez que el veneno entra en el flujo sanguíneo.

—Debe de haber alguna forma —dijo Ingrid—. ¡Pensad!

Los cuatro se quedaron en silencio repasando sus conocimientos de maestría de Naturaleza.

—Podríamos intentar el Resucitador —propuso Lasgol.

—Pero no es para este tipo de envenenamiento. Se usa en fiebres muy altas y paradas de corazón —dijo Gerd.

—No se me ocurre otro…

—A mí tampoco.

—Pues está decidido. Hay que intentarlo —dijo Ingrid.

—Busquemos los ingredientes. No será fácil. —Lasgol miró alrededor.

—No perdamos tiempo. ¡Vamos! —ordenó Ingrid.

Los cuatro salieron a la carrera. Encontrar lo necesario no sería nada sencillo en aquel bosque y de noche, contando solo con la luz de la luna. Pero, claro, aquello era parte de la prueba. No se lo iban a poner nada fácil.

Lasgol buscaba junto a unas raíces húmedas el hongo que necesitaban. Gerd lo hacía algo más adelantado, a unos cien pasos. Lasgol cambió a otro árbol y, entre sus raíces, por fin lo encontró. Triunfal, fue a avisar a Gerd, que ya estaba a más de ciento cincuenta pasos.

—¡Lo ten…! —comenzó a decirle, pero no terminó la frase.

Gerd comenzó a correr entre los árboles alejándose de Lasgol.

«¿Qué hace?». De pronto, vislumbró a varias figuras persiguiendo a Gerd. Se agachó en un movimiento fugaz. Entrecerró los ojos y los observó. Eran los Lobos. O, al menos, cuatro de ellos. Fue a tirar, pero lo pensó mejor; Gerd estaba alejándolos de su posición. Si tiraba los atraería, y a su espalda yacía Egil indefenso.

Los eliminarían a todos. Suspiró. No podía ayudarlo. «Suerte, amigo», le deseó al grandullón, que se sacrificaba para que no los descubrieran.

Lasgol volvió a la entrada de la gruta y les explicó al resto lo sucedido. Ingrid estaba muy descontenta. Les costó bastante encontrar los ingredientes para la pócima y prepararla fue todavía más complejo. Tuvieron que prender un fuego en el interior de la gruta y hacer lo posible para que los demás no los descubrieran. Lasgol sospechaba que varios de los capturados se hallaban en aquella área; por lo tanto, sus equipos también. Al final consiguieron preparar el antídoto. Se lo dieron a Egil y esperaron con los dedos cruzados.

—No le hará mal, ¿verdad? —preguntó Ingrid preocupada.

—No creo. Es posible que no sirva para nada, pero mal no creo que le haga —contestó él.

—Los antídotos luchan contra el veneno; si no hay veneno, no deberían hacer nada —dijo Viggo.

De repente, Egil abrió los ojos como platos y se incorporó de medio cuerpo.

—¿Dónde estoy?

—¡Egil! —exclamó Lasgol.

—¿Estás bien? —le preguntó Ingrid.

—Sí… Creo que sí…

—¡Menos mal! —la chica soltó un resoplido.

Lo ayudaron a ponerse en pie. Egil comenzó a recordar.

—Ya me acuerdo… Me secuestraron…

—Será mejor que te contemos lo que está sucediendo —le dijo Ingrid.

Rápidamente le explicaron todo lo ocurrido y la situación en la que se encontraban.

—Oh…, ya veo. No debemos perder más tiempo. Me encuentro bien.

—¿Estás seguro? —le preguntó Lasgol preocupado.

—Sí, estoy bien. Me siento como si hubiera estado haciendo una profunda cura de sueño. De hecho, me noto revitalizado.

—En ese caso, sigamos —dijo Ingrid.

—¿No hay armas para mí? —preguntó Egil.

—No. La misión consiste en rescatarte. Tú no luchas.

—Oh…

—Y lo que es peor, los otros equipos pueden secuestrarte, con lo que perderíamos.

—Pues vaya una situación comprometida en la que me hallo. Gracias a los Dioses del Hielo tengo a mi equipo conmigo, que es el más hábil de todos. Nada me sucederá. Saldremos victoriosos.

—Yo creo que este todavía delira del veneno —dijo Viggo, y le puso la mano en la frente, como tomándole la temperatura.

Lasgol sonrió.

—¡Vamos, no hay tiempo que perder! ¡A por la victoria! —dijo Ingrid con su inquebrantable ánimo.

Abandonaron la gruta y se dirigieron al sur, hacia la cañada por la que debían salir. Ingrid iba en cabeza, seguida de Viggo, Egil en medio y Lasgol cerraba la retaguardia. La instructora Marga no los perdía de vista y los seguía a cierta distancia. Ingrid marcaba, como era su costumbre, un ritmo alto. Pero cuanto más al sur avanzaban, más cuidado debían tener, pues los otros equipos estarían en ese momento haciendo el mismo trayecto.

Cuando Ingrid llegó a la cima de una pequeña colina poblada de abetos, se detuvo y se arrodilló con el puño en alto. Todos se detuvieron y la imitaron mirando alrededor con ojos bien abiertos. Hizo una seña para que se acercaran con sigilo. Lasgol llegó junto a ella y descubrió por qué se había parado. Frente a ellos, abajo, en medio de una amplia hondonada en el bosque, tres equipos estaban luchando por no ser eliminados.

—¿Qué equipos son? —preguntó Viggo en un susurro.

—Distingo a los Osos…, a los Jabalíes… y a las Serpientes…
—respondió Ingrid.

—Mejor rodearlos por el este —susurró Egil.

—Tenemos la posición elevada, podríamos esperar a que queden unos pocos y atacarlos. La ventaja es nuestra, acabaríamos con ellos —dijo Ingrid.

—Esa afirmación es del todo correcta, pero hemos de tener en cuenta qué es lo más importante y el riesgo que ello implica. Si los rodeamos, ganaremos tiempo y correremos menos riesgos. Podríamos llegar al final de la prueba y puntuar, que es lo fundamental. La confrontación siempre comporta riesgos y es impredecible.

—Yo estoy con Ingrid —eligió Viggo—. Acabemos con ellos ahora que tenemos la ocasión. Ellos no nos perdonarían de ser el caso contrario.

—Yo opino como Egil —dijo Lasgol.

Todos miraron a Ingrid. Ella observaba la situación y mascullaba qué hacer.

De pronto, al oeste, aparecieron los Halcones.

Ingrid se echó al suelo al instante; los demás la siguieron. Se quedaron quietos observando al nuevo equipo enemigo. No los habían visto. Su atención estaba centrada en el enfrentamiento en la hondonada.

Ingrid recapacitó.

—Haremos lo que propone Egil —susurró—. Si atacamos, pueden sorprendernos por la espalda mientras estamos enzarzados.

Los Halcones comenzaron a atacar a los otros tres equipos. Aprovechando la confusión, los Panteras se escabulleron hacia el este. Ingrid avanzaba ahora con máximo cuidado, atenta al más mínimo sonido, olor o movimiento que pudiera delatar a otro equipo. No iban muy rápido, pero estaban cerca de salir de aquel bosque sin ser eliminados, y no quería arriesgar.

—No seremos los primeros, pero lo conseguiremos —les había dicho.

Empezaron a animarse cuando alcanzaron un río caudaloso y bastante bravo, y pasado este vieron una zona menos agreste bañada por la luz de la luna. Era el comienzo del gran cañón que desembocaba en la salida del bosque. Dolbarar los esperaba allí. Estaban ya muy cerca. Un tronco caído cruzaba el cauce. Era recio y muy largo, de más de veinte pasos.

—Crucemos por ese tronco, ganaremos tiempo —sugirió Ingrid.

—Egil, ten cuidado y no te caigas, el agua está muy brava —le dijo Viggo.

El muchacho tragó saliva y asintió. Lasgol le guiñó un ojo para darle ánimos.

Comenzaron a cruzar en fila de a uno. Ingrid primero, Viggo detrás, Egil en el centro y Lasgol tras él. Ingrid llegó sin problemas. Viggo estaba a punto de terminar de cruzar cuando una flecha le alcanzó de pleno en el pecho.

—¿Qué? —exclamó, y antes de que pudiera reaccionar, una segunda le dio en el costado.

Una tiradora rubia lo había alcanzado desde unos arbustos a su derecha, en la orilla contraria.

—¡Nos atacan! —gritó Ingrid, y clavó la rodilla armando su arco en un movimiento fulgurante.

Una flecha pasó rozando la cabeza de Lasgol; procedía del lado del río que intentaban alcanzar. Era una emboscada. Ingrid tiró contra los matorrales desde los que los atacaban y alcanzó a uno de los tiradores; uno de los gemelos, Jared o quizá Aston.

—¡Emboscada! ¡Son los Águilas!

Isgord apareció tras un árbol como un asesino de los bosques y con un tiro certero alcanzó a Ingrid en el pecho. Dos flechas más la remataron: de Alaric y Bergen, desde los matorrales.

Los guardabosques pronunciaron los nombres de Viggo e Ingrid. Quedaban eliminados. Con un grito de rabia, la capitana bajó su arco y se sentó en el suelo. Viggo bajó del tronco y la imitó.

Egil se agachó en el momento en que dos flechas buscaban su cabeza. Con ojos desorbitados miró a Lasgol.

—¡Retrocedamos! —le gritó este, y se puso a gatas sobre el tronco para evitar ser un blanco fácil.

Comenzaron a avanzar sobre el tronco mientras las flechas pasaban rozándolos. Lasgol levantó la cabeza. Estaban a cinco pasos de regresar al punto del que habían partido. Tenían una oportunidad. Si lograban llegar, podrían echar a correr y buscar refugio. Entonces fue cuando vio una cara a pocos pasos. Una cara amiga. Una cara que lo encandilaba y le producía mariposas en el estómago.

¡Era Astrid!

Llegaba con Leana, Asgard y Borj.

—¡Búhos! —Oyó gritar a Isgord en la otra orilla—. ¡Eliminadlos!

De pronto, las flechas ya no buscaban los cuerpos de Egil y Lasgol sobre el tronco, sino los de los Búhos, quienes tomaron posición a los lados del tronco y devolvieron el ataque. Las flechas volaban de un lado al otro. Lasgol miró atrás y luego a Astrid. Egil y él no podían retroceder, solo avanzar, pero entonces quedarían a merced de los Búhos. Avanzó un paso. Egil tras él. Miró a Astrid a los ojos. Estos le confirmaron que podían acercarse. Lasgol dudó; era una competición después de todo, por muy amigos que fueran. ¿Astrid los dejaría ir teniéndolos acorralados?

La chica le hizo un gesto con la mano para que se acercara. Su rostro mostraba calma; sus ojos, amistad. Lasgol decidió confiar en ella. Cuando estaban a un paso de ella oyó:

—¿Qué hacemos? —preguntó Leana a su capitana.

Lasgol se detuvo y miró de nuevo a los ojos de Astrid. Y vio el brillo de la traición. Lo leyó y supo con certeza que iban a eliminarlos.

Reaccionó como un rayo. Agarró a Egil y se tiraron al río. Lo último que oyó antes de que se los llevara la corriente fue a Astrid decir a su equipo:

—¡Eliminadlos!

Lasgol luchó contra la corriente con todo su ser. Consiguió salir a flote e intentó ayudar a Egil, que estaba pasándolo fatal.

—Aguanta —le dijo expulsando agua.

—No dejes… que me ahogue… —le rogó su amigo con cara de enorme temor.

Se resistía con todo su pequeño cuerpo por mantenerse a flote en medio de la fuerte corriente que los arrastraba río abajo.

Lucharon como jabatos por no perecer en aquellas aguas. Lasgol consiguió dominar la situación. Egil se fue al fondo dos veces, pero su compañero, vigilante, lo sacó por los pelos. Al final la corriente los arrastró hasta un recodo pronunciado y allí pudieron sujetarse a unas ramas y salir del río.

Se quedaron tendidos sobre la orilla, incapaces de moverse por el esfuerzo tremendo y la horrible experiencia.

—Gracias…, amigo… —le dijo Egil—. He… tragado un océano.

—De nada. Tenía que sacarte. He sido yo quien te ha empujado, después de todo.

Egil rio y comenzó a toser. Les llevó un buen rato recuperarse.

—¿Qué hacemos? —preguntó, por fin, Lasgol.

—Creo que deberíamos concluir la prueba. Tienes al capturado, o sea, a mi persona, y tú no has sido eliminado. Todavía podemos conseguirlo.

—Eso es cierto. Aunque estamos en muy malas condiciones…

—Al menos estamos en la orilla correcta —dijo Egil con una gran sonrisa.

Lasgol rio.

—Casi nos ahogamos, pero hemos cruzado.

—Sigamos hacia la salida. Si no me equivoco, debe de estar muy cerca en dirección sureste.

—Vamos.

Los dos amigos avanzaron con cuidado. Lasgol había perdido el arco, solo contaba con el hacha y el cuchillo. Estaban empapados, helados y muy cansados, pero siguieron adelante hasta que llegaron a una colina muy pronunciada, casi como una pared de montaña.

—Tendremos que escalarla —dijo Egil.

—¿Seguro que es la dirección correcta?

—¿De verdad crees que me pondría a escalar ahora si no lo estuviera?

Lasgol soltó una carcajada:

—De acuerdo, escalemos.

Les costó un buen esfuerzo, lo que terminó por agotarlos. Exhaustos, lograron coronar. En la cima descubrieron que era una de las paredes del cañón de salida.

—Estaba en lo cierto —comentó Egil de rodillas y entre jadeos.

—Tú siempre lo estás —le respondió Lasgol, y se dejó caer molido a su lado.

—Son escasas las veces en las que yerro —sonrió Egil, que intentaba disimular lo cansado que estaba. Apenas se tenía en pie.

—Hay que descender. Esta parte al menos será fácil.

—Venga.

Se dejaron caer al interior, deslizándose por la ladera húmeda, hasta llegar al fondo, y se quedaron tendidos en el suelo, de espaldas. Se pusieron en pie con un esfuerzo descomunal y encararon la salida del bosque. Miraron atrás, todo despejado. Al frente. Unos pocos árboles y lo que parecía la salida del cañón.

—¿Qué crees que habrá pasado con los Búhos y los Águilas? —preguntó Lasgol.

—Me imagino que ambos se habrán quedado sin saetas y habrán pasado al cuerpo a cuerpo. Es la deducción más lógica. No creo que los Águilas les hayan permitido cruzar. Son más fuertes. Mejores.

—Ya...

—Mira. Detrás de los árboles veo luz, creo que son antorchas —dijo Egil señalando el fondo del cañón.

El otro entrecerró los ojos.

—Creo que distingo un gentío... esperando detrás de los últimos árboles.

—Debe de ser la salida —propuso Egil.

—Cierto. Ya estamos.

—¡Vamos a conseguirlo! —exclamó Egil con una gran sonrisa entrando en los árboles.

De súbito, unos pies cayeron sobre Lasgol y lo golpearon con fuerza en el pecho. Salió despedido de espaldas, rodó sobre sí mismo dos veces y se quedó tendido en el suelo bocabajo. Isgord estaba a cuatro pasos con una enorme sonrisa de triunfo en la cara. Los debía de haber estado esperando encaramado al árbol.

Egil se volvió hacia Lasgol. De otro árbol le cayó encima el gemelo Jared. Egil quedó sepultado bajo el peso del enorme chico.

Lasgol se puso sobre una rodilla y desenvainó el hacha y el cuchillo. Isgord y Jared no llevaban arcos; tendrían que luchar cuerpo a cuerpo. No tenía mucha opción contra aquellos dos, pero lucharía. Lo intentaría hasta el final.

Isgord sonrió de oreja a oreja:

—Me encantaría quedarme a luchar contigo y darte una lección. Pero tengo una opción mucho mejor. Me llevo a tu capturado. Gano la prueba y me recompensarán no solo con la Hoja de

Prestigio, sino con una Hoja de Roble para cada uno de mi equipo por ello. Ah, y tu equipo queda eliminado.

—¡Nooo! —gritó Lasgol al ver la jugada magistral de Isgord.

—Adiós, perdedor.

Lasgol se puso en pie. Isgord salió corriendo hacia la meta como una centella. Jared cargó a Egil al hombro y corrió tras Isgord. Lasgol los siguió; sin embargo, los pocos pasos que le llevaban eran ya demasiada ventaja. Alcanzaba la salida de los árboles cuando los dos rivales cruzaban la meta.

—¡Águilas, vencedores de la Prueba de Verano! —oyó decir a Dolbarar.

Los aplausos y vítores llegaron hasta Lasgol.

—¡Los Panteras de las Nieves pierden a su capturado, quedan eliminados! —proclamó Dolbarar.

El chico cayó de rodillas frente a la meta.

Habían perdido.

Capítulo 20

LOS DÍAS QUE SIGUIERON A LA PRUEBA DE VERANO FUERON LARGOS y tortuosos. La moral de los Panteras de las Nieves estaba por los suelos, en especial la de Lasgol por haber fallado a su equipo cuando estaban tan cerca de conseguirlo.

Gerd puso su enorme brazo sobre los hombros hundidos del muchacho.

—No ha sido culpa tuya. —Intentaba reconfortarlo mientras comían.

—No, ha sido culpa de ese cretino —dijo Viggo lanzando una mirada de odio a Isgord, que se pavoneaba por todo el comedor entre las mesas de los de segundo año como el gran campeón de la Prueba de Verano.

—La verdad es que lo hizo muy bien... —reconoció Nilsa.

—A ti se te cae la baba cada vez que ese respira. ¿Pero no te das cuenta de que es un ególatra y rezuma odio? Si lo aprietas lo bastante fuerte, seguro que estalla y te baña en pus de pies a cabeza —le dijo Viggo.

Nilsa puso cara de asco.

—Sé que no se ha portado bien. No creas que no lo veo. Pero ganó limpiamente.

—Fueron los mejores —sentenció Ingrid, que era a quien más había afectado la derrota.

—Una jugada muy bien pensada, la de esperar ocultos al final de la prueba —dijo Egil—. Y ejecutada a la perfección, he de reconocer. Digna de una mente inteligente.

—Y podrida —añadió Viggo mordiendo una manzana.

—Les han concedido una Hoja de Roble extra a todos y la Hoja de Prestigio —dijo Gerd negando con la cabeza—, y este año solo dan dos.

—Ha sido culpa mía. Me confié al final —reconoció Lasgol cabizbajo mientras ahogaba las penas en la sopa de ajo.

—No te fustigues, yo estaba allí contigo y tampoco lo vi venir —le dijo Egil.

—Bueno, tampoco nos han penalizado tanto… —intentó Nilsa.

—¿No tanto? —protestó Ingrid molesta—. Solo nos han concedido una Hoja de Roble en Tiro y Pericia.

—Pero dos en Fauna y Naturaleza —apuntó Nilsa con tono positivo.

—Yo llamo a eso mediocre tirando a perdedor —dijo Ingrid—. Tendremos que sacar tres en Tiro y Pericia en la Prueba de Invierno para pasar el año. Eso es casi un imposible.

—No para ti —dijo Viggo—, aunque sí para nosotros.

—Ya me entiendes, ¿cómo vamos a sacar todos la puntuación máxima en esas dos maestrías si son las más difíciles?

—Ingrid tiene razón, nos hallamos en una situación sumamente complicada —dijo Egil—. Por fortuna, tenemos corazón de león y mente de zorro, no vamos a rendirnos. Yo, al menos, no, y sé que vosotros, mis queridos compañeros de equipo, tampoco.

Las palabras de Egil animaron al resto.

—Si Egil no se rinde, yo tampoco —dijo Gerd, y cerró su gran puño con fuerza.

—Yo menos, antes mato a alguien —añadió Viggo con cara de pocos amigos.

Lasgol asintió y una tímida sonrisa apareció en su deprimido semblante. Nilsa movía la cabeza de arriba abajo balanceándose en el asiento, incapaz de estarse quieta.

—Está bien. No nos rendimos. Lucharemos —dijo Ingrid.

—Recordad que hay otros equipos en peor situación que la nuestra —recordó Nilsa.

—Cierto. Solo unos pocos equipos completaron la prueba —dijo Gerd.

—Los que terminarán pasando el año —dijo Ingrid.

—La competencia será feroz en la Prueba de Invierno. Debemos prepararnos —observó Egil.

—Ya veo que este va a ser otro año magnífico. —Viggo soltó un enorme resoplido.

—Yo diría que fascinante —dijo Egil.

Viggo puso los ojos en blanco y se golpeó la frente con la mano. Gerd comenzó a reír y el resto se unieron a sus carcajadas. Una vez más, la camaradería y el buen humor los ayudaban a seguir adelante.

Por las noches, cuando regresaban a la cabaña, varias cuestiones asaltaban la mente de Lasgol y le impedían dormir como lo hacían sus compañeros. Camu, su jovial y travieso compañero, al que ya adoraba, era una de esas cuestiones. No entendía su presencia. ¿Qué era aquella criatura tan sorprendente como enigmática? ¿Qué habilidades tenía o podía llegar a desarrollar? ¿Por qué la tenía él? ¿Estaba relacionada con la muerte de su padre? ¿Con que hubieran intentado matarlo a él? Probablemente no. Sin embargo, todas estas cuestiones rondaban la mente de Lasgol y le impedían descansar.

Cada vez tenía más claro que debía descubrir qué clase de criatura era Camu. Aquello le proporcionaría al menos una pista que seguir y podría saber más sobre sus habilidades, su origen o algo que lo ayudara con el misterio que lo rodeaba. Egil y él ya habían revisado toda la biblioteca y no había mención alguna a un animal remotamente similar a la criatura en ningún libro o pergamino de las plantas superiores.

Una tarde, Egil y Lasgol se escabulleron hasta el sótano de la biblioteca, donde se rumoreaba que había una sección secreta que contenía libros sobre magia y hechicería, o al menos eso aseguraba Gurton, un grandullón de tercer año del mismo condado que Egil, que se lo había confiado a este por ser hijo de quien era. Lasgol empezaba a entender las ventajas de ser de la nobleza, incluso allí, en medio de un valle recóndito rodeado por altas montañas y bajo el dominio de los guardabosques. Según les había contado Gurton, allí guardaban textos antiguos sobre materias arcanas. Pero la sección estaba custodiada tras una sólida puerta de hierro cerrada con llave. Habían pedido a los bibliotecarios que les dejaran examinar los libros, pero estos no les habían dado permiso. Aquella sección estaba reservada a Dolbarar y los cuatro guardabosques mayores. Contenía ejemplares muy valiosos solo al alcance de los dirigentes de los Guardabosques y las maestrías, y, por supuesto, negaron que hubiera nada sobre magia o hechicería allí abajo. Según los bibliotecarios, los libros sobre esas materias estaban prohibidos en todo el campamento.

Lasgol y Egil habían regresado y lo habían comentado con el resto del grupo.

—¿Para qué queréis entrar ahí? Si la tienen cerrada con llave, será por algo —dijo Ingrid.

Lasgol, que jugaba con Camu, señaló a la criatura.

—Por él. Para averiguar qué es.

—O ella —dijo Egil con una sonrisa, y se acercó a acariciarlo.

Estaba creciendo muy deprisa, solo el cuerpo ya medía más de un palmo y la cola otro palmo más. Le encantaba corretear por todo el cuerpo de Lasgol. Los pies de la criatura parecían adherirse a cualquier superficie y nunca se caía. Se había acostumbrado a Egil, que siempre quería acariciarlo. Y, aunque no se dejaba coger, sí permitía que el estudioso lo acariciara. Jugaban al escondite, como Egil lo denominaba. Él le acariciaba la cabeza y Camu se escondía haciéndose invisible para aparecer al cabo de un momento en cualquier parte de la cabaña, y el chico debía encontrarlo. Se pasaban largos ratos jugando. A la criatura parecía gustarle ese entretenimiento y habían descubierto que podía moverse en su estado de camuflaje invisibilidad, moverse muy rápido.

—Vais a meteros en un lío... —advirtió Ingrid nada convencida.

—Hay que descubrir qué es y por qué razón llegó hasta Lasgol —dijo Egil.

—¿Alguien sabe forzar cerraduras? —preguntó Lasgol.

Todos miraron a Viggo casi de forma simultánea.

—¡Por los matones de los barrios bajos! ¿Por qué me miráis todos a mí?

—Porque te conocemos hace ya tiempo y sabemos que, de entre todos nosotros, tú eres quien tiene más posibilidades de poseer esa «habilidad» —dijo Ingrid enarcando una ceja.

Egil soltó una carcajada y exclamó:

—Bien expuesto.

Viggo arrugó la nariz y la frente, y su rostro, habitualmente enigmático y bien parecido, se transformó en uno de disgusto.

—Vamos, confiesa —le dijo Nilsa, que se le acercó hasta pegar la nariz a la de él, como si lo interrogara.

—Está bien... Sí, sé cómo forzar cerraduras —confesó dándoles la espalda y cruzándose los brazos sobre el pecho, fingiendo que estaba muy ofendido por las implicaciones.

—¿Veis? —exclamó Ingrid levantando los brazos en gesto de victoria.

—¡Cazado! —Nilsa soltó una risita triunfal.

—¿Nos ayudarás? —pidió Lasgol.

—Está bien. Pero si nos pillan será culpa vuestra, no mía.

—Necesitaremos herramientas —dijo Egil.

—Nah…, necesitaremos esto —respondió Viggo, y, de la parte posterior de su cinturón, sacó unas ganzúas.

—No quiero saber de dónde las has sacado ni por qué las tienes. Es más, no quiero saber nada más de tu pasado. Eres todo menos trigo limpio —acusó Ingrid señalándolo con el dedo índice.

Viggo sonrió con malicia:

—Yo nunca he dicho que lo fuera.

La capitana resopló y se giró para marcharse.

—No quiero saber nada de todo este asunto. Conseguiréis que os expulsen, ya veréis.

Pero Lasgol y Egil estaban ya convencidos, y Viggo no pudo resistirse a romper las reglas. Era superior a él, así que se unió a ellos. Después de sopesar cuál sería el mejor momento, decidieron arriesgarse.

La primera vez que intentaron forzar la cerradura casi los descubrió uno de los tres bibliotecarios, que había oído ruidos y había bajado a ver qué ocurría en el sótano. Le dijeron que se habían perdido y que no conocían bien toda la biblioteca. Por fortuna, los creyó; después de todo, Viggo nunca la pisaba, pero tuvieron que retirarse.

Maldijeron su mala suerte. Los tres responsables a cargo de la biblioteca estaban siempre muy ocupados, ya que eran pocos para atender a todos los alumnos de los cuatro cursos. De edad avanzada, eran lentos y pacientes, y dedicaban gran parte de su tiempo a ayudar a muchos de los iniciados que no sabían leer o escribir. Cuando estos acudían a estudiar, los dos guardabosques bibliotecarios les leían y explicaban las materias que debían aprender, por lo general de la maestría de Naturaleza o de la de Fauna, y aprovechaban para comenzar a enseñarles a leer. Era obligación de los iniciados aprender a leer y escribir para poder pasar al segundo año. Por fortuna para los Panteras, aquello no había sido un problema; todos se manejaban con la lectura y la escritura, aunque a diferentes niveles. Gerd y Viggo tenían dificultades, mientras que Egil sobresalía, e Ingrid, Nilsa y Lasgol estaban en un nivel intermedio.

Volvieron a intentarlo tres días más tarde. Se aseguraron de que los bibliotecarios estuvieran ocupados y de que el sótano se hallara desierto. Viggo trató de forzar la cerradura durante un buen rato; sin embargo, no lo consiguió.

—Esto es muy raro —susurró Viggo—. No puedo abrirla y os aseguro que soy bueno en esto, muy bueno.

—Te creo —dijo Egil rascándose la barbilla.

Lasgol se acercó a la cerradura y puso la mano sobre ella. Sintió algo extraño y un escalofrío le recorrió la espalda.

—No creo que podamos forzarla... —afirmó, y, de súbito, Camu apareció en su hombro. Emitió un chillido y tensó la cola señalando la cerradura.

Viggo y Egil lo miraron con ojos como platos de la sorpresa.

—¡Qué hace ese bicho aquí! —protestó Viggo entre dientes con cara de disgusto.

—¡No sabía que estaba conmigo! Ha estado invisible todo este tiempo.

—Que no chille o nos descubrirán —dijo Egil.

—¿Y cómo hago para que no chille?

Camu seguía rígido y señalaba la cerradura con la cola.

—¿Por qué hace eso? —preguntó Viggo.

—Puede ser por... —comenzó a decir Lasgol, pero antes de decir «magia» se calló.

—Tengo una idea —dijo Egil—. Acércalo a la cerradura.

—¿Estás seguro?

Egil asintió. Lasgol acercó el hombro a la cerradura. De súbito, Camu se volvió de color oro. Todos lo miraron sin comprender qué sucedía. Emitió un gruñido y sacudió la cola. La punta tocó la cerradura y al hacerlo se produjo un destello dorado.

—¡Controla ese bicho! ¡Nos van a descubrir! —protestó Viggo.

—¡Fascinante! —exclamó Egil.

La criatura miró a Lasgol y flexionó las patas varias veces, como si estuviera contenta, y se hizo invisible de nuevo.

—¿Adónde ha ido?

Lasgol se palpó el hombro, pero Camu ya no estaba allí. Se encogió de hombros.

—Prueba ahora, Viggo —dijo Egil.

—¿Para qué? Ya lo hemos intentado antes.

—Hazme caso…

—Está bien. Pero tú vigila a tu bicho.

Viggo utilizó las ganzúas y, para su enorme sorpresa, la puerta se abrió después de un clic. Terminaron de abrirla con cuidado. Descubrieron una enorme habitación con grandes y robustos estantes contra tres de las paredes. La cuarta tenía una chimenea con un fuego bajo encendido. En el centro de la habitación había una enorme mesa redonda con seis sillas.

—Rápido, aprovechemos la ocasión, no hay nadie —dijo Egil.

Entraron, pero a Viggo no le gustó la idea. Sacudió la cabeza:

—Si no hay nadie, ¿por qué está la chimenea encendida?

Egil y Lasgol, que ya buscaban entre los libros de los estantes, no le prestaron atención. Viggo protestó y se quedó de guardia fuera. Repasaron los títulos; los había de todo tipo: *El don y sus manifestaciones, magos del hielo, Magia de sangre, El desarrollo del talento, Análisis de la magia de maldiciones, Magia de los cuatro elementos, Encantamiento de objetos, Teorías sobre la magia ilenia y su procedencia,*

Magia oscura, Magia de guardabosques y muchos más. Egil estaba tan excitado que apenas podía respirar.

—¡Todos estos libros, todo este conocimiento! ¡Esto es el paraíso!

—Y los bibliotecarios nos habían asegurado que no había ni un texto de magia en el campamento… —Lasgol negaba con la cabeza.

—Tengo la sensación de que hay mucho que aún desconocemos del campamento y de los guardabosques —dijo Egil.

—Y que nos ocultan —añadió Viggo.

—Eso también —convino Egil.

—Encontrad lo que buscamos y salgamos de aquí —les dijo Viggo—. Ahora que sabemos qué guardan, si nos pillan, nos expulsarán.

Lasgol tenía esa misma sensación. Se pusieron a buscar por todas partes.

—¡Aquí! *Tratado sobre criaturas mágicas* —dijo Egil, y puso un gran libro sobre la mesa.

Lasgol se acercó; entonces, al pasar junto a la chimenea, Camu volvió a aparecer en su hombro izquierdo. Se puso rígido, apuntó con la cola al fuego y chilló.

—¡Shhh! —protestó Viggo—. ¡Haz que el bicho se calle!

Lasgol acarició la criatura, pero esta no cambió de postura.

—Vamos, pequeño, no chilles, por favor.

Egil devoraba las páginas del tratado.

—Dragones… no. Grifos… tampoco. Hidras… no. Esto no sé qué es, pero tampoco…

—¡Daos prisa!

—No lo encuentro, hay una interminable variedad de criaturas mágicas en este libro, pero nada parecido a nuestro amigo —dijo señalando a Camu, que seguía rígido y apuntaba con la cola hacia el fuego.

—¡Alguien viene! —alertó Viggo.

—¡Escondeos! —siseó Lasgol, y se echó bajo la mesa por el lado contrario a la puerta.

Viggo lo siguió y se escondió junto a él. Egil corrió a colocar el libro en su sitio y, según regresaba, la puerta comenzó a abrirse. Lasgol se mordió el labio. Viggo le hizo una seña a Egil para que se tirara al suelo. Este, a media carrera, se tumbó con los pies por delante y se deslizó por el suelo hasta llegar bajo la mesa, al lado de sus dos amigos.

Uno de los dos bibliotecarios apareció e inspeccionó la sala. Lasgol buscó a Camu, pero había vuelto a desaparecer por la conmoción. El bibliotecario barrió la estancia con la mirada. Los tres compañeros permanecieron bajo la mesa inmóviles cual estatuas, envueltos por las sombras; contenían la respiración para que no los detectara, como habían aprendido en la instrucción de la maestría de Pericia. Fueron unos momentos de tensión; el bibliotecario no se daba por satisfecho, algo no le encajaba. Al fin, se dio la vuelta y cerró la puerta tras de sí. La cerró con llave.

—Fiuuuuu... —resopló Viggo.

—Por qué poco... —dijo Lasgol hinchando los pulmones.

—Muy buen deslizamiento, sabiondo —felicitó Viggo a Egil.

—Gracias, parece que año y medio de intenso entrenamiento físico le ha sentado de maravilla a mi ya no tan escuálido cuerpo —contestó con una sonrisa de satisfacción mientras flexionaba los brazos para mostrar músculo.

—Será mejor que salgamos de aquí antes de que vuelvan o de que ese bicho empiece a chillar otra vez.

—Sí, marchémonos —dijo Egil—. No he encontrado lo que buscaba.

Los tres compañeros se acercaron hasta la puerta. Viggo usó la ganzúa y funcionó. Disimulando, subieron al piso superior y salieron de la biblioteca como si nada hubiera ocurrido.

—Ha estado bien, no lo repitamos —dijo Viggo con una mueca cómica.

—¿Por qué no? —le siguió el juego Egil—. Yo mañana por la noche no tengo nada que hacer. Estoy a vuestra entera disposición.

Lasgol sacudió la cabeza y sonrió. Viggo puso los ojos en blanco. Regresaron a la cabaña; ya habían arriesgado suficiente por esa noche.

Capítulo 21

L A MAESTRÍA DE TIRADORES ESTABA RESULTANDO MUY ENTRETENIDA aquella tarde y, por primera vez en muchas semanas, los Panteras disfrutaron de la instrucción, lo que los ayudó a levantar algo la moral. Se encontraban en mitad de un espeso bosque y la instructora Marga había dividido los equipos por parejas que debían enfrentarse en una prueba. Les había dado los arcos compuestos con los que llevaban tiempo entrenando. Sin embargo, las flechas eran un tanto especiales: la punta terminaba en una pequeña bola metálica recubierta de trapo. Dolía, pero no hacía herida.

—Primera pareja —llamó Marga.

Eran Astrid y Leana, su compañera de equipo en los Búhos, una chica rubia y delgada de una belleza exótica, aunque para Lasgol la belleza de Astrid era incomparable, especial... Sintió una punzada de dolor en el pecho al pensar en lo que había sucedido en la Prueba de Verano. No podía creer que ella no lo hubiese ayudado. Sacudió la cabeza molesto y enfadado.

—Muy bien —continuó Marga—. Hay dos senderos que corren paralelos cruzando el bosque con unos cien pasos de separación entre ellos. No son naturales, se han creado para esta prueba. Situaos al comienzo de cada sendero.

Astrid y Leana obedecieron. Podían verse entre ellas, si bien en medio había árboles y maleza abundante.

—Cada una tenéis doce flechas. Debéis usarlas para alcanzar al rival mientras corréis hasta llegar al final del recorrido. Gana quien llega antes y con menos impactos recibidos. La única regla es que no podéis abandonar el sendero bajo ninguna circunstancia. ¿Lo habéis entendido?

Leana miró a Astrid y esta asintió. Luego, la rubia belleza asintió a su vez.

—Muy bien. Colocaos. ¿Listas? ¡Ya!

Astrid salió corriendo por el sendero; Leana también. De pronto Astrid armó el arco mientras corría y apuntó. Leana hizo lo propio. La dificultad de la prueba era evidente: debían apuntar al tiempo que corrían a través de un estrecho camino irregular, saltando por encima de raíces, tocones y maleza. Un descuido, un tropiezo y sería el final de la prueba para quien lo cometiera. Astrid soltó. La flecha recorrió los cien pasos que las separaban; esta esquivó de forma magistral los árboles, pero no alcanzó a Leana, quien aceleró el ritmo y dejó la flecha pasar a su espalda. Ahora era el turno de su compañera. Su flecha rozó el cuerpo de Astrid, tampoco lo alcanzó, aunque por muy poco.

El espectáculo mantenía a todos cautivos, nadie apartaba la vista ni un instante. Las dos compañeras intercambiaron varias saetas mientras se mantenían dentro del sendero y corrían. Leana fue la primera en acertar: alcanzó a Astrid en el hombro y la descolocó. Por un momento, pareció que perdería el equilibrio y se saldría del camino, con lo que habría perdido, pero se recompuso. Su compañera le llevaba ahora ventaja. Astrid corrió con todo su ser. Otra flecha de Leana fue directa a su rostro, pero justo un momento antes de alcanzarla de lleno golpeó un árbol.

Lasgol resopló.

—El enfrentamiento es espectacular —dijo Nilsa en voz baja. No podía estarse quieta de la emoción.

Astrid consiguió ponerse a la altura de Leana e intercambiaron más tiros que golpearon árboles o se perdieron a derecha e izquierda de las corredoras. Parecía que ya no apuntaban con tanta pericia.

—Es el cansancio —le susurró Egil—. Les impide tirar bien.

Ingrid asintió:

—Están llegando al final. Esto se pone emocionante.

Llegaron los últimos cincuenta pasos. Las dos chicas iban igualadas. Se apuntaron, esperaron un momento a alcanzar un claro entre ellas. Soltaron. Sin los árboles en medio, las dos saetas cruzaron la distancia que las separaba y ambas hicieron blanco. Astrid aguantó el golpe en el pecho. A Leana le impactó en la pierna con fuerza, se desestabilizó y cayó al suelo. Astrid salió del bosque victoriosa.

Los demás aprendices aplaudieron a rabiar.

—¡Ha sido genial! —dijo Gerd.

—Qué buenas son las dos —exclamó Viggo con cierta envidia en la voz.

Astrid fue a ver cómo estaba su compañera y la ayudó a levantarse. Las dos intercambiaron unas palabras y regresaron con el grupo sonriendo.

—Siempre digo que una demostración vale más que mil explicaciones —dijo Marga—. Ha quedado bastante claro. Lo habéis hecho muy bien, mucho mejor de lo que esperaba. Se ve que el entrenamiento va funcionando en vosotras. Veamos qué tal el resto. ¡Siguientes!

Todos fueron pasando por la prueba y, tal y como la instructora Marga sospechaba, no todos lo hicieron tan bien. Entre ellos, Nilsa, que compitió contra Ingrid. A medio camino, cuando esquivaba una flecha de su amiga, tropezó con una raíz y salió despedida del sendero para golpearse contra un árbol y quedar sin sentido. Por fortuna, no tuvo más consecuencias que un chichón en la frente.

A Gerd le tocó contra Viggo. Los dos lo hicieron bastante bien, aunque se veía claro que no eran ni tan ágiles ni tan buenos tiradores como otros competidores. Ganó Viggo, que alcanzó al grandullón seis veces.

—Eres un blanco fácil, demasiado grande —se burló Viggo al acabar.

Gerd se rio:

—Ya lo creo. Lento y grande como una montaña.

Lasgol compitió contra Egil. La verdad fue que se contuvo, quiso dejar que la prueba llegara hasta el final y allí derrotó a su amigo limpiamente.

—Sé que me has dado ventaja, gracias —le dijo Egil.

—La próxima no lo haré, esta era de calentamiento —contestó Lasgol.

Quienes sobresalieron fueron los Águilas y los Lobos. Sobre todo Isgord, que parecía un asesino de los bosques. Luca, el capitán de los Lobos, también era temible. Corrían a una velocidad pasmosa y cada uno de sus tiros alcanzaba al rival por complicados que fueran la visibilidad o el ángulo del lanzamiento.

—Dan miedo —comentó Gerd.

—Sí, son muy buenos —convino Lasgol.

—Pues mantente apartado de Isgord. Ya sabes que te la tiene jurada y en cuanto pueda te la jugará —le advirtió Viggo.

—Lo sé… —dijo Lasgol; bien sabía que la amenaza era muy real, aunque no entendía por qué.

Tras la prueba, de vuelta a las cabañas, Lasgol se cruzó con Astrid, que iba acompañada de Leana. Bajó la cabeza y no le dijo nada.

—¿Ni un saludo? —le reprochó ella con una medio sonrisa.

Lasgol se detuvo y la miró.

—Hola, Astrid —dijo en un tono tan neutro como pudo.

—¿Nos dejas un momento? —le pidió Astrid a Leana.

—Claro, te veo en la cena —respondió ella, y se marchó.

Astrid se acercó a Lasgol.

—¿Enfadado?

—¿Yo? Claro que no.

—Yo diría que sí.

—¿Por qué habría de estarlo? —disimuló sin mirarla a los ojos.

—Eso me pregunto yo.

—Pues eso, no hay motivo, no estoy enfadado.

—Lo has dicho con un tono de estar molesto.

—Para nada. Te estás imaginando cosas —dijo Lasgol disimulando y mirando hacia las montañas.

—No me imagino nada. Ni siquiera me miras a los ojos.

El chico se vio forzado a hacerlo.

—Te miro, ¿ves?

—Es por lo de la Prueba de Verano, ¿a que sí?

—Hiciste lo que debías —respondió Lasgol, y comenzó a sentir una punzada en el estómago mezcla de rabia y de dolor.

—Lo sé.

—Pues, si lo sabes, no tenemos por qué hablar más del tema —respondió él un poco más enfadado de lo que habría querido.

—¿Ves? Estás molesto.

—Podías haberme ayudado. Pensaba que éramos amigos.

—Y lo somos.

—Pues no pareció así. Tiraste contra mí.

—No podía hacer otra cosa…, no en aquella situación…

—Siempre hay una salida. Solo hay que buscarla.

—Es mi deber como capitana hacer lo mejor para mi equipo.

—¿Y como mi amiga, que según me dices también eres?

—No podía dejarte ir, era una competición de equipos.

—Sí, y tu equipo la terminó. Cumpliste. No como el mío, que no lo consiguió. En parte por tu culpa.

—¿Mi culpa?

—Me obligaste a tirarme al río y por poco nos ahogamos.

—Te di una oportunidad y deberías agradecérmelo.

—¿Cómo que agradecértelo?

—Podía haber tirado. Y te habría alcanzado.

—Quizá sí, quizá no —respondió Lasgol, que estaba cada vez más molesto.

—Me parece que se te están subiendo a la cabeza los aires de héroe.

—Y a mí me parece que se te están subiendo a ti los de capitana sabionda.

—¿Sabi…, sabionda? —Astrid no podía creerse lo que oía.

—Eso he dicho.

—¿No será que las nuevas amistades que tienes te confunden?

—¿Qué nuevas amistades?

—Cierta rubia de primer año.

—¿Val?

—¿Ya la llamas por su apodo?

—Yo… Es solo una amiga… —dijo confundido.

—A la que ves a menudo.

—Nos encontramos… de vez en cuando… Es casualidad… El campamento no es tan grande.

—Ya, ya; por casualidad.

—No sé qué tiene esto que ver con lo que estábamos hablando.

—Tiene que ver porque te comportas como un tonto.

—¿Tonto? ¿Yo?

Astrid asintió con los brazos cruzados sobre el pecho.

—Al menos yo sé quiénes son mis amigos.

—Y yo también.

—Eso está claro. No hay nada más que hablar —soltó Lasgol muy enfadado, y se dio la vuelta para marcharse.

—Engreído —le dijo Astrid.

—Sabionda —le respondió él, y se alejó con paso rápido. Estaba tan furioso que iba a estallar.

—¡La próxima vez te tiraré a la frente!

Lasgol le hizo un gesto de rabia con la mano y siguió andando; si se daba la vuelta, iba a decir algo de lo que se arrepentiría.

Días más tarde, para quitarse a Astrid de la mente, Lasgol decidió investigar por su cuenta sobre Camu. No quería meter en líos a sus compañeros. Había una pista que quería seguir, así que se dirigió al gran almacén a la entrada del campamento. Era un edificio enorme, el más grande del lugar. Era muy curioso. Para mimetizar un descomunal rectángulo alargado, lo habían rodeado de fresnos y las paredes y el tejado estaban recubiertos de enredaderas y musgo que lo cubrían todo. Lo habían hecho tan bien que uno pasaba por delante sin darse cuenta siquiera de que estuviera allí.

El edificio era un lugar clave en el campamento: toda la comida, víveres, ropa, armas y demás pertrechos que llegaban se almacenaban allí antes de ser distribuidos. Había un flujo constante de gente y cajas entrando y saliendo por la gran puerta principal, y la persona que lo coordinaba todo era un viejo guardabosques llamado Gunnar, aunque se lo conocía más como el viejo Grunt.

—¿Qué quieres? —gruñó este a Lasgol desde detrás del mostrador, sin siquiera un «buenos días».

El chico no había tenido tiempo ni de llegar hasta el mostrador. Se quedó con la palabra en la boca.

—Vamos, no tengo todo el día —dijo.

Tenía el rostro lleno de arrugas y estaba calvo. Pero lo que más llamaba la atención era su cara de *bulldog*. El parecido era sorprendente.

—Hola, soy…

—Ya sé quién eres. ¿Qué quieres? —le ladró.

—Verás…, vengo por un asunto personal…

—Aquí solo tratamos con intendencia. Yo soy el guardabosques intendente mayor. Si no es eso lo que buscas, ya puedes ir saliendo.

—Es que…

—¿No ves la de trabajo que tenemos? —Y señaló a sus ayudantes, que no paraban de transportar cajas y contenedores de un lugar a otro.

—Es sobre mi padre…

Gunnar se estiró. Lo miró fijamente.

—¿Qué sobre tu padre?

—Recibí las pertenencias de mi padre tras su muerte. Me preguntaba si se enviaron desde aquí.

—Sí. Las enviamos nosotros. Todos los guardabosques tienen un depósito en este lugar con sus pertenencias, una especie de banco, aunque mejor custodiado. Cuando están fuera del campamento, de servicio al rey, guardamos sus haberes. Si alguno fallece, se envían a su familia más cercana. Así ha sido siempre.

—Entiendo. Me preguntaba si podría hablar con quien recogió las cosas de mi padre.

—Ese sería mi primo Murch, él está a cargo de los depósitos.

—¿Puedo hablar con él?

—Está al fondo del almacén. Nadie puede entrar al depósito excepto él y yo. Es por seguridad y confidencialidad.

—Hay ciertos asuntos que es mejor dejar estar —dijo una voz a la espalda de Lasgol.

Se giró y vio a Haakon. Se sobresaltó. Lo estaba observando con aquella mirada siniestra tan suya. No parecía nada complacido.

—Yo solo…

—Lo que ocurrió con tu padre es agua pasada. Agua que no ha de ser removida ni enturbiada. ¿Me he explicado?

—Desde luego, señor —dijo Gunnar asintiendo.

—Pero… —quiso protestar el chico.

—Ya se aclaró todo. Limpiaste su nombre. No se hable más del asunto.

—Es solo que…

—Un aprendiz no rechista a un instructor, y mucho menos a un guardabosques mayor —le advirtió Haakon con una frialdad letal.

A Lasgol se le erizó el pelo de la nuca.

—Sí, señor.

—Ahora vuelve a tus quehaceres y olvida este asunto. No volveré a repetirlo.

Lasgol bajó la cabeza y salió de allí. Según se alejaba, oyó a Gunnar preguntar a Haakon en qué podía ayudarlo. «En nada», respondió este.

Lo sucedido dejó a Lasgol un muy mal sabor de boca. ¿Por qué no quería Haakon que investigara sobre el asunto? ¿Cómo había aparecido allí? ¿Lo estaba siguiendo? Y si no quería nada de Gunnar, ¿para qué había ido al almacén?

Lo rumió durante varios días. Al fin decidió emprender la acción. Si Haakon lo vigilaba, tendría que pensar algo. No iba a dejar de investigar, necesitaba descubrir qué más había pasado con su padre, y lo haría. La oportunidad se presentó una noche en el comedor. Haakon estaba a la mesa con Eyra, Ivana, Esben y Dolbarar. Lasgol vio a Gunnar y Murch terminar la cena, se despidieron y salieron en direcciones opuestas. Dirigió una mirada rápida a Haakon y comprobó que conversaba con Dolbarar. No se lo pensó dos veces y salió tras Murch.

Lo alcanzó cuando llegaba a su cabaña.

—Perdón… —llamó Lasgol a su espalda.

Murch se giró al instante con una rapidez sorprendente para su edad.

—Oh, eres tú.

—¿Me conoces?

—Todos te conocemos.

Lasgol asintió.

—Tengo una pregunta —dijo observando al guardabosques de intendencia.

Tenía cierto parecido a su primo, pero era menos gruñón y conservaba más pelo.

—¿Sobre tu padre?

—Sí, señor.

—Pensaba que ya estaba todo aclarado. Me caía bien Dakon, uno de los mejores primeros guardabosques que hemos tenido. Siempre me pareció muy raro lo que pasó…

—¿Quién me envió las cosas de mi padre?

Murch se rascó la barba.

—Ha pasado mucho tiempo de eso… Déjame pensar… Sí, fui yo. Es mi responsabilidad. ¿Acaso no te llegó?

—Sí… Sí, me llegó.

—¿Faltaba algo, entonces? Yo siempre envío cuanto está en depósito.

—No, no es eso… Había una caja de madera roja como la sangre, con extraños ornamentos de oro, muy llamativa, inconfundible…

Murch negó con la cabeza.

—No, no había nada de eso entre las pertenencias de tu padre.

—¿Seguro?

—Lo estoy. Yo mismo hice el paquete que se te envió. No había una caja roja y ornamentada —dijo negando con la cabeza—, eso lo recordaría. Me gustan los detalles. Además, una caja habría tenido que envolverla con cuidado. Tu padre apenas guardaba nada en el depósito. Unas mudas y un par de libros raros de la biblioteca, que devolví.

—Entonces, ¿cómo llegó la caja hasta mí?

—¿Estaba en el paquete que se te envió?

—Sí. Lo abrí y estaba dentro.

—Pues alguien manipuló el paquete en el trayecto, porque de aquí no salió con la caja.

El muchacho se quedó pensativo.

—¿Cómo se envió?

—Río abajo en uno de los barcos de mercancías. El capitán Astol es quien más viajes hace.

—¿A quién se lo entregó?

—No lo sé, lo siento.

De pronto, sintió como si alguien estuviera observándolo. Giró un poco la cabeza y, junto a un árbol, a tres pasos, descubrió una sombra. La sombra de Haakon. Lo recorrió un escalofrío.

—Gracias, señor.

—De nada. Y, si quieres mi consejo, no le des más vueltas a este asunto.

Lasgol se marchó con paso rápido. Tenía los ojos de Haakon clavados en la nuca. Sintió miedo, pero había merecido la pena. Había descubierto dos cosas. La primera, que su padre no le había enviado el huevo, lo cual lo desconcertaba por completo; y la segunda, que Haakon lo espiaba y no quería que investigara.

Se acostó con dos preguntas en la mente. ¿Quién? ¿Quién le había enviado el huevo? Y ¿por qué? ¿Por qué Haakon quería que dejara de investigar?

Y tuvo un mal presentimiento. Uno muy malo.

Capítulo 22

—¡VAMOS, DAOS PRISA! ¡LLEGAMOS TARDE A LA INSTRUCCIÓN de Fauna! —les gritó Ingrid, que, como de costumbre, ya les sacaba media legua de distancia.

—¿Es que esta chica nunca flaquea? —preguntó Viggo con el entrecejo arrugado.

—Que no te oiga, que te la ganas —lo avisó Nilsa, adelantándolo en la pendiente mientras se abrían camino hacia los bosques del oeste.

—Eso es precisamente lo que me encanta de ella —dijo Viggo con una sonrisa y un tono no tan sarcástico como acostumbraba.

Nilsa se detuvo y lo observó un momento extrañada.

—Quiero decir que la mandona es insoportable —se corrigió de inmediato.

La pelirroja sonrió y corrió tras Ingrid. Lasgol y Gerd intercambiaron una mirada divertida.

El instructor Guntar, de la maestría de Fauna, los esperaba. Lasgol no terminaba de acostumbrarse a lo pintoresco de aquel hombre. Tanto el cabello como su espesa barba eran de un rubio clarísimo, ambos completamente desatendidos. Su piel era tan blanca que parecía translúcida. Los rayos del sol que se filtraban por entre las ramas de los árboles refulgían sobre su pelo y su barba. Parecía una criatura mágica de los bosques, un ogro albino. Y su personalidad era también muy similar a la de una bestia.

—¡Prestad atención, panda de patosos! —saludó con su habitual buen humor.

Los equipos se situaron a su alrededor y escucharon al instructor atentos.

—Como ya me habéis demostrado que sois incapaces de distinguir el rastro de un oso gris del de un ciervo asustado, he decidido traer ayuda.

A Lasgol el comentario le había dolido un poco en el orgullo. Él era buen rastreador y podía distinguir a la perfección el rastro de un oso o de un ciervo. Pero no dijo nada y continuó escuchando para ver qué pretendía.

Guntar desapareció detrás de las cabañas de la maestría de Fauna y regresó al cabo de un momento.

—¿Sabéis qué es esto? Y al que responda que no lo despellejo.

Todos observaron al instructor, que llevaba consigo un perro de tamaño medio, de apariencia tranquila. Tenía los ojos oscuros, las orejas anchas, el morro de tamaño medio y el cuello largo y claro. Su pelaje era un manto grueso y brillante de pelo recto de color rojizo con manchas negras.

—A ver, tú, gigantón, ¿qué es esto? —le preguntó a Gerd.

—Es un sabueso norghano, capaz de oler a grandes distancias y cruzar extensos terrenos árticos sin desfallecer. Dicen que cuando capta un rastro puede seguirlo durante semanas hasta encontrar la presa, por muy difícil que sea el terreno.

—Muy bien. Veo que no eres un gigante simplón y has estado atento a la instrucción que se te ha dado. Esto es una sorpresa.

El comentario hizo que el grandullón frunciera el entrecejo, cosa rara en él. No le había gustado nada.

—Vamos a realizar un ejercicio que os va a encantar. Es un juego muy divertido, ya veréis.

Lasgol tuvo el presentimiento de que la experiencia no iba a resultarles nada agradable. El resoplido y la mueca de incredulidad en el rostro de Viggo se lo confirmaron.

—Necesito un equipo voluntario —pidió Guntar.

Se hizo un silencio. Los capitanes miraban a sus equipos, pero nadie decía nada.

—¡Vamos! ¿Queréis ser guardabosques o príncipes de un cuento de hadas?

—Los Águilas se presentan voluntarios —dijo Isgord sacando pecho y dando un paso hacia el instructor.

No había consultado a los suyos, que lo miraban no del todo convencidos, sobre todo los gemelos Jared y Aston. Marta torcía el gesto, aunque calló.

—Esa no dirá nada —comentó Nilsa a Lasgol—. Hace todo lo que él diga, como hipnotizada.

Lasgol notó cierto resentimiento en el tono de Nilsa, aunque, sabiendo lo que había pasado entre ella e Isgord, no le extrañaba. No contestó, pero le hizo un gesto afirmativo.

—Si no se anda con mucho cuidado, se va a quemar, como las polillas que se acercan demasiado a la llama —sentenció Nilsa.

—¿Hablando por experiencia propia? —se burló Viggo con una sonrisa.

Como siempre, estaba atento a cualquier comentario o conversación.

—¿Es que tus orejas no descansan nunca? —se quejó Nilsa.

—Oídos —corrigió Egil—. Tendemos a decir orejas cuando en realidad es el oído por el cual…

—¡Oídos, orejas, cotillas e idiotas! —soltó Nilsa enfurruñada, y se situó junto a Ingrid.

—Yo... solo... —intentó disculparse Egil.

—Déjalo, sabiondo; no va contigo. Va con ese presuntuoso —dijo Viggo apuntando a Isgord con el dedo.

Guntar se giró hacia el otro.

—Veo que tenemos un equipo con agallas. ¡Así me gusta! Vosotros llegaréis lejos.

Isgord se hinchó todavía más con el comentario. Miraba a los otros capitanes con una sonrisa victoriosa y autocomplaciente.

—Seréis el equipo al que cazar —anunció Guntar.

La sonrisa desapareció del rostro de Isgord, que se quedó rígido, al igual que sus compañeros. Alaric y Bergen parecían más feos que nunca con las caras de desagrado que ahora tenían.

Las sonrisas aparecieron en los rostros de los otros equipos. Nilsa soltó una risita de satisfacción.

—Necesito otro equipo, el de los rastreadores —pidió Guntar.

Todos los capitanes se presentaron voluntarios. El rostro de Isgord reflejaba vergüenza y humillación. Iban a rastrearlo y a cazarlo.

—El equipo del gigantón con mollera, ¿quiénes sois? —preguntó Guntar.

—Los Panteras de las Nieves —contestó Ingrid.

—Muy bien, los Panteras serán los rastreadores. Llevarán al bueno de Rufus —dijo acariciando al sabueso, que devolvió el cariño lamiendo la mano de Guntar.

—¿Cuál es el objetivo? —preguntó Ingrid.

—Uno muy sencillo. El equipo de los Águilas se internará en los bosques del norte. Les daréis algo de tiempo, luego saldréis a rastrear e intentaréis encontrarlos.

—¿Y llevaremos al sabueso?

—Sí.

—No entiendo... Ya sin el sabueso podríamos encontrarlos, tenemos buenos rastreadores en el equipo —dijo Ingrid mirando a

Lasgol—. Con la ayuda del sabueso, aunque no sabemos cómo usarlo, debería ser muy fácil.

—Eso parece, ¿verdad? Pero no será así. Los Águilas me tendrán a mí.

La cara de Ingrid pasó a ser de confusión. Isgord y los Águilas, por otro lado, se animaron mucho.

—Vamos a jugar al gato y al ratón. Mi juego favorito. Vosotros seréis el gato y nosotros el ratón, solo que este ratón es uno muy astuto y esconderá muy bien su rastro.

—Ya veo…

—El gato aprende a rastrear; el ratón, a ocultar el rastro. Creedme, aprender a ocultar bien vuestro rastro os salvará la vida. Lo mismo que saber rastrear. Debéis dominar ambas habilidades. Encontrar rastros y perderlos.

—Entendido —asintió Ingrid.

Guntar silbó hacia las cabañas de la maestría y dos instructores se acercaron.

—Mientras nosotros jugamos al gato y el ratón, ellos dos os enseñarán al resto cómo debe hacerse. Prestad mucha atención, aprended cómo hacerlo bien. Es muy importante para un guardabosques. Un rastreador experto puede seguir cualquier rastro, pero no solo eso; puede a su vez hacer desaparecer el suyo y burlar a los sabuesos, algo extremadamente difícil. Eso es lo que aprenderemos en estos ejercicios. Cuando terminemos nosotros, será el turno de otros dos equipos. Os turnaréis como gato y como ratón, así que estad atentos tanto a rastrear como a hacer desaparecer vuestro rastro. Como algún equipo me decepcione, se acordará de mí para el resto del año. ¿Está claro?

Los seis fueron totalmente convincentes.

—Pues en marcha. El ratón se pone en movimiento —anunció Guntar.

Entonces les dio a Rufus a los Panteras. Gerd fue de inmediato a acariciar al sabueso y le dedicó palabras cariñosas. El animal parecía acostumbrado a los humanos. Nilsa se agachó junto a él y también comenzó a acariciarle la cabeza y las orejas caídas mientras le decía lo guapo y buen chico que era.

Guntar se llevó a los Águilas con él y se internaron en los bosques.

—Necesitaremos ayuda con él —dijo Ingrid a los instructores refiriéndose al sabueso.

—La primera cacería es sin ayuda. Tendréis que arreglaros.

—Me encanta cómo siempre nos facilitan la vida —murmuró Viggo al oído de Lasgol.

«La verdad es que no le falta razón», pensó Lasgol.

—Es tiempo de cazar al ratón. Gatos, adelante, cazadlos —les dijo uno de los dos instructores señalando hacia los bosques.

Se pusieron en marcha. Les costó un poco que Rufus entendiera que debía acompañarlos. Por fortuna, parecía que obedecía algo a Gerd y este se lo llevó con él. Se adentraron en los bosques dejando atrás a los instructores y a los otros equipos, y de inmediato se toparon con el primer problema.

—No encuentro el rastro —anunció Ingrid, que iba la primera.

—Deja a Lasgol, él es el mejor en esto —le dijo Nilsa.

El muchacho se situó en cabeza y comenzó a explorar en busca del rastro del grupo.

—No lo vais a creer, pero no lo encuentro.

—Yo te creo, Lasgol —dijo Egil—. Todo este ejercicio está muy bien pensado y elaborado. Guntar es un instructor excelente.

—Pues a mí me parece un patán. —Viggo no ocultó su opinión.

—Esa es la imagen que quiere que tengas de él, pero en realidad es extremadamente inteligente y hábil. Créeme —le aseguró Egil asintiendo.

Lasgol se agachó junto a unos helechos.

—Ha borrado los rastros —explicó examinando alrededor—. Creo que han pasado por aquí, pero no puedo asegurarlo y, lo que es peor, no encuentro por dónde continúa el rastro. No hay huellas...

—¿Cómo ha hecho desaparecer los rastros de seis personas? —preguntó Ingrid cruzando los brazos sobre el pecho.

—Es muy hábil. —Fue la respuesta de Egil, que sonreía.

—O nosotros unos cegatos —dijo Viggo tapándose los ojos con la mano.

—No somos tan cegatos —protestó Nilsa.

—¿Qué hacemos? —preguntó Ingrid.

—Intentémoslo con nuestro amigo de cuatro patas —sugirió Egil.

Se volvieron hacia Gerd, que jugaba con el sabueso a unos pasos, sin prestar atención a lo que sucedía.

—¿Quién es el más guapo del grupo..., quién? Tú, tú eres el más guapo —le decía, y le acariciaba las orejas.

Viggo se llevó la mano a la frente y soltó un improperio.

—Deja de jugar con él y tráelo —le dijo Ingrid.

El chico los miró y asintió.

—Está bien. Vamos, Rufus, ven —le dijo, y lo condujo hasta donde Lasgol estaba agachado. Entonces señaló a los helechos y añadió—: Busca, Rufus, busca.

Sin embargo, el perro lo ignoró y, levantando una pata trasera, orinó en un árbol cercano.

—Estamos apañados —exclamó Viggo con una mueca de desesperación.

—Vamos, Rufus, aquí, mira —insistió Gerd.

El can se volvió y miró hacia el campamento. Quedó con la mirada perdida.

—Esto va cada vez mejor —se quejó Viggo.

Gerd fue hasta Rufus y se quedó junto a él.

—Vamos, chico, ven conmigo —le dijo cabeza con cabeza, y comenzó a avanzar a gatas hacia los helechos.

Rufus no lo siguió.

—Lo estás bordando —le dijo Viggo a Gerd—. Y no es nada ridículo, tranquilo.

—Déjalo en paz; al menos lo intenta —le reprochó Nilsa a Viggo.

—Pero no conseguimos nada. —Ingrid estaba frustrada.

—¡Chucho, aquí! —le ordenó Viggo.

Rufus lo ignoró por completo.

—Vamos, perrito, por aquí —lo intentó Nilsa.

Tampoco hubo suerte.

—Lo llevaré —dijo Gerd, y comenzó a tirar del collar de cuero del animal, aunque este decidió no moverse del sitio—. Pesa mucho. Puedo arrastrarlo, pero no creo que sea conveniente. Son muy testarudos. Si no quiere…

—Estás en lo cierto —intervino Egil, que observaba al animal—. No debemos obligarlo. De hecho, creo que tenemos que hacer lo contrario. Dejarlo tranquilo. Es un animal que, por instinto y por entrenamiento, y hemos de deducir que ha sido muy bien entrenado por los guardabosques, sabe a la perfección qué debe hacer. Por lo tanto, deduzco que si no lo hace es porque nosotros no estamos procediendo de manera correcta.

—¿Entonces qué? ¿Lo ignoramos? —preguntó Ingrid.

—Nosotros sí. Gerd no. El perro siempre tiene que saber su sitio y quién manda; en este caso, su humano: Gerd.

Y así lo hicieron.

Todos se apartaron y dejaron a Rufus tranquilo. Al cabo de un rato, Gerd se acercó a los helechos y, con voz seria y con autoridad, comandó:

—Rufus, aquí. —Y señaló el punto a su lado con el dedo índice.

Por un momento no sucedió nada. Rufus no se inmutó. Seguía ignorándolos.

—Rufus, aquí —repitió Gerd volviendo a señalar con mayor intensidad en su voz.

El sabueso no reaccionó, ni lo miró. Gerd se mantuvo firme, inmóvil. De pronto, Rufus bostezó y comenzó a moverse despacio, con desgana. Dio una vuelta frente a Gerd, que se mantenía señalando firme. Rufus comenzó a olfatear a unos pasos de él y, tras hacerlo en varios puntos cercanos, se acercó a hacerlo donde Gerd señalaba.

Rufus se quedó tieso, mirando al frente.

—Ha encontrado el rastro —dijo Gerd.

—Esperemos un momento —aconsejó Egil.

De repente, el perro comenzó a avanzar mientras olfateaba a izquierda y derecha. Todos lo siguieron sin interrumpirlo ni atosigarlo. Él marcaba el camino y ellos iban detrás. Cruzaron el bosque y Rufus los guio al este. Lo siguieron mientras se internaba en un bosque de hayas.

Ingrid, en cabeza, se volvió.

—Guntar ha girado de forma brusca aquí pensando que nos perdería, pero con el sabueso no lo perderemos.

Lasgol se agachó e inspeccionó el terreno. En efecto, encontró el rastro. Allí no lo habían escondido. Era normal. No podrían ocultar todo el rastro constantemente, les llevaría demasiado tiempo y los cazarían.

—Ya son nuestros, nada se le escapa a un sabueso norghano una vez que encuentra el rastro —animó Gerd.

—Estemos atentos —dijo Nilsa—, hay que cazarlos.

—Quiero ver la cara que pone ese presumido de Isgord cuando le demos caza. —Viggo sonrió.

—Yo no estoy tan seguro… —dijo Egil.

Todos lo miraron.

—¿Por? —preguntó Ingrid.

—Porque la prueba consiste en seguir y ocultar el rastro. En ser el gato y el ratón. Que el gato lo esté haciendo bien no quiere decir que el ratón no lo esté haciendo tan bien o mejor.

—No entiendo nada —dijo Nilsa.

Lasgol lo entendió:

—Quiere decir que no vendamos la piel del oso antes de cazarlo. Guntar puede darnos una sorpresa.

—Eso mismo —dijo Egil.

—Sabiondo aguafiestas… —se quejó Viggo.

—Bueno, cacemos al ratón y listo —dijo Ingrid.

Siguieron a Rufus a través del bosque. El animal parecía saber en todo momento hacia dónde debía dirigirse. Su olfato era increíble, de otro mundo. De tanto en cuanto, Lasgol descubría algún rastro, con lo que sabían que Rufus no se equivocaba.

—Este rastro es muy reciente, mucho —dijo el chico mirando alrededor.

—Ya casi los tenemos —dijo Ingrid.

—Vamos a por la victoria —exclamó Nilsa.

Avanzaron con rapidez hasta llegar a una cañada. La cruzaron y se encontraron con un río bastante caudaloso; entonces Rufus se acercó a la orilla y se detuvo. Esperaron a ver qué hacía. El sabueso olisqueó al este siguiendo la orilla, luego volvió e hizo lo propio por el oeste. Se detuvo en un punto intermedio y se quedó quieto mirando al río. Lasgol se acercó y buscó huellas, sin suerte, pero el barro de la orilla se había removido recientemente.

—Creo que han cruzado aquí. Guntar ha borrado las huellas.

—Entonces aquí es donde nuestra suerte acaba —dijo Egil.

—¿Por? —quiso saber Viggo.

Gerd suspiró:

—Se han metido en el río. Rufus ha perdido el rastro. No puede seguirlo en el agua.

—No, ¿de verdad? —dijo Nilsa contrariada.

—Eso me temo —confirmó Egil.

—Pues crucemos y busquemos el rastro —dijo Ingrid.

—Será inútil —dijo Egil.

Lasgol asintió con tristeza:

—No sabemos en qué punto habrán dejado el río, y lo más probable es que ya hayan salido y estén no en el otro lado, sino en este, de regreso al campamento.

—Yo no me rindo —advirtió Ingrid con cabezonería—. Cruzaremos y buscaremos el rastro.

—Eso, yo tampoco —dijo Nilsa.

—Como queráis… —concedió Lasgol, aunque sabía que sería inútil.

Vadearon el río. Les costó convencer a Rufus para que lo hiciera, pero al final lo cruzó, a su tiempo, cuando él quiso. Buscaron el rastro hasta que llegó el anochecer. No hubo suerte. Rufus no volvió a olfatear nada y ellos tampoco encontraron huella alguna que poder seguir. No les quedó más remedio que rendirse a la evidencia. Guntar les había ganado. Algo reseñable, teniendo en cuenta que ellos llevaban un sabueso. Lasgol se dio cuenta de la importancia de la lección de Guntar. Un guardabosques experto podía burlar incluso a un sabueso norghano. Impresionante.

Según regresaban al campamento, Viggo se puso junto a Egil.

—Eres un sabiondo y un gafe aguafiestas. Si ya los teníamos.

—¿Porque tenía razón?

—Sí, por eso mismo.

Egil soltó una carcajada y Lasgol sonrió.

—Quizá la próxima vez me equivoque.

—Ya, y las vacas volarán un día.

Llegaron al campamento y Guntar y los Águilas los recibieron entre aplausos de mofa. Isgord sonreía de oreja a oreja, al igual que Marta y los gemelos. El resto de los equipos no se expresaron, pero los observaban con lástima. Y no había nada peor que la vergüenza de dar lástima.

—¿Lección aprendida, gatitos? —preguntó Guntar.

—Aprendida —respondió Ingrid a regañadientes.

Sufrieron la humillación de la derrota, pero aprendieron la lección.

Capítulo 23

LA MAESTRÍA DE PERICIA SE HABÍA CONVERTIDO EN LA MÁS odiada de Lasgol, aunque debía reconocer que estaban aprendiendo cosas casi inimaginables…, y le gustaban. Sin embargo, el precio que debían pagar era alto. Tenía el corazón dividido en cuanto a esta especialidad.

Según Haakon, sin esfuerzo, sin sangre, no se podían obtener las recompensas de la vida. Lasgol sabía que no le faltaba razón y que, con toda probabilidad, lo que habían aprendido les salvaría la vida en un futuro, pero era un entrenamiento demasiado duro para el cuerpo y para la mente. Era curioso que Haakon rara vez usaba otros instructores; siempre impartía él la instrucción, como si fuera su obligación enseñarles. O quizá no quería perderse el más mínimo detalle.

Aquella tarde les tenía preparada la prueba del lazo. Había situado tres lazos en las copas de tres abetos altísimos. Tenían que escalar los tres árboles, conseguir los lazos y entregárselos antes de que contara hasta sesenta.

—Está loco —susurró Gerd, que miraba los árboles con ojos llenos de terror.

—Puedes hacerlo, no mires abajo —le dijo Nilsa.

—Y tú no pierdas agarre, te resbales o lo que sea que siempre haces para terminar en el suelo —le dijo Viggo.

La pelirroja le sacó la lengua.

—¡Tonto!

—Va a ser duro —resopló Egil.

Lasgol e Ingrid lo lograron a tiempo. Para Lasgol, que llevaba toda la vida subiendo árboles, fue algo casi natural. No sufrió tanto. Ingrid, por su parte, era pura fuerza física y determinación; nada podía con ella y lo hizo casi en el mismo tiempo que Lasgol. Viggo entregó los lazos cuando Haakon llegaba a sesenta. Nilsa tardó un poco más, con el agravante de que estuvo a punto de caer y abrirse la cabeza dos veces; por suerte, consiguió agarrarse y no terminar en manos de la sanadora.

Gerd y Egil sufrieron para terminar. Los tres árboles eran como gigantes inalcanzables para ellos y tras coronar el primero superar los dos siguientes les resultó casi imposible, pero sacaron fuerza del orgullo propio y no se rindieron. Lucharon, y, con mucho esfuerzo y dolor, lo consiguieron. No a tiempo, pero lo consiguieron. El primero fue Gerd, que se dejó caer exhausto por tener que cargar el peso de su cuerpo, que lo lastraba como un ancla. Egil apenas pesaba, pero no tenía la fuerza de Gerd. En realidad tenía muy poca fuerza y sus manos y pies no estaban acostumbrados a una actividad tan exigente.

Al terminar el ejercicio Haakon se dirigió a todos:

—Ha sido un espectáculo lamentable. Un guardabosques debe ser capaz de subir a la copa de cualquier árbol con la agilidad de un mono y ser casi tan rápido como él. Entrenad hasta que seáis capaces de coronar esos tres árboles en un suspiro.

Y con aquellas palabras se marchó caminando como siempre hacía: en total sigilo y con una elegancia fuera de lo común.

Los días pasaban y Lasgol entrenaba cada vez más duro mientras no paraba de pensar. No cejaba en su idea de descubrir qué más había detrás del misterio de Camu. Continuó investigando por su cuenta.

Una frase de Murch le rondaba sin pausa: «Tu padre apenas guardaba nada en el depósito. Unas mudas y un par de libros raros de la biblioteca, que devolví». Al principio no le había dado importancia; a su padre siempre le habían gustado los libros y en cuanto podía, leía. Pero después de darle muchas vueltas, un detalle captó su atención. ¿A qué se refería Murch con «libros raros»? Solo había una forma de saberlo.

Lasgol entró en la biblioteca después de cenar y se dirigió al guardabosques bibliotecario, Bolmason. Por su aspecto uno diría que tenía más de cien años. Detrás de sus anteojos había unos ojos muy cansados pero despiertos.

—Buenas noches, señor —saludó Lasgol.

—Buenas son —dijo él sin apenas levantar la mirada de unos pergaminos que estaba analizando detrás de su gran pupitre de trabajo, al fondo de la primera planta de la biblioteca.

—Me preguntaba… si no es una molestia…

—Vamos, pregunta, no tengo toda la noche; por si no te has dado cuenta, no me queda demasiado tiempo y no me gusta desperdiciarlo.

Lasgol pensó que era una broma, pero el rostro del bibliotecario estaba tan serio como un funeral.

—Soy…

—Ya sé quién eres, todos saben quién eres —dijo con una mueca de hastío.

El chico asintió y tragó saliva.

—Entre las pertenencias de mi padre había unos libros, me gustaría saber cuáles eran.

El bibliotecario lo miró desde detrás de los anteojos.

—Eso fue hace tiempo.

—Sí, pero todos los libros cedidos se apuntan, es la norma, y un guardabosques no rompe las normas —dijo Lasgol señalando el gran libro marrón a un lado del escritorio.

—Veo que eres un chico listo —dijo el bibliotecario con una mueca sarcástica—. Si los libros estaban en el depósito de tu padre, eso quiere decir que rompió las normas de la biblioteca al no devolverlos. Muy mal.

Lasgol respiró hondo. No iba a caer en la trampa, no iba a enfurecerse o acobardarse, dijera lo que dijera aquel vejestorio de guardabosques.

—Eso deberíamos comprobarlo —dijo, y apuntó hacia el gran libro.

Bolmason refunfuñó:

—Muy bien, lo comprobaremos.

Abrió el tomo y rebuscó entre sus hojas apergaminadas y amarillas durante un largo rato. Finalmente, exclamó:

—Sí, aquí está. Dakon, guardabosques primero. —Sonrió regocijándose satisfecho—. Todo queda registrado aquí. Veamos, sí, dos libros: *Compendio de la historia norghana* y *Tratado sobre herbología*.

—¿Podría verlos?

—No, son libros de la sección prohibida; tú no puedes entrar ahí ni hacerte con los libros que allí guardamos. Solo los rangos superiores de los guardabosques tienen acceso.

—¿Y mi padre podía?

—Dakon, como guardabosques primero, tenía ese derecho, sí.

—Entiendo. Pero ¿libros sobre historia y herbología pertenecen a la sección prohibida?

—Eso no es de tu incumbencia.

Ahora entendía Lasgol por qué había dicho Murch que eran «libros raros».

—Y, ahora, déjame, que me has consumido un tiempo precioso que jamás recuperaré.

Lasgol lo miró perplejo. ¿En verdad estaba contando el tiempo que le quedaba de vida?

—¡Venga, fuera! —dijo Bolmason, y lo echó sacudiendo un pergamino.

Dos días más tarde, con Camu en estado invisible sobre el hombro, Lasgol entraba a la biblioteca a última hora. Con disimulo y asegurándose de que nadie lo veía, bajó hasta el sótano, hasta la puerta de la sección prohibida, donde tenían los volúmenes sobre magia.

Observó la cerradura un instante, la tocó y un escalofrío le bajó por la espalda. «Está protegida por magia. No puedo hacer nada contra esa protección. Mi don no tiene esa capacidad. El mío no, pero sé el de quién sí». Se concentró. Usó su don y llamó a Camu.

La criatura apareció en su hombro derecho y lo miró con sus grandes ojos saltones y su sonrisa perpetua. De pronto se giró hacia la cerradura y chilló. Puso la cola rígida y la señaló con ella.

«Shhh…, no hagas ruido, Camu. Ya sé que hay magia, no es necesario que me avises. Quiero que la deshagas».

Camu volvió la cabeza hacia el chico y pestañeó dos veces. Después se volvió de color dorado. Acercó la punta de la cola hasta que tocó la cerradura y, al hacerlo, se produjo un destello dorado. La criatura flexionó las patas varias veces, como si bailara.

—Muy bien —le dijo Lasgol, y le acarició la cabeza.

Camu lo miró y le lamió la mano. El chico sonrió a su compañero. Sacó una de las ganzúas de Viggo y se dispuso a abrir la puerta. Le llevó un rato, pero al fin consiguió forzar la cerradura. Su amigo le había dado un par de clases prácticas.

Entró en la estancia y le sorprendió encontrar el fuego de la chimenea encendido. Alguien debía de usar aquella habitación a diario; ¿por qué si no estaría encendido el fuego? ¿Dolbarar, quizá? Él o la erudita Eyra, muy probablemente. Se dirigió al estante y comenzó a buscar los dos libros que su padre había sacado de la biblioteca. Camu saltó de su hombro y empezó a corretear por la estancia.

Le llevó un tiempo, pero los encontró.

—Aquí están. *Compendio de la historia norghana* y *Tratado sobre herbología* —le dijo al bichillo, que estaba más interesado en el fuego de la chimenea.

Los abrió sobre la enorme mesa redonda en mitad de la estancia y los estudió. ¿Por qué tenía su padre aquellos dos libros? ¿Qué estaba buscando?

De pronto, Camu comenzó a chillar. Estaba rígido, con la cola apuntando al fuego de la chimenea.

—Shhh… ¿Qué te pasa, pequeñín? —le dijo Lasgol, y se acercó.

Observó el fuego. Acercó la mano y al instante sintió el calor de las llamas. Nada parecía fuera de lo ordinario.

La criatura volvió a chillar.

—No hagas ruido, que van a descubrirnos. ¿Qué percibes? —Y, al preguntarlo en alto, Lasgol se dio cuenta de lo que sucedía: Camu estaba detectando magia—. ¿Hay magia en el fuego?

No se movía, Camu permanecía quieto señalando el fuego con la cola.

Lasgol se concentró. Usó su don y se comunicó con Camu. «Si hay magia en el fuego, deshazla».

La criatura miró a Lasgol. Se volvió de color dorado y tocó el fuego con la punta de la cola, lo que produjo un gran destello dorado. El fuego desapareció. Camu flexionó las patas feliz.

El chico se quedó perplejo.

—Pero… si el fuego era real… —Acercó la mano y allí no había nada—. O quizá no…

De un salto, la criatura se adentró en la chimenea.

—¡Quieto, fierecilla! ¿Adónde vas?

Y antes de que el muchacho pudiera hacer nada, Camu volvió a ponerse dorado y, con la cola, tocó la pared de piedra del fondo de la chimenea. Se produjo otro destello y una falsa pared se abrió.

—¡Por los vientos gélidos del norte!

Camu comenzó con su baile mientras sacudía la cola de contento. Lasgol introdujo las manos en la abertura y encontró una caja. Era roja como la sangre, con grabados en oro, muy parecida a la que en teoría pertenecía a su padre y que contenía el huevo. En teoría, porque ya no tenía claro que estuviera entre las pertenencias de su padre. Lasgol la contempló por un momento. ¿Qué habría dentro? Nervioso, la abrió.

—Es una joya…, una muy extraña…

Lasgol la examinó: redonda y aplanada, parecía un diamante translúcido del tamaño de una ciruela. Estaba encajada en un aro dorado.

La criatura lo miró con la cabeza ladeada. Soltó un chillido de interrogación.

«Es preciosa, parece un gran diamante redondo y plano. Tengo que enseñárselo a Egil, quizá él tenga alguna idea de qué puede ser».

Lasgol depositó la caja vacía en su sitio y cerró la pared. Al hacerlo, el fuego volvió a encenderse. Del susto pegó un brinco hacia atrás y se llevó con él a Camu. Terminó sentado en el suelo. Se puso en pie y cogió los dos libros y la joya.

—Vamos, Camu, salgamos de aquí.

Capítulo 24

E GIL SONREÍA DE OREJA A OREJA. HABÍA CONSEGUIDO PREPARAR el Tranquilizador, un veneno paralizador muy potente. Era el único de los Panteras que lo había conseguido y el primero de todos los equipos. Llevaban toda una semana trabajando en ello en la cabaña grande de la maestría de Naturaleza, donde tenían los fuegos bajos y chimeneas con los utensilios, vasijas, cazuelas y demás enseres para preparar cocciones. Viggo lo llamaba «el taller de la condenación».

—Lo tengo —dijo Egil levantando el tarro con el preparado. Los ojos le brillaban de júbilo.

La anciana Eyra hizo un gesto a Iria para que fuera a comprobar el preparado.

La instructora se acercó.

—Dámelo con cuidado. Si me cae sobre la piel, podría dejarme fuera de combate, y hoy no me apetece acostarme con dolor de cabeza —dijo Iria, como si aquello ya le hubiera sucedido antes.

El resto de los equipos, sentados a las largas mesas de trabajo, observaban la escena. Iria se llevó el compuesto junto a una enorme estantería que recorría la pared de lado a lado. Buscó un contenedor de cristal y vertió un líquido sobre el compuesto con mucho cuidado. Se produjo una pequeña humareda verdosa.

—Ha reaccionado. Es correcto.

—Muy bien, felicidades, Egil de los Panteras de las Nieves —comunicó Eyra con un pequeño gesto de reconocimiento—. Ya tenemos el primero.

Isgord lanzó una mirada de odio a Egil que Lasgol captó. Aquella maestría se le atragantaba al capitán de los Águilas y Lasgol no podía evitar disfrutar al verlo incapaz de ser el número uno en todo como él tanto deseaba. En la mesa de los Búhos, Astrid sonreía. Ella no tenía problemas en aquella maestría y estaría a punto de superar el ejercicio si no lo había hecho ya.

Lasgol también sonrió. Egil era muy inteligente, probablemente el que más. Una oleada de alegría impactó en el equipo; llevaban muchos días de fracasos y comenzaban a pensar que no les iba a ser posible conseguirlo.

—No estéis tan contentos —dijo Eyra—. No saldréis de aquí hasta que la mitad de los integrantes de cada equipo lo hayan conseguido. —Un murmullo de protestas llenó el laboratorio—. Nada de reproches. Si tenemos que estar otra semana, gustosa seguiré observando lo desastres que sois.

Y la anciana no se equivocó. Les llevó otra semana tener tres venenos correctos por equipo. Cuando lo lograron, las instructoras Iria y Mega les enseñaron cómo guardarlos en recipientes de madera que debían llevar atados al cinturón.

—Os preguntaréis, jóvenes aprendices, el motivo de esto —les dijo Eyra con gesto malévolo.

Lasgol la observó con detenimiento. A veces la anciana le parecía una verdadera bruja de un cuento de miedo.

—Os lo diré: la maestría de Naturaleza es la más difícil, pues requiere cerebro, no músculo, cosa que algunos de vosotros no tenéis en demasía. Me refiero a cerebro, para los que ya os habéis perdido. —Sacudió la cabeza ante algunas miradas de total desconcierto—.

En fin… Mañana temprano partiréis a realizar un ejercicio que os pondrá a prueba. Usaréis el Tranquilizador en una práctica real. Buena suerte a todos y tened mucho cuidado. —Con aquellas palabras se despidió Eyra y los dejó a todos intrigadísimos.

La mañana siguiente fue una bien fresca. Guntar y Marga los condujeron a los bosques del norte. Lo que Eyra había olvidado mencionar de forma conveniente era que la prueba consistía en rastrear y cazar jabalíes con el veneno que acaban de aprender a preparar. Viggo resumió el pensamiento de todos con gran precisión:

—Están como cabras de monte. Alguien va a salir mal parado de esto.

Sin embargo, ese no era el sentir de los instructores. Al parecer, cazar jabalíes reforzaba el espíritu. O eso decía Guntar. Marga opinaba que era un peligro que todo guardabosques debía afrontar, pues creaba fortaleza mental. Era una iniciativa conjunta entre las maestrías de Fauna y de Tiradores como preparación para la Prueba de Invierno, que marcaría el final del año y las posibilidades de muchos de continuar o ser expulsados.

Se habían separado en tres grupos. A los Panteras les había tocado el instructor medio albino. Con ellos estaban los Águilas y los Lobos. Lasgol habría preferido ir con Marga, pero la fortuna no les había sonreído en ese sentido, como tampoco en tener que aguantar a los Águilas.

Gerd estaba atravesando un momento terrible. Los jabalíes le aterrorizaban. Algunos de los miedos del bueno de Gerd eran exagerados o sin demasiada justificación, pero en ese caso estaban bien fundados. Todos sabían ya reconocer las huellas de los animales salvajes y podían rastrearlos si las condiciones no eran muy adversas. La dificultad y el peligro llegaban a la hora de preparar de forma correcta el momento del enfrentamiento con la bestia.

—Los jabalíes salvajes del norte son extremadamente peligrosos. Su piel y pelaje son tan duros que las flechas apenas los atraviesan —les advirtió Guntar.

—¿Ni siquiera las de un buen tirador? —preguntó Isgord señalando su arco.

—Intentar matarlos con arco y flecha es una temeridad que nueve de cada diez veces termina mal. Pueden abrir en canal a sabuesos y hombres de una embestida con sus terribles colmillos encorvados; por otro lado, su fuerza y potencia son solo igualadas por las de los osos.

—Yo no les tengo miedo. —Fue el comentario de Isgord.

—Pues deberías —le dijo Guntar—. No confundas confianza con estupidez.

—Los Águilas podemos matarlos —azuzó Isgord mirando a los suyos, que asintieron confiados.

—Puede ser. Pero al menos uno de vosotros moriría y otro resultaría gravemente herido. ¿Quién quiere ser cada uno?

Isgord torció el gesto.

—Bien, veo que se me entiende. Ahora seguidme y callad. Y nada de heroicidades. No quiero un accidente, y permitidme que os asegure que hemos tenido muchos en el pasado.

Los tres equipos asintieron mientras asimilaban las palabras del instructor.

—¿Cómo quiere este instructor loco que cacemos un jabalí? —preguntó Viggo en un susurro, muy contrariado.

—Tenemos que confiar en Guntar; sabe lo que se hace, es un instructor —le dijo Ingrid.

—Sí, tú confía en las jerarquías y terminarás en una tumba sin nombre.

—En esta situación en particular —intervino Egil—, debo ponerme del lado de Viggo. Esta no es la forma de cazar un jabalí.

Mi padre, mis hermanos y sus hombres los cazan y siempre lo hacen con sabuesos; además, van armados con picas y lanzas reforzadas que usan para empalar al animal cuando embiste. Las clavan en el suelo o ponen los pies como tope para que el animal en su carga salvaje se empale sin remedio.

—Pues solo tenemos nuestras armas de guardabosques —dijo Nilsa, que se palpaba con nerviosismo las caderas.

Lasgol sabía que hacían bien en tener miedo. Todos lo tenían. Todos excepto Guntar, que parecía disfrutar de cada momento de la cacería. Llegaron a una parte del bosque con mucha vegetación. Guntar examinó el rastro y levantó el puño. Todos se detuvieron. Hizo una señal y retrocedieron tres pasos.

—La madriguera está cerca —susurró el instructor—. Guardad todos silencio si apreciáis vuestra vida.

Gerd comenzó a temblar. Ingrid lo sujetó del brazo y le susurró al oído:

—Estoy contigo. Soy tu capitán. Te protegeré. No va a pasarte nada.

El gigantón asintió y dejó de temblar.

—Sacad los cuchillos y las hachas cortas; quiero tres fosas formando un semicírculo. Aquí. —Guntar señaló el lugar—. Una por equipo. Cavad en silencio.

Los equipos obedecieron. El terreno era duro y les costó ganar profundidad. Poco a poco, trabajando en equipo, fueron consiguiéndolo no sin un gran esfuerzo.

—Profundidad hasta la cintura —les indicó Guntar en un susurro.

Continuaron cavando con cuchillo y hacha. Les llevó un buen rato lograrlo. Isgord y los suyos cavaban como posesos. Siempre lo hacían todo así, como si cada pequeña tarea fuera una competición.

—Esconded la tierra que habéis sacado y cubrid los agujeros con ramas y hojas de forma que no se vean.

Los primeros en terminar fueron los Águilas, por supuesto. Cuando el resto de las trampas estuvieron listas, Guntar los reunió a su alrededor. Se agachó y todos lo imitaron.

—Antes de nada, coged todos tres flechas y sumergid las puntas en el Tranquilizador. Hacedlo como os han enseñado. Como alguno se envenene y caiga redondo, lo dejo aquí para que se lo coman las alimañas.

Con extremo cuidado hicieron lo ordenado.

—Yo me adentraré en la espesura —continuó Guntar—. Algo más adelante está la madriguera. Cuando me descubra, volveré corriendo. El jabalí me perseguirá. Vosotros os esconderéis en esos matorrales. Tened listos los arcos, pero no tiréis hasta mi señal. Si alguien se mueve, si el jabalí os ve, esto puede terminar muy mal. Dejará de perseguirme e irá por vosotros. Eso no debe ocurrir. ¿Entendido? —Todos asintieron—. No es momento de cometer errores. Esto es peligroso —les advirtió.

—No fallaremos —le aseguró Isgord.

—Más os vale. En cuanto libre las trampas, daré la señal; entonces, tirad. El objetivo es alcanzarlo y que caiga en las trampas; el veneno hará el resto. Quedará inmovilizado. Prestad mucha atención porque vendrá muy rápido. Con tres aciertos debería ser suficiente. Los mejores tiradores de cada equipo que se pongan primero. Vamos. Preparaos.

Se ocultaron entre los matorrales y tras los árboles, y prepararon los arcos. Ingrid, Isgord y Luca, los capitanes, se situaron primero. Guntar avanzó con cuidado. Saltó por encima de las tres trampas y, en silencio, se adentró en la espesura. Durante un largo rato no ocurrió nada. Todos esperaban en tensión. Nilsa estaba tan nerviosa que tapeaba con el pie en el suelo. Ingrid le sujetó la pierna. Gerd estaba agachado y tan blanco como la nieve. Viggo y Egil parecían más enteros. Lasgol, oculto detrás de un árbol, miró a su derecha. Isgord lo miraba con ojos de odio desde el árbol contiguo.

De pronto se oyeron ruidos entre la espesura y Guntar apareció a la carrera. Corría como una gacela. Lo perseguía un enorme jabalí enfurecido. Lasgol vio los colmillos y se le hizo un nudo en el estómago. El instructor llegó hasta las trampas y saltó sobre ellas. Dio la señal:

—¡Ahora!

Lasgol levantó el arco. De súbito, sintió que tiraban con fuerza de él y quedó al descubierto entre dos árboles. Miró hacia un lado y vio al culpable: Isgord. Nadie parecía haberse percatado de ello, nadie excepto el jabalí. La bestia miró al chico con ojos enfurecidos. Viró a la derecha. La tierra bajo sus patas traseras se hundió y su cuerpo comenzó a caer en la trampa, pero de la enorme inercia que llevaba, la sorteó con una fuerte sacudida. El animal se enderezó y fue a por él.

—¡CUIDADO! —gritó Guntar.

Lasgol vio al jabalí arremeter contra él. «¡Va a despedazarme!», pensó mientras levantaba el arco.

Cuatro flechas salieron de entre los árboles y alcanzaron al animal en su embestida; sin embargo, no consiguieron detenerlo. Enfiló a Lasgol y fue a por él. Lasgol tiró, pero supo que aquello no lo salvaría. Los colmillos asesinos se le echaron encima. Lo iba a destrozar. Pensó en usar su don; era ya demasiado tarde.

De repente, Gerd apareció a su derecha. Con un salto tremendo con el hombro por delante, golpeó al jabalí en el costado. El animal, del impacto, salió despedido hacia la izquierda de Lasgol y no lo alcanzó. Gerd quedó tendido en el suelo con un gruñido de dolor. Lasgol reaccionó y se apartó. Luego se apresuró a ayudar a su amigo a ponerse en pie.

El jabalí se levantó y se giró para atacar. Comenzó un nuevo embate. Los dos muchachos vieron que se acercaba a ellos a la carrera. Gritaron. A un paso de alcanzarlos, el animal cayó para no levantarse. El veneno había hecho su efecto.

—¡Ha caído! —dijo Guntar, y corrió al lado de ellos.

—¿Estás bien? —le preguntó Lasgol a Gerd.

—Sí… Vaya golpe —respondió el grandullón sujetándose la cabeza.

—Menuda intervención. Hacía mucho tiempo que no veía nada igual —dijo Guntar felicitando a Gerd—. Hace falta mucho valor para hacer lo que tú acabas de hacer, muchacho.

—Bueno…, ha sido sin pensar…

—Gracias, grandullón; me has salvado —dijo Lasgol, y le dio un fuerte abrazo.

—Y tú, ¿por qué demonios has salido al descubierto? ¡Os había avisado para que tuvierais cuidado! —dijo Guntar furioso con Lasgol.

—No he sido yo… —comenzó a decir Lasgol, y vio a Isgord con cara de no haber hecho nada, con su equipo a sus espaldas.

Si lo acusaba, él lo negaría y nadie había visto lo sucedido. Lasgol decidió que no tenía sentido crear más conflicto.

—Lo siento, tendré más cuidado la próxima vez —se disculpó.

—Como no espabiles, no habrá siguiente vez —repuso Guntar, y fue a examinar al animal—. Estará «tranquilizado» hasta el amanecer. La forma correcta de hacer esto habría terminado con el animal en la trampa y sin sentido. Espero que esta experiencia os sirva de lección y entendáis el peligro de ciertas situaciones y cómo prepararlas de forma adecuada. —Arrancó las flechas del cuerpo del jabalí y le untó un ungüento medicinal para que no se infectaran las heridas—. Dejaremos que nuestro amigo se recupere y vuelva a su madriguera —dijo dando un par de palmadas al jabalí—. Y, ahora, regresemos. Lasgol, cuando lleguemos, das cinco vueltas al lago como castigo por tu ineptitud.

—Sí, señor —aceptó abatido.

Isgord le dedicó una sonrisa triunfal. Lasgol le lanzó puñales con la mirada. «Algún día ajustaremos cuentas, esto no voy a olvidarlo».

Aquella noche, en la cabaña, Lasgol intentaba tranquilizarse después del mal trago pasado. Jugueteaba con Camu, que disfrutaba con cada juego y caricia.

—He estado estudiándolos —dijo Egil al tiempo que señalaba los dos libros.

—Espero que hayas descubierto algo, aunque no parecen muy interesantes...

Egil soltó una risita.

—Para eso estoy yo aquí. Hay que leer con detenimiento. He estado analizándolos con especial cuidado desde que me los diste. Como se enteren de que nos los hemos llevado, vamos a meternos en un buen lío. Uno que puede acarrear nuestra expulsión...

—No te preocupes, los devolveré a la sala prohibida de la biblioteca en cuanto descubramos algo. O si no descubrimos nada.

—Asegúrate de que no te pillan.

—No lo harán. Tengo a Camu para que me ayude.

La criatura oyó su nombre y soltó un chillido interrogativo. Estaba colgando bocabajo del techo sobre la cama de Egil.

—Baja de ahí y pórtate bien —le dijo Lasgol, pero Camu prefirió seguir explorando y saltó sobre el perchero.

Egil se reía mientras Lasgol negaba con la cabeza y ponía cara de desesperación.

—Verás, estos dos libros versan sobre conocimiento general. No hay nada destacable en ellos, más allá de la información que contienen, que no es demasiado interesante. He repasado lo que se dice en ellos y es correcto. No hay datos extraños, lugares erróneos, fechas incorrectas, conocimientos equivocados; nada fuera de lo normal.

—¿Entonces? ¿Son simples manuales?

—Sí.

—Oh...

—Y no. —Lasgol lo miró confundido. Egil sonrió y se explicó—: Lo que está escrito en ellos es corriente. Pero los libros en sí no lo son.

—¿En qué sentido?

—Pertenecen a alguien acaudalado, un noble importante.

—¿Cómo sabes eso? —preguntó Lasgol con los ojos abiertos como platos.

—Por los materiales con los que se han elaborado. Son muy buenos. Extremadamente buenos y costosos. Solo un noble podría permitírselos.

—¿Sabes quién?

—No. No sé quién ha podido fabricarlos. El cuero de las cubiertas, el papel, la tinta, los grabados... son de una calidad exquisita. Es muy desconcertante.

—Oh...

—Pero quizá ahí resida parte del misterio.

—¿En el maestro artesano?

—Y en quien realizó el encargo. Un encargo extraño: conocimiento común en volúmenes valiosos.

—¿Un noble excéntrico?

—Podría ser. Pero sabiendo que tu padre los tenía...

—Sí, tienes razón; tiene que haber algo más.

—No tengo la respuesta que buscas; sin embargo, creo que no es por casualidad. Estaba estudiándolos, como lo he hecho yo, por una razón concreta o por una sospecha.

—¿Una sospecha?

—Sí, podría ser perfectamente. Cuanto más lo pienso, más convencido estoy de que hay algo que no vemos y es porque no lo hemos resuelto.

—¿Un misterio?

—Sí. Creo que en la muerte de tu padre puede haber algo más que no hemos descubierto todavía.

Lasgol dio un largo suspiro:

—Yo también tengo esa sensación. No sé por qué. He intentado sacudírmela del cuerpo, pero no se va. Tengo la sensación de que hay algo más… Creo que no sabemos toda la verdad. Hay cosas que no me encajan de mi padre, de mi madre… No sé, no estoy del todo convencido de que sepamos toda la verdad.

—¿Qué quieres hacer?

—Quiero descubrir qué más rodea la muerte de mi padre, también la de mi madre. Quiero conocer toda la verdad de lo que sucedió y por qué. Y quiero saber cómo encaja Camu en todo este misterio.

—Muy bien. Yo te ayudaré.

—Gracias, Egil; eres un buen amigo.

—Sabes que no puedo resistirme a un misterio.

Los dos rieron en camaradería.

Lasgol deseó que el misterio no fuera a acarrearles problemas.

«Claro, seguro que no».

Capítulo 25

AMANECIERON CON UNOS SONIDOS EXTRAÑOS QUE LOS despertaron. Se oían voces fuertes, presurosas; gritos incluso, cosa nada común en el campamento, donde siempre imperaban el silencio y la calma.

Lasgol saltó de la litera.

—¿Qué sucede? —preguntó Egil.

—Se oyen voces; no sé qué ocurre, no parece normal.

—Suena a problemas —propuso Viggo, que miraba al exterior por la ventana derecha de la cabaña.

—¿Ves algo? —le preguntó Gerd.

—No, pero creo que viene de los establos.

—Vayamos a investigar —dijo Egil.

—Sí, claro…, y si es Darthor nos acercamos a estrecharle la mano —dijo Viggo con gesto torcido.

Egil negó con la cabeza y sonrió:

—Vamos, debemos descubrir qué acontece.

—Nada bueno, eso acontece —le aseguró Viggo nada convencido.

Egil miró a Lasgol y este le hizo una seña afirmativa. Los dos salieron corriendo a medio vestir. Gerd, que no se decidió, se quedó con Viggo.

Al llegar a los establos, comprobaron que no eran los únicos que se habían acercado a mirar. Lasgol distinguió a Astrid y Leana a unos pasos de ellos; entonces sintió que el estómago se le revolvía al encontrarse con Astrid. Decidió acercarse y tragarse su enfado con ella.

—¿Sabéis qué sucede? —preguntó Astrid, que miró a Lasgol con ojos brillantes al verlo.

—No…, pero pasa algo extraño —respondió y señaló hacia los establos.

Una larga caravana se aproximaba desde la entrada sur del campamento, solo que no era una caravana normal como las de los iniciados o aprendices al llegar para comenzar el año, tampoco una de aprovisionamiento, esas eran mucho menores y completamente silenciosas. No, aquella era una caravana mucho más lúgubre. Era una caravana de heridos. Heridos de guerra. Más de una treintena de carretas tiradas por mulas entraban con paso cansino cargadas con soldados en muy malas condiciones.

—¡Por los Dioses del Hielo! —exclamó Astrid al asimilar lo que sucedía.

—Es el horror de la guerra —dijo Egil observando las carretas manchadas de sangre y con heridos y muertos.

A la cabeza del grupo iba un oficial de rango del ejército del rey. Llevaba el brazo vendado. Lo escoltaban una docena de soldados a pie con rostros de agotamiento extremo. Iban cubiertos de pies a cabeza en mugre y sangre.

—En esa carreta hay varios muertos… —indicó Leana con espanto.

—¡Movedlos! ¡Rápido! ¡Que no se desangren! —tronaba la voz de Oden, que organizaba a una docena de guardabosques para que los auxiliaran.

—Creo que lo mejor es que vayamos a ayudar —dijo Lasgol.

—¿Tú crees? —le preguntó Astrid mientras miraba a Oden, que lanzaba órdenes a diestro y siniestro.

—No tiene suficientes guardabosques y va a necesitar improvisar un hospital de campaña —dijo Egil.

El oficial desmontó y saludó a Oden:

—Instructor mayor —dijo con voz cansada.

—General Ulsen, sea bienvenido al campamento.

—Dejemos de lado las formalidades —respondió el general con ademán de estar agotado—. Necesitamos ayuda urgente o muchos no sobrevivirán.

Oden asintió:

—Nos haremos cargo de ellos, general. De inmediato.

—Gracias. Vosotros, ayudad a los guardabosques —ordenó a sus hombres.

—No es necesario.

—Lo es. Somos el Ejército de las Nieves. No nos rendimos nunca. Mis hombres ayudarán hasta caer desfallecidos. —Se giró hacia ellos y les lanzó una mirada llena de orgullo.

—¡A la orden, general! —respondieron sus hombres a una.

Lasgol observaba la escena como si estuviera en medio de una escena irreal, un sueño o, más bien, una pesadilla.

—¡Vosotros, conmigo! —dijo una voz femenina a su espalda.

Se giraron y se encontraron a la sanadora Edwina, que llegaba a la carrera.

—¡Vamos, cada instante cuenta!

No necesitaron una segunda llamada. Se pusieron a trabajar al lado de la sanadora, siguiendo sus instrucciones. Lasgol se maravillaba del conocimiento de Edwina y de su poder sanador. Los demás no podían ver la energía azulada de la sanadora abandonando su cuerpo y actuando sobre los de los heridos, pero él sí la captaba.

Egil lo miraba de reojo mientras la sanadora trabajaba; intuía lo que Lasgol estaba viendo. Tendría que contárselo todo luego, en detalle. Se centraron en ayudar en cuanto pudieron a Edwina, lo que suponía presenciar heridas terribles y la muerte en su forma más real y cruel. Algunos heridos estaban lejos de cualquier posible ayuda, ni siquiera la sanadora podía salvarlos.

Dolbarar y los cuatro guardabosques mayores acudieron de inmediato y organizaron la situación. Llamaron a todos en el campamento. Los de cuarto y tercer año levantaron un hospital de campaña frente a la Casa de Mando. Habilitaron camas con las mesas y los bancos corridos del comedor. Los de primero y segundo se encargaron del agua, las medicinas, los alimentos, mantas y ropa.

Fue una experiencia sobrecogedora, una que les quedaría grabada para siempre. La sangre y el horror que presenciaron aquel día no se les borrarían del alma nunca. Los más afortunados recibieron ayuda a tiempo, tanto de la sanadora como de los guardabosques que ayudaban a sanar sus heridas. Pero las lesiones de muchos eran demasiado graves para que se pudiera hacer nada por ellos.

El general Ulsen se acercó a Dolbarar:

—Sé que he quebrantado la ley de los Guardabosques por refugiarme aquí con mis hombres heridos, pero no tenía otra opción. El enemigo nos tenía cercados. Era esto o rendirnos. No podía dejarlos morir. No podía...

—Has hecho bien, Ulsen. Los guardabosques no cerramos nuestras puertas a los amigos.

—Gracias, Dolbarar; os honra.

—¿Y el resto de las fuerzas del rey?

—Se han retirado. Por eso quedamos cercados. Las órdenes de Uthar eran replegarse a la ciudad amurallada de Olstran y allí aguardar refuerzos.

—¿Olstran? La gran ciudad está a medio camino entre las

montañas y la capital, Norghania. ¿Tanto ha tenido que retroceder el rey?

Ulsen suspiró y sus ojos mostraron honda preocupación.

—Hemos sido derrotados en tres ocasiones. La situación es crítica. Si no los detenemos en Olstran, llegarán a la capital…

—Son noticias terribles…

—El rey necesita el apoyo de los nobles sediciosos de la Liga del Oeste; sin ellos no podrá detener a Darthor.

Dolbarar suspiró hondo.

Mientras los dos hombres comentaban la delicada situación en la que se hallaban las fuerzas del rey, los guardabosques se ocuparon de los muertos. En sigilo y con el máximo respeto y rapidez, los retiraron a una zona apartada.

Todos trabajaron sin descanso hasta bien entrada la noche, intentando aportar su granito de arena para socorrer a aquellos valientes. Dolbarar estaba muy preocupado por Edwina. Había demasiados heridos para una sola sanadora y ella se negaba a descansar. Temía que se excediera en su intento por sanarlos a todos y fuera ella la que pereciese. No sería la primera ni la última vez que ocurriera. Las sanadoras, aunque lo tenían prohibido, una vez consumida toda su energía interna, podían usar su propia energía vital para seguir sanando. Era muy arriesgado y de no detenerse a tiempo se consumían por completo, lo que las conducía a la muerte.

Finalmente, exhausta, la sanadora perdió el sentido. Eyra y sus ayudantes la llevaron a su casa para que descansara y cuidaron de ella. La situación pareció calmarse algo al llegar la noche. Muchos de los heridos cayeron dormidos de puro agotamiento; sin embargo, una parte sufría dolores indecibles por las heridas y sus quejidos y sollozos se oían como una fúnebre letanía.

—¿Sabéis qué ha ocurrido? —preguntó Nilsa temblando de frío y de la impresión.

—Una batalla al sudeste, por lo que me ha contado uno de los soldados heridos mientras lo transportaba —respondió Gerd.

—¿Cómo han llegado hasta aquí? —preguntó Ingrid extrañada.

—Un soldado me ha contado que los han traído río arriba —dijo Lasgol—, era más rápido que transportarlos a Olstran, la ciudad amurallada más cercana. A los que estaban algo más cerca los han llevado a la ciudad. El general Ulsen conoce el campamento y sabía dónde buscar ayuda. Los han trasportado los capitanes en las embarcaciones durante la noche, burlando al enemigo.

—Por lo que parece, Darthor ha vuelto a derrotar a las fuerzas del rey —explicó Egil.

—¿Uthar ha tenido que retirarse? —Ingrid sacudía la cabeza sin poder dar crédito.

Sin embargo, la evidencia estaba ahí. Aquellos heridos eran del ejército perdedor.

—Me ha dicho un sargento que ha sido una batalla épica —dijo Egil—. Han luchado contra los salvajes del hielo, ogros, bestias terribles...

—¿Y lo crees? —preguntó Nilsa—. Suena a exageración...

—He de decir que sí; en esta situación, lo creo.

—Son noticias terribles... —dijo Nilsa nerviosa.

Gerd le dio un abrazo para calmarla.

Se hizo el silencio; todos intentaban asimilar la gravedad de aquellas terribles informaciones.

Lasgol vio a una iniciada apoyada contra un árbol, alejada de la plaza, como escondida; se cubría la cara con las manos y parecía sollozar. Al reconocerla se acercó a ella.

—¿Estás bien, Val?

Ella asintió sin mirarlo, cubriéndose los ojos con las manos.

—¿Seguro? —insistió Lasgol, que podía ver que intentaba ocultar que lloraba.

—Sí…, estoy bien, gracias… —respondió entrecortadamente.

—No hay nada malo en llorar. Ha sido algo terrible. No tienes por qué ocultarte.

Val levantó sus grandes ojos azules hacia Lasgol; ahora estaban rojos y tenía las mejillas húmedas.

—No quiero que los otros iniciados piensen que soy débil…

—¿Débil tú? De eso nada.

—No creas…, mucho es una fachada…

—Puede, pero yo sé que hay mucha fuerza ahí dentro —le dijo señalando al corazón de ella.

Val dejó de sollozar.

—Gracias, Lasgol. Eres muy amable.

—No creas todo lo que oyes; el año pasado era un traidor infame, lo peor que caminaba sobre la tierra —dijo con una mueca cómica intentando arrancar una sonrisa a la joven.

—Eso he oído. También que por arte de magia, o brujería más bien, terminaste convertido en héroe —contestó ella y su sonrisa regresó, aunque levemente.

—Espero que para final de este año me convierta en príncipe.

—Si no andas con cuidado, podrías terminar como princesa.

Lasgol soltó una carcajada.

—Eso sería digno de ver.

—Gracias por animarme. Ha sido horrible, toda esa sangre, las terribles heridas…, los muertos… —confesó Val, que intentaba no llorar.

El muchacho se agachó frente a ella.

—Lo ha sido para todos. Yo no creo que duerma esta noche y estoy seguro de que tendré pesadillas durante mucho tiempo.

—¿Un héroe como tú?

Lasgol asintió:

—Héroe o no, si esto no me afectara no sería humano, así que no tienes nada que esconder o de lo que avergonzarte.

—Ya sabes cómo son… Buscan una debilidad… Hay tanta competitividad entre los iniciados…, incluso en mi propio equipo.

—No te preocupes, lo harás bien. Estoy seguro.

—Tengo que hacerlo —dijo ella y su semblante se tornó serio, sus ojos mostraron determinación—. No puedo fallar.

—Todos estamos aquí por una razón.

—Algunas razones son más poderosas que otras…

—Cierto.

Se puso en pie; el chico la imitó.

—Ya me encuentro mejor. Gracias. Eres mi héroe. —Lasgol sonrió al juego de palabras—. Gracias. De verdad.

—No ha sido nada.

Val le dio un abrazo sincero y él se lo devolvió. Por un momento, la reconfortó en sus brazos.

—Ya nos veremos —se despidió Val, y se marchó con una sonrisa agradecida.

La observó alejarse. ¿Qué razón tendría para estar allí? Por su expresión, una muy poderosa. Y, mientras lo pensaba, notó que tenía unos ojos clavados en él. Unos ojos verdes, salvajes, en un rostro bello y fiero.

Era Astrid.

Lo miraba desde una fuente cercana. Su expresión era de verdadero enfado. Lasgol fue a saludarla, pero estando las cosas como estaban entre ellos y la mirada que le estaba dedicando, lo pensó mejor y bajó la mano que había comenzado a alzar en saludo. No le dijo nada. Astrid se giró como ofendida y se marchó a grandes pasos con la espalda muy recta.

—Lasgol, nos vamos —lo llamó Ingrid haciendo una seña con la mano para que fuese con ellos.

Agotados, regresaron a la cabaña a descansar un poco. Con el amanecer tendrían que volver a ayudar con los heridos.

Capítulo 26

L A SIGUIENTE SEMANA TODOS DEDICARON SUS ESFUERZOS A SALVAR a los heridos más graves y a ayudar en la recuperación de los que ya no corrían peligro. La sanadora no descansaba un momento y Dolbarar la observaba constantemente para que no cruzara el punto de no retorno en sus sanaciones.

Llegaron y partieron mensajeros tanto alados como a caballo. Las noticias que portaban no eran nada halagüeñas. Las fuerzas de Darthor avanzaban y el rey Uthar se había visto obligado a retirarse. Sus tropas habían quedado dispersas e intentaban reagruparse.

Todo en el campamento giraba ahora en torno a la guerra y a los heridos. Los guardabosques de los cuatro cursos seguían con la instrucción a diario, pero intercalaban tareas de ayuda y soporte. Los días eran ajetreados. El tiempo empeoró en un abrir y cerrar de ojos. El cruel invierno norghano descendió sobre las montañas y el campamento como un dios helado extendiendo sus alas níveas, y lo cubrió todo de blanco. El paisaje era bellísimo; no así el cielo, que estaba cada vez más gris y amenazaba tormenta a diario. Sin embargo, lo peor de todo era el frío, que comenzaba a ser extremo.

—Me pregunto cuándo será la Prueba de Invierno —comentó Ingrid una mañana mientras ejecutaban el entrenamiento físico.

—¿Por qué siempre estás pensando en lo mismo? —le recriminó Viggo jadeando; la nieve lo cubría hasta las rodillas en medio de la colina que estaban subiendo.

—Porque nos jugamos la expulsión y, si no pienso en ello, no puedo prepararme para superarla —le contestó ella con el ceño fruncido.

—Por las fechas en las que nos encontramos debería ser muy pronto —dijo Egil con la cara roja por el esfuerzo y el intenso frío.

Gerd se detuvo junto a ellos y miró al cielo.

—Será pronto. El tiempo está empeorando mucho.

Nilsa llegó a la altura de Lasgol y le echó nieve encima.

—¡Vamos, menos cháchara, hay que llegar a la cima! —dijo riendo.

El chico sonrió y continuó esforzándose, haciendo gestos para que se dieran prisa. Viggo sacudió la cabeza y puso los ojos en blanco.

Unos días más tarde, Oden se presentó en las cabañas e hizo formar a los equipos algo más temprano de lo habitual, lo que siempre solía conllevar alguna novedad, buena o mala. Por lo general, lo segundo.

—Dolbarar ha convocado una reunión en la Casa de Mando —anunció—. Seguidme. Ahora.

Lasgol se sorprendió. Aquello no era nada normal.

Dolbarar los esperaba frente a la puerta del edificio. Su rostro era serio. Lasgol leyó preocupación en sus ojos. Junto a él estaba el general Ulsen con una rígida expresión militar.

—Bienvenidos —los saludó Dolbarar, esta vez sin su acostumbrada sonrisa tranquilizadora.

Lasgol y Egil intercambiaron una mirada de preocupación. Algo pasaba y no era bueno.

—Imagino que esta llamada os ha pillado por sorpresa. Lo veo en vuestros ojos, llenos de incertidumbre e intranquilidad.

Probablemente estaréis pensando que tiene relación con la Prueba de Invierno que tanto os preocupa. —Hizo una pausa y luego asintió más para sí mismo que para los aprendices—. No estáis del todo equivocados. Este año las pruebas de todos se verán afectadas por un hecho innegable y que debemos confrontar: la guerra con Darthor. Y esta guerra va a afectar a la Prueba de Invierno.

—Igual la suspenden y nos dejan pasar a todos —susurró Gerd esperanzado.

—Ya, seguro, y a mí me hacen príncipe de Norghana —dijo Viggo con una mueca.

Ingrid le dio un codazo.

—Shhh. Oigamos a Dolbarar.

—El general Ulsen ha recibido noticias muy preocupantes que requieren nuestra intervención —continuó Dolbarar—. Dejaré que sea él quien las transmita. —Con un gesto dio paso a Ulsen.

El general paseó la vista sobre los aprendices, como midiendo su coraje, y habló:

—La situación es grave. No voy a mentiros, el rey ha sido rechazado y la guerra está tomando un cariz adverso. Tras las últimas batallas, Uthar se ha retirado a la ciudad amurallada de Olstran, está reagrupándose. Pero, en su repliegue, varios regimientos han quedado embolsados tras las Montañas Eternas y no pueden regresar. Darthor ha aprovechado el repliegue de Uthar para sellar los pasos y los regimientos han quedado aislados al norte. Ahora se prepara para avanzar sobre Olstran con sus tropas. Este campamento es el punto más al norte aún en manos de las fuerzas de Uthar. El enemigo controla el norte y está avanzando hacia el sur por detrás de esas montañas según hablamos. —Señaló la cordillera que rodeaba y protegía el campamento y todo el enorme valle—. Por ello, el rey ordena a los guardabosques que rescaten a los regimientos atrapados.

Los murmullos tomaron vida entre los aprendices. Dolbarar intervino:

—Este año la Prueba de Invierno será una de enorme coraje; consistirá en rescatar a esos soldados atrapados en el helado norte, tras las montañas. No podemos dejarlos morir a manos del enemigo o del letal invierno. En el campamento solo quedáis los alumnos de los cuatro cursos. Debéis ser vosotros.

Los murmullos se convirtieron en exclamaciones de sorpresa, en ahogadas muestras de asombro y miedo... Aquello era más que una prueba, era participar en la guerra y todos eran muy conscientes de que podían morir.

—Hay que abrir dos pasos cerrados y rescatar a nuestras tropas para que puedan unirse al rey en Olstran. A despejar la Garganta del Gigante Helado, irán los de primer año, acompañados por los de cuarto, pues son los más jóvenes e inexpertos, y necesitarán ayuda. Vosotros, los de segundo año, estáis ya preparados para afrontar esta situación. Habéis entrenado y os habéis formado durante casi dos años. Podéis hacerlo, no me cabe duda. De todas formas, algunos equipos de tercer año os acompañarán. Vuestra misión consistirá en despejar el Paso de la Boca del Dragón Blanco.

Gerd abrió los ojos como platos. Su rostro expresó terror.

—Ese es el paso más al norte...

—Sí, y detrás están las Montañas Inalcanzables y los confines del norte, donde termina Norghana y comienza el mar del Norte —explicó Egil—. A esa región la llaman los Territorios Helados.

—Y en donde viven algunas tribus de salvajes del hielo... —recordó Viggo con gesto torcido.

—No está claro si siguen allí. Hace años que nadie se acerca por esas tierras inhóspitas —dijo Nilsa.

—Por una razón obvia: los salvajes del hielo los matan —insistió Viggo.

—No tenemos que ir tan al norte, no os preocupéis —intentó calmarlos Ingrid.

—Yo no quiero toparme con un brutal salvaje del hielo —confesó Gerd mostrando en sus ojos todo el temor que sentía.

—No te preocupes. Será una misión sencilla. Llegar al paso, abrir camino y sacar de allí al regimiento. Pan comido —les aseguró Ingrid.

Lasgol intercambió una mirada con Egil y este le hizo un gesto claro de que no estaba tan seguro de que fuera a ser así.

Dolbarar les explicó con detalle las misiones y los riesgos con los que se iban a encontrar:

—Tened mucho cuidado. Esto no será una prueba, esto es la guerra. Podéis morir. Todos.

Lasgol sintió un escalofrío helado bajarle por la espalda. Los rostros de sus compañeros estaban marcados por el miedo y la preocupación.

Partieron con la primera luz del alba. Los guiaba Esben, al que acompañaba la instructora Marga. Lasgol se alegró de que los guiara el guardabosques mayor de la maestría de Fauna; al menos no eran el siniestro Haakon ni la gélida Ivana. Eyra era demasiado anciana para aquel tipo de aventuras. Esben tenía carácter y era algo tosco, pero no había malicia en él.

Lasgol pensó que abandonarían el campamento por la entrada al sur para dirigirse luego hasta el embarcadero. Allí tomarían los navíos, saldrían por la garganta y navegarían por el río Sin Retorno. Eso es lo que habían hecho los de primer y cuarto año el día anterior. Pero, para su enorme sorpresa, Esben los guio hacia los bosques del norte.

Según avanzaban se les unieron los equipos de tercer año. Lasgol reconoció a Molak; se alegró de que fuera él. Tenerlo con ellos lo tranquilizaba. Decían que era el mejor de los de tercero. Al menos en Tiro y en Pericia desde luego que lo era.

—Hola, Ingrid —saludó Molak situándose junto a ellos.

—Hola, Molak —respondió esta con tono algo menos frío de lo que era habitual en ella.

Por un instante los dos capitanes se observaron sin decir nada. Viggo captó el gesto y frunció el ceño.

—¿Qué tal ese tiro, Lasgol? ¿Va mejorando?

—Mucho, Molak. Mil gracias por tus consejos. Me han ayudado mucho.

El de tercer año sonrió:

—Me alegro.

Lo que Lasgol no le contó es que había estado practicando día y noche, y no solo con los consejos y enseñanzas de Molak, sino que había estado experimentando con el don y había logrado desarrollar una nueva habilidad. Egil le había puesto el nombre de Tiro Certero. Todavía no la dominaba, pero había sido todo un descubrimiento y una gran sorpresa. Había ocurrido por accidente. Lasgol entrenaba con Ingrid y Egil cuando sucedió. Estaba apuntando con su arco y se sentía tan frustrado por que sus tiros no hacían diana por mucho que lo intentara que cerró los ojos con fuerza y maldijo. «Veo la diana, el punto exacto donde debo acertar. Tengo que acertar. ¡Tengo que acertar!». Y debido a los sentimientos intensos que estaba experimentando, a su rabia y su frustración, el don despertó sin que él lo llamara. Abrió los ojos y centró la mirada en el blanco; sintió el hormigueo que el uso del don le provocaba. Se produjo un destello verde que le recorrió el brazo y el arco. Lasgol no sabía qué tipo de habilidad había invocado. Soltó y siguió la trayectoria de la flecha con la mirada. Dio en el blanco. En el centro del blanco. El centro exacto. Sin desviación alguna. Lasgol no podía creérselo; Ingrid y Egil, menos aún. Lo observaban boquiabiertos.

Volvió a intentarlo; sin embargo, no pudo repetir la hazaña. No conseguía invocar esta nueva habilidad. No le extrañó, las habilidades espontáneas había que dominarlas, y tardó semanas en lograr algo.

Egil estaba entusiasmado. Creía que era algo fascinante. Había registrado todo lo sucedido con detalle en su cuaderno de notas. El problema con desarrollar nuevas habilidades era que llevaba mucho tiempo y esfuerzo. «Como todo lo bueno en la vida», le había dicho Egil. Pero Lasgol no tenía demasiado tiempo. Además, una vez que terminara de controlarla, no podría usarla para pasar las pruebas de tiro, pues sería como hacer trampa. Egil le había explicado que desde un punto moral no lo era: cada persona utilizaba su cuerpo y sus talentos naturales sin restricciones para llegar a ser guardabosques. Gerd, por ejemplo, era el más fuerte del campamento y podía usar esa fortaleza en la lucha y en muchas otras pruebas. No veía cómo ser poseedor del don era diferente de ser poseedor de un cuerpo enorme y fuerte. Lasgol entendía lo que Egil trataba de decirle; aun así, prefería no usar su don en los entrenamientos y mucho menos en las pruebas.

—Tened mucho cuidado. Esta misión será peligrosa —les advirtió Molak, y miró a Ingrid.

Lasgol regresó de sus pensamientos y asintió pesadamente.

—Será mejor que quien se cruce en nuestro camino tenga cuidado —dijo Ingrid con energía.

Molak sonrió sorprendido por el comentario.

—Aun así, tened cuidado.

—Lo tendremos —le respondió la chica ahora algo más cautelosa.

El capitán de tercero volvió con su equipo tras Esben y Marga, que iban marcando el ritmo.

—¿Qué quería el Capitán Fantástico? —les preguntó Viggo.

—¿Capitán Fantástico? —preguntó Ingrid contrariada.

—Sí, ese al que le ponías ojitos.

—Ese es Molak, y no es ningún capitán fantástico. ¡Y yo no le ponía ojitos a nadie!

—Ya..., ya...; por eso estás roja como un tomate.

—¡Estoy roja de ira de aguantarte! —le respondió, y le dio la espalda.

Lasgol tuvo que reprimir una carcajada y siguió caminando. El trayecto sería duro y largo. Comenzó a nevar, buena señal en el norte, pues la temperatura no descendería mientras los copos cayeran. Todos llevaban ropa gruesa de invierno: capas de guardabosques blancas para confundirse con la nieve y el entorno helado. Hasta los morrales que llevaban eran blancos. Arrebujados en la capa, con la capucha puesta y el pañuelo de guardabosques blanco sobre la nariz y la boca, no se distinguían de la nieve en la distancia. En el morral todos llevaban una pequeña pala de madera; la necesitarían para apartar la nieve.

Esben los hizo marchar a buen ritmo siempre en dirección norte. Marga observaba a los equipos con atención. Vadearon varios lagos y cruzaron cinco bosques interminables. Al fin, llegaron al pie de la cadena montañosa que sellaba el valle. Ya la habían subido en varias partes, aunque Lasgol no entendía qué propósito tenía escalar la cordillera si no había forma de descender por el otro lado. Y eso lo sabían bien.

—Acercaos todos —pidió Esben.

Marga se situó a su lado. Todos los equipos se agruparon alrededor del maestro guardabosques.

—Lo que voy a mostraros es un secreto de los guardabosques, uno que mantenemos desde hace mucho tiempo. No os lo mostraría si tuviera otra opción. Por desgracia, no tenemos tiempo para dar rodeos. Las vidas de bravos soldados de Norghana dependen de que actuemos con rapidez. Necesito vuestro juramento de que nunca revelaréis este secreto a nadie. Ni bajo tortura. Os lo llevaréis con vosotros a la tumba.

Las palabras de Esben, tan cortantes, dejaron a todos algo descompuestos.

—Por supuesto, guardabosques mayor —respondió Molak reaccionando el primero.

Isgord, que no quería ser menos, habló a continuación:

—Desde luego, señor. A la tumba.

Poco a poco, el resto fueron aceptando.

—Muy bien, seguidme.

Esben subió con una agilidad y seguridad asombrosas por las rocosas paredes cubiertas de nieve. Los demás lo siguieron lo mejor que pudieron. Llegaron a media altura en la cordillera y Esben se detuvo frente a dos enormes rocas; parecían haber caído desde la cima. De pronto, dos guardabosques aparecieron sobre ellas. Nadie supo de dónde habían salido. Parecían haberse materializado allí mismo por arte de magia, aunque probablemente tenía que ver más con su destreza en la maestría de Pericia.

—Guardabosques mayor Esben —saludaron.

—Vigías del Paso Secreto —respondió a su vez Esben.

El resto esperó mientras los tres guardabosques intercambiaban palabras en voz baja. Al cabo de un buen rato, que todos aprovecharon para descansar, Esben se dirigió a ellos:

—Seguidme en fila de a uno.

Sin añadir más, subió sobre la roca ayudado por los dos guardabosques y se dejó caer al otro lado desapareciendo de la vista de todos. Molak lo siguió. Cuando le tocó el turno a Lasgol, los dos guardabosques lo ayudaron a subir y, una vez sobre las rocas, descubrió el secreto: un estrechísimo desfiladero con cabida para solo una persona se abría ante sus ojos. Una de las paredes del desfiladero se había desplazado y caído contra la otra, lo que dejaba en su base un angosto pasaje. Desde la distancia parecía que ambas paredes estaban una contra la otra. La parte inferior no se veía.

—Increíble... —musitó Lasgol, y se adentró en el pasaje siguiendo a los demás.

Dio gracias a los Dioses del Hielo por no tener fobia a los espacios estrechos. Les llevó un buen rato alcanzar la salida. Cubrieron más de dos mil pasos. Al otro lado del desfiladero, se toparon con otras dos enormes rocas que lo escondían de ojos indiscretos y a otros dos vigías que los ayudaron a subir y salir de allí.

Esben y Marga llamaron a todos los capitanes. El guardabosques mayor se dirigió a ellos con rostro serio:

—Estamos fuera. Ahora debemos extremar las precauciones. Recordad todo lo que habéis aprendido y tened mucho cuidado; no olvidéis que estamos en guerra. Llegaremos hasta el paso, lo libraremos, encontraremos a los soldados atrapados al otro lado y regresaremos con ellos. Nada de tonterías. Nos mantendremos apartados de las fuerzas de Darthor en todo momento o algunos no regresaremos con vida.

—Así lo haremos —le aseguró Molak.

—Muy bien. Vamos.

Se dirigieron al norte. Nevaba copiosamente y la travesía fue dura. Avanzaban en silencio, con cuidado de que no los descubrieran. Marga se adelantó a explorar en avanzadilla para evitar que se toparan con el enemigo. Esben envió a Molak y los otros capitanes de tercer año a cubrir los flancos y la retaguardia. Les dio órdenes de explorar a trescientos pasos del grupo y avisar ante cualquier anomalía.

Lasgol y el resto de los aprendices avanzaban con los sentidos alerta y, sobre todo, estaban muy tensos. La tensión era tan patente que parecía impedirles mover los músculos y articulaciones de forma normal. Ingrid les hacía gestos de ánimo en silencio, pero la cara de Gerd delataba el miedo que todos sentían. Nilsa pisaba la nieve con tal cuidado que parecía otra persona. Estaba aterrorizada de que pudieran descubrirlos porque cometiera alguna de sus torpezas. Lasgol estaba inquieto, mucho. Egil observaba cuanto pasaba a su alrededor y lo memorizaba, y analizaba todo con su mente prodigiosa. El único que parecía mantener una calma total en aquella situación era Viggo. A él las situaciones difíciles no lo ponían nervioso, una cualidad digna de envidia y que Lasgol habría deseado poseer; sin embargo, por desgracia, no era el caso.

Marcharon durante una semana cruzando bosques y subiendo colinas bajo las inclemencias de un invierno que cada día que pasaba se convertía en más peligroso. La travesía comenzó a ponerse muy difícil, sobre todo por las noches, cuando la temperatura descendía hasta los abismos y no podían encender fuegos para calentarse por el riesgo de que los descubrieran. Esben no les permitía dormir más que lo necesario para que la mente no sufriera y lo hacían apelotonados los unos sobre los otros para mantener algo de calor corporal. Las provisiones que llevaba cada uno eran para tres personas, para sí mismo y para los dos soldados que debía rescatar. El peso era importante y tener que comer la ración fría no le sentaba demasiado bien al estómago.

Si la primera semana fue dura, la segunda se volvió infernal. El terreno era cada vez más abrupto y un desliz podía costarles la vida. El clima se volvió extremo. Las tormentas invernales comenzaron a castigarlos con vientos helados que cortaban la piel, lluvia glacial que helaba hasta los huesos y nieve y granizo que les impedían avanzar al ritmo que debían. Esben los guiaba y animaba. Los aprendices estaban soportando el castigo como auténticos campeones. Por fortuna, no había rastro del enemigo. Habían encontrado huellas en dirección sur; sin embargo, eran de hacía más de una semana. Lasgol no sabía cómo Esben podía leer aquel rastro una semana después en medio de una tormenta invernal. Pero podía.

Al inicio de la tercera semana, los ánimos comenzaron a agotarse, y algunos aprendices, a desfallecer. Ayudados por sus compañeros de equipo, siguieron avanzando. En medio de una ventisca que apenas los dejaba ver nada, alcanzaron la entrada al paso: la Boca del Dragón Blanco.

—¡Nos detenemos! —ordenó Esben.

—He registrado los alrededores y no hay rastro del enemigo —dijo Marga. Solo los ojos y las pecas de la frente eran visibles bajo el pañuelo de guardabosques que le cubría el rostro.

—Muy bien. Quiero vigías a mil pasos en todas direcciones —exigió Esben.

—De acuerdo —respondió Marga, y eligió a los mejores.

—Los demás, escuchadme —les dijo Esben—. Sé que estáis cansados, pero pensad esto: cuanto antes terminemos la misión, antes regresaremos a casa.

Los aprendices asintieron.

Esben señaló el alud de nieve y rocas que obstruía la entrada del paso.

—Esto no ha ocurrido por causas naturales. Lo ha hecho Darthor. Pero hoy le demostraremos que nada puede con los guardabosques, con los norghanos. ¡Sacad las palas! ¡Despejad la entrada!

Y los aprendices comenzaron a trabajar con las exiguas fuerzas que les quedaban, orgullosos de ser norghanos, de ser guardabosques.

Capítulo 27

L ES LLEVÓ UNA SEMANA DE ESFUERZO EXTREMO DESPEJAR LA
entrada del paso. Se turnaron, día y noche. Mientras unos
equipos descansaban, los otros trabajaban. Luego se relevaban.
Era increíble la de nieve y roca que eran capaces de remover con
disciplina y siguiendo las expertas órdenes de Esben. Avanzaban con mucho cuidado, pues el riesgo era alto. En cualquier
momento podía haber un derrumbe: los equipos removían nieve y roca de la base, lo cual podía desestabilizar las capas superiores.

—¡Descargad de arriba! —les gritaba Esben.

Trabajaban con vigor siguiendo sus instrucciones. De pronto,
se oyó un ruido terrible, como un trueno recorriendo el paso. Un
desprendimiento. Nieve y piedra se precipitaron sobre los equipos
que excavaban en ese momento. Los Osos se llevaron la peor parte
y quedaron sepultados. Todos se lanzaron a rescatarlos y los sacaron
con vida pero malheridos. Tenían huesos rotos, feas contusiones y
heridas graves. Los sanaron con los ungüentos y medicinas que
portaban, y los entablillaron.

—¿Qué hacemos? —preguntó Marga a Esben.

Ambos estaban muy preocupados y no podían disimularlo.

—De seguir aquí arriba, con este clima…, morirán —aseguró Esben—. Dejadme pensar.

Lo meditó durante una mañana y al fin se decidió. Llamó a Marga y a los Lobos:

—Debéis regresar antes de que alguno muera. Los llevaréis de vuelta al campamento.

—Pero a mí me necesitas contigo —dijo Marga.

—Lo sé, pero no quiero sus muertes sobre mi conciencia. Consigue que regresen sanos y salvos. Será difícil. No puedo encomendárselo a un equipo, todavía no están preparados para afrontar una situación así.

—Está bien. Lo haré —le aseguró Marga.

Se marcharon antes del atardecer.

Esben se dirigió al resto de los equipos, que contemplaban cómo se alejaban sus compañeros heridos:

—Esto es más que una prueba; esto es la vida real, y aquí la gente cae herida y muere. No quiero regresar al campamento con bajas, así que prestad mucha atención a lo que hacéis y que esto no se repita.

Trabajaron sin descanso durante días, internándose en el paso, despejando la avalancha que lo cubría de lado a lado.

—No me explico cómo Darthor ha conseguido cubrir todo el paso —comentó Lasgol a sus compañeros mientras comían de las provisiones en un descanso—. La entrada es una cosa, pero… ¿todo el desfiladero?

—Habrá usado bestias de las nieves —aventuró Gerd.

—Lo más probable es que haya usado magia —dijo Egil.

—¡Ya estamos con la maldita magia! —protestó Nilsa.

—Es lo que más sentido tiene analizando lo que nos hemos encontrado. Un alud de semejantes proporciones no puede haberlo causado una mano humana —dedujo Egil.

—Quizá haya sido la madre naturaleza —dijo Ingrid.

—Sí, pero no habría sido a lo largo de todo el cañón. Lo más probable es que hubiera sido en medio —rebatió Egil—. Cuanto más lo pienso, más creo que ha sido magia.

—¿Magos del hielo corruptos? —preguntó Ingrid.

—Eso me temo...

—Dejad ya de hablar de magia y magos corruptos —saltó Nilsa—. Se me ponen los pelos de punta y ya tenemos bastantes problemas como estamos.

—La pelirroja tiene razón —convino Viggo.

—Debemos conocer el peligro al que nos enfrentamos —dijo Ingrid.

—Entonces, ¿por qué no vas a preguntarle a tu novio, al Capitán Fantástico? —le dijo Viggo con una mueca.

—¡Yo no tengo ningún novio!

—Si se te cae la baba cada vez que te habla con sus rubias trenzas, esos ojos azules que cortan la respiración y ese apuesto rostro de guerrero de mentón fuerte —se burló Viggo imitando la voz de una chiquilla enamoradiza.

La capitana estalló y se lanzó sobre él. Tuvieron que separarlos. Por suerte, estaban demasiado cansados y hacía demasiado frío para discutir.

Unos días más tarde, en medio de una tormenta de nieve, los Águilas consiguieron atravesar el tramo final y cruzar al otro lado del paso. Isgord lo celebró como si los Águilas lo hubieran hecho todo ellos solos, cosa que no sentó nada bien al resto de los equipos, que se habían dejado el alma cavando en aquel desfiladero abismal. Pero a Isgord eso le daba igual.

Esben envió a los de tercer año a reconocer la zona mientras los demás esperaban. Cuando regresaron, reportaron sus hallazgos.

—Nada al este —dijo Aspen, uno de los capitanes.

—Nada al oeste —dijo Olmar, el otro capitán.

—Huellas, señor, al norte —anunció Molak.

—¿Nuestros hombres o el enemigo? —quiso saber el guardabosques mayor.

—De ambos, pero las más recientes son de nuestros soldados.

Esben lo meditó. Tenía el cabello y la barba llenos de nieve y parecía haber envejecido treinta años.

—Muy bien; avanzaremos despacio, formación de flecha. Yo iré en cabeza. Vosotros tres y vuestros equipos, conmigo. Formaremos la punta de la flecha; el resto, detrás, formando el asta. Los Águilas de segundo año representarán las plumas.

Isgord casi explotó de la rabia al recibir la orden. Serían los últimos, se perderían toda la acción vigilando la retaguardia.

Avanzaron en sigilo total. Copos de nieve descendían sin pausa desde las alturas cubriéndolo todo. Estaban tan tensos que se les habían olvidado el tremendo cansancio y el frío que sufrían. Al llegar a unos pinos, Esben les ordenó que se detuvieran. Todos echaron mano a los arcos y los prepararon. Algo sucedía. Al cabo de un largo rato, Esben dio la orden de avanzar. Entonces descubrieron un enorme valle con cientos de tiendas militares resguardadas contra una de las paredes rocosas. Junto a ellas había soldados norghanos de guardia. Tenían muy mal aspecto, algunos estaban heridos.

¡Por fin los habían encontrado!

Un oficial norghano apareció con medio centenar de hombres armados en cuanto se aproximaron.

—Soy el capitán Tolan —se presentó.

—Guardabosques mayor Esben.

—¿Guardabosques? ¿Cómo? ¿Aquí? —dijo el capitán completamente perplejo.

—Hemos despejado el paso.

—¿Es una broma?

—No, capitán, no lo es. Estamos aquí para llevaros a todos de vuelta.

Tolan puso cara de no poder creérselo. Esben asintió.

Algo más al oeste se veían varias carretas de suministros vacías y restos de animales de tiro que los soldados habían utilizado para alimentarse y seguir con vida. Lasgol descubrió los esqueletos de ponis y caballos. Bajo unos árboles había una pila de cadáveres; esos eran de soldados.

Se reunieron para hablar en la tienda de mando. Estaba en tal mal estado que el viento entraba por unos enormes laterales para salir por los del lado contrario. Aun así, era mejor que estar a la intemperie, pues al menos el techo de lona protegía de la nieve, que no dejaba de caer.

El capitán Tolan les dio la bienvenida y luego los informó de la situación:

—Debemos partir cuanto antes. Mis hombres, como habéis comprobado, se encuentran en un estado lamentable. Tengo muchos heridos y los que aún pueden luchar están muertos de hambre. Hemos tenido que sacrificar a las bestias… Salimos a cazar, pero con este maldito tiempo no fuimos capaces de conseguir más que alguna pequeña pieza. No somos guardabosques…, lo nuestro es combatir, no cazar… ni sobrevivir en este entorno…

Esben asintió:

—Hemos repartido las provisiones que traíamos entre los hombres.

—Gracias… Si no hubieseis aparecido, no habríamos sobrevivido otra semana.

—¿Cómo es que no habéis intentado librar el paso? —preguntó Esben.

—Lo hicimos. Pero solo disponemos de espadas y lanzas; aun así lo intentamos, pero se produjo un enorme desprendimiento.

Perdí cerca de medio centenar de hombres. Después de eso no me atreví a volver a intentarlo. Buscamos rutas alternativas, al este y al oeste, pero no hay forma de cruzar estas malditas montañas.

—No, no la hay —confirmó Esben.

—Deberíamos partir cuanto antes. No hemos tenido contacto con el enemigo desde que nos derrotaron y cruzaron, pero podrían volver.

—De acuerdo, así lo haremos. Prepare a sus hombres. Mis guardabosques ayudarán con los heridos y los que estén demasiado débiles para realizar el trayecto de regreso.

—Muy bien.

—¿Hay algún regimiento más a este lado que necesite socorro?

Tolan meditó la respuesta.

—Las Garras de Hierro están al norte, pero no sé si necesitan ayuda o no...

—¿Las fuerzas de castigo del rey? ¿Qué hacen tan al norte?

—Nos cruzamos con ellos después de la batalla. No me dijeron cuál era su misión en esta zona; iban a regresar por el paso, pero al encontrarlo inaccesible se dirigieron al norte, a la costa. Buscaban algún navío grande en el que regresar.

—Si están al norte, tarde o temprano van a encontrarse con las tropas de Darthor. Deberíamos avisarlos de que el paso está abierto.

—Marcharon hace tres días, no pueden estar muy lejos.

Esben miró a sus capitanes de equipo.

—Molak, Ingrid, coged a vuestros equipos y encontrad a las Garras de Hierro. Avisadlos de que el paso está abierto y regresad con ellos.

—Muy bien, señor —dijeron los dos, e intercambiaron una mirada de inquietud.

—Recordad que estamos en territorio de los salvajes del hielo. Será peligroso.

—Sí, señor.

—Hacedlo bien y seréis recompensados. Hacedlo mal y moriréis.

Ingrid tragó saliva, pero no dijo nada.

Mientras Esben y Tolan organizaban las tropas y el transporte de heridos, Ingrid y Molak les explicaban la misión a sus equipos.

—¡Tenemos la suerte de los condenados! —se quejó Viggo con acritud.

—¡Es un honor que nos hayan elegido! —gritó Ingrid.

—Si lo hacemos bien, Esben podría darnos una Hoja de Prestigio —razonó Nilsa pensativa.

—Ya, pero será peligroso… —Gerd tenía los ojos llenos de preocupación y miedo.

—Si ponemos en una balanza el riesgo que entraña y lo difícil que es conseguir una buena puntuación en una prueba, y más aún conseguir una Hoja de Prestigio, he de decir que es una oportunidad que no podemos ni debemos dejar pasar —reconoció Egil—. Debemos ser extremadamente cuidadosos, cierto; no obstante, la oportunidad, como bien han dicho Ingrid y Nilsa, es manifiesta, y, por lo tanto, deberíamos tomarla.

—A mí tampoco me gusta el riesgo que vamos a correr —dijo Lasgol—, pero es verdad que es una gran oportunidad y que la necesitamos. Además, ayudaremos a los hombres del rey, que pueden estar en apuros.

—¡Que se ayuden solos, para eso son fuerzas de élite! —se quejó Viggo.

—¡Calla, cabeza de patata! —lo increpó Ingrid.

—En cualquier caso, nos lo ha ordenado Esben, así que debemos ir —dijo Egil.

—Cojamos algunas raciones y preparémonos —dijo Ingrid, que miraba a Molak.

Este le hizo una seña para que se acercara. Los dos capitanes hablaron un momento y regresaron con los equipos.

—Salimos en breve. Se acerca una tormenta.

—¿Te lo ha dicho tu novio, el Capitán Fantástico?

—¡Te voy a poner un ojo morado!

—Ya está bien... —dijo Gerd interponiendo el cuerpo entre ambos.

—Mejor nos preparamos —dijo Lasgol señalando al cielo, que estaba ennegreciéndose por momentos.

Partieron con la tormenta casi encima. A sus espaldas, Esben y Tolan se apresuraban para marchar en dirección al paso. Molak se puso en cabeza y los guio hacia el norte cruzando un bosque cubierto de nieve. Hacía frío. Todos llevaban los pañuelos de guardabosques puestos para protegerse del viento cortante. Avanzaron en silencio prestando atención a donde pisaban.

El equipo de Molak llamaba la atención casi tanto como el de los Panteras. Lo primero, por el nombre del equipo: los Águilas Blancas. Lasgol ya se había dado cuenta de que los nombres de los equipos que se asignaban en el primer año y con los que se quedaban hasta el final eran siempre los mismos, supuso que para facilitar a los instructores el trabajo de organizarlos. Que el equipo de Molak tuviera el mismo nombre que el de Isgord era chocante.

Lo formaban las mellizas Margot y Mirian, que eran como dos gotas de agua, imposibles de diferenciar, mucho menos cubiertas por completo con el ropaje de invierno. Tenían los ojos grandes y pardos, casi rojizos; parecían ascuas de una hoguera. Eran indiscutiblemente norghanas: rubias, de piel muy clara, fuertes y capaces de tumbar a un hombre adulto de un puñetazo. Junto a ellas avanzaban Jaren y Tonk, dos guerreros natos, fuertes y altos. Eran del sur de Norghana y se apreciaba en sus rasgos físicos. Su piel no era tan clara y su cabello era castaño. Jaren tenía ojos azules, y Tonk, verdes, lo que evidenciaba la mezcla de razas en ellos. El quinto componente del equipo que nunca se separaba de Molak era Mark, delgado y no muy alto. Era la sombra de su capitán, no lo dejaba en ningún momento. Llegaron a la segunda cadena montañosa. Molak dio el alto, se agachó y estudió el rastro. Mark lo ayudó.

Ingrid llamó a Lasgol:

—¿Qué opinas, Lasgol? Tú eres el mejor de los Panteras leyendo rastros.

El chico se agachó y los estudió.

—Son ellos. Soldados de infantería en armadura pesada. Más de un centenar. Avanzan rápido y se dirigen al paso —dijo señalando el desfiladero que se abría al este.

Molak negó con la cabeza.

—Esperaba alcanzarlos antes de que cruzaran...

—¿Qué hay al otro lado? —preguntó Ingrid.

—Es territorio de los salvajes del hielo.

—Pero seguimos en Norghana, ¿no?

—Eso depende de a quién preguntes... —dijo Molak.

Mark lo aclaró:

—Según el rey Uthar, Norghana alcanza hasta el mar del Norte, es decir, toda la tierra del norte. Según los salvajes del hielo, esta es su tierra y la defienden con sangre.

—Pensaba que los salvajes del hielo vivían en el Continente Helado, más al nordeste, en medio del mar del Norte —dijo Ingrid.

—Parte viven allí, parte en la costa del norte de Norghana —explicó Mark señalando al norte.

—Los norghanos y los salvajes del hielo tienen una larga historia de confrontación —dijo Molak—. Los norghanos no solemos cruzar esas montañas y los salvajes no suelen bajar de ellas tampoco. Así se mantiene la paz.

—Se mantenía... —apuntó Ingrid.

—Correcto, se mantenía. Darthor se ha erigido en defensor de los salvajes del hielo y los ha unido bajo su estandarte, así como a otros pueblos del Continente Helado —añadió Molak.

—¿Defensor? Pero si es un asesino despiadado —dijo Nilsa.

Mark hizo un gesto:

—No para los pueblos salvajes...; para ellos es un salvador.

—¡Increíble!

—Siempre hay dos bandos en una guerra —dijo Mark— y ambos piensan que tienen razón y que su causa es la justa.

—¿Estás defendiendo la causa de Darthor? —quiso saber Ingrid con cara de incredulidad absoluta.

—No..., solo digo que desde el punto de vista de los salvajes del hielo, ellos tienen razón y su líder es Darthor.

—¡Tonterías! ¡Eso son patrañas!

—Shhh —lo amonestó Molak—, estamos en territorio enemigo. Bajad la voz.

—Está bien... —susurró Ingrid.

—Hay que cruzar el paso. Iré yo primero. Exploraré y, si es seguro, volveré a avisar. Esperad a mi señal —dijo Molak.

—Déjame ir a mí —se prestó Mark.

—No. Yo soy el capitán, es mi responsabilidad.

—Entonces, voy yo contigo —sentenció Ingrid.

—Ingrid...

—Soy capitana, también es mi responsabilidad.

Molak lanzó una mirada a Lasgol en busca de apoyo, pero Lasgol conocía demasiado bien a Ingrid, no se echaría atrás. Se encogió de hombros y puso cara de resignación.

Molak maldijo entre dientes:

—Está bien, iremos nosotros dos. Que nadie se mueva hasta que volvamos. Si no lo hacemos, no vengáis a rescatarnos. Regresaréis con Esben. ¿Entendido?

Lasgol y Mark asintieron.

—Estad alerta —continuó Molak—. No sabemos qué puede haber al otro lado ni lo que puede salir de este paso en cualquier momento.

—Lo estaremos —le aseguró Mark.

—Muy bien. En marcha.

Los dos capitanes entraron en la larguísima garganta. Lasgol observó aquellas níveas y majestuosas montañas. Impracticables, inclementes..., seres milenarios de roca y nieve tan majestuosos como letales.

Esperaron en la entrada de la garganta con los Panteras a un lado y los Águilas al otro, con los arcos listos. Esperaron y esperaron.

La noche cayó.

Los capitanes no regresaron.

Capítulo 28

ESPERARON TODA LA NOCHE. NO PODÍAN HACER NADA MÁS EN medio de la tormenta de nieve y la oscuridad que los rodeaba. Se refugiaron contra una de las paredes de roca tras unos abetos. Entre la ladera y los árboles, se arrebujaron y se apilaron los unos contra los otros. Se turnaron las guardias e intentaron descansar algo, aunque nadie logró dormir más allá de unas cabezadas.

Con el amanecer los equipos se reunieron para decidir qué hacer.

—No han regresado, algo malo les ha sucedido —empezó Lasgol.

—Es lo más probable, sí —dijo Mark.

—Tenemos que ir a ayudarlos —propuso Nilsa muy nerviosa.

—Eso contradice sus órdenes… —dijo Mark.

—Me dan igual sus órdenes, hay que ir a buscarlos —reiteró Nilsa.

Las dos mellizas negaban con la cabeza:

—Hay que seguir las órdenes —recordaron casi a la vez.

—Ya, ¿y si la orden es tirarse por un precipicio a un abismo, vosotras dos vais y las seguís? —les preguntó Nilsa enfadada.

A las mellizas no les gustó el comentario y estalló una discusión entre los dos equipos. Unos defendían que había que ir a buscar a los capitanes; otros, que había que seguir las órdenes dadas por estos.

—Un momento…, por favor…, calma… —intentó dejarse oír Egil.

—¡Silencio! ¡Dejad hablar a Egil! —gritó Gerd, y sonó como el gruñido de un oso.

Todos callaron. Lasgol no había visto nunca gritar a Gerd. En su rostro se distinguía la preocupación, pero, extrañamente, no había miedo en sus ojos.

—Gracias…, Gerd —dijo Egil igual de sorprendido de la contundencia de su compañero—. Cuando no hay forma de llegar a una solución y no se dispone de una jerarquía de mando, lo mejor es poner el tema en cuestión a votación.

—¿Quieres que votemos qué hacer? —preguntó Jaren confundido.

—Eso es.

—Pero ¿una votación es algo válido? —preguntó Tonk con tono de duda.

—Por lo general, no; se sigue la jerarquía de mando. Pero aquí no la tenemos, nos faltan los dos capitanes —explicó Egil.

—Yo creo que es buena idea —aceptó Mark.

Lasgol, Gerd y Nilsa asintieron. Viggo cruzó los brazos y no dijo nada.

—Muy bien. Que levanten la mano los que deseen ir tras ellos —pidió Egil.

Nilsa, Lasgol, Gerd y el propio Egil levantaron la mano. Viggo tardó un poco, refunfuñando entre dientes, pero al final levantó la mano. Para sorpresa de Lasgol, Jaren y Tonk la levantaron también.

—Creo que esto lo deja claro —dijo Mark.

—Sí. Sale mayoría. Iremos a buscarlos —concluyó Egil—. Pero no podemos obligar a los que desean seguir las órdenes. Si queréis seguirlas, estáis en vuestro derecho.

—Nosotras iremos a avisar a Esben, como quería Molak —dijeron las mellizas.

Mark estaba dividido, su rostro lo mostraba. Quería ir a buscar a Molak, pero él mismo le había ordenado lo contrario.

—Yo iré con vosotros…, aunque debería ir con ellas.

—Muy bien. Queda decidido —dijo Egil.

Las mellizas se despidieron y tomaron el camino de regreso. El resto se internó en el paso con el miedo en el cuerpo.

Mark y Lasgol iban en cabeza; eran los mejores rastreadores. Jaren y Tonk, tras ellos, eran los mejores luchadores. El resto los seguía en parejas. El desfiladero helaba la sangre. Las paredes de roca cubiertas de hielo se elevaban hasta el infinito. Avanzaban como hormigas diminutas cruzando las majestuosas y eternas montañas mientras la nieve caía y borraba sus pisadas cubriéndolas de un manto blanco.

Lasgol contó más de cinco mil pasos antes de llegar al final del desfiladero. Buscaron en la salida, pero no había rastro de Ingrid y Molak. La nevada dificultaba mucho la búsqueda. Continuaron hacia el norte. Cruzaron un bosque y al salir se encontraron con algo que no esperaban.

¡El mar!

Una superficie celeste se abría ante sus ojos.

—¡El mar del Norte! —gritó Egil—. ¡Esto es fantástico!

—Y que lo digas —dijo Gerd señalando la costa.

—¡Focas! —exclamó Nilsa.

—Y morsas —añadió Gerd con una enorme sonrisa.

—Hay cientos de ellas descansando como si tal cosa —dijo Nilsa.

—No parecen muy preocupadas, ¿no? —se burló Mark.

—¿Qué hacemos? —preguntó Lasgol.

—Sigamos la costa —sugirió Mark.

Avanzaron con cuidado, pues ahora estaban más expuestos. El paisaje era sobrecogedor; el mar helado a un lado y las montañas y los bosques nevados al otro. Era difícil concentrarse. De pronto vieron algo en la distancia que los hizo detenerse y echarse al suelo. Parecían edificios sobre la costa.

—¿Un pueblo? —aventuró Lasgol.

—De pescadores, veo botes sobre la orilla —dijo Mark.

—Un apunte —interrumpió Egil—. No hay aldeas norghanas tan al norte.

—Entonces…, eso quiere decir… —dijo Lasgol asimilando lo que Egil estaba dando a entender.

—Es un pueblo de los salvajes del hielo —dijo Mark.

Todos se tensaron y echaron mano a los arcos.

—Ocurre algo extraño. —Lasgol no dejaba de mirar.

—¿Qué? —quiso saber Mark, y estudió la aldea.

—No hay humo saliendo de las chimeneas de las casas. Y con este frío…, debería… —contestó Lasgol.

—Umm…, quizá los salvajes del hielo no usen chimeneas como nosotros —dijo Mark.

—Lo dudo —intervino Egil—. Por lo que he podido leer acerca de esta raza que puebla el extremo norte de Tremia, y cuando digo «norte» me refiero a todo el norte, no solo al norte de Norghana, usan el fuego para sobrevivir a las gélidas temperaturas en las que viven. No hay muchos estudios sobre ellos, pero, según algunos realizados a especímenes que han sido capturados y estudiados, no son tan diferentes a nosotros. Por desgracia, mueren al poco de estar en cautividad.

—Excepto que son más grandes y mucho más fuertes, que viven en lugares helados donde solo los osos polares sobreviven y ¡que son de color azul! —dijo Viggo.

—¿De color azul? —preguntó Gerd con ojos como platos.

—Azul hielo —respondió Egil.

—Y nos odian a muerte —añadió Jaren.

—¿Quizá porque nosotros los tememos a muerte? —apuntó Egil.

—Yo he oído que se beben nuestra sangre para hacerse más fuertes —dijo Nilsa.

—Aunque beber sangre de los enemigos para hacerse más fuerte es una creencia entre culturas poco desarrolladas, no puedo constatar que sea el caso entre los salvajes del hielo —aclaró Egil.

—Sea como sea, sabemos muy poco de ese pueblo, aparte de que debemos evitar cruzarnos con ellos si queremos seguir con vida —dijo Mark.

Lasgol, que observaba el poblado en la distancia, descubrió algo más. No había movimiento alguno. No quería arriesgar la vida de sus compañeros, así que invocó su habilidad Ojo de Halcón. Un destello verde le recorrió la cabeza. Se concentró, cerró los ojos y dejó que la imagen fluyera a su mente: podía ver el poblado. Estaba en lo cierto, nada se movía. Una quietud fúnebre flotaba sobre la aldea.

—Acerquémonos a ver qué sucede —propuso—. Parece estar desierto.

—Está bien, con cuidado, estad alerta —dijo Mark.

Alcanzaron el poblado y lo que descubrieron los dejó de piedra. ¡Estaban muertos!

Y no eran los soldados. Eran salvajes del hielo.

Estaban tendidos en la playa, un centenar de ellos. Ancianos, mujeres y niños con el cuerpo de piel azul volviéndose blanquecina.

Muertos.

Lasgol ya lo había visto al usar su don. Se agachó a examinar los cadáveres. Llevaban muertos por espada menos de tres días. Las lágrimas le inundaron los ojos.

—Es una masacre —dijo Egil.

—Quizá murieron luchando —propuso Tonk.

—¿Ancianos, mujeres y niños? —exclamó Gerd horrorizado mientras contemplaba a un pequeño de piel azul.

—Han sido ejecutados —dijo Lasgol.

—Los han pasado por la espada —concluyó Egil examinando a una mujer que había sido degollada.

—Esto... es... horrible..., una pesadilla. —Nilsa comenzó a llorar con amargura.

—Esto es la locura y sinsentido de la guerra —dijo Egil negando con la cabeza muy entristecido.

Lasgol no podía contener las lágrimas. ¿Quién había matado a todas aquellas personas? ¿Y por qué razón?

—No hay hombres adultos —confirmó Mark, que volvía de revisar las chozas de pescadores.

—Tampoco junto a los botes de pesca —dijo Jaren.

—Los hombres partieron a la guerra. Se unieron al ejército de Darthor. Estarán al sur, en nuestras tierras —dedujo Egil.

—¿Y quién ha hecho esto entonces? —preguntó Mark.

—Mucho me temo que han sido los nuestros... —respondió Egil.

—¿Nosotros? ¡Eso no es posible! —dijo Gerd con los ojos encendidos de la rabia y la impotencia. Las lágrimas le caían por las mejillas.

—Esto lo han hecho soldados norghanos —corroboró Lasgol estudiando las pisadas sobre la arena de la playa.

—¡Pero es una atrocidad! —gritó Nilsa llena de rabia.

La rabia, la impotencia y la frustración los devoraron. Guardaron silencio mientras observaban la matanza, sus almas eran incapaces de aceptar lo que los ojos les mostraban.

De súbito, Mark distinguió algo en la distancia.

—¡A cubierto! ¡Viene alguien!

Todos corrieron a esconderse. Mark, Tonk y Jaren se dirigieron a las cabañas de pescador. Lasgol y Egil también. Gerd, Nilsa y Viggo se escondieron entre los botes de pesca. Esperaron con los arcos listos. En la mente de todos estaban los enormes salvajes del hielo; iban a hacerlos trizas si los encontraban allí. Los culparían de la muerte de sus seres queridos. Nada los salvaría.

Lasgol tragó saliva. Podía ver a Egil a su lado, agachado bajo la ventana de la choza. Sudaba y no era del esfuerzo ni de la temperatura. Ninguno de los dos se atrevía a mirar por la ventana.

Los pasos se oían ahora más cerca. Eran muchos, más de un centenar de hombres, calculó Lasgol. Y al analizarlo en su mente se dio cuenta. Se levantó despacio y miró por la ventana.

—Son hombres, soldados —le susurró a Egil.

Este se incorporó y miró también. Lasgol no se había equivocado. Más de un centenar de garras de hierro se acercaban en formación cerrada. Se detuvieron frente a las casas.

—¡Salid de ahí o prenderemos fuego a las chozas! —ladró una voz áspera.

—Saben que estamos aquí —le susurró Lasgol a Egil.

—Deben de haber dejado hombres vigilando la aldea por si volvían los salvajes del hielo…

—Quieres… decir que…, ¿ellos?

Egil asintió pesadamente.

—¡Salid ahora si queréis vivir! ¡Último aviso!

—¡Salimos! —gritó Lasgol y se dejó ver.

—¡Vamos, todos fuera! ¡Ahora!

Lasgol salió al descubierto y, con él, Egil; luego los siguieron los demás. Todos se acercaron a los soldados, que los rodearon. Eran hombres de aspecto rudo y mirada peligrosa; portaban lanzas y pequeños escudos de metal, y vestían de negro y rojo, con mallas de escamas pesadas y botas de infantería. Un tercio de ellos llevaban arcos. Su aspecto era de haber pasado mucho tiempo a la intemperie. Mucho.

—Soy el capitán Urgoson —se adelantó el oficial al mando.

Era alto y fuerte, con el pelo y la barba muy descuidados, y le faltaba una oreja. Pero lo que dejó a Lasgol muy preocupado fueron los ojos: pequeños, negros, con un brillo peligroso.

—¿Quién de vosotros está al mando?

Lasgol miró a los suyos y ninguno supo qué decir. Mark, que era el mayor, dio un paso al frente.

—Yo lo estoy. Mark, guardabosques de tercer año.

Urgoson los contempló.

—¡Son malditos aprendices de guardabosques! —dijo, y se echó a reír.

Sus hombres se rieron con desdén manifiesto. Los que los rodeaban no bajaron las lanzas con las que les apuntaban.

—¿Y vosotros sois…? —preguntó Mark sin amilanarse.

—Estás ante las Garras de Hierro, las tropas de élite de su majestad Uthar. Así que muestra el respeto que debes.

Mark se puso rígido.

—Nos han enviado a buscaros.

—¿A nosotros? ¿Quién os envía?

—El capitán Tolan.

—¿Aún vive?

—Sí. Él y sus tropas están de regreso.

—¿Cómo es eso posible? El paso está cerrado.

—Lo hemos abierto.

—¿Hemos?

—Los guardabosques.

—Que me aspen si no sois útiles. ¿Habéis oído? —Se dirigió ahora Urgoson a sus soldados—: Nos han abierto el paso.

Los hombres prorrumpieron en gritos y vítores.

—Podemos regresar cuando deseéis.

—Eso son noticias estupendas. Llevamos un mes en este agujero helado. Hemos recorrido la costa buscando un navío de suficientes dimensiones para transportarnos de vuelta a casa, y nada. Estos malditos salvajes azules solo tienen barcas de pescadores para dos personas.

—¿Qué ha pasado aquí? —preguntó de pronto Lasgol sin poder contenerse—. ¿Por qué los habéis matado a todos?

Urgoson miró a Lasgol a los ojos. Luego sonrió, una sonrisa peligrosa.

—Seguimos órdenes del rey Uthar. Él nos ha encomendado esta misión.

—Estoy seguro de que no os ha encomendado matar a ancianos, mujeres y niños indefensos...

El capitán avanzó hasta ponerse frente al chico, a dos dedos de su nariz. Le sacaba la cabeza y era mucho más fuerte que él.

—Lo primero que debes saber es que los salvajes del hielo de indefensos no tienen nada. Pueden romperte el cuello con las manos en cuanto te descuides. Lo segundo —añadió golpeando el pecho de Lasgol con el dedo índice—, el rey nos ha encomendado castigar la costa donde puebla el enemigo, y eso es lo que hemos hecho.

—El rey no aprobará esto.

Urgoson soltó una carcajada:

—El rey es quien nos ha ordenado hacer esto.

—No te creo.

—Me da igual lo que creas o dejes de creer. Pero, si vuelves a llamarme mentiroso a la cara, te corto el cuello.

Lasgol se tensó. Sus compañeros buscaron las armas.

—Quietos todos si no queréis acabar como los de piel azul —les advirtió Urgoson con una frialdad en la voz que no dejaba duda sobre sus intenciones.

Los hombres de Urgoson los amenazaron con sus lanzas y se vieron obligados a desistir.

—Parece que nuestros jóvenes guardabosques tienen una visión idealizada de nuestro querido rey —continuó Urgoson con marcado sarcasmo—. No saben de lo que es capaz nuestro querido monarca. Más ahora, en tiempos de guerra. —Los hombres del capitán rieron—. La verdad es que interpreta muy bien su papel de gran rey de Norghana. Todos creen que es un rey benévolo, un hombre recto, bueno, digno y justo... Qué desilusión se van a llevar cuando descubran la verdad. —Las risas continuaron, ahora más estrepitosas.

Lasgol puso rostro de no creer lo que oía.

—Veo que no aceptas lo que te digo. Déjame asegurarte que es así. Nosotros, sus perros de la guerra, lo sabemos. ¿Verdad, hermanos? —Los soldados estallaron en gritos y vítores—. Nosotros hacemos el trabajo sucio que el rey no quiere que se vea. Como, por ejemplo, «limpiar» esta región o castigar al enemigo. Y muchos otros «trabajos» que no deben salir a la luz.

Lasgol fue a contestar cuando oyó un sonido que captó su atención. Era como un silbido..., algo cortaba el viento. Y entonces lo reconoció.

«¡Una flecha!».

Uno de los soldados que rodeaba al grupo se dobló y gritó de dolor. Una flecha enorme lo había atravesado.

—¡Salvajes! —gritó un vigía.

—¡Alarma! —chilló otro.

Lasgol se volvió hacia el bosque. En la linde divisó algo que no esperaba ver en su vida. Algo que lo dejó de piedra.

Un centenar de salvajes del hielo.

Tiraron contra ellos.

Le costó un momento comprender qué ocurría. Eran hombres enormes, feroces, de piel azulada y cabello y barba blanquecinos como el hielo. Vestían pieles de oso blanco y blandían lanzas, arcos y hachas de dimensiones colosales. Rugían como osos y habían ido a hacer justicia. A vengar a sus muertos. A Lasgol se le heló la sangre. El sonido mortal de las flechas cortando el aire lo hizo reaccionar.

—¡Al suelo! —gritó.

Las flechas llovían sobre ellos alcanzando a los soldados, que maniobraban para crear una formación defensiva. Caían abatidos por flechas más grandes que las que Lasgol había visto nunca. Debían de lanzarlas con arcos enormes. Un soldado fue asaeteado delante de sus ojos.

—¡Formad un muro defensivo! —gritó Urgoson.

Otra ola de flechas se precipitó sobre ellos. Los soldados morían atravesados. Lasgol oyó un gemido y se giró a su derecha. Mark se retorcía en el suelo. Una flecha le había alcanzado en el costado. Tonk y Jaren corrieron a su lado. Lasgol supo que no sobreviviría; la herida era demasiado grave. Se le hizo un nudo en la garganta.

De súbito, se oyó un bramido bestial.

—¡Tienen un trol de las nieves! —gritó Urgoson al reconocer a la enorme criatura junto a los salvajes.

Y se desató el caos. Los salvajes del hielo cargaron contra los soldados rugiendo de ira.

Lasgol miró a su alrededor. Los soldados se habían olvidado de ellos y se habían posicionado para afrontar la carga. Viendo lo grandes, fuertes y brutales que eran los salvajes, dio la situación por condenada; los soldados no conseguirían pararlos. Iban a descuartizarlos. Lasgol echó una rápida ojeada a la costa.

—¡A los botes de pesca! —le urgió a Egil.

Su amigo asintió.

Tonk y Jaren cargaron a Mark y el grupo comenzó a escapar hacia la playa. Corrían agazapados intentando que las flechas no los alcanzaran.

—¡Vamos, rápido! —exclamó Nilsa.

Al llegar hasta los botes, Gerd alzó uno con sus poderosos brazos y lo puso sobre el agua.

—¡Vamos, subid! —gritó a sus compañeros.

Nilsa y Viggo, que habían llegado los primeros, subieron. Gerd los empujó contra las olas. Entró en el agua hasta la cintura, pero no pareció notar el gélido mar por la adrenalina de la situación. Los salvajes arremetieron contra el muro defensivo de las Garras de Hierro, que salió despedido por los aires. Lo que siguió fue una carnicería. Los salvajes del hielo, poseídos por una furia abismal, sembraron la muerte. Los soldados no pudieron con la fuerza y brutalidad de aquellas bestias de azul y hielo. La sangre tiñó de rojo la nieve.

—Vamos, rápido — apremió Gerd, que ya había preparado otro bote.

Tonk y Jaren llegaron con Mark. Lo metieron en la embarcación mientras Gerd la sujetaba en el agua. Lasgol y Egil cogieron otro bote y comenzaron a arrastrarlo al mar.

De pronto, Tonk se arqueó y soltó un gruñido. Jaren se giró hacia él; una lanza lo había atravesado; murió antes de darse cuenta de lo que había sucedido. Jaren dio un paso a un lado, perdió el equilibrio y se derrumbó. Fue Gerd quien descubrió la flecha que lo había matado clavada en su espalda. Atónito, levantó la mirada y vio a tres enormes salvajes del hielo. Desenvainaron cuchillos largos. Gerd estaba petrificado, no por el miedo, sino por la impresión de ver morir a sus compañeros frente a sus ojos.

—¡Huye, Gerd! ¡Huye en el bote! —le gritó Lasgol, que empujaba el otro bote sobre el agua.

Los tres salvajes del hielo comenzaron a correr hacia Gerd.

—¡Gerd! ¡Huye! —le gritó Lasgol desesperado.

Pero el gigantón no parecía reaccionar. Con ojos desorbitados, observaba cómo los cadáveres de Jaren y Tonk flotaban junto a él.

—¡Gerd! —Nilsa lanzó un grito desgarrador desde el bote en el que se alejaba.

Fue entonces cuando el grandullón reaccionó. Saltó al bote y comenzó a remar con todo su ser.

Los salvajes no pudieron darle alcance.

—Vamos, Lasgol —exclamó Egil desde el bote.

El chico fue a saltar a la embarcación. De repente, notó una extraña sensación. La reconoció de inmediato.

¡Magia!

Comenzó a tener un sueño terrible. Y supo lo que ocurría. Se giró y reconoció a alguien sobre la playa. Un hombre negro de mediana edad, pelo rizado de color blanco y unos intensos ojos verdes. Volvió a sorprenderle el contraste del blanco del pelo, el color oscuro de su piel y los radiantes ojos verdes. Ciertamente exótico. Era el hechicero noceano. Le apuntaba con su espada curva enjoyada mientras conjuraba un hechizo que lo dormiría sin remedio. «¡Maldición!». Intentó resistirse; sin embargo, la magia era poderosa. Se le cerraban los ojos. Entonces vio llegar al trol de las nieves, que se situó junto al mago.

—¡Son el hechicero y el trol! ¡Sube! —le gritó Egil desde el bote.

Pero Lasgol sabía que estaba perdido. Su consciencia se desvanecía. Con un último esfuerzo, empujó con todas sus fuerzas el bote para alejarlo.

—¡Lasgol! —volvió a vocear Egil extendiendo la mano a su amigo.

Entonces, el muchacho perdió el sentido.

Capítulo 29

U NOS GRITOS HORRIBLES DESPERTARON A LASGOL. ESTABA aturdido y adormilado, como si lo hubieran emponzoñado. Le costó volver en sí. De repente sintió frío, mucho frío. A su lado encontró una piel de oso blanco y se arrebujó en ella. Estaba solo, sin armas. Se preguntó qué habría sido de sus compañeros. Esperaba que hubieran logrado escapar en los botes. Recordó a Mark, Jaren y Tonk, y las lágrimas le anegaron los ojos.

—Lo siento…, lo siento tanto… —balbuceó entre dientes.

Los gritos retornaron. Gritos de horror y sufrimiento. Estaba todo oscuro, no veía nada. Con la mano tocó un recipiente cerámico, lo cogió y lo abrió. Tenía agua en su interior. Bebió todo su contenido; estaba muerto de sed. Entre los gritos y los recuerdos de lo sucedido en la aldea, comenzó a marearse. Estuvo a punto de vomitar, pero logró rehacerse. Palpó a su alrededor. Se percató de que estaba en una pequeña celda de roca. Parecía una cárcel natural, parte de una cueva a la que habían puesto una enorme roca como puerta. Lasgol intentó moverla, aunque le fue imposible; pesaba demasiado. Las paredes estaban muy frías. Dondequiera que estuviese, debía de ser muy al norte.

De pronto, se oyó un sonido rasposo, roca contra roca, y la puerta de piedra se abrió. Apareció un salvaje de los hielos. Lasgol se quedó atónito. El ser llevaba una antorcha en las manos; sin mediar palabra, lo agarró por el pescuezo y con una fuerza terrible lo levantó del suelo como si fuera un cachorro. Se lo llevó fuera en volandas.

Lasgol estaba muerto de miedo; sin embargo, intentó mantener la calma. Estudió de soslayo al salvaje que lo apresaba. Enorme, de más de dos varas de altura, tenía una musculatura y fuerza abrumadoras. Su piel, como contraste, era muy tersa, sin arrugas. Pero lo que más llamaba la atención de ella era el color de esa piel, de un azul hielo sobrecogedor. No podía establecer la edad de aquel hombre, parecía joven…, eternamente joven… El salvaje le dirigió una mirada de odio; el chico desvió la suya de inmediato. Su cabello y barba, de un rubio azulado, parecía como si se hubieran congelado tiempo atrás. Sus ojos eran muy extraños: gris claro y pálido, casi blancos. A media distancia los ojos daban la impresión de no tener iris. En realidad empequeñecía el alma observarlo.

Y si el salvaje helaba la sangre, lo que empezó a vislumbrar a su alrededor lo dejó aterrorizado. Se hallaban en una profunda gruta natural de enormes dimensiones. Podía ver salvajes a varias alturas en cuevas y galerías de roca. La gruta parecía ser de forma ovalada y la luz entraba por una gran oquedad en las alturas. A Lasgol le dio la impresión de que tenía forma de ánfora, una de roca helada.

Los salvajes iban cubiertos con pieles de color blanco y todos llevaban grandes hachas a la espalda; además, algunos también portaban enormes lanzas o arcos largos. Lasgol se percató de un detalle que le llamó mucho la atención: esas armas estaban construidas de madera y una piedra de color azul para las partes cortantes. No reconoció el material. Al pasar junto a un grupo de ellos, vio que las puntas de las flechas eran de ese mismo material, de aquella piedra azulada.

Aquella raza no conocía el acero.

El salvaje se detuvo a contemplar uno de los pozos que había en la zona más profunda. Lasgol vio que echaban a uno de los soldados prisioneros allí armado con un gran garrote de madera. De pronto, se oyó un gruñido y un oso de las nieves entró en el pozo mientras los salvajes animaban desde las galerías superiores. El chico no podía creer lo que veía. El oso rugió enfurecido y se lanzó sobre el prisionero. Lucharon un breve momento, pero el soldado quedó destrozado por la ferocidad y fuerza del animal.

El salvaje emitió una sucesión de sonidos profundos, graves y cortos. Lasgol lo interpretó como su risa. Continuaron avanzando hasta llegar ante otro pozo, este más grande. Cinco soldados con bastante mal aspecto esperaban su suerte. Los habían pertrechado con garrotes de madera. De pronto, se abrió una puerta de roca y un enorme trol de las nieves salió a su encuentro.

Lasgol abrió los ojos desorbitados.

El trol se golpeó el torso con los puños y rugió. Los cinco soldados se arrojaron contra él a una. El combate fue corto y descorazonador. El trol los descuartizó uno por uno. Los golpes de la bestia enviaban a los soldados por los aires. Los brazos, las piernas y el torso de la criatura eran tan poderosos que los soldados a su lado parecían niños. Lasgol tuvo que dejar de mirar, era demasiado cruel. El salvaje volvió a reír. Daba la impresión de que aquel entretenimiento bárbaro y grotesco los divertía.

Llegaron a la zona norte de la cueva. El suelo y las paredes dejaron de ser de roca para convertirse en hielo puro. Lasgol se percató de que la cueva daba a un glaciar. Aquel mundo de hielo y roca era fascinante, y lo que vio a continuación, increíble. Toda aquella zona norte era de hielo. Sobre esa cara habían tallado un mural con extraños símbolos a diferentes alturas. Frente a él había un gigantesco trono de hielo. A un lado de este descansaba un oso blanco, y al otro, una pantera de las nieves. Lasgol tragó saliva al descubrirlos.

Pero lo que realmente lo dejó petrificado fue el ser que se acercaba hacia el trono. Medía más de cuatro varas, la altura de más de dos hombres; era en verdad impresionante. Su piel era azul, como la de los salvajes, aunque, a diferencia de estos, tenía vetas blancas diagonales que le surcaban el cuerpo. De ancho como tres hombres, era un gigante comparado con un norghano. Por eso se decía que a Darthor lo acompañaba un ejército de gigantes.

Tras sentarse en el trono, observó a Lasgol. Si antes le había parecido un ser increíble, al verle el rostro el muchacho no supo qué pensar. Tenía el cabello y la barba largos, blancos como la nieve, y también de aspecto gélido. En lugar de dos, solo tenía un ojo, enorme, en mitad de la frente. El iris era azul, como su piel, y cuando miró a Lasgol pareció atravesarle el alma.

Se quedó sin habla.

Media docena de seres como aquel, pero sin barba, se situaron tras el trono. Llevaban enormes hachas y escudos de madera; probablemente se tratara de su guardia. Lasgol desconocía qué raza de semigigantes o semidioses era aquella y, por un momento, pensó que estaba viviendo una pesadilla de la que no conseguía despertar. ¿Eran hombres? ¿Eran mezcla de hombre y gigante del hielo? ¿Qué eran?

El salvaje del hielo echó a Lasgol a los pies de aquella criatura. El oso blanco y la pantera rugieron amenazantes. El chico se quedó quieto como una estatua y evitó el contacto visual con los dos animales.

El ser dijo algo en una extraña lengua que el norghano no entendió, con una voz fría, profunda, y acarició a las dos bestias como si fueran cachorros. Los animales se calmaron y volvieron a tumbarse junto a su señor.

Preguntó algo a Lasgol en la extraña lengua, pero este no lo entendió.

—¿Sabes quién soy? —preguntó ahora en norghano con un extraño y pronunciado acento.

—¿Eres Darthor…?

El ser sonrió y mostró unos grandes dientes con dos colmillos que sobresalían largos y amarillos, como los de un depredador felino.

—No. Yo no soy Darthor. Soy su aliado y le sirvo con honor. —Lasgol lo observaba de reojo sin comprender—. Soy el líder de los salvajes del hielo. Se me conoce con el nombre de Sinjor.

—Mis respetos, majestad.

Sinjor sonrió:

—Es listo el chico, muestra respeto y educación para no morir. No me trates de majestad, yo no soy uno de vuestros reyes.

—El chico no debe ser dañado —advirtió una voz suave que Lasgol reconoció.

El hechicero noceano se acercó al trono.

—El chico me pertenece —dijo Sinjor.

—No, pertenece a mi señor.

—Si Darthor lo quiere, que venga a reclamarlo.

—Lo reclamo yo en su nombre.

—No es suficiente. Estaba en la aldea. Derramó la sangre de los míos. Debe sufrir y morir; así lo marca la ley del hielo —dijo señalando una de las paredes heladas donde había tallado lo que parecía un texto en un lenguaje que Lasgol no conocía.

—Aun así…

—Yo no derramé sangre —se apresuró a decir el chico.

El salvaje que lo tenía sujeto le golpeó en la cabeza con el puño; sintió un dolor intenso.

—Deja que hable —pidió el hechicero.

—Está bien —le indicó el líder a su guerrero.

—Nosotros, los guardabosques, no tuvimos nada que ver con lo sucedido. Fue algo atroz, jamás haríamos algo así… Nunca.

—¿Por qué habría de creerte? Eres norghano, como ellos —dijo, e indicó hacia arriba.

Lasgol alzó la mirada y descubrió a tres oficiales que colgaban del techo, bocabajo, atados por las piernas. Uno de ellos era Urgoson. Estaba en muy malas condiciones, pero aún vivía.

—Soy norghano, sí, pero no todos somos iguales. Mis compañeros y yo no somos como ellos —se defendió.

—Tu palabra no es prueba suficiente.

—Él puede confirmarlo. —Lasgol señaló a Urgoson.

El semigigante se quedó pensativo.

—Bajadlo —ordenó Sinjor.

Dos enormes guerreros descolgaron al oficial y lo llevaron ante su líder. La pantera rugió. La cara de Urgoson era de terror absoluto.

—Tú eres el oficial al mando, el responsable de las masacres a mi pueblo en la costa norte —dijo Sinjor blandiendo un dedo acusador.

—No, yo no…

—Calla. No hables hasta que se te pregunte —dijo Sinjor, y sus guerreros golpearon a Urgoson, que guardó silencio entre lloriqueos.

—¿Es cierto lo que dice el guardabosques? Habla ahora.

—No, no es cierto, fueron ellos, los guardabosques, quienes atacaron las aldeas, no mis hombres.

—¡Mentiroso! —exclamó Lasgol lleno de rabia. Recibió otro golpe en la cabeza.

—Estos norghanos no conocen el honor, mienten más que hablan —dijo Sinjor.

—Yo puedo solucionar eso —respondió el hechicero con una sonrisa.

—Ah, la magia del gran hechicero. Muy bien, adelante.

El hechicero sacó su espada curva y señaló a Urgoson, que lloriqueaba de nuevo. Musitó unas frases mientras movía la espada. Lasgol observó el hechizo salir de la espada y cómo un hilo de niebla púrpura rodeaba la cabeza de Urgoson. El oficial gritó atemorizado al comenzar a sentir los efectos del conjuro sobre la mente.

—Ahora responderá con toda sinceridad o morirá de dolor por mentir. La elección es suya.

—Me gusta ese hechizo. Es justo —dijo Sinjor asintiendo.

—¿Quién es el culpable de las masacres? —preguntó el hechicero.

—Los guardabosques... ¡Arghhhh! —gritó de dolor.

—¿Estás seguro?

—Sí... ¡Arghhhh! —Urgoson se echó al suelo retorciéndose de dolor.

—Parece que miente —dijo Sinjor con una enorme sonrisa.

—No miento... ¡Arghhhh! —Esa vez el dolor fue tan intenso que el capitán de las Garras de Hierro rodó por el suelo gritando.

—Miente como un maldito norghano.

—Fueron ellos... ¡Arghhhh! —Entonces el dolor fue tan intenso que casi acabó con él.

Sinjor sonrió:

—Se va a matar, el muy mentiroso.

El hechicero habló:

—Última oportunidad. Contesta con sinceridad o muere. ¿Quién cometió las masacres?

Urgoson miró al hechicero con los ojos anegados en lágrimas y el rostro constreñido de dolor.

—¡Fuimos nosotros, nosotros!

Sinjor asintió.

—Ya sale la verdad. ¿Quién lo ordenó?

—¡Fue Uthar! ¡Uthar! ¡Parad! ¡Por los cielos!

—Si dices la verdad, el dolor se detendrá —dijo el hechicero.

La cara de Urgoson reflejó que el dolor abandonaba su cuerpo.

—¿Por qué lo ordenó? —quiso saber Sinjor.

—Dijo que quería enviar un mensaje a Darthor, darle una lección. Me ordenó que matáramos a todos, mujeres, niños y ancianos incluidos. ¡Es cuanto sé, lo juro, no más dolor, por favor! —Quedó tendido en el suelo.

—Uthar pagará con su vida por esto —juró Sinjor, y su rostro mostró un odio inconmensurable.

—¿Cuántas aldeas? —preguntó el hechicero a Sinjor.

—Cinco. Las costeras. Solo se han salvado los poblados del interior —explicó Sinjor con gran pesar, y negó con la cabeza. Lasgol vio un dolor inmenso en sus ojos.

—Lo siento en el alma…, estábamos presionando a Uthar en el sur… —dijo el hechicero.

—Y el muy cobarde nos ha castigado en la retaguardia.

—Cerramos los pasos…

—Estas serpientes se colaron antes.

—Lo lamento…

—No es culpa tuya, hechicero. Esto es obra de Uthar y solo él es responsable.

El hechicero asintió.

Lasgol no podía creer lo que oía sobre el rey.

Sinjor se puso en pie. Era tan imponente que cortaba la respiración con sus cuatro varas de altura, su enorme cuerpo y su ojo único.

—Has dicho la verdad y tu sufrimiento ha terminado —dijo el líder de los salvajes del hielo.

Susurró algo a la pantera de las nieves. El animal dio un brinco prodigioso y clavó las fauces en el cuello de Urgoson. El oficial pataleó un instante y murió.

—Una muerte limpia y casi indolora. Una muerte limpia y casi indolora, mucho mejor de lo que se merecía. En cuanto a ti —dijo señalando a Lasgol, que se llevó un susto de muerte—, ha quedado demostrado que no participaste en la barbarie. Pero no queda claro que no fueras a hacerlo de todos modos si tu magnánimo rey te lo ordenara.

—Yo jamás haría algo así. Ni yo ni los guardabosques, lo juro por mi honor.

—¿Y por qué debería creerte?

—Porque dice la verdad —contestó una voz cavernosa a su espalda.

Sinjor se volvió. Sorprendentemente, clavó la rodilla. El hechicero también se arrodilló.

—Mi señor —dijo Sinjor.

—Mi amo —dijo el hechicero.

Lasgol giró la cabeza lentamente, temeroso, y comprobó que todos los salvajes del hielo estaban arrodillados. No había un alma en la cueva que no hubiera hincado la rodilla. Hasta las bestias se habían echado al suelo. Vio una figura que se acercaba como si no pisara el suelo, deslizándose sobre la superficie de hielo como si flotara. A Lasgol le dio un vuelco el estómago. Vestía una larga túnica negra con franjas blancas, rígida, como de hielo corrupto. En una mano portaba una vara de color bruno y en la otra una esfera azulada. Sobre el rostro llevaba un yelmo que quitaba la respiración. El visor era negro, pero parecía tener vida y formaba remolinos que semejaban devorar la luz. Dos enormes cuchillas también negras en forma de media luna decoraban el yelmo a ambos lados. De los hombros le caía una larga capa del mismo color que la túnica. No era muy alto, tampoco muy fuerte, pero su presencia emanaba un arcano poder estremecedor.

—Darthor... —balbuceó el chico entre dientes.

—Sinjor, mi amigo, señor de los salvajes del hielo. Muladin, mi hechicero excepcional —saludó Darthor con una voz tan cavernosa que parecía provenir de lo más profundo de un abismo.

Los dos hombres inclinaron la cabeza ante su señor.

—Levantaos, por favor. Todos —pidió Darthor alzando los brazos.

—No te esperábamos tan pronto, mi señor —dijo Sinjor.

Darthor pasó junto a Lasgol y lo observó a través de su visor. El muchacho sintió que lo analizaban de pies a cabeza. Se estremeció y se le erizó el pelo de la nuca.

—Estaba camino al sur, pero este nuevo acontecimiento me ha hecho volver al norte.

—Tengo la situación controlada, como te prometí —se defendió Sinjor confundido.

—Lo sé. No es por eso por lo que he venido.

—¿Entonces? —preguntó sin comprender.

—He venido por él —respondió, y señaló a Lasgol.

Capítulo 30

L ASGOL LLEVABA TRES DÍAS ENCERRADO EN LA FRÍA CELDA DE roca en la que lo habían metido. Al menos no lo habían llevado a los pozos, que era su mayor temor. No lo dejaban salir, pero le llevaban comida y agua dos veces al día. No entendía por qué lo tenían allí, y mucho menos por qué Darthor se había interesado por él.

Lo que sí había aprendido era que los salvajes del hielo no eran tan salvajes ni brutos como parecían. Había intentado comunicarse con su carcelero. El primer día se había negado en redondo y le había golpeado en la cabeza, una costumbre bárbara de aquella raza. El segundo día había descubierto algo insólito: al intentar comunicarse con el salvaje había captado un destello dorado en su mano derecha. Extrañado, se había quitado el guante. El salvaje le dijo algo ininteligible en su idioma. Un nuevo destello le apareció en la mano y un mensaje en su mente: «Calla, pelele». Lasgol se quedó atónito. Había entendido al salvaje. Pero ¿cómo podía ser? Y entonces se percató de dónde provenían los destellos: de su dedo anular, donde llevaba el anillo que había descubierto en el desván. El anillo estaba traduciéndole el idioma del salvaje.

—¿De dónde eres? —le preguntó Lasgol, tentando su suerte, y algo prodigioso sucedió.

Según comenzaba a pronunciar las palabras, el anillo destellaba y las convertía en el idioma del salvaje.

—Soy del Continente Helado, al nordeste —le respondió el salvaje inclinando la cabeza sin comprender cómo era que Lasgol hablaba su idioma.

—¿Del Continente Helado? No sabía que nadie viviera allí.

El salvaje se rio con aquella extraña risa.

—Por supuesto que alguien vive allí. Los Pueblos del Hielo viven allí.

—Fascinante, como diría un amigo mío; no tenía ni idea.

—Ahora ya lo sabes. Pero te aconsejo que nunca pises nuestro continente.

—¿Por... vosotros?

—También, pero por el clima. Te helarías en dos días. Eres delgaducho y tu piel es débil. No soportarías las bajas temperaturas.

—Oh, entiendo. ¿Puedo preguntar de qué raza es vuestro líder, Sinjor?

—Puedes. Él es uno de los Antiguos. No quedan muchos. Viven al este, muy al este. Son poderosos y muy inteligentes. Llevan vivos más de mil años.

—¿Hay otras razas como ellos? ¿Como vosotros?

El carcelero asintió, aunque decidió no compartir más información, probablemente por prudencia. Era bruto pero nada tonto.

—¿Y qué hacéis aquí, en Norghana? —preguntó Lasgol para romper el silencio.

El carcelero lo golpeó en la cabeza.

—¡Ay! —se quejó el muchacho.

La criatura miró en todas direcciones para ver si alguien había oído la pregunta.

—No vuelvas a llamar a esta tierra Norghana. Esta es la tierra de nuestros antepasados. Esta es la tierra en la que nació el Pueblo del Hielo. Esta es tierra sagrada. Y es nuestra. No de los norghanos. No vuestra. Si quieres vivir, recuerda bien esto.

—Está bien…, no lo olvidaré.

—Estamos aquí para ayudar a nuestros hermanos; ya has visto lo que han hecho con ellos… —Lasgol asintió muy consternado.

El salvaje continuó—: Nos hemos unido a la cruzada de Darthor para derrocar a Uthar y recuperar estas tierras para nuestro pueblo.

—No sabía nada de esto…, siempre había pensado que estas tierras pertenecían a Norgh… —se interrumpió antes de terminar la frase— y que nadie vivía aquí.

—Nuestros hermanos han morado aquí desde hace más de dos mil años. Esta cueva, un lugar sagrado para nosotros, tiene milenios. Nuestros hermanos vivían aquí antes que los norghanos, pero los monarcas del sur siempre han ocultado nuestra presencia a los suyos o nos han caracterizado como brutos salvajes y devoraniños del hielo.

—Entiendo…

—Pero Darthor nos comprende. Siente nuestro dolor, simpatiza con nuestra causa. Por eso lo seguimos.

—¿No es Darthor un ser maligno, un mago corrupto?

Antes siquiera de acabar la frase, ya sabía lo que se le venía encima. Recibió el golpe en la cabeza sin rechistar. Dolía mucho, picaba y dolía, con intensidad.

—Darthor es un gran líder. Sinjor y él nos guiarán a la victoria.

Y con aquello concluyó la conversación. Los dos días siguientes no consiguió arrancar una palabra más a su carcelero. Se dedicó a estudiar el extraño anillo, pero no pudo descubrir nada más sobre el objeto. Estaba encantado, eso era seguro; Egil le había hablado de espadas, esferas y otros objetos encantados por grandes magos que conferían diferentes poderes a quienes los tuvieran. Lo que no podía saber era qué encantamientos tenía su anillo. Tampoco podía entender qué hacía en una caja en su desván.

Al tercer día recibió una visita extraña. Era el hechicero.

—Tengo una proposición que hacerte —le dijo sin rodeos.

—¿Cuál? —preguntó Lasgol con desconfianza.

—Harás cuanto te sea dicho, sin rechistar, sin resistirte.

—¿Y a cambio?

—A cambió no mataré a dos de tus compañeros.

Todo su ser dio un vuelco, pero intentó disimularlo.

—¿Qué dos compañeros?

—Una chica rubia con mucho carácter y un chico fuerte e inteligente que iba con ella, aprendices de guardabosques como tú. Los capturamos a la salida del paso.

Sintió que el corazón se le paraba.

—¿Están aquí? —quiso saber angustiado—. ¿Puedo verlos?

El hechicero negó con la cabeza.

—Los tenemos en otra base, más cercana al paso.

—¿Están bien? ¡Dime que están bien!

—Veo que los conoces y te preocupan. ¿Tenemos un trato?

Lo meditó. No tenía nada que ganar por resistirse, y sí mucho que perder.

—Está bien, haré lo que me pidas. Pero déjalos ir.

—¿Dejarlos ir? Ese no es el trato.

—Lo es ahora. Mi colaboración absoluta por su libertad y que regresen sanos y salvos. Esa es mi propuesta.

El hechicero lo meditó.

—Está bien. Es un trato. Yo cumpliré mi parte, tú cumple la tuya.

—La cumpliré.

Con un leve saludo el hechicero se marchó. Lasgol se quedó muy preocupado por Ingrid y Molak. Al menos estaban vivos, o eso decía el hechicero. Quizá mintiera. No podía hacer más que confiar en que estuvieran vivos y en que el hechicero cumpliera su palabra.

Un par de días más tarde la puerta de roca se abrió y un salvaje del hielo lo agarró del pescuezo y lo sacó fuera.

—Puedo andar... —comentó Lasgol.

Recibió un doloroso golpe en la cabeza.

El salvaje lo llevó a los niveles superiores en lugar de a los inferiores, lo cual sorprendió al muchacho y le dio esperanzas. Llegaron a una galería y el salvaje desplazó una roca para salir al exterior, donde la luz del día cegó al chico. El salvaje lo dejó ir y se volvió. Lasgol tardó un momento en acostumbrarse al sol y a una claridad tan fuerte. Cuando consiguió ver, observó a Muladin en lo que parecía ser una terraza natural en la cima de la gran cueva. El hechicero contemplaba las vistas sobrecogedoras. Al norte se apreciaba el mar y lo que parecía ser un iceberg enorme. Al este, la costa se perdía en la distancia. Al sur y al oeste, los solemnes bosques helados de tierra adentro. Tras ellos, las grandes cordilleras montañosas, majestuosas, heladas, eternas.

—Una tierra preciosa, ¿verdad? —dijo una voz cavernosa que le puso la piel de gallina.

Sintió la presencia de Darthor a su lado y giró la cabeza muy despacio. El Señor Oscuro del Hielo observaba el paisaje bajo su yelmo. A Lasgol se le hizo un nudo en la garganta. Le costaba respirar.

—Sí... —balbuceó Lasgol.

—Puedes tranquilizarte, no voy a hacerte nada.

—Gracias...

—No soy lo que crees, o, más bien, lo que te han hecho creer.

Lasgol asintió.

—No entiendo qué hago aquí...

—Estás aquí porque así lo he requerido yo. Envié a Muladin en cuanto supe que estabas al norte del paso.

El hechicero saludó con la cabeza.

—Es mi fiel servidor y un gran amigo.

—Intentó capturarme… en Norghana… con un trol —dijo mirándolo de reojo.

El hechicero se mantenía aparte.

—Cierto, parece ser que oíste lo que no debías en el castillo del duque Olafstone; eso complicó las cosas. Se le presentó la opción de capturarte y no lo dudó.

—No oí nada comprometedor, el duque no accedió a aliarse con nadie —arguyó Lasgol con rapidez.

—El duque es un hombre inteligente y difícil, pero llegará su momento.

—No entiendo…

Darthor ignoró el comentario.

—Esa criatura que llevabas contigo te salvó de Muladin…

—Camu… es muy especial…

—Lo es, aunque tú todavía no sabes cuánto.

El chico se quedó pasmado por la respuesta.

—¿Cómo…?

—Yo sé mucho sobre ti, Lasgol.

—¿Sobre mí? ¿Por qué… razón? —balbuceó confundido por completo.

—Por ser quien eres, por ser hijo de Dakon Eklund, guardabosques primero.

—Mi padre… Tú lo poseíste con tus poderes… Lo mataron por tu culpa.

—Eso es lo que dicen. ¿Lo crees?

—Sí…, lo creo.

—¿Al igual que crees que Uthar es un rey honorable y benévolo? ¿Un gran rey para Norghana?

El chico no supo qué contestar.

—Lo creía… Lo creo… No sé…

—¿Dudas? Hace una semana habrías muerto por él sin pestañear.

—No lo sé… Debe de haber una explicación a las atrocidades que he visto…

—¿Y si no la hay?

—Tiene que haberla.

—Quizá lo que has presenciado en este rincón del mundo sea cierto.

—Me niego a creerlo.

—La evidencia es clara, tú lo sabes, tu corazón lo sabe. La carnicería que has presenciado, el horror cometido en esas cinco aldeas es orden de Uthar en persona. Para vengarse de mí, de nosotros.

Lasgol calló; después, dijo:

—Compañeros míos murieron también.

—Lamento oír eso, pero así son las guerras, hombres buenos mueren. Hombres, mujeres, niños y ancianos indefensos.

—Podrías detener la guerra… —casi rogó Lasgol.

—No, no podría aunque quisiera. Los Pueblos del Hielo han depositado su confianza en mí, no puedo defraudarlos. Les he dado mi palabra de que haré cuanto esté en mi mano para conducirlos a la victoria.

—Se podría negociar un alto el fuego, una tregua, alcanzar una paz…

—Uthar no accedería nunca. Busca expulsarnos de estas tierras.

—¿Por qué?

—El odio y la codicia, dos de los mayores motivadores. —Lasgol no supo qué pensar. Darthor siguió—: Odio hacia estas gentes, los Pueblos del Hielo del Continente Helado. Codicia, porque aquí y allí hay grandes minas de oro que desea poseer. Con ellas podría dominar no solo el norte, sino medio Tremia. Su ambición no tiene límite. Cuando sea el señor del norte, mirará al medio este y de allí irá a conquistar el este o el oeste, dependiendo de qué reinos sean más débiles. La guerra en el norte no es más que el comienzo.

Si vence, continuará su campaña de conquista. Buscará alzarse como dueño de todo Tremia.

—Oh… Aun así, se podría intentar negociar con él una paz, ¿quizá compartir las riquezas del norte?

—Hace unos años habría sido posible. Pero ya no es el caso.

—¿Qué ha sucedido?

—El rey no es el hombre que era. Ha cambiado.

—¿Tanto que no atenderá a razones?

—Tanto y mucho más.

—Me cuesta creerlo.

—Lo sé, pero debes creerlo. Por tu propio bien.

Lasgol se quedó sin argumentos.

—¿Por qué estoy aquí? No es por casualidad, ya estaría muerto de otra forma —preguntó; comenzaba a ver que había algún motivo oculto.

—Eres inteligente, eso me complace.

—¿Por qué?

—Estás aquí porque deseo revelarte algo importante.

—¿A mí? —dijo sorprendido.

—Yo nunca poseí a tu padre. La runa que llevaba marcada no era una runa de dominación. Dakon actuó por voluntad propia. Tu padre servía a nuestra causa, como otros aliados y amigos fieles que tenemos en Norghana.

Las palabras de Darthor fueron como un puño golpeándole en el estómago.

—¡Eso es imposible! ¡Lo vimos con Daven! ¡Quedó demostrado!

—Daven fue dominado, yo lo dominé. A tu padre, sin embargo, no.

—¡Eso no es verdad! ¡No puede ser!

—Lo es, y es necesario que conozcas la verdad y entiendas la razón.

—No te creo, el propio Uthar lo exoneró.

Darthor asintió.

—Ese era mi plan. Si Daven conseguía matar a Uthar, no tendría importancia, pero si fallaba, al menos conseguiríamos engañar a Uthar y tendría que exonerar a Dakon. Muladin y yo planeamos con cuidado cada detalle, a conciencia.

—Eso no puede ser. Tú intentaste matarme en el campamento. El mercenario trabajaba para ti.

—Te equivocas de nuevo. Yo nunca intenté matarte. De hecho, intenté ayudarte. Fui yo quien te envió el huevo con la criatura.

Lasgol echó la cabeza atrás de la enorme sorpresa.

—¿Tú...? ¿Tú me enviaste el huevo? ¿A Camu?

—Sí; intercepté el envío que los guardabosques te hicieron con las posesiones de Dakon y puse en él la caja roja con el huevo.

—No puede ser. —Lasgol sacudía la cabeza—. ¿Por qué?

—Para ayudarte, para protegerte.

Sacudió la cabeza. Estaba tan confundido que se sentía aturdido. Apenas era capaz de pensar.

—El mercenario estaba al servicio de Uthar. Te vigilaba desde la muerte de tu padre. Fue Uthar quien le ordenó que te matara en el campamento.

—¿Uthar? ¿Matarme? ¿Por qué?

—Porque te uniste a los Guardabosques. Porque lo hiciste para indagar sobre tu padre. Y teme que la verdad salga a la luz; no puede permitir que eso suceda.

—¿Qué verdad? —preguntó Lasgol negando con la cabeza; no podía entender lo que sucedía, lo que oía.

—Su gran secreto, uno por el que está dispuesto a matar a quien sea.

—Es imposible. Uthar me condecoró, restituyó a mi padre.

—Es teatro, una mascarada para que nadie sospeche nada. Sobre todo tú. Ahora todo el mundo cree que yo intenté matarte, que tu padre fue dominado por mis artes oscuras. Ambas cosas son falsas. Uthar es muy inteligente y un gran manipulador.

—Si mi padre no hubiera estado dominado, nunca habría tirado contra el rey.

—No tenía que haberlo hecho. Su misión era conducir al rey a la emboscada. Yo esperaba en el desfiladero con mis fuerzas; en cambio, en el último momento, un guardabosques avisó al rey de la trampa. Uthar se detuvo. No entró en el paso. Dakon supo que no lo atraparíamos y tomó una decisión valiente, heroica, por todos nosotros; una decisión que le costó la vida. Decidió matar al rey antes de que escapara. Por desgracia, no lo logró...

—¡No creo nada de esto! ¿Por qué iba a hacer algo así mi padre? Darthor se giró hacia él.

—Porque Dakon era mi querido esposo.

La mente de Lasgol estalló en mil pedazos, como si hubieran lanzado una roca contra un espejo.

—Lasgol, yo soy tu madre —anunció Darthor y se quitó el yelmo.

El rostro de una bella mujer de mediana edad apareció ante él. Tenía el cabello rubio con unas pocas vetas de plata. Sus ojos verdes brillaban con una felicidad contenida. Le sonrió.

El chico dio dos pasos atrás.

—¡No puede ser! ¡No! ¡No!

—Sé que es demasiado para asimilar. Un día lo entenderás todo. Por ahora necesito que entiendas que Uthar es el enemigo que debemos derrocar, que tu padre y yo nos amábamos y luchamos contra él.

Lasgol se llevó las manos a las orejas.

—¡Mientes! ¡No quiero oír nada más! ¡Déjame!

—Solo deseo protegerte. Eres mi hijo.

—¡Nooooo! ¡Déjame en paz!

Darthor se colocó de nuevo el yelmo y ocultó el rostro por completo.

Lasgol no quería creer nada de aquello. Lo negaba. Se lo negaba a sí mismo, a su mente. Era imposible. Una mentira, una treta. No podía ser. Sin embargo, una cosa no podía negar por mucho que lo intentaba: la faz de aquella mujer era la misma que él había visto en el cuadro que había en el desván. Y eso significaba que era ella. Mayra. Su madre.

—No, no puede ser —murmuró y sacudió la cabeza.

—Muladin —llamó Darthor.

—Sí, mi amo.

—Ya sabes qué hay que hacer. Disponlo todo.

—Se hará como desees —dijo con una reverencia.

Darthor miró una última vez a Lasgol y entró en la cueva. El chico negaba con la cabeza como intentando despertar de una horrible pesadilla. Muladin lo agarró de los hombros.

—Si valoras tu vida, no le contarás a nadie lo que has descubierto, lo que te ha compartido mi amo y señor. Si lo haces, morirás, y no de nuestra mano. ¿Lo entiendes?

No respondió, estaba aturdido por completo, le parecía ver y oír doble. La mente le iba a estallar.

—Dime que lo entiendes, tu vida va en ello.

Lasgol reaccionó:

—Sí, lo entiendo.

—Muy bien. Ahora relájate. —Muladin sacó su espada enjoyada y comenzó a musitar unas palabras arcanas.

Lasgol supo lo que seguía; sin embargo, no tuvo miedo. Vio el destelló púrpura de la magia siendo invocada. El hechizo llegó a su mente y comenzó a sentir un sueño irresistible. Esa vez no luchó contra el conjuro, dejó que el sueño se lo llevara.

Capítulo 31

LASGOL DESPERTÓ FRENTE AL PASO SECRETO QUE DABA ENTRADA al valle del campamento. «¿Cómo he llegado hasta aquí? ¿Me han dejado ir? ¿Por qué? No lo entiendo». Confuso, entumecido y muy cansado, se puso en pie. Sacudió la cabeza y se despejó un poco. Hacía frío y amenazaba tormenta. Se acercó a la entrada secreta y se situó frente a ella, bien a la vista. Abrió los brazos. Iba desarmado. Sabía que había dos guardabosques, al menos, vigilando la entrada, aunque no pudiera distinguirlos.

—De rodillas —demandó una voz en un susurro.

Lasgol obedeció. Un guardabosques apareció de pronto a su espalda y le puso el cuchillo al cuello.

—Aprendiz Lasgol regresando de la misión de rescate al norte —dijo Lasgol intentando que no le temblara la voz.

Un segundo guardabosques apareció sobre las grandes rocas que ocultaban el paso. Le apuntaba al pecho con un arco. Lasgol no hizo el más mínimo movimiento. Lo examinaron y registraron.

—¿Estás solo?

—Sí.

—¿Te han seguido?

—No creo…

—Está bien. Pasa. Informa a Dolbarar de inmediato.

Lasgol resopló de alivio.

—Al instante.

Se puso en marcha y se adentró en el paso. Alcanzó el campamento y su espíritu se animó al reconocer el familiar paraje. Como le habían indicado, se dirigió a la Casa de Mando y pidió audiencia con Dolbarar.

Tras hacerlo pasar, esperó en el área común frente a la chimenea. Dolbarar apareció y un momento más tarde lo hicieron los cuatro guardabosques mayores.

—¡Lasgol! Te dábamos por perdido —saludó Dolbarar, quien se apresuró a darle un sentido abrazo.

El chico lo agradeció en el alma:

—Estoy bien, señor.

—Nos dijeron que te habían capturado los salvajes del hielo.

—Así es.

—Es extraordinario —exclamó Dolbarar negando con la cabeza.

—¿El qué, señor?

—Rara vez ha logrado alguien escapar con vida de ellos.

—Oh…

—¿Dónde te tuvieron preso? —preguntó Esben.

—¿Quién los lidera? —quiso saber Haakon.

—¿Cuántos son? —inquirió Ivana.

—Dejad al joven respirar, ha debido de pasar una experiencia horrible —dijo Eyra con empatía y una sonrisa amable.

—Me gustaría… saber… si mis compañeros se salvaron…

Dolbarar hizo un gesto de disculpa.

—Qué poca sensibilidad la mía. Sí, tus compañeros de equipo lograron huir en los botes y ponerse a salvo. Podrás verlos en cuanto terminemos.

Lasgol resopló y una alegría enorme lo invadió.

—Por desgracia, Mark, Jaren y Tonk no lo lograron... Celebramos los funerales hace unos días. En un acto solemne los enterramos simbólicamente en el Robledal Sagrado, donde nacieron los Guardabosques y donde descansan los valientes. Dieron su vida por Norghana como auténticos guardabosques que todavía no eran. Era lo menos que podíamos hacer para honrarlos. Su valor y coraje nos acompañarán siempre en el recuerdo. Todo el campamento está muy afectado por lo ocurrido. Nosotros incluidos, yo especialmente; eran mi responsabilidad...

Lasgol no supo qué decir.

—Los salvajes nos atacaron por lo sucedido en sus poblados, por las masacres llevadas a cabo por las Garras de Hierro. —Según acabó se produjo un silencio casi tétrico.

—¿Estás seguro de que fueron las Garras de Hierro? Son el regimiento de castigo del rey...

—Lo estoy.

—Esa es una acusación muy grave —dijo Haakon.

—Que puedo probar; su oficial al mando lo confesó.

—¿Cómo es eso? —quiso saber Eyra.

Lasgol les narró lo sucedido hasta su encuentro con Darthor. Esa parte la omitió a conciencia, pues necesitaba tiempo para reflexionar sobre todo lo que le había ocurrido y sacar conclusiones. No quería precipitarse. Muy probablemente debía contárselo; sin embargo, algo en su interior le decía que esperara. Error o no, decidió callar esa parte. Le dolió hacerlo, pues los rostros eran de seria preocupación, en especial el de Dolbarar.

—Esto es algo muy grave —empezó Dolbarar.

—Puede ser un engaño, estaba bajo la influencia del conjuro del hechicero —dijo Haakon.

—Cierto —convino Esben.

—Pensémoslo con detenimiento —pidió Eyra—. ¿Quién iba a cometer semejante atrocidad? Los guardabosques no, los salvajes tampoco… Por casualidad hay un regimiento norghano con muy mala fama en la zona. En una zona de guerra y aislada. Puede que sea vieja, pero estúpida no soy. Fueron ellos. Nueve de cada diez veces la respuesta más obvia es la correcta. La naturaleza así nos lo enseña.

—Urgoson confesó que fue el rey quien lo ordenó —aseguró Lasgol.

—Eso es más difícil de creer. El rey nunca actuaría así… —dijo Ivana.

—Es mucho más probable que se les fuera la mano… al verse aislados y solos en el norte… Ha ocurrido antes en la guerra… —dijo Haakon.

—Me niego a creer que nuestro rey ordenara cometer semejante acto de vileza —añadió Dolbarar negando con la cabeza.

El muchacho no quiso forzar la cuestión. Después de todo, él tampoco lo tenía del todo claro.

—Relátanos cuanto ha ocurrido una vez más, por favor —le pidió Dolbarar.

Lasgol así lo hizo, una vez más omitiendo a Darthor.

—¿Cómo conseguiste huir? —le preguntó Haakon enarcando una ceja.

—No lo hice.

—¿Cómo? —Esben estaba confundido.

—Digo que no escapé, me dejaron ir.

—Sorprendente…, muy sorprendente —respondió Dolbarar a la vez que se atusaba la barba.

—Tiene que ser para confundirnos con información falsa —advirtió Haakon.

—Eso tendría sentido… —aceptó Eyra.

—Desconozco la razón, pero me dejaron ir.

—Te dejaron ir con ciertas ideas en la cabeza que nos estás relatando ahora para confundirnos —dijo Ivana.

El chico se encogió de hombros.

—Tenemos mucho que meditar —dijo Dolbarar—. Ve con tu equipo mientras conferenciamos.

Lasgol se dio la vuelta y salió por la puerta. Lo último que oyó fue a Dolbarar decir:

—Un chico muy especial, un acontecimiento muy significativo y extremadamente preocupante. Debemos llegar al fondo de este feo asunto.

No tuvo que dirigirse a las cabañas. Según salió, Ingrid, Nilsa, Gerd, Viggo y Egil lo esperaban frente a la Casa de Mando.

—¡Lasgol! —gritó Nilsa a todo pulmón.

Todos corrieron a abrazarlo entre risas y exclamaciones de júbilo.

—¡Estás vivo! —exclamó Gerd, rebosante de alegría, y lo levantó por los aires.

Lasgol reía dejando salir toda la tensión acumulada y los ojos se le humedecieron por las muestras de cariño.

Egil lo agarraba del pecho y no lo dejaba ir.

Ingrid le dio un fuerte abrazo.

—¡Sabía que sobrevivirías!

—¡Ingrid! —exclamó Lasgol al darse cuenta de que ella también había regresado.

—¿Qué ocurrió con Molak y contigo?

—Nos capturaron. El maldito hechicero noceano, creo que el mismo que os atacó a Egil y a ti, por la descripción que nos hicisteis de él. Nos lanzó un conjuro. No pudimos hacer nada. Estuvimos prisioneros de los salvajes del hielo durante días. No sé dónde, como en una especie de poblado en medio de un gran bosque helado. No nos lastimaron más allá de unos cuantos golpes, sobre todo en la cabeza. Todavía tengo dolores. El hechicero impidió al jefe del poblado que nos matara. El muy bruto quería hacernos pelear con un oso blanco que tenían de mascota. ¿Puedes creerlo?

Lasgol asintió varias veces. Podía creerlo, todo ello y mucho más.

—Una mañana, sin mediar palabra, nos pusieron en un bote con vela rumbo sur. No nos dieron ninguna explicación... ¿Tú sabes algo de eso?

Lasgol fue a decirles que él lo había negociado con el hechicero, pero no era el momento.

Incluso Viggo, que no era muy dado a esas cursilerías, como las llamaba él, le dio un fuerte abrazo y unas palmadas en la espalda.

—Ya pensaba que tendría que ir a rescatarte yo solo —dijo con tono jocoso.

—Menos mal que no ha hecho falta..., pobres salvajes del hielo... —le respondió con humor Lasgol y los dos rieron.

Egil no se manifestaba, aunque su rostro mostraba que estaba preso de la emoción. Al fin dijo:

—Es fantástico. —Y no pudo contener las lágrimas.

Todos rieron. Lasgol lo abrazó de nuevo.

—Vayamos a la cabaña, tengo mucho que contaros y no puedo hacerlo aquí.

—Vamos —dijo Ingrid.

Según entraban por la puerta, Camu chilló al reconocer a Lasgol. Dio tres grandes saltos y se arrojó a su pecho.

—¡Camu! ¡Pequeñín! —exclamó el muchacho muy contento de verlo.

La criatura se puso sobre su hombro, le enroscó la cola al cuello, como asegurándose de que no se iría a ningún lado sin él, y comenzó a lamerle la mejilla mientras emitía chilliditos de alegría.

—El bicho ha estado insoportable —se quejó Viggo—. Saltando sin parar y lloriqueando todo el rato.

—Nos ha costado disimular para que no lo descubrieran —dijo Ingrid.

—Hemos inventado la historia de que el ruido lo está haciendo un cachorro de zarigüeya que se esconde bajo la cabaña y nos da pena matar —explicó Nilsa.

—De momento ha funcionado —dijo Ingrid—, pero por poco.

—El pobre te echaba mucho de menos, Lasgol, y estaba muy preocupado, como nosotros —confesó Egil.

—Gracias a todos por cuidar de él. Y por preocuparos por mí...

—¡Faltaría más! —dijo Gerd, y le dio una amistosa palmada en la espalda.

Como era habitual, no calculó bien su fuerza y Lasgol recibió tal golpetón que le hizo dar un paso al frente. Sonrió encantado.

Lasgol bañó en caricias a Camu, que estaba loco de alegría y gimoteaba sin parar. Entonces recordó lo que le había contado Darthor sobre la criatura. Le hizo pensar si debía confiarles o no la conversación a sus compañeros. La amenaza que le habían hecho era clara: no debía contar nada o su vida estaría en juego. Lasgol dudó entre contarles la versión que había relatado a los líderes del campamento o, por el contrario, toda la verdad. Decidió que sería mejor contarles solo la primera, aunque en su interior una vocecilla le susurraba que estaba cometiendo un error.

Después de responder al sinfín de preguntas de sus compañeros, Lasgol cayó exhausto. Se acostó con Camu entre los brazos y soñó. Por desgracia, no consiguió dormir bien, sus sueños mutaron en pesadillas donde nadie era quien decía ser, la gente en la que confiaba lo traicionaba y los enemigos resultaban ser amigos cuando llegaba el momento de la verdad. No logró descansar nada en absoluto.

—Nada es lo que parece... —murmuró, y por fin concilió el sueño, rendido.

Capítulo 32

LA ACTIVIDAD EN EL CAMPAMENTO SE VOLVIÓ FRENÉTICA. La guerra y lo acaecido en el norte provocaron una situación de alerta máxima. Dolbarar envió a los pocos guardabosques que le quedaban a vigilar el paso secreto con la orden de sellarlo en caso de avistar al enemigo.

A los soldados que iban recuperándose los enviaban río abajo, hacia la ciudad amurallada de Olstran, donde el rey intentaba reagrupar a sus tropas. La instrucción había finalizado con la Prueba de Invierno y ahora todos ayudaban con la intendencia de guerra a la espera de la ceremonia de Aceptación, aunque no sabían cuándo sería…, o si llegaría a producirse.

Lasgol no dejaba de especular sobre lo que le había sucedido. ¿Era Darthor en realidad su madre? ¿Su padre había actuado por voluntad propia? ¿Podía ser? Aquellos pensamientos lo atormentaban día y noche, y no podía librarse de ellos por más que lo intentaba. Él seguía diciéndose a sí mismo que todo era mentira, que intentaban confundirlo. Sin duda, un engaño con algún fin maligno que aún no conseguía discernir, pero en su interior había algo que le susurraba que quizá no fuera del todo falso… Y eso le carcomía el alma.

Mientras tanto, Dolbarar anunció la suspensión de la ceremonia de Aceptación para todos los cursos hasta nueva orden debido a la escalada bélica. El líder del campamento quería que se centraran en el peligro de la guerra y en ayudar en exclusiva en todo lo posible al esfuerzo bélico.

Aquella noche, en la cabaña, Gerd y Viggo entrenaban la lucha de oso. Intentaban derribarse el uno al otro en mitad de la estancia. Lasgol se percató de que lo hacían para entretenerlo y levantarle el ánimo después de la experiencia en manos de los salvajes del hielo. Seguían haciéndole infinidad de preguntas acerca de lo que le había pasado, aunque él se reservaba lo sucedido con Darthor.

Gerd era tan grande y fuerte que Viggo se las estaba viendo y deseando para derrotarlo; sin embargo, no se daba por vencido.

—Te venceré, ya verás.

Gerd negó con la cabeza.

—Lo dudo mucho —dijo, y clavó los pies haciendo inútil todo el esfuerzo de Viggo por desestabilizarlo.

—Ni se te ocurra dejarme ganar.

—No te preocupes, ni se me ocurriría.

El muchacho los observaba desde la otra litera, donde jugaba con Camu. Estaba intentando enseñarle a contar con los dedos de una mano. La criatura se lo pasaba en grande viendo cómo Lasgol le mostraba varios dedos cada vez y esperaba una respuesta.

—Un dedo, un chillidito.

Camu chilló tres veces.

—No, no, un dedo, un chillido.

Camu dio un salto sobre el pecho de Lasgol y chilló dos veces moviendo la cola con alegría.

Lasgol meneó la cabeza y resopló. ¡No lo iba a conseguir nunca! Había sido idea de Egil intentar enseñar cosas básicas a la criatura para probar su capacidad de asimilación y su nivel de inteligencia.

El chico empezaba a tener claro que Camu asimilaba lo que le daba la real gana y era bien inteligente para lo que quería. Dejó estar a la criatura y se descolgó de la litera para ver qué hacía Egil.

Con una lupa que había conseguido de Eyra, estaba estudiando la extraña joya que Lasgol había descubierto oculta en la chimenea de la sala prohibida del sótano de la biblioteca. La analizaba y escribía largas frases en su cuaderno de notas. Egil tenía la costumbre de estudiar y anotar sus descubrimientos todas las noches antes de acostarse, excepto aquellas en las que estaba demasiado cansado y caía rendido sobre la cama, con la ropa puesta, para despertar al amanecer siguiente con toda la almohada llena de babas.

—¿Has descubierto algo interesante? —le preguntó.

—Todo este tiempo que no has estado me he dedicado a estudiarla. Esta joya es de lo más fascinante.

Lasgol la observó. Era redonda y aplanada, parecía un diamante translúcido del tamaño de una moneda de oro. Estaba encajada en un aro dorado.

—No consigo que reaccione con nada. He probado con los cuatro elementos primarios, el fuego, el agua, el aire y la tierra, pero nada. También lo he intentado con otros elementos, como la plata, el hierro, el ácido… Nada…

—Quizá solo reaccione a la magia. Yo creo que tiene sentido que sea así.

—Puede ser. En cualquier caso, me decanto por continuar hasta hacerla reaccionar. Necesito descubrir cuál es su función. ¿Para qué se creó? No es para adorno, de eso estoy seguro. No es una piedra preciosa, es algo diferente por completo y cada día me intriga más. Estuve en el laboratorio de Eyra y me permitió estudiar varios de sus compuestos.

—¿Le mostraste la joya? —preguntó Lasgol preocupado.

—Obviamente, no; ¿cuál sería la ventaja de semejante curso de acción?

—¿Eh?

—Habría sido contraproducente. Me la habría confiscado. Me permitió acceder a varios compuestos y luego yo, cuando ella no miraba, me apropié de varios más para experimentar…, aunque sin éxito.

—¡Ah! Vale. Es que a veces hablas muy raro —sonrió Lasgol.

Egil lo miró como si no supiera a qué se refería.

—Los instructores no entienden la necesidad de experimentar y aprender por iniciativa propia que algunos, unos pocos de mente despierta, tenemos.

—¿Quizá sea porque es peligroso experimentar con compuestos y joyas posiblemente mágicas?

—Muy cierto, mi querido amigo. Permíteme señalar que ese comentario es más propio de Viggo.

—Pasamos tanto tiempo juntos que todo se pega…, ¡hasta el sarcasmo! —dijo mirando a Viggo, que con todo su ser intentaba desestabilizar a Gerd sin conseguir moverlo un ápice.

Egil sonrió.

—Es natural.

—Ten cuidado con tus estudios y experimentos, no vaya a ser que tengamos un accidente peligroso.

—Lo tengo, no te preocupes —respondió Egil, y dejó la joya sobre el montón de libros junto a su baúl.

Cada vez tenía más libros allí amontonados.

—Pronto no te dejarán entrar en la biblioteca si no devuelves alguno —le dijo Lasgol señalando el montón de tomos.

—Mi apetito por el conocimiento es voraz más allá del entendimiento.

Se quedó mirándolo con ojos como platos.

—¿Es un juego de palabras?

Egil sonrió.

—Muy bien. Lo es.

En ese instante se oyó un quejido. Lasgol y Egil giraron la cabeza hacia Gerd.

—¡No valen patadas en la espinilla!

—¿Quién dice que no? —Viggo le propinó un segundo puntapié a Gerd en la otra espinilla.

El grandullón aulló de dolor y reaccionó empujando a Viggo con toda su fuerza. Este salió despedido contra la pared opuesta al final de la cabaña y se golpeó justo donde había clavada una cornamenta de reno que servía para colgar las capas. Se oyó un enorme estruendo y la cornamenta salió por los aires. Viggo cayó al suelo con un lamento de dolor. La cornamenta golpeó al pobre Camu, que jugaba a acorralar una araña en una esquina. La criatura emitió un chillido agudo.

Lasgol se asustó.

—¡Camu!

El bichillo se camufló al instante y desapareció.

—Ouch… —dijo Viggo, que no podía ponerse de pie.

—¡Ha sido sin querer! ¡Un reflejo! —se excusó Gerd, y fue a ayudar a Viggo.

—Lasgol, observa —le dijo Egil señalando el suelo.

Lasgol miró hacia donde indicaba Egil. Distinguió unas pequeñas manchas en la madera. Se agachó a observar y las tocó. Estaban húmedas. Era sangre. Oscura.

—¡Es sangre! ¡Camu está herido!

—La cornamenta debe de haberle cortado —dedujo Egil.

—¡Lo siento! ¡No controlo mi propia fuerza! —gimió Gerd.

—¡Camu! Déjate ver —rogó Lasgol.

Pero la criatura no obedeció. Veían las manchas de sangre acercándose al baúl y los libros de Egil.

—Usa tu don —le dijo Egil a Lasgol—. Hay que ver cuán herido está.

Lasgol asintió. Se concentró. Llamó a su don y usó la habilidad para comunicarse con animales y criaturas. «Camu, quieto. Déjate ver». La criatura obedeció. Apareció sobre el montón de libros de Egil. Estaba hecha un ovillo. Lasgol corrió a su lado.

—¿Estás bien, pequeño? —le dijo y lo levantó.

Al hacerlo, varias gotas de sangre cayeron sobre los libros de Egil y la joya. Camu comenzó a llorar emitiendo unos largos gemidos que partían el alma al oírlos.

—¿Se ha hecho mucho daño? —preguntó Gerd muy preocupado al oír el llanto de Camu.

—Estoy… bien… Gracias… —contestó Viggo con la mano en la cabeza.

Sin embargo, nadie le hacía caso.

Lasgol y Egil examinaron a la criatura. Tenía un corte en la pata derecha delantera del que manaba sangre oscura y algo viscosa.

—Es solo un corte —dijo Lasgol aliviado.

—No es grave —corroboró Egil.

Lasgol acariciaba a Camu, que lloraba.

—Lo sé, duele. Pero no es más que un corte, pequeñín, no te preocupes.

Gerd le ofreció una venda y Lasgol estaba atándola a la pata de Camu cuando, de súbito, se produjo un destello dorado. Todos miraron a la criatura, pero no había sido ella.

¡Era la joya!

Egil se agachó de inmediato a inspeccionarla.

—¡Se ha activado!

—¡Oh, oh! —exclamó Gerd, que salió corriendo de la cabaña sin mirar atrás.

Viggo lo siguió de inmediato sujetándose las costillas con una mano.

Lasgol se apartó llevándose a Camu con él.

—Ten cuidado —le dijo a Egil.

Este asintió y se centró en observar lo que sucedía con la joya.

Comenzó a brillar con un fulgor dorado.

—Definitivamente, se ha activado.

—¿Cómo? —preguntó Lasgol, que ya había vendado a Camu y lo tenía arropado en el brazo.

Egil se acercó más a la joya, que estaba sobre la pila de libros, aunque no la cogió en las manos, por si acaso.

—Interesante…, muy revelador…

—¿El qué?

—La joya está manchada.

—¿Manchada? ¿Cómo? ¿De qué?

Egil señaló con el dedo índice a Camu. Lasgol comprendió.

—¡Su sangre!

—Exacto. La ha activado. Puedo ver dónde han caído dos gotas en la superficie de la joya.

—Increíble.

—Fascinante, más bien. Y viene a corroborar mi teoría de la activación con algún compuesto.

—Y la mía. La sangre de Camu tiene magia, casi seguro.

—Umm… Eso podría ser también, sí… Ambas teorías son aceptables —meditó Egil asintiendo.

—No la toques, no sabemos qué hace; podría ser peligroso.

—Creo que empiezo a comprender la función de esta joya.

—¿Cómo?

—Estoy viendo lo que hace.

Lasgol se acercó a observar muy intrigado y también algo temeroso.

—Yo no veo nada, está apoyada sobre tus libros, pero no hace nada más que emitir ese brillo dorado.

—Fíjate mejor. ¿Sobre qué libro está?

Lasgol se acercó e intentó leer el título del ejemplar. No pudo, las letras le bailaban.

—¡¿Qué demontres?!

—Fascinante, ¿verdad?

—No entiendo nada.

Egil sonrió:

—El libro sobre el que está apoyada es el libro que tenía tu padre: *Compendio de la historia norghana.*

Lasgol pestañeó varias veces e intentó leer el título. No pudo.

—¿Estás seguro? No puedo leer el título por alguna extraña razón.

—Estoy seguro. Lo fascinante es que el libro está reaccionando a la joya. Ha cambiado de título. O, para ser más precisos, y si lo que creo es cierto, la joya nos está revelando el verdadero título del libro.

—¿Quieres decir... que el libro está hechizado?

—Encantado, para protegerlo. Se hace pasar por lo que no es. Déjame ver si estoy en lo cierto.

—Ten mucho cuidado.

Egil se acercó a su baúl y regresó con los guantes de cuero. Con ellos puestos, sostuvo la joya en la mano derecha con cuidado. Nada. Pasó la joya por el título del libro: *Compendio de la historia norghana.* De pronto, las letras bailaron y un nuevo título se reveló ante sus ojos.

Criaturas drakonianas.

—Oh... —exclamó Lasgol con la boca abierta.

Egil abrió el libro y comenzó a leer. Era el mismo texto que antes. Cogió la joya y la pasó por la primera página; al hacerlo, todas las letras bailaron y el texto real empezó a revelarse.

«Las criaturas drakonianas, parientes lejanos de los extintos dragones...».

—La joya descifra y revela el verdadero texto del libro. Es absolutamente fascinante.

—¿Va todo bien? —preguntó una voz femenina desde la puerta. Se giraron y vieron la cabeza de Ingrid, que asomaba.

—Todo bien, tranquila —contestó Egil.

—¿Seguro? Si me necesitáis, entro.

—No hace falta. Seguro —respondió Lasgol.

—Muy bien. Estamos fuera. Avisad si la cosa se tuerce.

—Gracias, Ingrid.

Lasgol miró a Egil:

—¿Quieres decir que esa joya sirve para leer libros encantados?

—Eso creo. Libros cuyo contenido ha sido ocultado.

—¿Y por qué tendría mi padre ese libro?

—Eso tendremos que averiguarlo. Y la respuesta puede muy bien estar en el propio volumen. En su contenido.

—¿Vas a estudiarlo?

—¡Por supuesto!

—No sé si deberíamos… Cuanto más removemos, más peligros encontramos…

—Alguien se ha tomado muchas molestias para ocultar el contenido de este ejemplar. Debemos averiguar por qué.

—¿Debemos?

—Vamos, Lasgol; no podemos dejar pasar este descubrimiento, es demasiado fascinante.

Lasgol sabía que no habría forma de convencer a Egil: cada vez que su amigo usaba la palabra «fascinante», no había manera de hacerle cambiar de opinión. Volvió a tener un muy mal presentimiento y un estremecimiento le recorrió la espalda.

Camu emitió un chillido, como si él también lo hubiera sentido.

«No deberíamos investigar más este asunto. Nos vamos a meter en un lío». Pero Egil ya estaba en la cama examinando los volúmenes con la joya activada. Lasgol resopló y se resignó. Se enfrentarían a lo que llegara.

Capítulo 33

Ingrid, Viggo, Lasgol y Gerd volvían de cargar sacos con provisiones que iban destinados al frente. Se cruzaron con Molak y las mellizas Margot y Mirian. Lasgol compartía su dolor. Se detuvieron a saludarlos.

—Hola —saludó sin saber muy bien qué decir.

Ellos lo saludaron con un movimiento de cabeza.

—¿Cómo… estáis…?

—Bien, considerando… —contestó Molak.

Las mellizas bajaron la cabeza; parecían algo avergonzadas. Ingrid le había contado a Lasgol que estas se culpaban por lo sucedido con Mark, Jaren y Tonk. Esben les había asegurado que habían hecho lo correcto, incluso las había felicitado. Aun así, no se lo perdonaban a sí mismas.

—Lo siento mucho… —les dijo Lasgol.

—No es culpa tuya, no es culpa de nadie; así es la guerra —dijo Molak.

Lasgol asintió apesadumbrado.

—Ingrid me ha contado que te debemos la libertad.

—Se me presentó la oportunidad y la aproveché…

—Pues déjame agradecértelo, no pensé que fuéramos a salir de allí tan bien parados.

—Ni yo tampoco —confesó Ingrid.

—Vosotros habríais hecho lo mismo.

Molak asintió.

—Hoy toca provisiones, ¿no?

—Sí. Ya nos hemos partido la espalda un buen rato —se quejó Viggo.

—Nosotros vamos a cazar a los bosques del este a petición de Esben. Un ejército necesita carne fresca.

—Con tu puntería tendrán mucho venado —le dijo Lasgol con una sonrisa.

Molak sonrió:

—Esperemos que el viento no nos delate —dijo alzando la vista al cielo borrascoso.

—¿Os importa si os acompaño? —preguntó Ingrid.

Molak miró a las mellizas y estas dieron su conformidad.

—Claro, una buena tiradora como tú nos vendrá de maravilla.

—Muy bien, voy a por el arco y el carcaj —dijo Ingrid, y salió corriendo.

Después de despedirse de Molak y las mellizas, continuaron hacia la cabaña.

—Me duele verlos así —se sinceró Gerd—. Perder así a la mitad del equipo…

—Pues parece que tienen una nueva incorporación —dijo Viggo muy molesto.

Lasgol lo observó confundido.

—¿Lo dices por Ingrid?

—Pues, claro. ¿Por quién voy a decirlo?

—Bueno… Es natural…, ella y Molak han compartido una experiencia muy dura…

—Ya, ya, y ahora van cogiditos de la mano a todos lados como dos enamorados.

—¿Te molesta? —preguntó Gerd con una sonrisa pícara, pues ya había adivinado lo que sucedía.

—A mí no me molesta, puede hacer lo que quiera.

—Pero si Ingrid no te cae bien —le dijo Gerd.

—¡Por supuesto que no me cae bien, es una mandona redomada!

—Pues por eso…

—¡Pues ya está, no hay más que hablar!

Gerd miró a Lasgol y le hizo un gesto cómico. Lasgol le correspondió. Sin duda, Viggo estaba muerto de celos.

Por la tarde, en la cabaña, Egil le explicaba a Lasgol sus descubrimientos. Gerd y Viggo escuchaban, el primero con temor y el segundo todavía disgustado.

—Es fascinante. Resulta que *Compendio de la historia norghana* es en realidad *Criaturas drakonianas*. Y *Tratado sobre herbología, Cambiantes y sus transformaciones.*

—Tienen más sentido… —razonó Lasgol—. Aunque sigo sin entender qué hacía mi padre con un libro secreto sobre cambiantes y otro sobre drakos. Me tiene perplejo.

—He estado estudiándolos sin descanso. Son textos muy complejos y difíciles de entender —continuó Egil—. Van más allá de un compendio de conocimientos. Aún me queda mucho por asimilar y descifrar; no obstante, he conseguido cierta información muy interesante sobre cambiantes y su don, así como sobre criaturas categorizadas como relacionadas con los drakos. Aunque todavía necesito analizar los libros con mucho más detenimiento para llegar a comprender la materia.

—¿Y qué has descubierto hasta ahora?

—Antes de saltar a conclusiones, permíteme explicarte…

—Por supuesto —le dijo Lasgol con una sonrisa; sabía que Egil se moría por explicarle qué había descubierto.

—He encontrado fascinante *Cambiantes y sus transformaciones*. Realmente fascinante. Los cambiantes son personas con el don, como tú, Lasgol. Lo peculiar en ellos es que la habilidad que desarrollan por su don es la de transformarse en otras personas. Cuanto mayor es el don, más poderosa es la transformación, tanto en similitud como en duración. Los más poderosos son capaces de transfigurarse en una persona de forma prácticamente idéntica. Nadie puede discernir la diferencia, ni siquiera su propia familia. Un marido no podría diferenciar a su esposa y viceversa. Aspecto, voz…, todo es idéntico. Lo único que varía es el comportamiento, pero pueden incluso asimilarlo en gran medida, al menos los más poderosos.

—¿Un esposo no se daría cuenta de que su mujer es un cambiante? —preguntó Viggo con una sonrisa maliciosa.

—No si el cambiante es poderoso.

Viggo fue a hacer un comentario, pero Gerd le tapó la boca con su enorme mano.

Lasgol negaba con la cabeza.

—¿Qué son? ¿Hechiceros?

—No exactamente…, son algo diferente, su propia categoría: cambiantes. No pueden lanzar hechizos o usar magia de sangre o magia de maldiciones, como los hechiceros noceanos. Tampoco magia de los elementos, como los magos rogdanos. Todo su don se especializa en ser un cambiante, por eso son tan difíciles de detectar. A ojos de todos, son idénticos a la persona a la que suplantan.

—Se especializan, como nuestros magos del hielo.

—Correcto, y al especializarse se vuelven muy poderosos en esa especialización.

—Entiendo.

—Para mantener el cambio utilizan la energía interna que el don les ha proporcionado.

—Como yo cuando utilizo mi don e invoco alguna habilidad.

—Eso es.

—Pero mi pozo de energía es pequeño, se vacía después de usar unas pocas habilidades; entonces ya no puedo invocar ninguna habilidad más, tengo que dormir para reponerlo. ¿Cómo hace un cambiante cuando su pozo se consume para mantener el cambio? ¿O lo pierde y vuelve a su forma normal?

—Gran observación —dijo Egil, y aplaudió entusiasmado—. Los cambiantes más poderosos beben la sangre de sus víctimas para prolongar el cambio y no tener que consumir tanto de su energía interior para mantenerlo.

Lasgol echó la cabeza atrás.

—¿De verdad?

—Eso suena genial —se burló Viggo sonriendo.

—Es horrible —le contradijo Gerd levantando los brazos hacia el techo.

—Deben de haber descubierto alguna forma de usar la sangre en lugar de su energía interna. Por lo tanto, cuando sus reservas de energía están bajas, beben la sangre de su víctima y mantienen el cambio. ¿No es fascinante?

—Y horroroso —respondió Lasgol.

—Sí, eso también. Un horror fascinante.

—A mí me parece encantador —dijo Viggo con una mueca divertida.

—Y del otro libro, *Criaturas drakonianas,* ¿qué has deducido?

—También es muy interesante; trata de especies lejanamente emparentadas con los extinguidos dragones, en su mayoría, también extintas. Son animales más pequeños que sus primos mayores, pero no por ello menos fascinantes.

—¿Por?

—Por sus características y las habilidades que demuestran. Todos hemos oído las leyendas de cómo los dragones llegaron del este y arrasaron Tremia, de lo poderosos que eran, capaces de volar, con sus alientos de fuego y hielo, sus escamas impenetrables a nuestras armas. Monstruos de destrucción que desolaron Tremia hace miles de años.

—Pero desaparecieron.

—Sí, nadie sabe por qué. De la misma forma que llegaron por sorpresa un día, desaparecieron. Los estudiosos creen que se han extinguido, pues nunca más se ha sabido de ellos. En mi opinión, eso es mucho suponer...

—¿Tú qué crees?

—Que vinieron en busca de algo. No lo encontraron y se marcharon. O quizá sí lo encontraron y se marcharon. Quién sabe. Pero no creo que se extinguieran.

Lasgol asintió pensativo.

—Este Egil está lleno de buenas noticias —comentó Viggo.

—¿No irán a volver los dragones? —preguntó Gerd totalmente espantado.

—No, tranquilo. No te preocupes —lo tranquilizó Lasgol, aunque él mismo se hacía la misma pregunta.

—En cuanto a sus primos más pequeños... —Egil continuó—, de ellos hay constancia todavía. De algunos. Y lo más sorprendente son las capacidades y habilidades que han desarrollado. En los desiertos del Imperio noceano, donde más candente es el sol de todo Tremia, viven unos drakos denominados «dragones del desierto», capaces de absorber el calor solar a través de las escamas. Son de color rojizo y se asemejan a grandes lagartos, pero tienen dentadura de depredador, muy afilada. Su mordisco puede arrancarle sin problema una extremidad a una persona. En momentos de peligro son capaces de generar una onda de calor que abrasa todo lo que los rodea. Es un mecanismo de defensa.

—¡Vaya con esos bichos! —exclamó Viggo impresionado.

—Sí, y todavía no se han extinguido. En el espectro opuesto, existen drakos en las islas heladas al norte de nuestro reino que soportan temperaturas tan bajas que ningún animal puede sobrevivir allí. Son blancos, con escamas azuladas sobre la espalda, del tamaño de un cocodrilo y con fisonomía similar. Su habilidad consiste en congelar a sus presas con su aliento helado.

—¿Como los dragones del hielo?

—Exacto, pero mucho menos poderosos. Y hay otros…, algunos capaces de convertir en piedra lo que muerden o simplemente volverse translúcidos para desaparecer en lagos y estanques.

—Realmente extraordinario —comentó Lasgol.

—Ya lo creo. ¡Lo que he disfrutado profundizando en todo esto! Y hay tanto más que desconozco… He de seguir estudiando.

—Yo apuesto mi cena a que tu bicho es uno de esos drakos raros —dijo Viggo.

—No lo llames bicho, se llama Camu —se enfadó Gerd.

—Qué más te da, si a ti te da miedo cogerlo.

—¡Es que tiene magia!

—Ya, ¿y?

—Pues eso…

Egil interrumpió a Viggo y Gerd:

—Hay una posibilidad manifiesta de que así sea. Todas las pistas indican en esa dirección. Su fisonomía… —dijo señalando a Camu.

Este, al ver que Egil lo señalaba, pensó que quería jugar y se subió a su brazo para enroscar la cola en él y balancearse bocabajo emitiendo chillidos de alegría.

—Muy listo que digamos no es, desde luego —comentó Viggo.

—¡Eh…! —protestó Lasgol defendiendo a la criatura.

Egil los ignoró y continuó con su explicación:

—Pero con las habilidades que ha manifestado…, no puedo decirlo de forma concluyente. Todavía no. Necesito más información.

—Si el padre de Lasgol tenía el libro, como nos has contado, eso debería ser una pista, ¿no? —apuntó Gerd.

—Cierto… —razonó Egil.

—Tenía los dos libros, el de los cambiantes también —dijo Viggo—. ¿Para qué quería un libro de bichos raros y otro de cambiantes? No tiene ningún sentido.

—Eso mismo pienso yo… —respondió Lasgol desalentado.

—Que no veamos la relación no significa que no esté ahí —dijo Egil—. Es cuestión de descubrirla.

Siguieron conversando un buen rato hasta caer rendidos. Lasgol, sin embargo, no lograba conciliar el sueño. Lo sucedido con Darthor no le permitía dormir. Las pesadillas lo perseguían. Salió de la cabaña a respirar el frío aire invernal y despejarse la cabeza. Camu se le subió al hombro y le lamió la mejilla.

—Gracias, pequeñín. Eres fantástico.

Y, en ese momento, se percató de que había sido Darthor quien se lo había enviado. ¿Por qué? ¿Para qué? «No puedo creer lo que me dijo. Desafía todo cuanto he creído hasta ahora. No puede ser. No. Ella, Darthor, no puede ser mi madre. No». Y, sin embargo, algo en su interior, un presentimiento muy fuerte, le decía que era verdad. Sacudió la cabeza. «Esto no puedo resolverlo así. Ya sé lo que tengo que hacer».

Capítulo 34

CON LAS PRIMERAS LUCES LASGOL DESPERTÓ A TODOS SUS compañeros y los reunió en la cabaña. Hizo que se sentaran a su alrededor.

—¿Qué ocurre, Lasgol? ¿Va todo bien? —le preguntó Ingrid preocupada por aquel extraño comportamiento.

—¿No es un poco temprano para reunirnos? —dijo Nilsa extrañada mientras bostezaba.

—Y que lo digas, mi cabeza está todavía dormida —se quejó Viggo.

—Tu cabeza... —comenzó a replicar Ingrid, pero Lasgol la interrumpió.

—Necesito hablar con vosotros...

—Sabes que puedes contar con nosotros para lo que sea, somos los Panteras de las Nieves —dijo Ingrid.

—Somos compañeros; más que eso, amigos —le dijo Egil asintiendo.

—Precisamente por eso..., prometí que no habría más secretos entre nosotros —respondió Lasgol con la mirada fija en Egil.

—¿Qué sucede? Cuéntanoslo, lo afrontaremos juntos —le aseguró Ingrid.

—Está bien. Es algo muy importante, algo peligroso, que cambiará vuestra vida. No sé si debería… Tengo dudas porque no quiero arrastraros a mis problemas…

—Estamos todos juntos en esto, tus problemas son los nuestros también —le dijo Egil.

—¡Eh! ¿Y mis problemas? —dijo Viggo.

—Tus problemas no importan a nadie —le respondió Ingrid.

—Vamos, Lasgol, cuéntanoslo; es lo mejor, de verdad —le aseguró Nilsa.

—Al hacerlo rompo una promesa y mi vida correrá peligro. Y si mi vida corre peligro y vosotros me defendéis, también correrá peligro la vuestra. Eso es lo que más me preocupa.

—Por nosotros no te preocupes —le aseguró Gerd.

—Lo he meditado mucho. Voy a hacerlo. Afrontaré las consecuencias, espero que no os salpiquen.

—Te escuchamos —lo animó Egil.

Lasgol inspiró hondo. Dejó salir todo el aire de los pulmones y, con él, los miedos. Les narró todo lo que había sucedido con Darthor sin omitir ningún detalle. Cuando terminó de contarlo, se hizo un silencio profundo en la cabaña. Todos observaban a Lasgol con la boca abierta, intentando razonar y asimilar lo que aquello implicaba.

—Pero… Pero… No puede ser… —susurró Ingrid.

—¡No me creo nada! ¡Nada de nada! —exclamó Viggo sacudiendo la cabeza.

—Debe de ser un truco…, por alguna razón —aseguró Gerd.

—Tu padre estaba dominado y esa mujer, Darthor o quien sea, no es tu madre —afirmó Nilsa—. ¡Por supuesto que no lo es!

—El rey no puede ser como dicen que es —dijo Ingrid sin poder aceptarlo—. Uthar es un buen rey, noble, honorable; no puedo creer lo contrario. Menos aún viniendo de boca de su enemigo, un mago corrupto que lidera un ejército de salvajes y bestias del hielo.

Lasgol escuchaba las opiniones de todos intentando que su cabeza pusiera orden.

—Yo sí lo creo —dijo Egil asintiendo.

Se hizo el silencio. Todos miraron al pequeño estudioso.

—¿Qué? ¿Cómo? —interrogó Ingrid confundida.

—¡Has perdido la mollera de tanto leer esos enrevesados libros! —le dijo Viggo.

Gerd negaba con la cabeza.

—El hechicero ha conjurado sobre Lasgol y le ha hecho ver un rostro de mujer vagamente similar al de su madre en lugar del de Darthor. Es un engaño. Toda la historia es una treta para que vayamos en contra del rey. ¿Cómo va a ser Uthar el enemigo?

—Vamos, Egil, ¿cómo va a ser Darthor su madre? —se encaró Nilsa—. ¡Eso no tiene ni pies ni cabeza!

—Por eso mismo es la verdad, porque es tan inverosímil que tiene que ser cierto.

Ingrid negaba con la cabeza:

—No puede ser cierto, no puedo creerlo sin alguna prueba incontestable. No moveré un dedo contra nuestro rey sin pruebas de peso.

—Sea como sea, debemos proteger a Lasgol —aseguró Egil—. Nos ha confiado algo que pone su vida en riesgo. Eso es inequívoco.

—Lo protegeremos —aseguró Ingrid con el puño cerrado.

—Por supuesto que lo protegeremos —dijo Nilsa.

—¿De quién? —preguntó Viggo.

—De Darthor —dijo Gerd.

—Y del rey —añadió Egil.

Lasgol sentía tal gratitud que tenía un nudo en la garganta.

—¿Todos de acuerdo? Dejadme ver vuestras armas —dijo Ingrid.

Todos desenvainaron el hacha y el cuchillo de guardabosques, y los cruzaron frente a los rostros. Lasgol los imitó.

—¿Tengo vuestra palabra? ¿Protegeremos a Lasgol de Darthor... o del rey? —dijo Egil.

—La tienes, lo haremos —dijeron todos al unísono.

Bajaron las armas tras el juramento. Lasgol estaba emocionado.

—Has hecho bien en confiar en nosotros —le dijo Egil.

—No... más... secretos —balbuceó Lasgol.

—No más secretos —asintió Egil.

—¿Por qué crees que me dejaron ir?

—Eso mismo me pregunto yo. Debe de haber una razón y debe de estar relacionada con nuestro amiguito. —Egil señaló a Camu, que colgaba bocabajo del techo.

—¿Tú crees?

—Ella te lo envió..., debe de ser por una razón importante.

—Pero, aun así, no lo entiendo. ¿Por qué me dejaron regresar al campamento si Uthar pretende matarme?

—Porque mientras estés aquí Uthar no sospechará nada. Además, si te quedaras con ellos, estarías en medio de la guerra y correrías muchos riesgos. Aquí estás alejado del frente, es más seguro. Tiene todo el sentido. Si esconde lo más importante en el lugar que está más a la vista, no lo encontrarán.

Lasgol lo pensó; tenía algo de sentido. Allí estaba protegido y fuera del alcance de la guerra.

—¡Cómo me gusta este sitio! ¡Cada día que pasa, un nuevo lío! —protestó Viggo.

—No te quejes tanto —le dijo Nilsa—. Si no, te aburrirías.

—No sé si te has dado cuenta de que nos hemos enemistado con una o quizá las dos personalidades más poderosas y con ejércitos más grandes del norte del continente...

Nilsa lo pensó un momento.

—Tienes razón…, este sitio es un problema tras otro —aceptó con cara de resignación mientras negaba con la cabeza.

—No les hagas caso —le dijo Egil a Lasgol.

Pasaron el día en labores de suministro. En la mente de todos estaba lo relatado por Lasgol y el conflicto que generaba. Durante la cena en el comedor apenas hablaron. Lasgol vio a Astrid en la mesa de al lado. Ella lo miró y, por un momento, pareció que iba a interesarse por él, pero dirigió la mirada hacia otro lado, cosa que al chico le dolió. No habían hablado desde su regreso.

Ya de vuelta en la cabaña, se preparaban para acostarse cuando la puerta se abrió de pronto. Lasgol, Viggo, Gerd y Egil se giraron sobresaltados. Entró el general Ulsen. Lo seguían dos soldados y los guardabosques mayores Ivana y Haakon. Todos los miraron sorprendidos.

El general Ulsen se plantó en mitad de la cabaña y sacó un pergamino con el sello real.

—¿Quién es Egil, tercer hijo del duque Olafstone?

Egil dio un paso al frente.

—Yo, general.

Ulsen le entregó el pergamino para que lo leyera.

Egil lo desenrolló. Sus compañeros miraron con disimulo.

Por orden de su majestad, el rey Uthar Haugen de Norghana, los hijos de los duques y condes de la Liga del Oeste deben entregarse de inmediato. Serán encarcelados como rehenes de guerra hasta el momento en que sus padres juren lealtad hacia mí, Uthar, rey de Norghana, y se unan a la causa para derrotar a Darthor y sus fuerzas. Si los duques y condes se niegan, sus hijos serán ahorcados dentro de exactamente siete días.

Egil terminó de leer la orden real. Bajó la cabeza. Todos se quedaron de piedra.

—Egil… —balbuceó Lasgol, que sabía que habían ido a detenerlo.

—¡Apresadlo! —Ulsen señaló a Egil.

Los dos soldados aferraron a Egil de los brazos.

—¡Esperad, no os lo podéis llevar! —gritó Lasgol.

Viggo y Gerd sujetaron a los dos soldados.

—¡Guardabosques! —dijo Ivana con tono gélido.

Todos la miraron.

—Es una orden real. Negarse supone alta traición —aclaró la guardabosques mayor.

—Pero no es justo, él es un guardabosques leal al rey.

—Y por ello no se resistirá, ni vosotros tampoco, pues esas son las órdenes del rey —recordó Haakon con un tono que no dejaba resquicio a discusión alguna.

Lasgol y sus compañeros intercambiaron una mirada. No querían dejar ir a Egil.

—Por última vez —dijo Ulsen—. ¿Vas a entregarte o tenemos que usar la fuerza? —Se llevó la mano a la empuñadura de la espada.

—No, no será necesario —respondió Egil—. Me entrego. Acataré la orden. Y ellos también —dijo mirando a sus compañeros para que no opusieran resistencia.

—¿Estás seguro? —le preguntó Lasgol.

—Sí. Es el juego de la política y la guerra. —Les hizo un gesto con la cabeza para que liberaran a los soldados.

Viggo y Gerd los soltaron.

—¿Adónde lo llevan? —preguntó Lasgol.

—A las mazmorras, bajo la Casa de Mando —anunció Ivana.

—Estará bien —le aseguró Haakon.

—En marcha —ordenó Ulsen.

A Egil lo encarcelaron aquella noche y con él a los otros hijos de duques y condes del campamento.

Al enterarse de lo sucedido, Ingrid estaba tan furiosa que tuvieron que sujetarla entre tres para que no echara abajo la puerta de la gran casa y rescatara a Egil.

Los Panteras se acercaron a la Casa de Mando y, con un candil en la mano cada uno, comenzaron a cantar la *Oda al valiente* para que Egil supiera que sus compañeros estaban con él. Entonces, algo singular sucedió. Los Búhos llegaron con candiles y se unieron al canto; luego los Lobos, los Jabalíes, los Zorros, los Halcones. Todos los equipos fueron llegando. Se sentaron todos frente a la gran casa y cantaron, cantaron con todo su ser para animar a sus compañeros presos y para protestar por aquella injusticia real.

Capítulo 35

—¡LASGOL! —LLAMÓ UNA VOZ FEMENINA.

El muchacho se giró y vio llegar a una chica a la carrera. Su larga melena rubia se ondulaba según corría. Su rostro era muy bello. Hechizaba.

Era Valeria.

—Hola, Val —saludó.

—Es horrible lo que han hecho con Egil y los otros —le dijo ella.

—Sí, lo es —afirmó Lasgol con el corazón pesado.

—¿Hay algo que podamos hacer?

El chico negó con la cabeza:

—Es una orden real, no podemos hacer nada. He hablado con Dolbarar, le he suplicado, pero sus manos están atadas; es una orden directa del rey. Sé que le disgusta, y mucho; sin embargo, no desobedecerá a Uthar. También he hablado con los guardabosques mayores y el resultado ha sido el mismo. Es una orden real; les guste o no, deben acatarla.

—No es justo.

—Son tiempos de guerra, no hay justicia en la guerra. Eso me lo dijo el propio Egil.

—¿Has podido verlo?

—Sí —Lasgol asintió—. Nos han dejado visitarlo. Los tienen en las mazmorras bajo la Casa de Mando. Está bien. Se hace el fuerte, aunque sé que en el fondo teme que su padre no lo rescate.

—Si sabes dónde los tienen…, podemos intentar otra cosa…

—¿Otra cosa? ¿Qué sugieres? —Lasgol enarcó una ceja.

—Podríamos liberarlos…

—¡Val! Eso sería alta traición.

—¿Y encerrar a inocentes como rehenes de guerra qué es? —Ella frunció el ceño.

—Aun así, no podemos…, nos ahorcarían.

—Si nos descubren, que no tiene por qué ser el caso. Lo digo en serio, se puede hacer; planeémoslo —dijo decidida.

—Eres valiente y decidida, eso hay que reconocerlo. —Lasgol sacudió la cabeza y en sus labios se dibujó una leve sonrisa.

—Más bien lanzada y temeraria. Pero dicen que es parte de mi gran encanto —lo corrigió ella con una sonrisa encandiladora.

El chico soltó una carcajada. Llevaba mucho tiempo sin reír y se sintió muy bien. La tensión abandonó su cuerpo y su espíritu se elevó. La verdad era que siempre se sentía cómodo en compañía de Val; era muy peculiar, pero le gustaba.

—Me toca intendencia, pero piénsalo. Estoy contigo —le dijo Val, y le guiñó el ojo. Se volvió y se fue corriendo.

Lasgol se quedó mirándola confundido mientras ella se marchaba.

Los días siguientes estuvieron llenos de incertidumbre. Se acercaba la fecha marcada por el rey en su ultimátum a la Liga del Oeste y los nervios comenzaban a hacer mella en todos. La situación estaba cada vez más tensa. Los equipos se concentraban en los trabajos de soporte a la guerra, que iban desde aprovisionar carne, leña, pieles y reservas a la elaboración de arcos, flechas y lanzas para combatir. Luego se enviaban río abajo en los barcos de los guarda-bosques.

Muchos rostros, sin embargo, mostraban su desacuerdo con lo que estaba sucediendo con los rehenes. Aunque no todos. Isgord y otros como él, tanto de segundo como de tercero y cuarto, acataban la orden como un mal necesario para conseguir la victoria en la guerra, y no les importaba que los rehenes acabaran ahorcados. Ya se habían producido peleas entre varios equipos por esta razón, unos a favor de liberar a los rehenes y otros en contra, apoyando la orden del rey. Tampoco ayudaba que hubiera más guardabosques del lado este del reino que del oeste. Los primeros, fieles seguidores del rey; los segundos, alineados con los nobles de la Liga del Oeste, que aunque no se expresaban de manera abierta contra el rey, apoyaban a la Liga sobre el monarca. Como Egil solía decir, «La tierra tira con más fuerza que la alcurnia». Los cuatro guardabosques mayores patrullaban ahora el campamento para evitar confrontaciones.

Aquella noche estaban cenando en el comedor rodeados de sus compañeros y la conversación derivó hacia la guerra y los rehenes.

—Las cosas no van bien —comentó Viggo—. Mientras cargábamos sacos de grano y barriles con agua potable con destino a su fortaleza, me he enterado de que el rey tiene verdaderos problemas. Sin la ayuda de los duques rebeldes no parece que vaya a conseguirlo. Las fuerzas de Darthor son temibles.

—Tiempos desesperados llaman a medidas desesperadas —dijo Ingrid.

—¿Te refieres a los rehenes? —preguntó Nilsa.

La capitana asintió.

—Estoy seguro de que el padre de Egil recapacitará —dijo Gerd.

—Yo no estoy tan seguro… —añadió Lasgol—. Es un hombre difícil. Y no está del lado del rey, eso os lo puedo asegurar.

—Pero tampoco del lado de Darthor…, ¿no? —preguntó Viggo con mirada seria.

—No sabría decirlo. —Lasgol se encogió de hombros.

—No dejará que ahorquen a su hijo —dijo Gerd convencido.

—Envió a Egil aquí por si esto ocurría, para que no fueran sus hermanos mayores. Egil me lo contó. Así que lo tenía previsto. Puede que hasta el sacrificio…

—¡Increíble! —protestó Nilsa airadamente, y le dio con el brazo a un vaso con sidra que salió despedido.

—Tranquila… —le pidió Ingrid.

—¿Cómo voy a estar tranquila? —dijo, y golpeó la mesa con tan mala suerte que pilló el canto de un plato y este voló por los aires.

Lasgol lo cogió al vuelo, aunque no se libró de que el contenido se le derramara en la cara.

—Lo siento… Esto es tan… inhumano…

—No te preocupes, todos sentimos la misma frustración —la tranquilizó el muchacho.

—Si el padre de Egil no da su brazo a torcer, tendremos que intervenir —dijo Nilsa convencida.

—No podemos intervenir —le recordó Ingrid negando con la cabeza—. Sería traición. —Observó la mesa de Dolbarar, que cenaba con el general Ulsen y uno de sus oficiales.

—¿Vas a dejar que lo ahorquen? —preguntó Gerd, que se posicionó del lado de Nilsa.

—Nos ahorcarán a todos si intervenimos. No tendrán piedad. El ejército sigue las órdenes y el reglamento ciegamente. Más aún en tiempos de guerra —les aseguró Ingrid—. Le ocurrió a mi tía.

—¿La que insistes en que perteneció a los Invencibles del Hielo, la infantería de élite del rey, aunque es imposible porque solo admiten hombres? —dijo Viggo, que siempre que salía el tema aprovechaba para atacar a Ingrid.

—Calla y déjala en paz —dijo Nilsa.

—¿Qué le sucedió? —quiso saber Gerd.

Ingrid guardó silencio. Lo meditó durante un rato largo y se decidió:

—Está bien, os lo contaré. Confío en vosotros, sois mi equipo, mis compañeros. Pero lo que os cuente tiene que quedar entre nosotros. Es algo privado que solo concierne a mi familia y a nadie más le interesa.

—Por supuesto —aceptó Gerd.

Ingrid miró a Viggo.

Este hizo un gesto con la mano.

—Está bien, no saldrá de aquí; mis labios están sellados.

—Ojalá lo estuvieran siempre —dijo Nilsa, y los otros rieron la ocurrencia.

—Pelirroja…, no me tientes…

—Adelante, Ingrid… —le pidió Lasgol interesado en la historia.

—La historia de mi tía es una muy triste, una tragedia, pero de la que se pueden extraer lecciones de vida importantes. Yo intento aprender de lo que le sucedió y las decisiones que tomó… Mi tía era soldado del Ejército de la Nieve. Ella me enseñó a luchar desde que yo era una niña. Con cuatro años ya me entrenaba en el uso de la espada con una de madera que ella misma me había hecho.

—Empezaste pronto…, yo jugaba con muñecas de trapo a esa edad —comentó Nilsa.

—Hay un motivo. Mi tía no se hizo soldado por voluntad propia ni me enseñó a luchar desde tan pequeña sin una razón de peso.

—¿Qué le paso? —quiso saber Gerd.

—Cuando no tendría más de trece años, unos mercenarios de paso por la aldea la encontraron en el bosque recogiendo bayas con su hermano. A él le abrieron la cabeza y quedó con una tara… A ella… A ella…, ya sabéis lo que los hombres sin entrañas les hacen a las niñas y mujeres indefensas si tienen la oportunidad…

—¡Qué horror! —exclamó Nilsa.

Viggo se llevó la mano a la daga.

—A quien toca así a una mujer hay que degollarlo —afirmó serio como la muerte, e hizo el gesto sobre el cuello.

—Si no quieres contarlo no hace falta… —Lasgol se sintió mal por Ingrid.

—Ya he empezado; terminaré. Esa es la razón por la que se hizo soldado y esa es la razón por la que me enseñó a luchar desde niña, para que no me sucediera lo mismo que a ella. Los años en el Ejército la hicieron fuerte de cuerpo y de espíritu. No permitiría que nada así volviera a pasarle jamás. Así que entrenó día y noche durante años y se convirtió en una soldado excepcional. Para evitar que los hombres se metieran con ella por ser mujer, que, aunque está aceptado que pertenezcan al Ejército en Norghana, siguen teniendo que soportar burlas constantes y otras cosas peores, se cortó el pelo al estilo de los hombres y ocultó su feminidad. De por sí tenía la voz grave para una mujer, con lo que no le resultó difícil; tampoco tenía unos rasgos muy femeninos. Con el tiempo y el paso de las sangrientas campañas nadie recordaba ya que era una mujer, solo que era un soldado letal, uno de los mejores de su regimiento. Y eso la llenaba de orgullo. Era mejor que los hombres en una de las facetas en la que ellos siempre habían reinado.

—¿Por eso te esfuerzas tanto en ser mejor que los chicos? —preguntó Gerd.

—Porque ella me enseñó que no hay diferencia, que cualquier cosa que ellos hagan nosotras, no solo podemos hacerla, sino que podemos hacerla mejor.

Gerd asintió.

—¿Cómo entró en los Invencibles del Hielo? —preguntó Lasgol, que cada vez tenía más curiosidad por conocer qué había pasado con ella.

Viggo fue a protestar, pero Ingrid le hizo un gesto con el dedo para que se callara.

—Tras una batalla en la que solo un puñado de su regimiento sobrevivió y solo gracias, según me explicó mi tía, a que los Invencibles del Hielo aparecieron en el último momento y los salvaron, un oficial que la había visto luchar, impresionado por su habilidad con la espada, le ofreció que se uniera a ellos. Mi tía me contó que tuvo que decidir en un instante. Los Invencibles continuaban su camino y era unirse a ellos o quedarse con los supervivientes de su maltrecho regimiento. Lo pensó. Sabía que los Invencibles no aceptaban mujeres y que si la descubrían tendría consecuencias fatales para ella.

—No aceptaría, ¿verdad? —dijo Gerd.

—Lo hizo.

—Pero ¿por qué? Ya era la mejor de su regimiento, ya había demostrado que era tan buena o mejor que los hombres. —Nilsa no lograba entenderlo.

—Porque quería demostrar que era tan buena o mejor que los mejores hombres: los Invencibles del Hielo —respondió Viggo.

—Exacto. —Ingrid asintió—. Ella demostraría que era tan buena como ellos y si la descubrían pagaría las consecuencias. No se rendiría nunca. Conseguiría ser mejor que ellos.

—¿Lo consiguió? —preguntó Lasgol.

—Durante tres campañas estuvo con los Invencibles. Continuó entrenando día y noche, mejorando para estar a la altura. Luchó con ellos como uno más. Nadie supo jamás que era una mujer. Demostró que una mujer podía luchar con los mejores soldados. Eso lo logró mi tía. Me enviaba cartas al final de cada campaña y me lo explicaba. Solo pude verla una vez más al final de la tercera campaña. Siempre recordaré sus palabras: «No dejes que nadie te diga nunca que no puedes hacer algo por ser una chica. Nosotras podemos lograrlo todo. Todo, incluso lo que ellos no pueden. Recuérdalo siempre».

—¡Y así es! —exclamó Nilsa con el puño al aire.

—Sigue, Ingrid, por favor —la animó Lasgol cuando Nilsa se calmó un poco.

—En la cuarta campaña, una flecha enemiga la alcanzó en el pecho. La herida era grave y la llevaron al cirujano. Cuando le quitaron la malla descubrieron su secreto…, vieron que era una mujer. Su camino terminó. La sometieron a juicio y la condenaron a la suerte del traidor por haber mentido y engañado a los Invencibles.

—¿Qué es eso? —preguntó Gerd—. No lo había oído nunca.

—La abandonaron, herida, en la nieve, en territorio enemigo. Murió. No sé si de la herida, del frío o a manos enemigas, pero nunca regresó.

—¡Eso es despiadado! —protestó Nilsa ultrajada.

—Lo fue, pero ella sabía el riesgo al que se exponía y decidió correrlo de todas formas —dijo Ingrid, y se secó una lágrima que le caía por la mejilla.

—Gracias por contárnoslo —le dijo Lasgol, y le puso la mano en el hombro.

—Quiero que entendáis que así es como el Ejército Real trata aquello que no acepta —sentenció Ingrid.

Todos callaron por un momento y recapacitaron.

—¿Por eso te has unido a los Guardabosques, para demostrar a todos lo que tu tía no pudo, que una mujer es tan buena como el mejor de entre los hombres? —le preguntó Viggo.

—Sí, porque lo es, y yo lo demostraré. Llegaré a ser guardabosques primero. La mejor entre todos los guardabosques. Nunca ha habido un guardabosques primero mujer, yo seré la primera. Todos lo sabrán en el reino. Abriré camino a otras que seguirán mis pasos.

—Y honrarás a tu tía —dijo Nilsa.

—Sí, por lo que le hicieron. Y no solo por ella, sino por todas las mujeres que vendrán detrás. Un día no solo habrá un guardabosques primero mujer, sino una general de los Invencibles del Hielo. Hay que romper las reglas, hay que dar ejemplo. Otras mujeres nos seguirán. Un día habrá una reina en Norghana y gobernará sin necesidad de ningún hombre. Nosotras no necesitamos a los hombres, nos valemos por nosotras mismas.

—¡Bien dicho! —exclamó Nilsa—. ¡Estoy contigo!

—Y yo —dijo Gerd—, aunque no sea mujer.

Viggo negaba con la cabeza, pero no dijo nada.

—Aun así…, deberíamos pensar algo… Por si las cosas no salen bien con Egil… Por si su padre lo abandona a su suerte —dijo Nilsa.

—Yo estoy con Nilsa —dijo Gerd.

Lasgol asintió:

—No podemos dejar que lo maten.

—Contad conmigo. —Se unió Viggo—. El sabelotodo me pone del hígado, pero nadie va a ahorcarlo; bueno, que no sea yo, quiero decir.

Todos miraron a Ingrid, que bajó la cabeza:

—Terminaremos todos colgados, pero contad conmigo.

—¡Así se habla! —exclamó Nilsa.

—Ahora solo necesitamos un plan —sugirió Gerd.

—Pues pongámonos a ello. Tenemos dos días —dijo Lasgol.

Y llegó el fatídico día. Se había cumplido el plazo dado por el rey. Al amanecer, el general Ulsen se presentó ante la Casa de Mando junto a una docena de soldados. Dolbarar y los cuatro guardabosques mayores salieron a su encuentro.

—Vengo a cumplir las órdenes del rey —anunció el general Ulsen.

—¿No ha habido contraorden? —preguntó Dolbarar esperanzado.

—No. Su majestad Uthar, rey de Norghana, me ha enviado un mensaje con los perdonados y los que deben morir hoy.

—¿Puedo ver la orden?

—Desde luego —dijo el general, y se la entregó a Dolbarar.

Una multitud se formó tras ellos. Habían ido a ver qué sucedía y cómo se resolvía la situación.

—Es de puño y letra del rey. Puedo atestiguarlo. —Dolbarar pasó la orden a los cuatro guardabosques mayores para que la leyeran.

Cuando terminaron se la devolvieron al general.

—Traed a los prisioneros —ordenó Dolbarar.

El instructor mayor Oden asintió y fue a por ellos. Volvió al poco con los seis.

El general se situó frente a ellos y, con tono solemne, les leyó su suerte:

—Olaf, hijo del conde Bjorn, queda libre.

Hubo suspiros de alivio y gritos de ánimo entre los alumnos.

—Menos mal... —susurró Gerd con el rostro blanco de lo mal que lo estaba pasando.

—Bigen, hijo del conde Axel, queda libre.

Los suspiros de alivio eran ahora gritos claros a favor de los condenados.

—¡Bien! ¡Bien! Dos libres es muy buena señal —dijo Nilsa.

—Jacob, hijo del duque Erikson, será ejecutado al mediodía.

—Desde luego eres la más gafe del mundo —la acusó Viggo llevándose las manos a la cabeza.

Los reunidos comenzaron a abuchear la sentencia. Los gritos en contra de la decisión del rey se hicieron fuertes.

—Gonars, hijo del duque Svensen, será ejecutado al mediodía.

—Ahora le toca el turno a Egil. Me va a dar algo. —Gerd era incapaz de aguantarse.

—Confiemos en que se salvará —dijo Ingrid.

—Confiemos —coincidió con ella Lasgol, aunque no las tenía todas consigo.

—Egil, hijo del duque Olafstone, será ejecutado al mediodía.

—No… —exclamó Egil, y se le cayó el alma al suelo.

—¡Maldición! —juró Viggo.

—¡No! ¡No! ¡No! —gritaba Nilsa.

Ingrid la abrazó. Gerd cayó de rodillas con los ojos llenos de lágrimas.

Perdonaron a dos más.

La gente comenzó a protestar y a abuchear al general. Los soldados lo rodearon. La situación estaba tornándose complicada. Alguien lanzó una piedra contra los soldados. Los gritos eran cada vez más airados y estaba a punto de producirse algo muy grave.

Dolbarar y los cuatro guardabosques mayores se situaron frente a los soldados, encarando a los alumnos.

El líder del campamento levantó los brazos. En uno llevaba su cayado y, en el otro, *El sendero del guardabosques*.

—Los guardabosques servimos al reino. A nuestro rey. Obedecemos sus órdenes sin cuestionarlas, pues es nuestro rey y a él seguimos. —Los gritos y protestas fueron muriendo ante las palabras de Dolbarar—. Sé que esta orden real no es de vuestro agrado. Lo entiendo. Pero debemos cumplirla, pues no hacerlo significaría el final de los Guardabosques. No podemos negarnos a una orden del rey.

—Volved a vuestras cabañas —les dijo Esben.

—Venga, dispersaos —les ordenó Haakon.

Ivana y Eyra se acercaron hasta las primeras filas y, con calma, los hicieron abandonar el lugar.

En la cabaña nadie habló. Todos eran conscientes de lo que había sucedido y de lo que ello implicaba.

Egil iba a morir.

—¿Preparados? —preguntó Ingrid.

—Preparados —respondió Nilsa.

—Ceñíos al plan —recordó la capitana.

—Ya, como siempre nos salen tan bien… —comentó Viggo.

—Nos ceñiremos —aceptó Gerd.

—Sois estupendos —les agradeció Lasgol consciente de lo que iban a hacer y el riesgo que implicaba.

—Recuérdamelo cuando estemos colgados de la soga —le dijo Viggo, y le guiñó el ojo.

—Recoged las cosas. Salimos ya, cada uno en una dirección diferente. No hablamos con nadie. No nos paramos por nadie. Si es un instructor, decid que vais a entrenar con el arco —ordenó Ingrid.

Todos asintieron.

La capitana fue hasta la puerta. La abrió y miró fuera. Luego estudió la posición del sol; faltaba poco para el mediodía. No vio ningún impedimento.

—Vamos. Comienza la misión.

Uno por uno, a intervalos establecidos, abandonaron la cabaña. Todos vestían sus capas de segundo año y llevaban arco y morral.

El tiempo empeoraba y una tormenta se aproximaba desde el noreste. Eso no les convenía. Desde diferentes direcciones, dando un amplio rodeo, los cinco se dirigieron a un punto, al este del campamento: el lugar donde se realizarían las ejecuciones. Habían estado reconociendo el área el día anterior. Viggo había conseguido la información de los soldados jugando a los dados. Además, había ganado bastante moneda, lo cual no sorprendió a nadie conociendo a Viggo.

Lasgol se colocó en posición, al sur; se cambió de capa y se puso la blanca invernal que le permitiría camuflarse con la nieve a su alrededor. Buscó un tronco caído para esconderse tras él. Estaba a unos doscientos cincuenta pasos. Buena distancia. Observó el camino desde el oeste, también el gran roble centenario donde se llevaría a cabo la sentencia. Inspeccionó el arco. Preparó dos saetas, una normal y la otra especial. Utilizando todos los conocimientos adquiridos en la instrucción de la maestría de Pericia, se mimetizó con el entorno y desapareció de la vista quedando quieto como una estatua de piedra cubierta de nieve.

Al norte del roble vislumbró una silueta que al poco desapareció camuflada en la nieve: Viggo. Al este vio a Gerd, y al oeste, la posición más complicada, pues sería desde donde llegaría la comitiva, oteó cómo se colocaba Ingrid tras un árbol. Nilsa esperaba al sur con el escape preparado. Todos estaban en posición y camuflados. Solo cabía esperar y cruzar los dedos para que el plan funcionara.

Empezó a nevar.

La hilera de soldados con los prisioneros apareció en la distancia. A caballo, el general Ulsen iba a la cabeza. Doce soldados rodeaban un carro tirado por dos mulas donde iban los prisioneros: Egil, Jacob y Gonars. Llegaron al gran roble y prepararon las sogas. Lasgol tragó saliva. Iban a hacer correr el carro y los prisioneros quedarían colgando por el cuello hasta morir. A Lasgol se le hizo un nudo en el estómago. Se preparó. Por fortuna no había guardabosques con ellos. Contaban con eso. Dolbarar no querría a nadie de los suyos presenciando tal escena. Muy despacio, Lasgol cargó la flecha especial en el arco. De pronto, un jinete llegó a galope tendido. Era un soldado.

—Mensaje urgente, mi general —anunció.

Lasgol intuyó que era importante y, aunque le llegaba la conversación entrecortada por el viento, no quiso arriesgarse a malinterpretarla. Usó su don e invocó la habilidad Oído de Lechuza.

—¿No podía esperar? —preguntó Ulsen.

—No, señor. Es del rey.

—Dámelo. —Ulsen lo leyó. Asintió. Levantó el pergamino y leyó en voz alta—: Por orden real, Gonars, hijo del duque Svensen, es perdonado.

Su padre debía de haber claudicado en el último momento.

—Bajadlo del carro.

Los soldados obedecieron.

Jacob habló con voz entrecortada:

—¿Mi... padre...?

Ulsen negó con la cabeza.

—Lo siento, hijo.

El general levantó la mano.

—Por favor, no, detened la ejecución —suplicaba Jacob.

Egil parecía resignado.

«¡No voy a dejar que maten a mis compañeros! ¡Guerra o no guerra!». Se llevó la mano a la boca e imitó el canto de la lechuza. Una vez.

Ingrid respondió. También una vez. Era un sí.

Viggo, dos veces.

Gerd, una.

Eran mayoría.

Lasgol apuntó, calculó la trayectoria y entonces soltó la flecha. Un instante después volaban otras tres. Se elevaron a las nubes para luego descender a peso. Eran unas flechas especiales; en las puntas llevaban un pequeño contenedor de vidrio. Las flechas cayeron a los pies de los soldados en el momento en que Ulsen bajaba el brazo. Se oyeron cuatro cristales rompiéndose contra el suelo y una sustancia gaseosa se evaporó de ellos y se expandió diez pasos en todas direcciones.

Era Sueño de Verano.

—¡Qué demonios! —gruñó el general Ulsen antes de caer sin sentido.

La docena de soldados lo siguieron al suelo. Todos quedaron dormidos. Pero el último en caer se fue de espaldas y se golpeó contra una de las mulas del carro, que, asustada, escapó llevándose el carro con ella.

Jacob y Egil perdieron el apoyo sobre el carro y quedaron colgando por el cuello de las sogas.

«¡Oh, no! ¡Se ahogan!». Lasgol no se lo pensó dos veces. Invocó su habilidad Ojo de Halcón para poder ver la cuerda con total nitidez. Respiró hondo y se concentró en su habilidad Tiro Certero.

«¡Vamos, no me falles! ¡Te necesito! ¡Su vida depende de ello!», se dijo Lasgol, que sabía que aún no dominaba la habilidad. La flecha salió hacia la soga en el momento en que Ingrid reaccionaba y comenzaba a correr.

La flecha voló rauda en una recta perfecta.

Alcanzó la soga y la cortó limpia.

Egil cayó al suelo.

Ingrid se paró a cien pasos. Apuntó y, en un movimiento fluido, tiró.

La flecha cortó la soga e hizo caer a Jacob. Un tiro magistral.

Lasgol resopló. «Gracias, Dioses del Hielo, gracias».

Capítulo 36

E L INSTRUCTOR MAYOR ODEN ESTABA FUERA DE SÍ. MALDECÍA y soltaba improperios a diestro y siniestro.

—¡Habéis roto las normas! ¡Sabíais que no podíais intervenir, que era una orden real! ¡Pagaréis por esto!

Ingrid, Nilsa, Gerd, Viggo y Lasgol formaban en el interior de la Casa de Mando. Dolbarar y los cuatro guardabosques mayores los observaban con rostro grave.

—¿Seguís manteniendo que no habéis intervenido? ¿Que no habéis sido vosotros quienes han liberado a Jacob y a Egil, y los habéis ayudado a escapar? —preguntó Dolbarar con una ceja alzada.

—No hemos sido nosotros —mintió Viggo con total naturalidad.

—El general Ulsen pide la cabeza de los culpables. Es un ultraje a su persona, a lo que representa, al rey Uthar —dijo Dolbarar.

—Es un oficial del rey; debería haber previsto que algo podía ir mal… —comentó Ingrid.

—¿En territorio del campamento? ¿Bajo mi protección? —interrogó Dolbarar contrariado.

—Son tiempos de guerra, cualquier cosa puede suceder. —Nilsa se encogió de hombros.

—El tiro que liberó a Jacob es de experto —dijo Ivana—. Hemos encontrado el lugar desde el cual se realizó. La distancia es de doscientos ochenta pasos con viento y nieve. Gran tiro.

—Entonces, no podemos haber sido nosotros. No somos tan buenos con el arco —dijo Viggo haciendo un gesto de impotencia.

—Y se ocultaron en cuatro puntos bien elegidos sin que los vieran —añadió Haakon.

—Seguro que si hubiéramos sido nosotros, nos habrían visto, especialmente a mí, con lo torpe que soy... —dijo Nilsa con cara de inocente.

—Se utilizó Sueño de Verano, que yo misma os he enseñado a preparar —los acusó Eyra.

—Todos sabemos preparar la poción, puede haber sido cualquiera de segundo, tercer o cuarto año —dijo Ingrid.

Dolbarar avanzó hasta Lasgol.

—Estás muy callado, Lasgol. ¿Seguro que no fuisteis vosotros?

—Seguro, señor —mintió sin poder mirarlo a los ojos.

—No hemos sido nosotros —declaró Viggo—. No hay pruebas.

—Sin pruebas no se nos puede acusar —dijo Nilsa.

—Os creéis muy listos, pero no lo sois tanto... —dijo Haakon.

—¿Los condenados... han logrado escapar? —preguntó Gerd.

—Sí. Alguien los coló en el navío del capitán Talos dentro de barriles de agua potable que hemos encontrado vacíos —dijo Haakon.

—¿Quién ha estado cargando grano y barriles de agua potable estos últimos días? —preguntó Oden, que ya sabía la respuesta.

—Nosotros, pero también el resto de los equipos de segundo año —contestó Viggo encogiéndose de hombros.

—Muy listos, pero no tanto —repitió Haakon—. Hemos apresado a uno de los dos fugitivos.

A Lasgol se le hizo un nudo en el estómago. Las caras de sus compañeros mostraban la enorme tensión que sentían. El plan no había sido exitoso por completo.

—¿Uno de los dos? —preguntó Nilsa con cara de estar a punto de estallar de la tensión.

—Que pasen —pidió Haakon con voz potente.

La puerta se abrió y dos guardabosques entraron con un prisionero.

¡Era Egil!

Lasgol sintió que el corazón se le salía del pecho.

—¡Egil, amigo! —exclamó Gerd sin poder contenerse.

—Ya no os creéis tan listos, ¿eh? —dijo Haakon.

—¿Cómo lo habéis capturado? —preguntó Ingrid con cara de estar muy contrariada.

—Somos guardabosques..., ¿de verdad creíais que vuestro pequeño plan iba a funcionar? —dijo Ivana.

—Egil... —suspiró Nilsa aguantando las lágrimas.

—Nada escapa a los guardabosques —les aseguró Esben.

—Jacob lo hizo —les dijo Viggo molesto.

—No exactamente... —respondió Eyra.

Lasgol comprendió. No los habían engañado. Los guardabosques habían capturado a Egil y a Jacob. Se le hundió el alma.

Egil miraba al suelo; estaba vencido, sabía que estaba condenado.

—No podéis ajusticiarlos —dijo Ingrid dando un paso al frente amenazante.

Viggo también hizo ademán de avanzar.

—Controla tus impulsos, Ingrid —le advirtió Eyra con la mano alzada.

La capitana se controló y volvió a su sitio junto a sus compañeros.

Lasgol estaba desolado, iban a ajusticiar a Egil después de todo.

—No podéis… —dijo Gerd sacudiendo la cabeza con lágrimas en los ojos.

—Egil, un paso al frente —ordenó Dolbarar.

Los dos guardabosques que sujetaban al chico lo dejaron ir y este obedeció.

—Señor…

Dolbarar sacó un pergamino. Lo abrió y lo leyó:

—Por orden real, Egil, hijo del duque Olafstone, es perdonado.

Todos se quedaron de piedra.

—Mi padre… ¿ha claudicado ante Uthar?

—Así es. Apoya la causa del rey. El mensaje ha llegado hoy.

—Entonces…

—Te perdonamos la vida —explicó Dolbarar.

—¡Sí! —exclamó Nilsa con los brazos en alto.

—¡Genial! —se unió Gerd a la celebración.

Ni siquiera Viggo pudo evitar una gran sonrisa de oreja a oreja.

Lasgol resopló dejando salir toda la angustia.

—¿Y Jacob? —preguntó Egil.

Hubo un silencio fúnebre.

Lasgol se temió lo peor.

—Jacob… se nos ha escapado… —dijo Eyra con un tono que sonó a que estaba mintiendo claramente.

Egil sonrió.

—Gracias.

—No hay nada que agradecer, es una mancha en nuestro honor —negó Haakon, que no parecía nada de acuerdo con lo acontecido.

—Sobreviviremos a la deshonra —dijo Esben cruzando los brazos sobre el pecho.

Lasgol comprendió que los guardabosques mayores habían dejado escapar a Jacob y cargarían con la culpa. También que no todos estaban de acuerdo. Haakon e Ivana tenían una expresión de disgusto inconfundible.

Dolbarar suspiró hondo.

—No hay pruebas para inculparos —dijo señalando al equipo—, pues las habéis escondido muy bien. Habéis sido muy listos. Pero eso no quiere decir que lo que habéis hecho esté bien. El rey demandará una explicación, una que no puedo darle. No voy a llevar esto más lejos. Todos aquí sabemos qué ha pasado y aquí se quedará. No volváis a hacer algo así. Nunca. ¿Queda entendido?

—Sí, señor —contestó Lasgol, que quería enterrar el asunto como fuera con el resultado tan positivo que habían conseguido.

—Entended que la próxima vez terminaréis todos colgando de la soga y no habrá nadie que os salve.

Todos asintieron.

—Id y no mencionéis nada de esto a nadie.

Los seis salieron de la Casa de Mando con rostro serio, abrumados. Según avanzaban hacia las cabañas de segundo año, las sonrisas comenzaron a aflorarles en el rostro.

Pasaron dos semanas. Los acontecimientos se precipitaron. El rey Uthar, con el apoyo de los duques rebeldes del oeste, consiguió derrotar a Darthor en la ciudad amurallada de Olstran en una batalla épica. Con los refuerzos recibidos de sus aliados forzados, Uthar presionó a Darthor, que se vio obligado a retirarse. Su plan de obligar a los duques rebeldes a la alianza había resultado un éxito.

Las noticias llegaban por aire mediante palomas y grajos cada pocos días, y eran esperanzadoras. Las fuerzas del rey consiguieron tres nuevas e importantes victorias. Las fuerzas de Darthor se batían ahora en retirada hacia el norte. Uthar reagrupaba a sus fuerzas para ir tras el enemigo y expulsarlo del norte.

Una noche, mientras comentaban las nuevas sobre la guerra, el equipo de Jacob se presentó en la cabaña de los Panteras. No dijeron nada, solo dejaron en el suelo una nota firmada por todo el equipo, que decía: «Gracias por tener el valor que nos faltó a nosotros». Luego saludaron uno por uno a los Panteras y se marcharon en silencio con la cabeza baja.

Muchos en el campamento eran conscientes de quién había impedido las ejecuciones y así lo demostraban: hacían pequeñas reverencias, saludos de respeto y gestos de gratitud hacia los Panteras, sin que fueran demasiado evidentes y sin que los soldados se dieran cuenta. Pero no todos compartían aquella visión. La primera vez que Isgord se cruzó con Egil y Lasgol no perdió la oportunidad de atacarlos.

—Y aquí tenemos al hijo del traidor número uno con el hijo del traidor número dos. Ya dice el refrán que los Dioses del Hielo los crean... y ellos se juntan...

—Cállate, aquí no hay ningún traidor —le respondió Lasgol molesto.

—Yo que pensaba que el mayor traidor eras tú, y resulta que te ha salido competencia.

—Ni mi padre era traidor ni su padre es traidor.

—Ah, ¿no? Pues casi muere... Me habría gustado verlo.

Egil suspiró.

—No te molestes —le dijo este a Lasgol—. Las inseguridades que padece deben de ser crónicas y por ello ataca a todos de esta forma. Está intentando compensar...

Isgord se puso rojo de ira.

—¡Vas a tragarte esas palabras!

Lasgol se puso en medio para proteger a su amigo y armó el brazo. Isgord hizo lo propio. Antes de que nadie pudiera reaccionar, los dos brazos se soltaron y los puños hicieron contacto en la nariz del contrario. Ambos dieron un paso atrás de dolor.

—¡Quietos! —llegó la voz del instructor mayor Oden. —Se acercó a la carrera y los separó—. ¡Nada de peleas! ¡Los guardabosques solo pelean contra el enemigo del reino, nunca entre ellos!

—Ha empezado él —respondió Isgord.

—¡Me da igual quién haya empezado! ¡Nada de peleas o vais a dar diez vueltas al lago!

Egil le hizo un gesto a Lasgol para que lo dejara estar y se marcharon.

Capítulo 37

NO HABÍA AMANECIDO TODAVÍA AQUELLA MAÑANA CUANDO Oden los sacó a todos de la cama con su odiada flauta.

—¡A formar! ¡Vamos, a formar! —gritó.

—¿Qué sucede? —preguntó Gerd asustado.

—Nada bueno, eso sucede —dijo Viggo saltando de la litera superior.

Camu emitió un chillido de queja, molesto por que lo despertaran.

—Tú duerme, pequeñín; esto no va contigo —le dijo Lasgol, y le acarició la cabeza para que se tranquilizara.

—¡Vestimenta de gala! ¡Todos! —gritó Oden.

—¿Sabéis qué pasa? —Apareció la cabeza de Nilsa por la puerta.

—Ni idea —le respondió Egil, que terminaba de vestirse—. Pero es algo oficial si quieren que vayamos con la vestimenta de gala.

—¿No será la ceremonia de Aceptación? —preguntó Gerd preocupado.

—Podría ser, pero Dolbarar lo habría anunciado —razonó Egil—. Lo último que comunicó acerca de este menester fue que quedaba suspendida por el esfuerzo de guerra.

Salieron. Oden los aguardaba impaciente.

—No preguntéis y escuchad. Formaréis en dos hileras. Los de segundo año junto con los de primero a un lado, y los de tercero y los de cuarto, al otro. Formaréis desde la entrada del campamento hasta la Casa de Mando.

Todos estaban nerviosos y confundidos, ¿qué sucedía?

Pero Oden no estaba de humor para preguntas.

—¿Acaso estáis sordos? ¡Vamos!

Corrieron a posicionarse. Al hacerlo se percataron de que frente a la Casa de Mando aguardaban Dolbarar y los cuatro guardabosques mayores con las vestimentas de gala junto a los guardabosques instructores. También estaba el general Ulsen con su armadura bien pulida. En la hilera frente a Lasgol formaban los de tercer año. Molak lo saludó con la cabeza. Lasgol le devolvió el saludo.

Con los primeros rayos del sol, una sección de árboles que formaban parte de la muralla impenetrable alrededor del campamento se abrió. Por ella comenzaron a entrar jinetes. Jinetes con muy mal aspecto. Cubiertos de barro y con cara de haber vivido un infierno.

—Caballería ligera, pero ¿de dónde vienen? —preguntó Gerd.

—Por su aspecto, de un desfile no —dijo Viggo.

A la caballería le siguió un regimiento de los Invencibles del Hielo, la infantería de élite norghana. Tenían tan mal aspecto como la caballería. Estaban cubiertos de suciedad y sangre.

—Vienen de combatir en el frente —explicó Ingrid al ver a los soldados en tales condiciones.

Tras la infantería de élite apareció un regimiento de Guardabosques Reales con las capas verdes. Cabalgaban con los hombros caídos.

—¡Mirad! —exclamó Gerd entusiasmado.

—Los mejores entre los nuestros —dijo Nilsa emocionada.

—Al final debería ir el guardabosques primero, Gatik —dijo Egil.

No se equivocó. Gatik, alto y delgado, de cerca de treinta años, apareció cerrando el grupo con su pelo rubio y su barba corta. Tenía expresión cansada y los ojos hundidos, su caballo estaba cubierto de barro, y su capa, de sangre seca.

—Por el número y la composición está claro quiénes son —dijo Ingrid, que tenía buen ojo para todo lo militar.

—Es la escolta personal de Uthar —dijo Egil.

—Exacto —asintió la capitana.

—¿Eso quiere decir que viene el rey? —preguntó Gerd muy sorprendido.

—Pues claro —le dijo Viggo—. A menos que el rey haya perdido a su escolta, lo cual sería muy divertido.

—Lo dudo; esos soldados no dejarían al rey por nada. Antes la muerte a semejante deshonor —habló Ingrid.

—Cosas más raras se han visto —dijo Viggo.

Y, antes de que la capitana tuviera oportunidad de responder, apareció la Guardia Real. Inconfundibles por su enorme tamaño, casi tan grande como el de los salvajes del hielo, por ir llenos de cicatrices y por los rostros marcados por la guerra. Pero, sobre todo, por el hacha de dos cabezas que todos llevaban a la espalda.

—Ya no hay duda —dijo Ingrid.

Y no se equivocaba. El rey Uthar entró en el campamento sobre su purasangre blanco. Lasgol lo observó con ojos de desconfianza y se imaginó que Egil a su lado lo haría también después de todo lo que había ocurrido en las tierras del norte.

Uthar era incluso más formidable de lo que Lasgol recordaba. Tenía la anchura de hombros de dos hombres y le sacaba media cabeza a un norghano medio, que ya de por sí eran altos. Debía de rondar los cuarenta años. Llevaba el cabello rubio suelto bajo una corona enjoyada y le caía sobre los hombros. Tenía unos ojos grandes y azules. Su rostro no era bello; era duro, hosco. Vestía una armadura de magistral artesanía, con motivos en oro y plata y joyas incrustadas. Una capa en rojo y blanco le caía a la espalda.

Los seis amigos clavaron la rodilla ante el rey, que avanzaba mirando al frente con porte regio. Lo observaron de reojo, sobrecogidos por su tremenda presencia y el aura real que emanaba.

Según pasó el rey, Ingrid se pronunció:

—Si antes no lo creía, ahora menos —le susurró a Lasgol—. Darthor te engañó.

—Por una vez estoy de acuerdo con la mandona —dijo Viggo asintiendo.

A Lasgol las dudas lo corroían. Viendo a Uthar tan imponente, rodeado de todo su séquito de guardias personales, del ejército norghano, tenía que darle la razón a Ingrid. Uthar no era el enemigo; tenía que ser Darthor. Lo habían engañado.

A la derecha del rey, como siempre hacía, cabalgaba Sven, comandante de la Guardia Real, protegiendo a su señor con su vida. No era grande y fuerte como el rey y los Guardias Reales; al contrario, era delgado y no muy alto. Su caballo era oscuro, al igual que sus ojos. Pero era el mejor espada del reino, nadie había conseguido derrotarlo en combate o duelo.

—Yo también opino lo mismo: te engañaron —coincidió Nilsa.

—Lo siento, Lasgol, pero yo también pienso como ellos —le dijo Gerd.

Lasgol se fijó en Olthar, que cabalgaba a la izquierda del rey. Le recordó a Muladin, el hechicero noceano, no porque se parecieran, ya que eran polos opuestos, sino por ser poderosos magos. El mago norghano tenía el pelo níveo, liso y largo. Sus ojos eran grises, sin expresión. De cuerpo enjuto, irradiaba poder, mucho poder.

Llevaba un báculo exquisito, blanco como la nieve y con incrustaciones en plata.

—Pues yo sigo manteniéndome firme en mi hipótesis —dijo Egil—. Darthor es la madre de Lasgol y el rey no es quien parece ser.

—Pero cómo puedes decir eso —exclamó Ingrid sin dar crédito.

—¡Si lo tienes delante de las narices! —le dijo Viggo enojado.

—A veces eres muy rarito —añadió Nilsa.

Lasgol miraba intrigado a su amigo; incluso él estaba más con la posición de sus amigos que con la de Egil.

—¿Qué te hace pensar eso? —le preguntó Gerd.

—Dos poderosas razones.

—No será la de que es tan inverosímil que tiene que ser verdad, porque esa no me la trago —dijo Viggo.

—Eso también, pero no. He estado analizando lo que le sucedió a Lasgol y hay dos hechos muy significativos que, bien interpretados, pueden ayudar a resolver este intricado misterio.

—Adelante, ilumínanos con tu sabiduría —le dijo Viggo, y cruzó los brazos sobre el pecho.

Mientras la comitiva continuaba pasando, Egil se explicó:

—El primer hecho significativo es que el propio Darthor fue en persona a ver a Lasgol. ¿Por qué? Ya lo habían capturado. Lo tenían prisionero. Estaba vigilado por el hechicero Muladin. No había ninguna necesidad de que Darthor, Señor Oscuro del Hielo, el hombre más poderoso del norte de Tremia, abandonara su marcha sobre la ciudad de Olstran, donde tenía acorralado a Uthar, para regresar al norte a hablar con Lasgol. No tiene sentido. ¿Por qué haría algo así? Ya tenía la guerra casi ganada. Se dirigía al sur con sus fuerzas. El rey no tenía el apoyo de los duques rebeldes. Y, de pronto, se detiene, se da la vuelta para ir a hablar con Lasgol… No me entendáis mal, yo quiero a Lasgol tanto como vosotros, pero no tiene ningún valor en esta contienda.

El aludido abrió los ojos; luego, asintió:

—Es verdad, yo no valgo nada realmente…

—Exacto. Y si no vale nada, ¿por qué Darthor, con media Norghana conquistada, se da la vuelta para hablar con él?

Egil esperó una respuesta; sin embargo, nadie fue capaz de dársela.

—Mucho sentido no tiene, la verdad… —reconoció Nilsa.

—Los locos poderosos, señores del mal, no actúan con lógica —intervino Viggo.

—Darthor puede ser muchas cosas, pero un loco no es, o no tendría el liderazgo del Pueblo del Hielo —dijo Egil.

—Está bien, ¿cuál es tu teoría? —le dijo Ingrid.

—Muy sencilla y muy difícil de creer: volvió porque necesitaba hablar con él para contarle personalmente la verdad, pues sabía que, de otra forma, Lasgol no lo creería. Regresó porque es su madre y necesitaba ver a su hijo y contarle la verdad.

Todos guardaron un momento de silencio. Viggo lo rompió:

—Nah… No me convence. —Negó con la cabeza.

—Está bien, os lo plantearé de la forma contraria: si es falso, ¿por qué fue Darthor a ver a Lasgol?

Se hizo otro largo silencio. La comitiva iba terminando de pasar en dirección a la Casa de Mando.

—Es muy extraño que regresara solo para hablar con Lasgol, eso es cierto —razonó Ingrid.

—Lo querían engañar para algo —dijo Nilsa.

—Para eso no necesitaban a Darthor; ya estaban Muladin, el hechicero, y Sinjor, el líder del pueblo de los salvajes del hielo —explicó Lasgol—. Yo estaba muerto de miedo, podían engañarme sin problema.

Nadie supo qué alegar.

—¿Y la segunda razón? —quiso saber Gerd.

—La segunda razón es que Darthor permitió a Lasgol regresar aquí, al campamento. ¿Por qué haría una cosa así? Ya lo tenía preso. La guerra estaba yendo a su favor en ese momento. ¿Por qué liberar a Lasgol?

—¿Para confundirnos a nosotros? —protestó Viggo.

—No creo que confundir a seis aprendices de guardabosques forme parte del plan maestro de dominación de Darthor —respondió Egil.

—No, no tiene sentido —reconoció la capitana.

—Lo dejó marchar porque quería mantenerlo a salvo. Mientras estuviera en el campamento, sin husmear, Uthar no sospecharía y no movería un dedo contra él. Si se quedaba con Darthor, corría riesgo, pues se dirigía a la batalla, y Lasgol, no estando convencido, intentaría algo. Dejarlo con los salvajes del hielo era un riesgo también. Así que de todas las opciones eligió la que menos peligro representaba para Lasgol. ¿Quién elige la opción más favorable para alguien? Un ser querido.

—Una madre… —dijo Gerd.

—Exacto —concluyó Egil.

—Pues yo sigo sin creerme nada de nada —protestó Viggo.

—Por eso te adoramos —sonrió Egil.

La cansada comitiva real llegó hasta la Casa de Mando, donde aguardaban Dolbarar y los cuatro guardabosques mayores. El rey Uthar, el mago Olthar, el comandante Sven y el guardabosques primero Gatik desmontaron frente a la gran casa y saludaron a los anfitriones. El rey dio un abrazo a Dolbarar y les dedicó un breve saludo con la cabeza a los cuatro guardabosques mayores.

La Guardia Real formó un círculo alrededor del rey. Los Guardabosques Reales se situaron a los costados con los arcos listos. Oden se encargó de sus monturas. La caballería ligera se retiró; sin embargo, la infantería se situó frente al rey formando una línea, como una barrera infranqueable para quien quisiera llegar hasta el monarca.

Lasgol y el resto de los que habían creado el pasillo de honor se dirigieron hasta la Casa de Mando. Todo el mundo estaba muy excitado por la visita de Uthar, también ansioso por las noticias que pudiera llevar sobre la guerra.

Dolbarar les hizo señas para que se acercaran.

—¡Acercaos todos, por favor! —les dijo. Todo el campamento se reunió frente a él, con enorme curiosidad e incertidumbre—. Como acabáis de descubrir, el rey nos ha honrado hoy con su presencia. Es una visita que no teníamos prevista. Los acontecimientos así lo han propiciado. Nos ha cogido por sorpresa a todos, pero, como guardabosques que somos, estamos siempre alerta y al servicio del rey —dijo Dolbarar con una sonrisa.

Viggo arrugó la nariz.

—¿Alguien quiere hacer una predicción del motivo de esta visita real?

—No se los ve muy enteros… —dijo Nilsa.

—Al menos están vivos —murmuró Ingrid.

—Mejor escuchamos… —razonó Gerd con cara de preocupación.

Dolbarar continuó:

—Los guardabosques abren su morada y con gusto y honrados dan cobijo y descanso al rey y su escolta. —Dio así la bienvenida oficial al rey.

Uthar hizo un pequeño gesto de agradecimiento con la cabeza.

—Su majestad, el rey Uthar, tiene importantes nuevas que nos afectan a todos como norghanos —anunció Dolbarar—. Escuchémoslo ahora todos.

—Oh, oh… —exclamó Viggo.

—No seas gafe —le dijo Nilsa.

—Igual son buenas noticias —añadió Gerd esperanzado.

—Ya, seguro… —respondió Viggo.

—Calla, cabeza de corcho, que va a hablar el rey —lo amonestó Ingrid.

—Mandona…

Uthar abrió los brazos.

—Tengo un anuncio muy importante que hacer —dijo con su poderosa voz—. Regresamos del norte. Nos hemos detenido aquí a por provisiones y a descansar después de dos grandes y difíciles batallas. Estamos desfallecidos pero eufóricos, pues la victoria ha sido nuestra. —Todos en el campamento escuchaban cada palabra del rey como hipnotizados—. ¡Hemos derrotado a Darthor y lo hemos obligado a huir al Continente Helado! ¡La victoria es nuestra! ¡Norghana es nuestra! —gritó el rey a pleno pulmón.

El campamento estalló en gritos de alegría, vítores y aplausos. Se abrazaban los unos a los otros llevados por la emoción y las inesperadas buenas noticias.

—¡Victoria! —gritó Sven.

—¡Por Norghana! ¡Por el rey! —gritó Gatik.

—¡Victoria! ¡Por Norghana! ¡Por el rey! —gritaron todos llenos de júbilo mientras saltaban de alegría.

Uthar continuó:

—Muchos hombres buenos han luchado y caído defendiendo nuestra tierra de las garras de Darthor, Señor Oscuro del Hielo. Esta noche no habrá celebraciones. Esta noche descansaremos y honraremos a nuestros muertos para que alcancen el paraíso del guerrero junto a los Dioses del Hielo.

—¡Honremos a los caídos en la lucha, en la defensa del reino! —alabó Olthar mientras levantaba su báculo de poder.

Todos clavaron una rodilla y bajaron la cabeza en honor de los caídos. Un silencio de pleno respeto cayó sobre el campamento.

—Que esta noche todos honren a los caídos —añadió Dolbarar, y acompañó al rey al interior de la Casa de Mando.

Al momento lo siguieron Gatik, Sven y Olthar. Oden se encargó de organizar los alojamientos y necesidades de la escolta real con su habitual estilo contundente. Tomó a los equipos de primer año y los puso a trabajar en ello.

—Bueno, creo que esto lo aclara todo —resumió Viggo.

—Sí, yo estoy con el rey; no me haréis cambiar de opinión —dijo Ingrid.

—Y yo —dijo Nilsa.

—Lo siento, pero yo también —se dirigió Gerd a Lasgol y Egil.

Lasgol miró a Egil. Se sentía más confundido que nunca.

—¿Qué opinas?

Egil lo pensó un momento.

—O es un gran rey o es un gran impostor.

Lasgol asintió:

—En ambos casos, estoy en un gran lío.

—Muy cierto, mi querido amigo —le dijo el otro con rostro de preocupación—. Hay que llegar al fondo de este asunto… Me temo que tu vida corre peligro mientras no seamos capaces de establecer cuál es el bando correcto.

—Menuda novedad —se burló Lasgol con una media sonrisa, intentando quitarle hierro al asunto. Aunque la verdad era que estaba muy preocupado.

Capítulo 38

AQUELLA NOCHE POCOS LOGRARON CONCILIAR EL SUEÑO. LAS fantásticas nuevas estimulaban sus jóvenes mentes y corazones.

¡La guerra había terminado!

¡Habían derrotado a Darthor!

¡Habían ganado!

A petición del rey, todos honraron a los muertos por la patria y no hubo celebraciones. Sin embargo, en los corazones de todos la alegría era desbordante y tuvieron que hacer un esfuerzo enorme para contenerse. En los de todos excepto en el de Lasgol, que no podía dormir y se abrazaba a Camu mientras lo acariciaba.

Al amanecer, Oden los convocó a todos, los de primer, segundo, tercer y cuarto año, y los hizo formar frente a la Casa de Mando. Dolbarar apareció seguido de los cuatro guardabosques mayores.

—Este año habíamos suspendido la ceremonia de Aceptación debido a la guerra. Sin embargo, su majestad me ha pedido que, aprovechando que está aquí de paso y teniendo en cuenta que hemos expulsado al enemigo de nuestras tierras, la llevemos a cabo. ¡Por lo tanto, doy por inaugurada la ceremonia de Aceptación!

Con el anuncio de Dolbarar la puerta de la Casa de Mando se abrió y Uthar apareció con su radiante armadura seguido del comandante Sven y el mago del hielo Olthar. Gatik, el guardabosques primero, situaba en silencio a sus hombres cubriendo el perímetro. En cuanto el rey puso un pie fuera de la casa, su Guardia Real lo rodeó.

—Será para mí un honor presenciar un año más la ceremonia de Aceptación —dijo Uthar con una amplia sonrisa.

Dolbarar hizo una reverencia al rey.

—En ese caso, comenzaremos con los iniciados. —Dolbarar señaló dónde formaban los guardabosques de primer año.

Les dedicó una sonrisa tranquilizadora, aunque muchos de ellos apenas podían ocultar el nerviosismo; los había pillado completamente por sorpresa.

—Muy bien, adelante —dijo Uthar—. Un poco de alegría y festividad nos animará después de tan malas experiencias.

—Si ya el año pasado fue singular, este año ha resultado ser todavía más extraño para los jóvenes a mi cargo —comentó Dolbarar.

—Lamento que nuestra pequeña guerra haya podido interferir en la instrucción de mis guardabosques.

—Majestad…, no es lo que quería decir…, os lo aseguro…

Uthar soltó una carcajada.

—Lo sé, pero no he podido resistirme —dijo de buen humor, y siguió riendo.

—Me alegra veros de tan buen humor esta mañana. —Dolbarar sonrió.

—Nieva poco, el enemigo ha abandonado el continente y he descansado como un oso en hibernación después de mucho mucho tiempo… ¡Estoy eufórico! —rugió Uthar.

Dolbarar le hizo una reverencia.

—Nos complace y llena el corazón de alegría veros de tan buen humor, mi señor rey.

—¡Adelante con la ceremonia! —exclamó Uthar con un gesto.

—Como todos los años, será en esta ceremonia en la que se decida quiénes pasan al siguiente año y quiénes, por desgracia, quedarán expulsados —anunció Dolbarar—. Me he reunido con los guardabosques mayores para valorar los méritos de cada uno de vosotros. Los hemos sopesado y llegado a una conclusión.

—Guardabosques mayores, la lista de primer año —pidió Dolbarar.

Eyra, Ivana, Esben y Haakon asintieron con una pequeña reverencia. Eyra avanzó hasta Dolbarar con paso solemne y le entregó un pergamino con los nombres de quienes habían pasado, quienes quedaban expulsados y los que habían recibido una Hoja de Prestigio.

Dolbarar matizó:

—Para confeccionar la lista de los que continuarán con nosotros y los que nos abandonarán, se han tenido en cuenta los méritos de cada uno en todas las pruebas a lo largo del año, así como las aptitudes mostradas en el día a día. Leeré los nombres en orden; subid y se os entregará una insignia. Ya lo sabéis, pero lo repetiré: si la insignia es de madera, continuáis entre nosotros; si la insignia es de cobre, no lo habéis logrado y nos abandonaréis.

Lasgol observaba atento. No estaba nervioso, pues aún no era el turno de los de segundo año, pero sí estaba algo inquieto. No sabía muy bien por qué. Entonces oyó un nombre y se dio cuenta.

—Valeria, sube a por tu insignia.

Lasgol observó cómo la iniciada recogía su insignia. La mostró a su equipo; era de madera.

«¡Bien, Val!», la felicitó Lasgol para sí. Se sorprendió de haberse alegrado tanto por ella. No solo la muchacha había conseguido pasar, sino que su equipo había recibido una Hoja de Prestigio. Conociendo a Val, no le extrañó lo más mínimo.

Los iniciados fueron pasando. En su mayoría hubo escenas de euforia, pero, como todos los años, también de tristeza y desesperación por parte de aquellos que no lo habían conseguido.

—Y ahora es el turno de los aprendices —dijo Dolbarar para que se prepararan los de segundo año.

El estómago de Lasgol comenzó a dar tumbos. Egil se mordía el dedo gordo. Nilsa, que no podía mantenerse quieta, daba vueltas alrededor del grupo. Gerd estaba tan pálido que parecía que lo hubiera visitado un fantasma. Viggo tenía el entrecejo arrugado y ojos de odio. Ingrid, con los brazos sobre el pecho, miraba a Dolbarar confiada.

—Guardabosques mayores, por favor, entregadme la lista de segundo año—solicitó Dolbarar.

Ivana avanzó hasta él con paso solemne y le facilitó los ansiados resultados. Dolbarar estudió la lista, como repasándola antes de anunciar los nombres, y procedió a leer en voz alta. Isgord fue el primero en subir y lo hizo, como era habitual en él, con la confianza de un héroe. Y pasó, aunque héroe no era. Mostró la insignia de madera a todos, exultante, orgulloso. Lo siguieron los miembros de su equipo. Pasaron todos. A nadie le extrañó. No fue el caso de todos los equipos; de cada equipo había uno que no lo conseguía, como si los guardabosques mayores hubieran elegido a los más débiles y los hubieran arrancado cual mala hierba que no deja crecer a los demás. Abandonarían el campamento entre lágrimas y decepción.

Les llegó el turno a los Panteras de las Nieves. El orden en el que los llamaron fue el mismo que el año anterior. Ingrid subió la primera al ser la capitana. Recibió la insignia de madera. Una sonrisa de triunfo se le dibujó en el rostro. La alzó y se la enseñó a su equipo. Aquello levantó la moral del resto. La siguiente fue Nilsa; estaba muy nerviosa y tropezó cuando subió a recoger su insignia, pero logró mantener el equilibrio de milagro y no caer sobre Dolbarar. Miró la pieza con ojos llenos de incredulidad. ¡Era de madera! Dolbarar llamó a Gerd a continuación. El gigante subió con cara de estar a punto de vomitar. Recibió la insignia. Era de cobre. Bajó la cabeza, se le hundieron los hombros y, con los ojos húmedos, se retiró.

Lasgol sintió una pena y una impotencia extremas.

Viggo fue el siguiente. Avanzó como si fuera a pelear con alguien. Su rostro mostraba rabia, casi odio. Dolbarar le entregó la insignia y su expresión cambió por completo; ahora era de pura incredulidad. Esperó un momento por si Dolbarar se había equivocado, pero al ver que no era así, tuvo que retirarse completamente desconcertado.

¡También era de madera!

Tras Viggo, le tocó a Egil, que ya sabía lo que iba a suceder y se lo tomó con resignación. No se equivocó. Era de bronce. Suspiró hondo y se retiró con el resto, que lo abrazaron intentando consolarlo.

Por último, le llegó el turno a Lasgol. Subió con el estómago revuelto. Estaba mucho más nervioso de lo que esperaba, también desolado por lo sucedido con sus amigos. Tenía esperanzas de pasar, aunque, después de lo de Gerd y Egil, ya no lo tenía tan claro. Dolbarar le entregó la insignia. La miró. ¡Era de madera! La alegría lo desbordó. Fue corriendo hacia sus compañeros.

Dolbarar continuó con la ceremonia. Uno por uno fueron pasando todos los equipos. Había uno que interesaba en especial a Lasgol: los Búhos. Astrid había pasado. La verdad es que Lasgol no tenía duda de que pasaría. Cuando recogió su insignia de madera, pasó cerca de él e intercambiaron una mirada. No supo discernir si era amistosa o no.

Cuando todos los equipos hubieron pasado, Dolbarar requirió a los capitanes.

Ingrid, Astrid, Isgord, Luca y el resto de los capitanes se presentaron frente a Dolbarar.

—La norma establece que tenéis la oportunidad de salvar a alguien de vuestros equipos al haber conseguido una Hoja de Prestigio por haber vencido en una de las dos pruebas este año. —Hubo un momento de duda y expectación—. Los Águilas reciben una Hoja de Prestigio por haber vencido en la Prueba de Verano.

—¡Bien! —exclamó Isgord exultante.

Lasgol ya contaba con ello, así que no le extrañó; le dolió haber estado tan cerca de ganar y no conseguirlo al final.

—La Prueba de Invierno ha sido diferente este año —continuó Dolbarar—. Mucho más dura de lo que esperábamos en un principio. Hay dos equipos que han sobresalido y recibirán una Hoja de Roble cada uno. —Se hizo un silencio y todos aguardaron las palabras del líder del campamento—. Los Panteras y los Búhos, por comportamiento ejemplar más allá del deber.

Las palabras de Dolbarar produjeron en Lasgol un sentimiento agridulce. Podían salvar a uno de sus dos compañeros; en cambio, el otro sería expulsado. Miró a Egil y este le hizo una seña negativa con la cabeza. Le estaba diciendo que no lo salvaran a él, que salvaran a Gerd. Lasgol sabía que Egil no daría su brazo a torcer y se le partía el alma al ver cómo perdía a su compañero.

Ingrid le hizo una seña a Egil con la cabeza y este repitió la negativa. Gerd, con los hombros hundidos, ni miraba lo que estaba sucediendo. Egil señaló al grandullón. Ingrid accedió y asintió.

—Panteras... Búhos..., vuestra decisión —pidió Dolbarar.

—Salvamos a Gerd —comunicó Ingrid señalándolo con el dedo índice.

El grandullón estaba tan asustado que ni miró.

—En ese caso, Egil será expulsado —respondió Dolbarar.

A Lasgol el estómago le dio un vuelco.

—Tranquilos, es lo justo —les dijo Egil, e intentó quitarle hierro al difícil momento.

—Un momento, señor —dijo de pronto Astrid.

—¿Sí, capitana de los Búhos?

—Tengo una petición, señor. ¿Podría usar las Hojas de Prestigio para salvar al expulsado de los Panteras?

Dolbarar miró a Astrid, luego a los Panteras.

—No es una petición común, pero hay precedente. ¿Por qué tal ruego?

—Los Panteras perdieron la Prueba de Verano por nosotros, los Búhos. Es lo justo.

Lasgol y Egil intercambiaron una mirada de asombro.

—Podría concederlo, pero debe ser una decisión unánime —explicó Dolbarar señalando al resto de los Búhos.

Astrid asintió. Se volvió hacia los suyos y conferenciaron formando un círculo. Al cabo de un momento volvió a hablar:

—Es unánime. No tenemos expulsados y, por lo tanto, cedemos la Hoja de Prestigio a los Panteras de las Nieves.

—En ese caso, con dos Hojas de Prestigio, los Panteras no tendrán expulsados —anunció Dolbarar.

Los chicos estallaron en vítores, saltos y abrazos de júbilo.

Lasgol miró a Astrid lleno de agradecimiento. La chica le sonrió y le hizo un gesto con la cabeza.

Dolbarar continuó con la ceremonia y fue el turno de los de tercer año. Molak y las mellizas pasaron y se llevaron no solo una Hoja de Prestigio, sino el agradecimiento personal del rey y el reconocimiento por la labor heroica de sus compañeros abatidos. Fue un momento solemne.

Los de cuarto año también habían tenido bajas en el frente ayudando a las tropas. Uthar pidió que no se expulsara a ninguno aquel año; necesitaba guardabosques que sustituyeran a los que habían caído en la guerra.

Dolbarar honró la petición del rey y todos pasaron.

Por último, el líder del campamento finalizó la ceremonia con las palabras que siempre les dedicaba:

—Vosotros sois el futuro. De vosotros depende que la Corona, el reino, sobreviva. Recordadlo siempre: «Con lealtad y valentía, el guardabosques cuidará de las tierras del reino y defenderá la Corona de enemigos, internos y externos, y servirá a Norghana con honor y en secreto».

Los guardabosques repitieron a la vez:

—Con lealtad y valentía, el guardabosques cuidará de las tierras del reino y defenderá la Corona de enemigos, internos y externos, y servirá a Norghana con honor y en secreto.

Concluida la ceremonia, todos volvieron a las cabañas comentando animadamente lo sucedido. La mayoría exultantes de alegría; unos pocos devastados por la expulsión. Los Panteras estaban eufóricos por haber conseguido pasar el segundo año y no haber sido expulsados.

Y para rematar aquel magnífico día, les esperaba el banquete de graduación. Era uno muy especial, no solo porque estaría repleto de deliciosos estofados y dulces, sino porque la tradición mandaba que, en ese banquete especial, los instructores sirvieran a los alumnos. Viggo se frotaba las manos en anticipación y el estómago de Gerd rugía como un león.

—¡Va a ser estupendo! —dijo Nilsa.

Todos comenzaron a prepararse.

De pronto, se oyeron dos golpes secos en la puerta.

—Oh, oh… —comentó Viggo.

Capítulo 39

EGIL LA ABRIÓ Y SE ENCONTRÓ A GATIK, GUARDABOSQUES primero, acompañado de varios de sus guardabosques reales.

—¿Sucede algo? —preguntó Viggo, que ya desconfiaba.

—Vengo en busca del aprendiz Lasgol —respondió Gatik sin entrar.

Lasgol se puso rígido. Tenía a Camu entre las manos. Se lo pasó a Egil con disimulo para que se encargara de él. La criatura le había cogido mucho cariño a Egil a lo largo del último año y no le importaba quedarse con él.

—¿Lo busca Dolbarar? —preguntó Viggo, que ya sabía que no era así, pues en ese caso estarían hablando con Oden.

—No. Esta es una petición real.

Lasgol se acercó a la puerta.

—Guardabosques primero —saludó Lasgol con una sobria reverencia.

—Aprendiz Lasgol, el rey reclama tu presencia en la Casa de Mando.

El muchacho se quedó helado. ¿Qué querría Uthar con él? No podía ser nada bueno. Seguro que no. Inspiró hondo e intentó expulsar el nerviosismo del cuerpo; no lo consiguió.

—Por supuesto —dijo tan tranquilo como le fue posible.

Antes de salir le lanzó una mirada de desasosiego a Egil.

Lasgol siguió al guardabosques primero. Tenía un muy mal presentimiento. Quizá fuera por lo de Egil; el rey habría demandado explicaciones. O quizá fuera por lo de Darthor. No, de aquello no podía saber nada, pues no se lo había contado más que a sus compañeros. Pero si Uthar era en verdad el enemigo que Darthor decía que era, posiblemente supiera más de lo que pudieran imaginar.

Entraron en la Casa de Mando y Lasgol se encontró con toda la plana mayor esperándolo. En un lado, sentados a la gran mesa, estaban Dolbarar y los cuatro guardabosques mayores. Al otro lado del área común, junto al fuego, acomodados en unos sillones, estaban el rey, Olthar y Sven.

—El aprendiz Lasgol —anunció Gatik, y lo dejó en medio de la estancia.

El chico se puso firme y cruzó las manos a la espalda. Sintió que todos los ojos se clavaban en él. Dolbarar rompió el silencio, se levantó y se acercó hasta él con una sonrisa amistosa. «Seguro que intenta calmarme para lo que se me viene encima», pensó.

—Bienvenido, Lasgol. He puesto al rey al corriente de los acontecimientos más relevantes del campamento.

—Un gran trabajo el realizado dando soporte a nuestras tropas —dijo Sven asintiendo.

—Eso es cierto; sin embargo, lo ocurrido con el hijo del duque Erikson no nos ha complacido nada —añadió Olthar negando con la cabeza.

Lasgol tragó saliva. Así que era por eso…, tendría que negarlo todo…

—Pero no es por eso por lo que te he hecho venir —dijo Uthar.

Se puso en pie y se acercó al muchacho con su imponente envergadura y presencia.

Lasgol bajó la cabeza ante el rey.

—¿Cómo estás, joven guardabosques?

—Bien..., majestad.

—Me alegra verte de una pieza. No creas que he olvidado que te debo la vida; un rey no olvida. Siempre tendrás mi gratitud por ello. ¿Reclamaste los títulos y tierras de tu padre, Dakon?

—Sí, señor.

—¿Tuviste alguna dificultad?

—Nada que no se pudiera resolver.

Uthar sonrió.

—Me gusta el joven Lasgol. Tiene agallas y decisión, además de reflejos felinos.

—Es uno de nuestros mejores aprendices —le aseguró Dolbarar.

—Me ha contado Dolbarar lo que te sucedió al norte, durante la misión de rescate... Lo que te ocurrió es de lo más interesante...

Lasgol se tensó. No era por lo del hijo del duque por lo que lo habían llamado, era por aquello. Empezaba a presentir que se hallaba en un buen aprieto. Intentó mantener la calma.

—Quiero oír lo sucedido de tu boca. Cuéntamelo todo —pidió Uthar.

Lasgol suspiró. Lo más sereno que pudo, volvió a relatar la historia que ya les había contado a Dolbarar y los cuatro guardabosques mayores, aunque omitió la parte que tenía que ver con Darthor. Lo hizo de forma consciente. Podía o bien omitir aquello o decir la verdad completa, pero en aquel momento no estaba seguro de qué era lo mejor. Algo en su interior, una voz, quizá la de su madre, le indicaba que lo mejor era no desvelarlo todo. Además, ya les había dicho a todos que no había visto a Darthor y, por lo tanto, no podía cambiar la versión de los hechos ahora.

Cuando terminó de relatarlo, las dudas lo asaltaron al contemplar al rey y a todos los presentes; sentía como si estuviera traicionándolos.

Le costaba creer que Uthar, al que tenía delante, con aquella presencia, no fuera el buen rey que todos creían que era. Todos excepto los padres de Lasgol. «Debería contar la verdad. Lo sé. Pero no puedo. No hasta estar seguro de cuál es la auténtica verdad». Una acidez que le subía por la garganta le hizo darse cuenta de que su silencio tendría consecuencias.

—Los salvajes del hielo rara vez liberan a alguien…, y Sinjor, nunca —continuó Uthar—. ¿Cómo es que te dejaron ir?

—No lo sé, fue Muladin quien me dejó ir.

—El hechicero de Darthor —dijo Olthar.

—¿Y no viste a Darthor? —preguntó Uthar clavando los ojos azules en los del muchacho. El tono era de acusación.

Lasgol se estremeció, pero aguantó.

—No…, no lo vi.

—¿Seguro que solo viste al gigante Sinjor y al hechicero Muladin?

—Sí, señor —mintió Lasgol.

—Te lo pregunto porque los tres consiguieron huir al Continente Helado. Necesito entender cómo lo lograron.

—No lo sé, señor…

—No creo que saquemos nada de él —dijo Olthar—. Y aunque hablara, puede estar poseído por Darthor o bajo la influencia de un hechizo de Muladin.

—Eso explicaría por qué no recuerda a Darthor si lo vio —dijo Sven.

—Y por qué lo han liberado —dijo Gatik.

Ambos se colocaron junto al rey.

—Apartaos de él, majestad —le dijo Sven.

—¿Teméis que me ataque? —dijo Uthar extrañado.

Olthar intervino:

—Majestad, recordad que Darthor ya poseyó a un guardabosques. Podría estar controlando a Lasgol ahora mismo o el joven podría estar hechizado. En ambos casos es un peligro y un riesgo —explicó, y con su báculo de poder señaló al chico.

Uthar quedó pensativo.

—Cierto. No sabemos qué hicieron con él allí. No puedo tener un asesino o un espía conmigo, aunque sea contra su propia voluntad.

Lasgol abrió la boca para protestar. Aquello sonaba mal.

—Hay una forma de estar seguros —dijo Dolbarar.

—¿Cómo? —quiso saber Olthar.

—La sanadora Edwina —respondió Dolbarar.

—Cierto. Hacedla llamar —dijo el rey.

El muchacho aprovechó el respiro para intentar pensar. Si Uthar le preguntaba aquello, solo podía ser por dos razones: primera, que de verdad fuera el rey que todos pensaban que era y estuviera preocupado por que lo hubieran hechizado; segunda, que no fuera así y el rey estuviera manipulándolos a todos. En ese caso, tenía que andarse con mucho cuidado con lo que decía, ya que era un juego muy peligroso. Uthar estaría intentando adivinar si él sabía más de lo que decía. «No sé cuál de los dos casos es…, así que jugaré mis cartas lo mejor que pueda. Me mantendré en mi posición e intentaré descubrir qué sucede».

Edwina no tardó en aparecer. Le explicaron la situación de forma concisa.

—Entiendo… —dijo.

—Lo primero es ver si tiene la marca de Darthor —propuso Olthar.

—Lasgol, desnúdate, por favor, y túmbate sobre la mesa —pidió la sanadora.

Lasgol se sonrojó, pero obedeció sin rechistar. La mujer lo inspeccionó. Eyra la ayudaba. No encontraron marca alguna sobre su piel.

—Está limpio de marcas —concluyó Edwina.

—¿Hechizos? —quiso saber Uthar.

Edwina puso las manos sobre el pecho de Lasgol y su energía sanadora comenzó a penetrar en el cuerpo del muchacho. Por un largo rato, la sanadora buscó alguna forma de energía externa en Lasgol, pero no la encontró. Al fin, retiró las manos y anunció:

—No encuentro rastro alguno de magia. Está limpio.

Lasgol se vistió con rapidez.

—¿Todos convencidos? —preguntó Dolbarar.

Olthar asintió. Sven y Gatik también. Por último, el rey se pronunció:

—Está limpio.

—¿Puede retirarse? —preguntó Dolbarar al rey.

Uthar lanzó una intensa mirada a Lasgol como intentando leer su alma.

—Sí, que se retire.

Lasgol salió de la Casa de Mando y al poner un pie fuera vio que estaba temblando por la experiencia. Había salido ileso; sin embargo, ahora estaba más convencido que antes de que el rey era un buen regente y de que lo habían engañado, tal y como le decían sus compañeros. Ese sentimiento hacía que se sintiera fatal por no haber contado toda la verdad.

A la mañana siguiente, Oden organizaba el pasillo para decir adiós al rey. Estaba colocando a todos los equipos uno tras otros en dos largas hileras desde la puerta de salida al sur hasta la Casa de Mando. A los Panteras les tocó cerca de la salida, al sur. Se colocaron en fila. Nilsa, Gerd, Egil, Lasgol, Ingrid y Viggo. La capitana no estaba conforme. Tendría que aguantar los comentarios de Viggo todo el desfile. Intentó cambiarse de lugar, pero Oden le ordenó que no se moviera un ápice.

Y comenzó el desfile. Tal y como habían llegado, las fuerzas del rey fueron saliendo mientras los guardabosques formaban y cantaban una oda a los valientes.

Uthar detuvo su montura frente a Lasgol.

—Sin rencor. Tenía que cerciorarme —le dijo el rey, y le extendió la mano enguantada.

Lasgol se quedó perplejo.

—Por supuesto, majestad. No podría... —se disculpó pillado por sorpresa.

Estiró la mano y el rey la sacudió con firmeza. Le dio un fuerte apretón, como era costumbre entre los norghanos.

—Majestad, no debéis deteneros, por seguridad —lo urgió Sven para que siguiera avanzando.

—Lo sé, lo sé —dijo Uthar y miró al comandante.

Y en ese instante algo sucedió. Algo realmente insólito.

Camu apareció en el hombro de Egil. Se puso rígido y con la cola apuntó al rey. Emitió un chillido, que quedó tapado por el cántico de los guardabosques, y lanzó un destello dorado.

El rey soltó la mano de Lasgol para continuar avanzando. No vio a Camu, pues estaba mirando a Sven.

De súbito, el rostro de Uthar vibró como si fuera una imagen distorsionada, como si uno se mirara en el agua de un lago y una onda distorsionara la imagen. Lasgol abrió los ojos de par en par. Por un instante no mayor que un pestañeo, el rostro de Uthar cambió. En lugar del rostro duro de piel blanca como la nieve, ojos azules como el mar y melena rubia, apareció un rostro completamente diferente. Uno con una piel oscura como una noche sin luna, con unos ojos verdes e intensos en una cabeza afeitada.

Lasgol no daba crédito a lo que veían sus ojos. A su lado, Egil pronunció una palabra que lo sacó de dudas:

—¡Fascinante!

El rostro de Uthar volvió a vibrar; la imagen sobre su rostro volvió a distorsionarse y el rostro original, pálido, rubio y de ojos azules, reapareció. Avivó a su caballo y siguió adelante sin enterarse de lo que acababa de suceder.

—Dime que has visto lo mismo que yo —le dijo Lasgol a Egil.

—Es un cambiante. Ya no hay duda —le respondió Egil.

Lasgol soltó un gran resoplido. Entonces notó que Camu seguía inmóvil apuntando al rey desde el hombro de Egil.

¡Iban a descubrirlo!

«Camu, escóndete. Ahora». Le ordenó usando su don.

La criatura obedeció. Por suerte, Gerd estaba junto a Egil y con su enorme cuerpo cubría al bichillo y parte del cuerpo de Egil. Aun así, Lasgol miró en todas direcciones por si alguien lo hubiera presenciado. Todo el mundo estaba demasiado ocupado con la comitiva real y los cánticos para darse cuenta. De lo que Lasgol no se percató fue de que al otro lado unos fríos ojos azules sí lo habían visto. Eran los ojos de Isgord. En su rostro apareció una sonrisa malévola.

Lasgol se giró hacia Ingrid, a su lado:

—Ingrid, has tenido que verlo. Dime que has visto cambiar la cara del rey.

La capitana negaba con la cabeza.

—No lo niegues, estabas mirándolo al rostro, como yo. ¡Tienes que haberlo visto!

La capitana negaba con la cabeza. Pero negaba para ella, no para Lasgol, pues no podía creer lo que acaba de contemplar. Todo aquello en lo que creía estaba derrumbándose ante sus ojos. Se negaba a creerlo.

—¿Ver qué? —preguntó Viggo con el ceño fruncido.

—¿No has visto el rostro del rey?

—Tengo cosas más hermosas que mirar que la cara de Uthar.

Lasgol soltó un resoplido cargado de desesperación.

Egil preguntó a Gerd, que estaba a su lado, y a Nilsa; ninguno se había fijado.

Lasgol inspiró hondo. Esa vez no se equivocaba, esa vez estaba en lo cierto. El rey era un cambiante. Las palabras de su madre le acudieron a la cabeza: «Uthar no es quien parece ser».

La comitiva real terminó de pasar y las puertas del campamento se cerraron tras ella. Oden les ordenó que rompieran filas y volvieran a sus quehaceres.

Los Panteras regresaron a la cabaña. Lasgol se sentó en su catre y, durante un largo rato, no dijo nada. Le dio mil vueltas a lo sucedido en su mente buscando cada posible explicación y cada posible ángulo.

Cuando habló, en la cabaña solo quedaba Egil, que jugaba con Camu:

—Ahora todo tiene sentido… —dijo asintiendo—. Ya sé por qué mi padre tenía esos dos libros —señalando los ejemplares sobre el baúl de Egil—. El rey es un cambiante y Camu puede detectarlo.

—Exacto. Esa es la relación que no podíamos encontrar entre ambos libros —afirmó Egil—. Fascinante. Verdaderamente fascinante.

—También ratifica que lo que Darthor me contó sobre Uthar era verdad.

—Y, por lo tanto, debemos deducir que también dijo la verdad en cuanto a vuestro parentesco.

—Creo que sí. Darthor es mi madre. Ahora lo creo, por muy extraño que me parezca.

—¿Estás seguro?

—Sí. Cuanto más lo pienso, más sentido tiene. Explica por qué mi padre atentó contra el rey. Sabía que era un cambiante y, al ver que no caería en la trampa que él y mi madre le habían tendido en el desfiladero, decidió matarlo para desenmascararlo allí mismo.

—Era un buen plan. De haberlo matado, el cambiante habría recobrado su forma natural. Sven, Olthar y los demás habrían visto el engaño.

—Por desgracia, no lo consiguió.

—Era un plan intrépido pero muy arriesgado.

—Y no salió bien… Al menos ahora sé por qué lo hizo. Ya no habrá más dudas ni pesadillas por las noches.

—Yo también podré dormir mejor, que te mueves todo el rato y me despiertas —bromeó Egil.

Lasgol sonrió.

—También explica por qué no me mataron cuando me capturaron. Y hay algo más…, algo en mi interior me decía que ella era mi madre. No sé cómo explicarlo; quizá fuera su rostro, tal vez sus palabras o el tono que usó conmigo, pero es lo que he estado sintiendo.

—Eso significa que hemos estado apoyando al bando equivocado.

—Eso me temo.

—El bando que ha terminado ganando la guerra…

—Sí…

—¡Qué giro de acontecimientos! —exclamó Egil excitado—. Ni en mil años lo habría imaginado.

—Uthar nos ha manejado a todos como marionetas.

—El cambiante —aclaró Egil—. Ese no es el verdadero Uthar.

—¿Qué quieres decir?

—Ese ser, el cambiante, se hace pasar por Uthar, pero no es él.

—Oh, cierto. ¿Crees que el verdadero Uthar seguirá con vida?

—No lo sé, pero mucho me temo que no. ¿Para qué correr el riesgo cuando has engañado a todos?

Lasgol resopló.

—¿Se habrá dado cuenta de que lo hemos descubierto?

—No creo —respondió Egil negando con la cabeza—. Yo diría que no. No me ha dado esa impresión. Ha sido solo un instante y no ha podido verse a sí mismo.

—Entonces estamos a salvo de momento.

—Estarás a salvo mientras estés en el campamento —le recordó Egil—. Si descubre que sabes la verdad, te matará. No puede correr el riesgo, más sabiendo quién eres.

—¿Qué hacemos?

—Lo que hace todo buen guardabosques: observar y aguardar el momento propicio para actuar. El rey ha vencido, no podemos cambiar eso ahora. Darthor ha huido al Continente Helado. Nosotros hemos terminado el segundo año y conseguido graduarnos… Dejaremos que los acontecimientos sigan su curso y nos mantendremos alerta esperando una oportunidad.

—¿Una oportunidad?

—Para desenmascarar al cambiante.

—Si no nos mata antes…

—Correcto, mi querido amigo.

—Pues se nos presenta un tercer año de lo más interesante…

Egil sonrió de oreja a oreja.

—¿Acaso no lo son todos?

—Mejor no pensar en ello.

—Cierto. Ya afrontaremos el tercer año cuando toque.

—Vamos a cenar con los otros antes de que Gerd se lo coma todo.

Los dos amigos acariciaron a Camu y se dirigieron hacia el comedor a disfrutar de la última cena antes del descanso invernal.

Agradecimientos

TENGO LA GRAN FORTUNA DE TENER MUY BUENOS AMIGOS Y una fantástica familia, y gracias a ellos este libro es hoy una realidad. No puedo describir con palabras la increíble ayuda que me han brindado durante este viaje de proporciones épicas.

Quiero agradecer a mi gran amigo Guiller C. todo su apoyo, incansable aliento y consejos inmejorables. Una vez más, ahí ha estado cada día. Miles de gracias.

A Mon, estratega magistral y *plot twister* excepcional, aparte de ejercer de editor y tener siempre el látigo listo para que las fechas de entrega se cumplan. ¡Un millón de gracias!

A Luis R., por las incontables horas que me ha aguantado, por sus ideas, consejos, paciencia y, sobre todo, apoyo. ¡Eres un fenómeno, muchas gracias!

A Keneth, por estar siempre listo a echar una mano y por apoyarme desde el principio.

A Roser M., por las lecturas, los comentarios, las críticas, lo que me ha enseñado y toda su ayuda en mil y una cosas. Y además por ser un encanto.

A The Bro, que, como siempre hace, me ha apoyado y ayudado a su manera.

A mis padres, que son lo mejor del mundo y me han apoyado y ayudado de forma increíble en este y en todos mis proyectos.

A Rocío de Isasa y a todo el increíble equipo de HarperCollins Ibérica por su magnífica labor, profesionalidad y apoyo a mi obra.

A Sarima, por ser una artistaza con un gusto exquisito y dibujar como los ángeles.

Y, por último, muchísimas gracias a ti, lector, por leer mis libros. Espero que te haya gustado y lo hayas disfrutado.

Muchas gracias y un fuerte abrazo,

Pedro

¡MUY PRONTO EN TU LIBRERÍA!

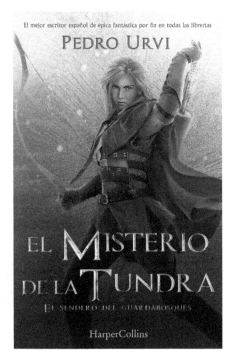

**La guerra continúa en el norte
La instrucción en el campamento es cada vez más dura
y exigente**

Tras ser rechazado, el Señor Oscuro del Hielo se ha visto obligado a retirarse al Continente Helado con sus huestes. Sin embargo, el rey Uthar no parará hasta acabar con él de una vez para siempre. Suenan tambores de una gran batalla en las tierras del norte.

Mientras, en el campamento de los Guardabosques Lasgol y sus compañeros continúan esforzándose por superar el tercer año de instrucción. Las pruebas han pasado de ser competiciones prácticas a misiones reales en las que se juegan algo más que pasar de curso, se juegan la vida misma.

¿Sobrevivirán Lasgol y sus compañeros un año más? ¿A la guerra en el norte? ¿A las traiciones, rivalidades y dobles juegos?

Printed in the USA
CPSIA information can be obtained
at www.ICGtesting.com
JSHW021537300723
45571JS00003B/19

9 788491 399711